CRÉATURE TERRESTRE

CRÉATURE TERRESTRE

Aprilynne Pike

Traduit de l'anglais par
Roxanne Berthold

ADA éditions

Éditeur : François Doucet
Traduction : Roxanne Berthold
Révision linguistique : Féminin pluriel
Correction d'épreuves : Nancy Coulombe, Carine Paradis
Design de la couverture : Emily Osborne
Photographie de la couverture : © Alamy
Montage de la couverture : Matthieu Fortin
Mise en pages : Sébastien Michaud
ISBN papier 978-2-89733-578-6
ISBN PDF numérique 978-2-89733-579-3
ISBN ePub 978-2-89733-580-9
Première impression : 2014
Dépôt légal : 2014
Bibliothèque et Archives nationales du Québec
Bibliothèque Nationale du Canada

Éditions AdA Inc.
1385, boul. Lionel-Boulet
Varennes, Québec, Canada, J3X 1P7
Téléphone : 450-929-0296
Télécopieur : 450-929-0220
www.ada-inc.com
info@ada-inc.com

Diffusion

Canada :	Éditions AdA Inc.
France :	D.G. Diffusion Z.I. des Bogues 31750 Escalquens — France Téléphone : 05.61.00.09.99
Suisse :	Transat — 23.42.77.40
Belgique :	D.G. Diffusion — 05.61.00.09.99

Imprimé au Canada

Participation de la SODEC.
Nous reconnaissons l'aide financière du gouvernement du Canada par l'entremise du Fonds du livre du Canada (FLC) pour nos activités d'édition.
Gouvernement du Québec — Programme de crédit d'impôt pour l'édition de livres — Gestion SODEC.

Catalogage avant publication de Bibliothèque et Archives nationales du Québec et Bibliothèque et Archives Canada

Pike, Aprilynne

[Earthbound. Français]
Créature terrestre
Traduction de : Earthbound.
Sommaire : t. 1. Liés par le destin, déchirés par l'amour véritable.
Pour les jeunes de 13 ans et plus.
ISBN 978-2-89733-578-6 (vol. 1)
I. Berthold, Roxanne. II. Pike, Aprilynne. Can a heart that's bound to Earth still soar?. Français. III. Titre. IV. Titre : Liés par le destin, déchirés par l'amour véritable. V. Titre : Earthbound. Français.

PZ23.P5549Cr 2014 j813'.6 C2013-942563-2

Pour Scott, dont le haut degré de dévouement envers ma recherche n'était PAS apprécié. Je continue de t'encourager tous les jours.

CHAPITRE 1

Je me souviens de l'avion en chute.

Pas de l'écrasement en soi, mais des moments survenus juste avant — et bien qu'il *devait* seulement s'agir de brefs moments, quand j'y repense, ils durent bien plus longtemps.

J'étais assise, le front appuyé contre le petit hublot, les yeux tournés vers le ciel sans nuage et vers les fermes et les habitations au sol quand le moteur explosa et secoua l'avion, qui tangua dangereusement et me projeta dans un mouvement de va-et-vient dans mon siège. L'explosion comme telle fut étonnement silencieuse, étouffée par le fuselage insonorisé, j'imagine, mais impossible de manquer les volutes de fumée noir charbon qui se déversèrent de l'aile.

Chaque nerf dans mon corps se contracta, mais mes yeux demeurèrent rivés sur la fumée trouble qui sortait du moteur pour flotter à quelques mètres de mon hublot. Mes doigts douloureux agrippèrent les accoudoirs pour me maintenir en place tandis que l'avion tanguait vers l'avant pour ensuite plonger, nez premier — l'effet me collant le dos contre mon siège.

Le claquement et le sifflement de centaines de masques à oxygène bondissant hors du plafond comme des serpents venimeux me firent sursauter et détournèrent mon attention de l'aile fumante. Des réflexes perfectionnés par des dizaines de discours monotones sur la sécurité firent lever les mains des passagers pour saisir les masques à oxygène : les adultes *mettant en place leur propre masque avant d'aider une autre personne.*

Cependant, je ne m'occupai pas du mien.

Pas même quand ma mère le poussa vers moi — la terreur dansait dans ses yeux tandis qu'elle agrippait le bras de mon père avec une telle force que je savais que ses ongles devaient avoir lacéré sa peau au sang.

Il fallut l'intervention de l'agent de bord pour que je comprenne. Deux agents se tenaient dans l'allée où ils essayaient de capter l'attention de tous et de leur démontrer la position à prendre en cas d'écrasement — comme si cela allait changer quoi que ce soit. Mais je me concentrai sur le troisième agent. Il ne tentait pas d'attacher ou d'aider les passagers, mais se contentait de demeurer debout, son corps étrangement immobile au sein du chaos, les yeux tournés vers un hublot alors que deux larmes roulaient sur ses joues.

C'est à ce moment que je sus que nous allions tous mourir.

Et cette réalisation fit fondre ma peur ; je me sentis complètement en paix. Aucun défilement de ma vie devant mes yeux ni de regrets douloureux et soudains. Rien d'autre qu'une paix immense.

Je me détendis, je cessai de lutter et je regardai par le hublot la terre qui approchait à toute vitesse pour m'avaler.

▲

Je fixe les photos d'un regard horrifié. Il doit s'agir de la vérité ; aucune autre explication n'est possible.

Le moment ne pourrait être mieux choisi.

Ou moins bien choisi.

– Est-elle partie ? demandé-je de ma voix la plus glaciale.

Je ne suis pas fâchée contre lui, mais contre moi, pour ne pas l'avoir vu plus tôt. J'aurais dû le voir plus tôt. Tout est sur la sellette, et ceci pourrait tout détruire.

Ou tout sauver.

– Nous faisons tout ce que nous pouvons.

Il décrit en détail les efforts déployés, mais je n'ai pas la patience d'écouter. Je me dirige vers la fenêtre où je me tiens, les bras croisés sur la poitrine, pour regarder le jardin luxuriant dehors, mais je ne vois rien.

Pas exactement rien. J'aperçois son visage. Le visage de cette femme dont le premier souvenir remonte pratiquement avant le souvenir du mien. Le visage dont j'avais cru m'être libérée.

Sauf qu'à présent, je ne serai jamais libre. J'ai besoin d'elle. Nous avons besoin d'elle. Quel paradoxe de devoir admettre que j'ai besoin d'elle, après tout ce qu'elle a fait. Sans elle, tout s'effondrera.

Les choses n'iront qu'en s'empirant.

Et j'ai failli la tuer.

▲

CHAPITRE 2

La thérapie est l'incarnation des meilleures et des pires facettes de ma vie. Je m'assois, raide comme un piquet sur le divan tandis que des larmes menacent de rouler sur mes joues. Je cligne des yeux pour les refouler. Non pas en raison de l'embarras, car j'ai déjà versé des litres de larmes devant Elizabeth. C'est seulement que j'en ai totalement marre de pleurer.

Je n'aime pas parler de mes parents, mais c'est le travail d'Elizabeth de m'y obliger de temps à autre. Comme c'est le cas aujourd'hui. Elle a essayé de m'amener à me concentrer sur les beaux souvenirs, mais cette fois, je n'ai réussi qu'à me remémorer des moments qui jamais ne se reproduiront. Ce chapitre de ma vie est terminé.

Fini.

Pour toujours.

Un « toujours » immense et béant.

— Hé, dit Elizabeth.

Je sursaute et reviens à moi en poussant un halètement audible.

— Les choses pourraient être pires. Tu pourrais être une orpheline avec des lésions cérébrales, une jambe blessée *et* une chevelure complètement impossible à coiffer aujourd'hui.

Pendant l'espace d'une seconde, je la fixe de mes yeux écarquillés pendant que je tente d'établir si sa blague est drôle ou pas. Cependant, son expression — une inquiétude mélodramatique, mêlée d'une pointe de sympathie véritable — parvient à fissurer ma coquille, et j'éclate de rire tout en essuyant simultanément mes larmes.

Je me dois d'admettre que j'entretiens une relation étrange avec ma psychiatre. Ma théorie : aucune d'entre nous ne croit que je suis folle.

Elle ne me permet même pas de l'appeler « docteure Stanley » (le nom qu'annoncent les diplômes affichés sur son mur), mais seulement Elizabeth. J'ai d'abord cru qu'il s'agissait d'un de ces raccourcis minables employés par les adultes auprès des adolescents pour les amener à se détendre et à tout dévoiler ; toutefois, Elizabeth semblait sincèrement mal à l'aise chaque fois que je l'appelais « docteure Stanley », si bien qu'après un certain temps, j'ai commencé à utiliser son prénom. À présent, cela me vient naturellement.

— Sérieusement, Tavia, dit Elizabeth d'une voix douce et sobre. Ce n'est pas censé être facile. Je crois que tu te montres très brave et que tu gères extrêmement bien la situation.

— Je n'ai pas cette impression, admis-je en haussant les épaules sous mon pull noir à capuchon.

J'ai toujours aimé les pulls en général, mais ces jours-ci, j'affiche une préférence marquée pour tout vêtement qui couvre ma tête (et par le fait même, la cicatrice sous mes cheveux encore trop courts).

— Dans ce cas, aie confiance en mon analyse professionnelle, répond Elizabeth avec un sourire, en m'accompagnant d'un bout à l'autre de la salle d'attente sombre et vide.

Tu ne rentres pas à pied, n'est-ce pas ? me demande-t-elle une fois que nous atteignons la sortie.

Nous avions dû reporter mon rendez-vous habituel, si bien que nous sommes après les heures de bureau, et sa secrétaire (que j'appelle « secrétaire Barbie » en raison de son visage qui rappelle le plastique et parce qu'elle ne me parle pratiquement jamais) a déjà quitté le bureau.

— Non, Reese vient me prendre.

Normalement, je rentre à pied, selon les ordres de ma physiothérapeute, mais puisque la nuit tombera sous peu, Reese a insisté pour passer me prendre.

Je suppose que c'est bien ainsi.

Fidèle à sa personnalité organisée et ponctuelle, ma tante attend déjà dehors, sa BMW garée juste devant la porte. Elle se penche en travers du siège du passager pour m'ouvrir la portière avant de saluer Elizabeth en agitant les doigts.

— Salut, Tave. Comment ça s'est passé ? demande-t-elle en éloignant la voiture du bord du trottoir et en survolant la route des yeux.

— Une thérapie est une thérapie, dis-je en bouclant ma ceinture de sécurité. C'était *thérapeutique*.

J'appuie la tête contre la vitre de la portière du côté passager ; je n'ai pas envie d'en parler. La thérapie, c'est… disons personnel. Et même si j'éprouve une gratitude immense envers Reese et mon oncle, Jay, pour avoir recueilli une nièce éloignée qu'ils connaissaient à peine, ils ne sont pas exactement ma *famille*.

Heureusement, Reese comprend le message et allume la radio tandis que nous sortons du stationnement. Elle est un puits de patience sans fond. En ce qui me concerne, du moins. Pour ses clients au téléphone ? C'est une autre histoire.

Pendant que la voiture roule, j'étudie les rues qui m'entourent. Portsmouth, dans l'État du New Hampshire, est l'une des villes les plus anciennes des États-Unis, et les autorités ont bien réussi à préserver les sites coloniaux. Secrètement, je suis une passionnée d'histoire, et lors de mes premiers mois ici, j'allais marcher aussi longtemps que me le permettait ma jambe blessée afin d'explorer les monuments, les repères historiques et les musées. Ma présence ici semble appropriée d'une certaine façon, dans une ville embourbée dans son passé, alors que je suis prisonnière du mien.

Et la ville est si belle. J'adore les vieux immeubles. On n'en construit plus des pareils de nos jours. Ils détiennent une grâce et une beauté que la société a perdues depuis. Peu importe la présumée élégance du style déco, quelque chose dans les subtilités de la pierre taillée à la main de l'architecture coloniale éveille en moi une peine par rapport à ce qui est révolu.

Ce que je préfère, c'est quand je tombe occasionnellement sur une demeure du XVIIIe siècle parfaitement préservée au milieu de maisons modernes, dans un voisinage normal. Elles me rappellent des trésors qui attendent d'être découverts dans le sable. Il est difficile de les voir à la vitesse de casse-cou qu'affectionne Reese, puisqu'elles sont normalement en retrait de la route et protégées par la voûte feuillue d'un arbre ancien. Cependant, lorsque je marche seule, je suis toujours à l'affût. J'aimerais connaître leur histoire, mais je suis trop nerveuse pour cogner à la porte d'un étranger.

Je prends plutôt des photos et j'invente mes propres histoires. Mon téléphone doit bien contenir mille photos. J'aimerais tellement… J'aimerais pouvoir les esquisser, les peindre.

Mais depuis l'accident, je suis incapable de dessiner.

Malgré tout, ces vieilles demeures m'apaisent d'une certaine façon, comme si elles m'appelaient. Je sors mon téléphone de ma poche pour afficher l'une des photos que j'ai prises de la maison que je préfère, puis je fais un zoom pour la voir de plus près et essayer de m'imaginer peindre les lattes de bois à l'aquarelle, les rideaux très fins que j'entrevois aux fenêtres.

– J'ai été retenue au téléphone jusqu'à quelques minutes avant mon départ pour venir te prendre.

Mon cerveau enregistre lentement la réalité de Reese qui me parle.

– Je me suis dit que cela ne t'ennuierait pas.

Elle me jette un regard avec l'air d'attendre quelque chose.

– Je suis désolée, je… quoi ?

J'enfonce mon téléphone dans mon vieux sac à dos rouge. J'ai bien peur que d'être dans la lune soit devenu une de mes spécialités dernièrement.

Je n'étais pas comme ça avant.

– Ça t'ennuie si je fais un arrêt au magasin pour acheter du lait ? Il ne nous en reste plus, répète Reese en baissant légèrement le volume de la radio.

Je songe tristement au magasin d'aliments biologiques et locaux fréquentés par des snobs que Reese affectionne. Génial.

– Puis-je attendre dans la voiture ? Ma... ma jambe est douloureuse, mentis-je.

Un demi-mensonge. Trois mois s'étaient écoulés depuis qu'on m'avait enlevé mon plâtre ; cependant, les médecins avaient employé le mot « fracassées » pour décrire les fractures au-dessus et sous mon genou droit. Il fallait beaucoup de temps pour se remettre de telles blessures, sans parler de la grâce que j'ai perdue depuis la chirurgie que j'avais subie au cerveau l'an passé.

C'était du moins ce que les physiothérapeutes me répétaient continuellement lorsque j'éprouvais un découragement.

Durant un bref instant, une ride se creusa entre les sourcils de Reese avant qu'elle n'accepte mon excuse.

– Bien sûr. Ça ne me prendra que quelques minutes.

Elle laisse le moteur en marche. Dès qu'elle est hors de vue, je hausse le chauffage et je pose la tête contre la vitre.

Quelques monticules de neige gris ardoise pas tout à fait fondus sont éparpillés dans le stationnement, mais leur fonte ne devrait pas tarder. Des herbes vertes se frayent un chemin parmi le gazon brun et crêpelé de l'an dernier, et des tulipes se pointent la tête partout dans la ville.

À tout le moins, il ne grêle pas comme hier.

Nous sommes à ce moment de l'année qui approche du printemps ; le moment où on peut troquer le parka pour le blouson. En vérité, la météo a été bizarre toute l'année. En février, *toute* la neige a fondu, et les bulletins de nouvelles prévoyaient une sécheresse et des canicules. Mais deux semaines plus tard, un mètre de neige est tombé en l'espace d'une seule nuit. Une fois que les chasse-neiges ont réussi à se creuser une voie pour déneiger les routes, l'hiver a plus ou moins repris ses droits. Malgré tout, les derniers mois ont été étranges.

Je serre mon blouson un peu plus près de mon corps en me rappelant les quelques jours où le mercure avait chuté — sans oublier la tempête de pluie verglaçante qui était venue juste avant — et j'approche les mains de l'évent de chauffage. À l'exception de mon pull à capuchon, je ne suis pas exactement vêtue pour l'hiver. Je devrais probablement porter autre chose que des débardeurs et des t-shirts, du moins jusqu'à l'arrivée de l'été, mais pour ce faire, il faudrait que je fasse les boutiques et dépense de l'argent qui ne m'appartient pas. Même si Reese *affirme* que son argent est mon argent. Cependant, il me faudra bientôt céder et acheter un jeans, car celui que je porte commence à être très élimé aux genoux. Parce que je suis grande, plutôt mince et que mes jambes sont très longues, j'éprouve toujours de la difficulté à trouver un jeans qui ne soit pas trop court. Si bien que lorsque j'en déniche un, je le porte jusqu'à ce qu'il tombe en lambeaux, et c'est à peu près là où j'en suis avec celui-ci.

Tandis que le bout de mes doigts se réchauffe, je scrute la rue qui s'assombrit lentement et je laisse mes yeux s'attarder sur une maison de l'autre côté de la route. Elle est peinte en rouge joyeux, et sa véranda est bordée d'une grande plate-bande de tulipes marron et dorées. Une fillette est assise sur le porche où elle joue avec une poupée. Je souris en constatant qu'elle porte une robe de style ancien avec un tablier — une tenue pas tout à fait inhabituelle par ici. Dans des villes aussi anciennes que Portsmouth, une reconstitution historique se présente souvent d'une certaine manière, habituellement en lien avec la Révolution américaine. L'apparence de cette fillette est géniale. Authentique.

En vérité, ses vêtements sont peut-être de couleurs un peu trop éclatantes, et il ne fait aucun doute que ses boucles sont l'œuvre d'un fer à friser et non de nattes portées toute la nuit, mais bon ! Voilà ce à quoi servent les commodités modernes. Un sourire se dessine sur mes lèvres quand je m'aperçois que même sa poupée est une vieille poupée de chiffon.

Elle lève son adorable petit menton, et je vois un homme sortir de la maison pour la rejoindre sur le porche.

Pas un homme, je suppose. Trop jeune pour être son père. Je n'entrevois qu'une partie de son visage, mais je lui donne à peu près dix-huit ans, soit mon âge. Peut-être est-il légèrement plus âgé. Les reconstitutions doivent être une tradition familiale dans cette joyeuse maison rouge, car il est vêtu d'un blouson marine et un chapeau haut-de-forme couvre ses cheveux d'un blond doré qui saillissent sur sa nuque.

Il est plutôt beau garçon ; aucune plainte de ce côté.

Malheureusement, il est fort probable que sa chevelure luxuriante soit en fait une perruque. La plupart des gens ne sont pas assez endurcis pour laisser pousser leurs cheveux. Et les hommes qui le font, eh bien, ils sont un peu effrayants, à leur manière.

Tandis que le garçon s'accroupit près de la fillette, je me demande pourquoi ces culottes ne sont plus à la mode. Je me contenterai de dire qu'elles ont une apparence fantastique de derrière. J'arque un sourcil en signe d'appréciation et je plisse les yeux pour mieux voir, soulagée que la BMW soit munie de vitres teintées, ce qui me laisse profiter du spectacle en toute intimité. Ces jours-ci, les simples moments de satisfaction se font rares.

Le jeune homme se lève en tenant la main de la fillette. C'est l'heure du spectacle, je présume.

Comme s'il arrive à sentir mon regard aussi perçant qu'un laser, il marque une pause et se tourne. Ma bouche devient sèche quand il pointe dans ma direction.

Il ne peut pas me voir, n'est-ce pas ? De l'extérieur, la teinte des vitres de la voiture de Reese leur donne l'aspect d'un miroir. Cependant, ses yeux demeurent rivés dans ma direction et s'écarquillent dans une expression d'étonnement que j'arrive à déchiffrer depuis la voiture.

Il fait quelques pas vers moi, et je serre les poings tandis que son regard brûle mes yeux. Je suis persuadée qu'il ne peut être conscient de ma présence. Comment… ?

Il s'arrête sur la deuxième marche pour se retourner vers la fillette qui lui agrippe la main et le tire vers l'arrière. Il s'immobilise avec hésitation. Son regard passe de la fillette à la voiture ; son expression est confuse.

Je suis incapable de détourner le regard, même si je sens la chaleur envahir mes joues. À cette distance, impossible de déterminer la couleur de ses yeux, mais ils me tiennent prisonnière, et je mets quelques secondes avant de m'apercevoir que je retiens mon souffle.

Mon téléphone se met soudain à sonner brisant à la fois le silence et le sortilège. Je baisse les yeux pour lire un message texte de Benson Ryder.

Ton rendez-vous est terminé ?

— Il a parfaitement choisi son moment, marmonné-je, mais je ne peux m'empêcher de sourire en pianotant rapidement une réponse.

J'avais des amis au Michigan (dans mon ancienne vie; voilà comment je me sens à ce sujet), mais il s'agissait davantage de connaissances. L'art était ma vie, et les amis avaient tendance à m'en éloigner. C'était plutôt des camarades de classe, je suppose. Lorsque Reese et Jay m'avaient annoncé qu'il me fallait couper tous les ponts avec le Michigan afin de ne pas dévoiler mon emplacement aux médias, je dois admettre que je n'étais pas triste de leur dire adieu. Ils semblaient… sans importance.

Benson est… Eh bien, Benson est différent. Je le vois pratiquement tous les jours. Nous échangeons beaucoup de textos et avons de longues conversations au téléphone parfois.

Et il sait. *Absolument tout.*

Il est le seul à tout savoir.

Être l'unique survivante d'une catastrophe majeure attire l'attention. Et les questions. Ce qui signifie devoir se remémorer : la douleur, les chirurgies, les souvenirs troubles.

Mes parents.

Il est plus simple de mentir, de dire à tout le monde que je me suis fracturé la jambe dans un accident de voiture. Personne ne questionne cette histoire. Parfois, on me dit que « je suis chanceuse d'être en vie ».

Ceux qui affirment une telle chose n'ont jamais perdu un être cher.

Mes médecins connaissent la vérité, de même que ma physiothérapeute, Elizabeth et, bien entendu, Reese et Jay, mais c'est tout. Ceci limite le nombre de personnes pouvant communiquer mon emplacement aux médias, qui adoreraient atterrir ici pour obtenir une histoire exclusive, même si des mois se sont écoulés depuis les événements.

En fait, j'ai raconté la vérité à Benson aussi. Ou peut-être serait-il plus juste de dire que Benson a réussi à me tirer les vers du nez. Pas tout à fait contre mon gré. Plus je me suis rapprochée de Benson et plus je *voulais* lui dire. Cesser de mentir. Quand j'ai enfin admis la vérité, j'ai ressenti un soulagement énorme. C'était agréable de dire la vérité. Surtout à une personne que *j'ai* choisie.

Je n'ai pas mentionné à Reese que j'ai déballé mon sac à Benson. J'ignore si elle serait fâchée (c'est ma vie, après tout), mais le fait de ne pas en être certaine suffit à me convaincre de ne pas lui dire.

Par ailleurs, Benson gardera mon secret.

Parfois, je pense avoir besoin de lui – avoir besoin de notre camaraderie facile –, et cela m'effraie.

Tous ceux dont j'avais vraiment besoin dans ma vie sont morts.

Dès que j'appuie sur « Envoyer », mes yeux dardent de nouveau en direction du porche où se tenaient le grand jeune homme et la fillette, mais ils sont entrés. J'essaie de chasser la sensation bizarre de mélancolie qui m'enveloppe. Je fixe la maison en espérant, je suppose, que les étrangers réapparaîtront, et au moment où je cligne des yeux, quelque chose scintille sur la porte. J'écarquille les yeux, mais l'éclat a disparu…

Non, pas *tout à fait* disparu…

À la manière d'une ombre dans ma vision périphérique, si faible que je dois cligner plusieurs fois des yeux pour être certaine de ne pas avoir la berlue, une forme brille au-dessus de la porte. Un triangle.

Et pour une raison que je ne peux ni comprendre ni expliquer, mon cœur se met à battre la chamade.

CHAPITRE 3

Normalement, mes cauchemars mettent en scène l'écrasement, les moments dont je ne me souviens pas. Parfois, je suis obligée de regarder le corps de mes parents se décimer au ralenti; du sang m'éclabousse les yeux et peint ma vision d'un rouge impossible à ignorer. Parfois, c'est moi que je vois — mes mains, écrasées sous les débris. Elles se recourbent en un angle anormal, leurs os se fracturent, jusqu'à ce qu'elles ne soient rien de plus qu'une masse mutilée.

C'est exactement ce qui aurait dû arriver.

Peut-être suis-je morbide, mais durant mon hospitalisation, j'ai passé beaucoup de temps sur Internet à regarder des photos du site de l'écrasement. Et même si les médias n'ont pas pu dénicher mon nom, ils ont découvert le numéro de mon siège.

«Selon les analystes, le châssis aurait dû se déformer ici et ici, avait dit une journaliste en pointant deux endroits sur le châssis de la cabine. Mais comme vous pouvez le constater, l'intérieur de l'avion ne semble pas avoir été touché du tout. La passagère du siège 24F, à propos de qui le transporteur aérien confirme uniquement qu'il s'agit d'une adolescente mineure, a subi des blessures ayant mis sa vie en danger, mais dans ce cocon improbable, elle a survécu, ce que les experts n'arrivent pas à expliquer. C'est tout comme si cette partie de l'avion n'a pas du tout été impliquée dans l'écrasement. »

J'évite les reportages qui montrent les morts. Des rangées et des rangées de corps, dont certains affichent des bras et des jambes cassés qui émergent de sous les draps. Ces photos-là, je suis incapable de les regarder.

Une partie de moi craint de reconnaître mes parents parmi les corps : la main droite de ma mère qui porte son jonc de mariage ou la cheville de mon père avec son tatouage qui monte en torsade jusqu'à son mollet – un vestige de son passage dans l'armée.

Une autre partie de moi est tout simplement submergée par la culpabilité d'être la seule, parmi les deux cent cinquante-six passagers, à avoir survécu, miraculeusement.

Mais cette nuit, il n'y a ni corps ni sang.

Il n'y a pas la trace d'un avion.

Je flotte.

Je flotte sur l'eau. Sur l'océan ? Sur une rivière ? Sur un lac ? Impossible de le déterminer avec certitude.

Quoi qu'il en soit, il fait froid. Le genre de froid qui s'approche davantage de la sensation d'une lame qui écorche la peau pour exposer les os. Même si je sais que je rêve, je frissonne.

Mes cheveux sont longs et détachés, et ondulent autour de moi. Quand je m'aperçois que je suis entraînée vers le fond, je tends les mains vers des objets soudain *là* : un gilet de sauvetage, un tronc flottant, une petite chaloupe. Cependant, dès que mes doigts entrent en contact avec les objets, ils disparaissent pour devenir encore plus irréels que le rêve. Épuisée, je me débats dans l'eau, mais mes bras s'emmêlent dans mes cheveux qui me retiennent prisonnière comme des cordes.

Quelque chose me tire vers le bas. Je ne pourrais dire s'il s'agit d'un courant ou de mes vêtements lourds. Pourquoi suis-je vêtue de vêtements épais ?

Je n'arrive pas à flotter.

J'agite les bras dans tous les sens, à la recherche d'un appui quelconque, mais le niveau de l'eau monte. Ou je me noie.

Je lève le menton dans une tentative désespérée de prendre une autre respiration et j'aperçois une grosse lune qui brille sur moi. Des larmes me piquent les yeux quand je comprends qu'il s'agit de la dernière image que je verrai avant ma mort – mais je n'éprouve aucune peur. Je ressens autre chose.

Une perte douloureuse.

L'eau me vole quelque chose.

J'ouvre la bouche pour crier, mais un liquide glacé prend d'assaut ma gorge, et mes dents élancent jusqu'à ma mâchoire. La surface de l'eau se referme au-dessus de mon visage, mais mes yeux demeurent ouverts, tournés vers la lune argentée et éclatante.

Désespérée, je parviens à arracher ma conscience au rêve et à forcer mes vrais yeux à s'ouvrir, là où une lune similaire m'accueille. Heureusement, celle-ci brille par la fenêtre de ma chambre et non au-delà de la surface vacillante d'une eau glacée. Mes poumons brûlent, et j'inspire de l'air comme si j'étais réellement passée à deux doigts de me noyer.

Lorsque les battements de mon cœur ralentissent, je me touche le front pour y tâter des perles de sueur. Je n'avais pas fait un cauchemar aussi terrible depuis des semaines.

Des semaines. Je me souviens d'une époque où de tels cauchemars ne survenaient qu'une fois en quelques *années.*

Et lorsque les cauchemars se manifestaient, je pouvais aller rejoindre ma mère dans sa chambre.

Je repousse la couette, et même si un frisson court le long de mes jambes lorsqu'elles entrent en contact avec l'air frais de la nuit, le choc m'assure que je suis réveillée — le cauchemar est terminé. Mes pieds sont posés sur du bois massif; ils ne se débattent pas dans l'obscurité impénétrable d'un lac sans fond.

Un lac : c'était un lac.

Mais je repousse cette pensée. Je ne veux pas ressasser le rêve. Son impact sur moi perdure déjà trop longtemps.

La thérapie déséquilibre toujours un peu les choses. Parler de mes parents a cet effet sur moi.

Non, je me dois d'être honnête. C'est bien plus que ça : c'est ce mec. Cette maison. Ce triangle.

Ce triangle m'a embêtée toute la soirée — comme si je l'avais déjà vu. Mais où? En essayant de l'écarter de mes pensées, je me lève de façon hésitante et je traverse la pièce plongée dans la pénombre jusqu'à la porte.

Du lait chaud : le bon vieux remède contre les cauchemars.

Une fois dans la cuisine, j'essaie de ne pas faire de bruit, mais lorsque j'entends l'escalier grincer, je ne suis pas étonnée de voir le visage de Jay passer le cadre de porte.

— Ça va? demande mon oncle à voix basse.

– J'ai fait un cauchemar, réponds-je en agitant ma cuillère pour pointer le four à micro-ondes.

Je n'ai pas besoin d'en dire plus. Mon oncle et ma tante ont l'habitude.

Jay entre dans la cuisine et pose une épaule contre le mur. Je vois des cernes sous ses yeux – légers, mais immanquables.

– Je suis désolée de t'avoir réveillé, ajouté-je, mais il hausse les épaules pour rejeter mes excuses et passe une main dans ses cheveux ébouriffés.

– J'étais déjà réveillé. Je me sens un peu embrouillé – l'insomnie, tu sais. Peut-être que Reese a raison de dire que je travaille trop, dit-il avec une grimace d'autodénigrement. Mais le patron fait faire des heures supplémentaires à tout le monde en raison de ce nouveau virus, ajoute-t-il en plissant le front. C'est… Personne n'a jamais *rien* vu de tel.

Jay doit être âgé d'environ trente-cinq ans, mais il donne l'impression d'un jeune homme dans la vingtaine qui emprunte les vêtements d'une grande personne. Si je le croisais dans la rue, jamais je ne croirais qu'il est un scientifique, mais en réalité, il est une sorte d'expert en biochimie.

Il est gentil, cependant. C'est facile de lui parler.

Je ne le connaissais pas avant la mort de mes parents. La maman de Reese et mon grand-papa se sont mariés quand Reese et mon père étaient déjà grands. Je pense que j'avais huit ans. Reese venait d'entrer au collège et vivait sur le campus, si bien que je n'ai fait sa connaissance que plusieurs années après le mariage. D'apprendre enfin à connaître Reese et Jay est génial.

Seulement, j'aurais voulu que les circonstances soient différentes.

— Encore l'accident d'avion ? me demande Jay d'une voix douce en remarquant l'expression sur mon visage.

J'ouvre la porte du four à micro-ondes afin de le mettre en arrêt deux secondes avant la sonnerie pour ne pas réveiller Reese aussi.

— Non, en fait, dis-je en prenant le sucrier en porcelaine pour verser une cuillerée généreuse de sucre dans ma tasse. J'ai rêvé que je me noyais, aussi incroyable que ça puisse paraître.

J'évite son regard et me concentre à remuer mon lait chaud.

— Penses-tu que ton esprit passe à autre chose ? demande Jay en éternel optimiste qu'il est.

— Peut-être, réponds-je en levant les yeux vers l'horloge de la cuisinière.

Deux heures trente-six.

— Je vais bien, Jay, insisté-je.

À présent que je suis bien ancrée dans la réalité, je préférerais qu'il ne soit pas là – qu'il ne soit pas témoin de ma panique.

— Tu peux retourner au lit. Quand j'aurai terminé de boire ceci, voilà où j'irai aussi.

— En es-tu certaine ? demande Jay, et ses yeux bleus brillent, même dans la pénombre trouble de la cuisine faiblement éclairée. Parce que si tu ne veux pas être seule, je peux rester jusqu'à ce que tu aies terminé.

— Ça va. Comme je t'ai dit, je n'ai pas rêvé à l'accident. Ce n'était rien de plus qu'un cauchemar normal.

Tandis que je prononce ces mots, je me remémore l'eau glacée et cette étrange sensation de perte, de vide. « Normal » n'est pas le terme juste non plus.

Je me force à sourire et je prends une gorgée de mon lait mousseux. *Ahhh!* Cela compense presque le cauchemar.

Presque.

Jay me jette un long regard, mais il ne peut rien faire de plus, et il semble le comprendre. En hochant la tête, il se retourne avant que je puisse l'apercevoir bâiller (mais je le vois quand même), puis il monte à l'étage.

Pendant que les marches grincent légèrement, je m'affaisse à la table de cuisine pour boire mon lait à petites gorgées. Mes yeux parcourent l'arrière-cour éclairée par la lune, ce qui lui donne une couleur argentée quasi irréelle. La chaleur du liquide se disperse dans mon corps, et lorsque je bois la dernière goutte, je me sens beaucoup mieux. La froideur amère du rêve m'a quittée, et je pense que j'arriverai peut-être à me rendormir.

Peut-être.

Je me frotte les tempes un moment, puis mes doigts se serrent quand une observation me vient à l'esprit, comme un *déclic*.

Je sais où j'ai déjà aperçu ce triangle.

J'essaie de monter à l'étage avec hâte sans faire de bruit pour récupérer mon téléphone laissé sur ma table de chevet. Mes pieds se dirigent vers la fenêtre tandis que je parcours les photos prises durant mes randonnées historiques. Sur la 5e Rue, entre Piper et Sand, dans la partie de la ville qui abrite les riches dynasties.

Là! Une maison blanche parée de six pignons magnifiques et d'avant-toits à fioritures. Je fais défiler les photos jusqu'à celle qui offre un grand plan de l'entrée principale — une porte peinte d'un vert joyeux, qui détonne avec les murs d'un blanc immaculé.

Et voilà le triangle. Dans la photo, il ne clignote ni ne scintille comme celui sur la maison de ce gars. Et même s'il n'est pas clairement visible, le triangle est bel et bien là, un triangle qui brille légèrement, comme l'autre.

Je ne l'avais même pas remarqué quand j'ai pris la photo. Qu'est-ce que ça signifie ? Une partie de moi songe qu'il s'agit probablement de la marque étrange du constructeur, mais cette explication n'est pas satisfaisante. Je m'assois près de la fenêtre et m'adosse au mur. Je tire nerveusement sur une courte mèche de cheveux, les yeux tournés vers l'arrière-cour.

Un mouvement attire mon regard. Une forme large et sombre émerge en bordure des arbres.

« C'est probablement un cerf affamé », songé-je.

Je plisse des yeux pour scruter l'obscurité profonde et je sursaute quand je vois une *personne* marcher sur la pelouse. La silhouette est revêtue d'un long manteau, d'un chapeau et…

« C'est le gars du porche. »

Celui que j'ai aperçu en après-midi.

Le choc se réverbère en moi et fait vibrer des os qui sont soudain glacés de nouveau. Cela défie toute logique, mais je vois la queue de cheval blonde et je… je le sais. C'est lui.

Il se trouve chez moi, au milieu de la nuit.

M'a-t-il suivie ? Que diable fait-il là ? Chaque parcelle de logique en moi me crie d'aller chercher Jay. Il suffirait de traverser le couloir.

Mais je reste plutôt assise là et je le fixe du regard.

Le jeune homme blond traverse l'arrière-cour très lentement et fait plier l'herbe avec le bout de ses bottes qui lui vont aux genoux. Ses mains sont enfoncées profondément dans les poches de la culotte que j'admirais plus tôt, ce qui pousse derrière son long manteau à la taille et dévoile un gilet brodé. Il semble parfaitement à l'aise de se tenir sur le terrain d'autrui, à une heure totalement inappropriée de la nuit. Il ne se cache pas ni ne tente de rester dans l'ombre. Il se contente de… marcher.

Le bout de mon nez effleure la vitre froide, et je m'aperçois que j'ai pratiquement collé mon corps à la fenêtre. Le jeune homme se tourne pour lever les yeux directement vers moi. Nos regards se croisent.

Je me fige.

Quelque chose semble clocher avec mon corps depuis les douze dernières heures ; ma réaction normale de lutte ou de fuite ne fonctionne pas tout à fait – je me contente de rester immobile. Sous son regard enveloppant, je ne remue même pas d'un poil – mes yeux sont écarquillés, ma bouche est béate, mes doigts laissent leur empreinte sur le verre givré.

C'est alors qu'il *sourit* ; un sourire à demi intéressé et à demi amusé, comme si nous prenions part à un jeu.

Un jeu dont je ne connais pas les règles.

Je semble perdre la force dans mes bras, et mes mains glissent lentement, laissant de longues traces de doigt sur la fenêtre embuée. Nous nous tenons immobiles tous les deux, à nous fixer des yeux.

Il lève une main et m'invite à sortir en repliant le doigt. Je pousse un cri et m'éloigne de la fenêtre pour faire une avec le mur, hors de sa vue.

Je *le* cache de ma vue.

Je sens mon cœur battre dans mes tempes et le bout de mes doigts tandis que je me tiens contre le mur, occupée à compter mes respirations et à tenter de me calmer. Qui *est* ce gars ? Comment m'a-t-il trouvée ? Après avoir pris dix longues respirations, je m'accroupis et me retourne pour regarder dehors, cachée par le rideau.

« Je n'ai pas à me cacher, songé-je de façon rationnelle, ce n'est pas moi qui fais quelque chose de mal. »

Bien que je me tienne à la fenêtre pour fixer du regard l'arrière-cour pendant plusieurs minutes, rien ne remue, rien ne bouge.

Il a disparu.

Je suis si confuse. Je ne connais pas ce type ; je ne l'ai jamais vu avant aujourd'hui.

Alors pourquoi sa présence me *manque*-t-elle ?

CHAPITRE 4

Je ne vois Benson nulle part lorsque j'entre dans la bibliothèque, ce qui n'est pas exactement incroyable, car il lui arrive *occasionnellement* d'avoir à travailler. Cependant, malgré mes devoirs à faire, la véritable raison de ma présence ici est de le voir, de lui parler. J'ai tellement les nerfs en boule que lorsque je ne l'aperçois pas immédiatement, mon cerveau, toujours en état de récupération, n'arrive pas à formuler un plan B.

– Oh, Tavia, ma chère.

La voix douce de Marie me fait sursauter, et je pivote sur moi-même en poussant un halètement bien audible. Il *faut* que je me calme les nerfs.

– Benson travaille dans la salle des dossiers. Veux-tu que je l'appelle ?

Marie est la bibliothécaire en chef et, techniquement, la patronne de Benson. Elle est aussi rigide qu'un bol de crème fouettée, et Benson l'adore. Ce qui signifie qu'elle l'adore en retour (ce qui n'a rien d'étonnant), mais aussi qu'elle erre souvent dans les parages lorsque nous travaillons et me prête une plus grande attention parce que je suis *l'amie spéciale de Benson.*

Et elle prononce *toujours* mal mon nom. Nous avons déjà eu cette conversation : Tave rime avec « cave » et non avec « dove », mais elle ne retient jamais l'information.

– Ou... oui, s'il vous plaît, réponds-je en espérant qu'elle n'ait pas remarqué mon bégaiement.

Marie me répond avec un sourire et se dirige vers l'arrière de la bibliothèque à un rythme si lent qu'il me rend démente tandis que ses cheveux ondulés et argentés bondissent à chaque pas.

Je présume que ce n'est pas un témoignage très élogieux de ma vie sociale que mon seul ami soit stagiaire à la bibliothèque, mais en considérant que je suis mes cours en ligne et que mes camarades de classe se trouvent tous à des centaines de kilomètres, je ne peux me permettre d'être difficile. Après avoir manqué quatre mois d'école durant ma récupération physique et neurologique, le lycée en ligne était ma seule option si je ne voulais pas être la plus vieille écolière en dernière année.

Par ailleurs, Reese et Jay étaient d'avis qu'il valait mieux pour moi de commencer une nouvelle vie ici, à des milliers de kilomètres de mon ancienne vie. Au départ, j'ai présumé qu'ils ne voulaient pas déménager et je ne les en blâmais pas. Au bout du compte, je pense qu'ils avaient raison. J'aime me trouver dans un nouvel endroit où je ne suis pas automatiquement étiquetée comme la pauvre fille ayant perdu ses parents. Brisée et orpheline. J'ai l'impression que la normalité est impossible après avoir reçu l'une ou l'autre de ces étiquettes, alors imaginez quand on vous colle les deux.

De plus, les travaux scolaires me donnent une excuse pour sortir de la maison presque tous les jours et venir ici pour voir Benson. Non pas que j'ai *besoin* d'une excuse, mais je ne veux pas que Reese et Jay croient que j'essaie de m'éloigner d'eux.

Ce qui n'est pas le cas... tout à fait. Seulement, c'est étrange d'être dans la maison avec Reese chaque jour, à longueur de journée. J'ai dix-huit ans ; je devrais sortir et être occupée par des trucs d'adolescente : les parties de foot, les productions théâtrales, glander chez McDonald en bouffant l'équivalent de mon poids en frites. Le genre de trucs que je faisais occasionnellement au Michigan, quand mes amis insistaient suffisamment. Le genre de trucs que j'avais décidé de faire davantage lors de ma dernière année dans cette nouvelle école de beaux-arts. Peut-être même en compagnie d'un garçon — un gentil artiste.

Mais mes plans se sont effondrés en même temps que l'avion.

À présent, je n'ai aucun intérêt pour ce genre d'activités. J'avais accepté de passer ma dernière année à l'écart du monde lorsqu'un devoir d'anglais m'a amenée à la bibliothèque pour la première fois il y a deux mois ; le jour où Benson Ryder est venu se présenter.

Puis il m'a montré comment consulter les microfiches. Ce fut un coup de foudre amical.

Littéralement.

Je m'installe à notre table habituelle où je pétris les muscles de ma jambe droite. Ils sont toujours un peu sensibles après la marche d'un peu moins d'un kilomètre pour me rendre ici. Puis je jette un regard à la ronde dans la bibliothèque peu fréquentée. En général, l'endroit est tranquille entre neuf et seize heures, sauf dans les cas où les élèves d'une école primaire sont en sortie scolaire. La bibliothèque est plus occupée l'après-midi, après la fin des cours, mais l'un des avantages de l'école en ligne est de pouvoir me rendre à la bibliothèque à tout moment.

En outre, Benson est plus susceptible d'avoir le temps « d'étudier » avec moi lorsqu'il y a moins de visiteurs pouvant avoir besoin de son aide – ou pouvant interrompre notre conversation.

Lorsque je plonge les mains dans mon sac à dos pour en sortir mes manuels, je suis consternée de constater que mes mains tremblent. Suis-je nerveuse à l'idée de raconter mon histoire à Benson ? Ce n'est pas tout à fait cela. Peut-être suis-je encore perturbée par tout ce qui est arrivé.

Et je ne sais pas exactement *comment* parler à Benson du type blond que j'ai vu hier après-midi.

Et hier soir.

Ce matin, pour être plus exacte.

Je ne connais même pas son nom, pourtant, il m'apparaît comme quelqu'un de spécial. Mon secret. Pas le genre de secret qui rend coupable et vous donne une impression de vide à l'intérieur, mais un secret « cappuccino » : sucré et mousseux, qui me réchauffe le cœur.

Je dois quand même en parler à Benson. Il serait préférable que j'en parle à *quelqu'un* au cas où... au cas où ce type était réellement dangereux. Même si cette seule pensée me hérisse sur la défensive.

Comme si je le *connaissais*.

Benson comprendra, n'est-ce pas ? Benson sait tout de moi. *Tout*. Le processus a été long (difficile d'aborder quelqu'un en lui disant : « Salut ! Je suis une orpheline et l'unique survivante de l'un des plus graves écrasements d'avion de l'histoire. Je me cache des médias depuis six mois et, oh, en passant, ai-je mentionné que je me remettais d'un traumatisme crânien ? »).

Toutefois, lentement, et sans intention consciente de ma part, la vérité est sortie du sac. Il y a environ un mois, quand je lui ai enfin admis que « l'accident de voiture » était en fait un écrasement d'avion, j'ai cru que Benson serait fâché. Car j'ai carrément menti à ce sujet. Plus d'une fois.

Il s'est contenté de rire et d'étirer les bras sur ses flancs en me demandant :

— Parlons sérieusement : devrais-je savoir autre chose à ton sujet ? Une jumelle disparue depuis des années ? Un bébé caché ? Un fétichisme lié aux ongles d'orteil ?

J'aime la façon dont il me fait rire de moi.

Cependant, son sourire était un peu trop forcé jusqu'à ce que je l'assure que non, il n'y avait rien d'autre et qu'il connaissait à présent tous mes sombres et profonds secrets. Et j'ai ressenti un soulagement incroyable en lui disant la vérité. En cessant de mentir.

À une personne, à tout le moins.

Je pense que c'est ce jour-là que j'ai compris que je m'éprenais de lui.

Ce qui ne mènera à rien. Probablement. Il est si concentré sur ses études, et je... je suis brisée, en quelque sorte. Je ne parle pas seulement de mes blessures. J'ai *changé*. De manières que je n'arrive pas tout à fait à décrire, mais qui sont impossibles à nier. La concentration est plus difficile qu'avant. Tout est plus difficile qu'avant, en réalité. Selon les médecins, mes lésions cérébrales étaient moyennement graves, et mon rétablissement rien de moins que « miraculeux », mais le simple fait de *vivre* semble un tantinet moins naturel, légèrement moins instinctif. Tout semble quelque peu… en sourdine. Je m'y suis fait dans la plupart des cas. Cependant, j'ignore si je suis prête pour une vraie relation avec quelqu'un. J'ignore quand je le serai. Ma vie est un fouillis d'incertitude.

Par ailleurs, il voit une fille. Dana. Je ne l'ai jamais rencontrée — je ne *veux* pas la rencontrer —, mais j'ai entendu dire qu'elle était splendide et drôle et intelligente et incroyable et… En bref, un ange venu du ciel, selon Benson. Ils ne forment pas un couple. « Pas encore », comme le dit Benson. Cependant, il parle d'elle constamment.

Quand je n'arrive pas à le faire changer de sujet.

Comment pourrait-il me voir d'un autre œil quand il a Dana ? Et je ne suis pas prête à perdre son amitié simplement parce que je ne peux pas en obtenir davantage de lui.

En mettant de côté l'apitoiement sur mon sort, je baisse les yeux pour m'apercevoir que je griffonnais distraitement. De simples gribouillages. En gros, des mouvements de va-et-vient avec mon crayon. Mais…

Mais…

Je tourne la feuille sur le côté et avale difficilement tandis qu'une poussée d'adrénaline provoque un picotement sur mes bras. Les noircissures ressemblent à l'ombre d'une personne.

L'ombre d'un jeune homme. Un jeune homme grand et mince, qui semble porter une queue de cheval.

Je laisse le crayon glisser d'entre mes doigts, puis je serre les poings en tentant de reprendre le contrôle sur ma respiration. La panique vient d'une source complètement différente à présent.

Je n'ai pas dessiné la moindre esquisse depuis l'écrasement de l'avion. Et ce n'est pas faute d'avoir essayé. Mais l'art est le symbole de mes rêves détruits.

Et la raison pour laquelle mes parents sont morts.

Je sais que cette idée est irrationnelle, mais si je n'avais pas insisté pour fréquenter l'école des beaux-arts réputée qui m'offrait une bourse d'études, jamais nous ne serions montés dans cet avion. Elizabeth me dit que j'attribue mal le blâme. Mais de le savoir est bien différent de le *ressentir*. Chaque jour, je lutte contre ma culpabilité.

Parfois, je gagne.

La plupart des jours, je perds.

Un membre de la direction de l'école – l'Académie des beaux-arts de Huntington – avait vu mes œuvres exposées au Capitol de l'État du Michigan. L'école a communiqué avec moi pour demander que j'envoie un portfolio contenant chacune de mes œuvres et en a profité pour m'appâter avec des brochures en couleurs d'un magnifique campus où, apparemment, les étudiants pouvaient apporter leur chevalet pour peindre le coucher de soleil comme bon leur semblait.

Maman et papa étaient d'abord sceptiques, mais lorsque l'école m'a attribué une bourse complète de l'ordre de cinquante mille dollars pour ma dernière année, ils ont dû à tout le moins accepter que j'aille visiter le campus.

Après l'accident, j'ai été étonnée de constater que je souhaitais toujours fréquenter cette école. Cette envie me paraissait mal, mais pourtant, quelque chose en moi voulait reprendre ce que j'avais perdu.

Toutefois, la première fois que j'ai essayé de prendre un crayon, il est tombé de mes doigts. Je n'arrivais même pas à tenir l'objet stupide. Les médecins ont affirmé que mon cerveau était toujours en phase de guérison, qu'ils s'attendaient à ce que je recouvre toutes mes fonctions motrices grâce à la physiothérapie.

Et avec le temps.

J'ai insisté pour que Reese appelle Huntington. Après qu'elle eut expliqué toute l'affaire, j'ai été surprise d'apprendre que l'école acceptait de reporter ma bourse pour me laisser commencer les cours en janvier, lorsque mes blessures seraient guéries.

Cependant, les mois d'automne ont passé, et j'arrivais à peine à écrire mon nom. Chaque fois que j'essayais, je fondais en larmes de nouveau. Reese m'a encouragée durant les semaines de novembre et de décembre. Elle me répétait que l'art faisait partie inhérente de moi, de la personne que je suis. À ce jour, j'ignore toujours pourquoi elle s'en souciait tant. Mais le Nouvel An est venu, et même si mes mains se portaient mieux, mon « blocage artistique » demeurait fermement ancré. J'ai appelé l'école moi-même, le jour où j'ai quitté le centre de neurorééducation pour annuler mon inscription.

Ni Reese ni Jay n'ont essayé de me convaincre autrement.

Je pousse un soupir sonore. Avec Benson qui manque toujours à l'appel et le poids de l'angoisse sur mes épaules, je jette un regard à la ronde, à la recherche de quelque chose qui m'occupera — qui me distraira — pendant que j'attends. Je saisis un journal laissé sur la table à côté et je commence à en lire machinalement les mots sans vraiment savoir ce que je lis. J'en suis à la deuxième page lorsque je sens un bras s'enrouler contre le dossier de ma chaise.

— Désolé d'avoir mis si longtemps, dit Benson.

Je ne dispose que de quelques secondes pour prendre mentalement en note la masse floue de pantalon kaki et de chemise à carreaux vert et bleu pastel avant qu'il ne s'assoie sur la chaise à mes côtés. Je sens la chaleur de son souffle sur ma nuque tandis qu'il jette un œil sur le journal et je remarque un picotement dans mes doigts. Je serre les feuilles plus fort et me retiens de me pencher vers lui et d'appuyer le front contre sa joue pour voir si elle est aussi douce qu'elle le parait ou plutôt râpeuse.

– Marie m'avait laissé toute une pile de dossiers à classer.

– J'ai à peine remarqué ton absence, dis-je avec une hauteur feinte alors que mon corps est pratiquement ramolli par le soulagement. J'étais trop occupée à lire sur la peste qui va détruire le monde, ajouté-je, mais ma blague tombe à plat.

– Encore ce virus ? demande Benson d'un air grave en relevant ses lunettes et se penchant vers moi pour lire l'article du journal par-dessus mon épaule.

– Oui, ils ont découvert un autre cas en Géorgie. Mort en vingt-quatre heures, tout comme ces six autres personnes au Kentucky.

Je reviens à la première page et lui pointe la première partie de l'article avant de lui remettre la section.

Depuis que je suis passée à deux doigts de mourir, j'ai l'impression d'être entourée par la mort. Des gens meurent continuellement dans des accidents, des suites de maladies ou par malchance. Je sais que ça a toujours été ainsi, mais maintenant, j'y suis hypersensible.

– Seize victimes à ce jour, dis-je à voix basse, mais Benson ne répond pas – ses yeux parcourent avidement le texte. Le laboratoire où Jay travaille commence à se pencher sur la situation, ajouté-je tandis que Benson tourne la page pour lire la suite.

— Vraiment ?

L'attention soudaine de Benson me fait sursauter.

— Vraiment, quoi ?

— Le laboratoire de Jay ?

— Ouais. Un nouveau contrat. Tu veux que je l'interroge à ce sujet ?

Benson suit l'histoire de très près depuis l'éclosion de la miniépidémie au Maryland, survenue la semaine dernière. L'Oregon a suivi, puis le Kentucky il y a quelques jours.

Benson croise mon regard une seconde, puis il se carre dans sa chaise en repoussant le journal.

— Nan. J'imagine que tous les laboratoires y travaillent en espérant être le premier à faire une découverte. C'est parfaitement logique.

— Je suppose que oui.

Benson pose les yeux sur mon sac à dos.

— Alors, pour quelle matière as-tu besoin de mon expertise incroyable ? me demande-t-il.

En vérité, je n'ai plus autant besoin de son aide à présent (seulement pour l'appareil de microfiches), mais nous nous assoyons et discutons de mes devoirs et lectures, et souvent, il me rend la pareille en y allant de ses propres suggestions. C'est la raison pour laquelle j'ai commencé à lire Keats.

— En fait, j'ai seulement de l'arithmétique aujourd'hui.

— Je t'en prie, c'est un gaspillage de mes talents créatifs. De plus, c'est beaucoup trop difficile, dit-il avec un grand sourire. Je te laisse te débrouiller.

— Meeeeeerci, dis-je d'une voix traînante en lui donnant un coup de crayon sur le nez.

D'un doigt, il ouvre mon sac à dos et jette un regard à l'intérieur.

– N'as-tu rien d'amusant là-dedans ? Comme de l'histoire ?

– J'en ai terminé avec mon cours d'histoire pour ce semestre, depuis que j'ai remis l'essai pour lequel nous avons fait des recherches vendredi dernier. Nous avons avalé le dessert trop vite.

Comme Benson et moi sommes des maniaques d'histoire, la tentation avait été trop forte et nous avions pris de l'avance.

– Quel dommage, fait Benson avec un faux accent d'aristocrate.

Je secoue la tête devant son air théâtral. La première fois que j'ai vu Benson, je l'ai pris pour un rat de bibliothèque typique. Mais sa poigne confortable quand il m'a serré la main et la façon dont sa chemise vert pâle et son gilet gris étaient froissés de manière un peu trop intentionnelle me disait qu'il s'agissait d'un look créé minutieusement et non pas d'une personnalité forgée après une enfance d'intello.

À certains égards, il assure mieux ma santé mentale que ma psy. Benson me rappelle ma vie normale d'antan.

Il est un étudiant de l'UNH en stage, mais même s'il est au niveau collégial, nous avons pratiquement le même âge. Son anniversaire tombe en août alors que le mien est en décembre, donc nous avons tous les deux dix-huit ans, mais sommes aux opposés quand il s'agit de l'admission scolaire. Ce qui ne signifie pas qu'il ne saisit pas toutes les occasions de me rappeler qu'il est *plus âgé* et *plus sage*.

Je lui accorde qu'il est *plus âgé*. Du bout des lèvres.

– Je voulais seulement sortir de la maison.

Ce n'est qu'un demi-mensonge. Qui me donne quelques secondes de procrastination de plus pour me permettre de décider comment entamer une vraie conversation.

— Admets-le : je t'ai manqué.

— Je me suis languie de toi, dis-je en arquant un sourcil.

Mais c'est la vérité. Une vérité que je ne m'admets pas complètement.

Je fouille dans mon sac à dos sans vraiment chercher mon manuel de maths — j'essaie seulement d'éviter de le regarder.

— Hé, Benson ? commencé-je. Y a-t-il… y a-t-il des cas où il est acceptable de traquer quelqu'un ? Des cas où c'est justifié et non pas étrange ou sinistre ?

— Oh, tout à fait, répond Benson d'un ton très sérieux.

— Vraiment ? affirmé-je en sentant mon cœur, mué par l'espoir, battre plus vite dans ma poitrine.

— Oui. Quand Dana McCraven me traque. C'est complètement acceptable, rationnel et même attendu, selon moi, dit-il en affectant une posture de réflexion exagérée, la joue posée contre son poing. Non, sauf cette exception, je dirais que c'est plutôt étrange et sinistre dans tous les cas. Pourquoi ?

— Je ne faisais que demander, grommellé-je en reprenant ma fouille sans but.

— Oh, allons donc, lâche Benson après presque une bonne minute de silence.

— Quoi ?

Il passe une main dans ses cheveux brun pâle, coiffés de manière décontractée aujourd'hui.

— « Qu'as-tu mangé au déjeuner ? » fait-il d'un ton aigu et moqueur. *Voilà* une question que l'on pose sans raison.

« Qu'as-tu fait hier soir ? » – une autre question aléatoire. J'accepterais même : « As-tu pris une douche ce matin ? » à titre de question sans motif *véritable,* puisque tu es consciente des mes habitudes hygiéniques irréprochables. S'interroger à savoir s'il est socialement acceptable de *traquer* quelqu'un n'est jamais une question comme ça, au hasard.

Je refuse de croiser son regard.

Il se repositionne pour me faire face et pose de nouveau le bras contre le dossier de ma chaise, comme si cela ne rendait pas la conversation encore plus difficile.

– Tave, parlons sérieusement. Ce n'est pas drôle. Es-tu coupable ou victime d'un traqueur ?

– « Victime » est un grand mot.

– Quelqu'un te traque ?

Bien qu'il demeure calme, toute trace d'humour a disparu de sa voix.

– Non ! Oui. En quelque sorte, grogné-je en couvrant mon visage de mes mains. C'est compliqué.

– L'œuvre de journalistes ?

Je secoue la tête.

– Déballe ton sac, mon chou à la crème.

Benson m'affuble toujours du nom d'une pâtisserie quelconque quand il tente de me tirer les vers du nez. Ce qui, en tenant compte de mon passé plutôt sordide, survient sur une base assez fréquente. Il m'a eue avec « muffin », mais j'ai mis le holà à « croissant ».

« Chou à la crème » est acceptable, cependant, alors j'abandonne la partie et lui dis tout. Une fois les premiers mots prononcés, la tâche devient plus facile. Puis j'en ressens un soulagement. Enfin, je débite le tout si rapidement que j'arrive à peine à articuler. Je lui parle du gars, des triangles sur les maisons, de tout. Quand j'en viens à lui parler du type qui m'a fait signe de sortir de la maison, Benson n'a plus la tête aux plaisanteries.

— Tavia, tu dois alerter les policiers. C'est une histoire à foutre les jetons.

— Je pense que c'est une réaction un peu extrême, non? Je ne l'ai vu que deux fois.

— Non! s'exclame Benson en se penchant davantage vers moi et en resserrant son bras contre mon dos. Il a essayé de *t'attirer hors de chez toi à deux heures du matin.*

Je sais qu'il a raison et je sais que je devrais flipper autant que lui. Mais pour une raison que j'ignore... ce n'est pas le cas.

— Il ne s'agit pas d'un vieil homme louche. Il a, genre, notre âge. Ou à peu près.

— Oh, voilà un argument solide, dit Benson, mais son ton est sec et morne. Parce que selon les règles, tout désaxé se doit d'être laid et vieux.

— Ce n'est pas ce que j'ai voulu dire. Je n'ai pas *éprouvé* de peur. Peut-être que « désaxé » n'est pas le bon mot.

Je me frotte les tempes et tente de réunir mes pensées à la recherche du mot juste.

— Je ne crois pas qu'il souhaitait me faire du mal. C'est un peu comme si... s'il cherchait à me *dire* quelque chose.

— Quelque chose comme « Monte dans ma voiture, sans quoi je te ferai éclater la cervelle » ?

— Benson!

Benson sent qu'il m'a poussée un peu trop loin et garde le silence un moment avant de finir par présenter ses excuses.

— Je suis navré. Je sais que tu n'es pas stupide, et ce n'est pas mon intention de te parler comme si tu l'étais. C'est seulement… Je détesterais qu'on te fasse du mal simplement parce que ton instinct est peut-être un peu… absent ?

Il n'a pas à tapoter le côté de sa tête d'un doigt pour que je comprenne ce qu'il essaie de dire. Bon nombre de mes réactions continuent d'être un peu déséquilibrées. Peut-être que la situation se résume à cela ? Ce désir irrésistible d'être proche d'un mec étrange ; de lui parler, de m'assoir avec lui en silence, de seulement *être* ensemble, tous les deux. Il s'agit d'une émotion ridicule, d'un instinct terrible, et je le *sais*. Mais entre le savoir et *supprimer* cette émotion, il y a un vaste monde.

Dès que l'instant devient un peu lourd et afin de cacher mon angoisse, je m'éloigne de Benson pour fouiller de nouveau dans le fond de mon sac à dos.

– Que cherches-tu ?

– Mon baume à lèvres, grommellé-je.

L'air froid de la région fait des ravages étonnants sur mes lèvres. Les hivers étaient rudes au Michigan, mais Reese affirme que c'est l'air salin de l'océan qui assèche ma peau. Donc maintenant, je trimbale un baume à lèvres partout où je vais.

Sauf quand je l'égare.

Ce qui m'arrive souvent.

– Regarde dans ta poche, fait Benson avec une chaleur contrite dans la voix. Normalement, quand on cherche quelque chose, on le trouve toujours dans sa poche.

En faisant un souhait silencieux, j'enfonce la main dans ma poche et pousse un soupir de soulagement quand mes doigts se referment sur le tube familier.

– Tu es un génie.

– Tu es accro, rétorque-t-il.

– Crois-moi, dis-je avant de marquer une pause pour frotter mes lèvres ensemble, dans cinq minutes, il me faudra en remettre. Je pense que mes lèvres sont immunisées.

– Je pense que tu souffres d'un grave problème, Tave. Tu dois aller en thérapie.

– Tu es si bizarre, dis-je en revenant à mes devoirs.

– Non, je parle sérieusement, dit Benson. Il est presque quinze heures. Tu dois te rendre chez ta physiothérapeute.

J'hésite. Après tout ce qui s'est passé, la physiothérapie me paraît si inutile. Si insignifiante.

Comme s'il pouvait lire mes pensées, Benson me serre la main et me dit d'une voix douce :

– Laisse-moi réfléchir à tout cela un moment. C'est difficile à encaisser d'un seul coup. Va à ton rendez-vous et envoie mon un texto plus tard, ça marche ?

Je parviens à lui faire un sourire et à répondre : « Ça marche ! » en me sentant un peu mieux. J'enfile mon blouson et, sous l'effet d'une impulsion taquine, je prends le visage de Benson et lui plante un baiser enduit de baume à lèvres sur la joue.

Dès que mes lèvres entrent en contact avec sa peau, il s'immobilise et ses mains se resserrent autour de mes bras, si bien que je me demande si j'ai commis une bourde.

Mais alors, il s'essuie la joue, et ses yeux regardent dans une autre direction, et je ne suis plus certaine si le baiser a même eu lieu.

– Tavia, proteste-t-il. C'est dégueu !

– À demain, dis-je, le saluant en agitant un doigt.

– Accro, siffle Benson une dernière fois juste avant que je ne passe la porte d'entrée.

CHAPITRE 5

Le trajet entre la bibliothèque et le centre de physiothérapeute m'amène sur la rue Park et me fait traverser une section ancienne de la ville. Ce quartier offre un mélange éclectique de l'ancien et du nouveau : une station-service, une ancienne brasserie, une demeure célèbre devenue monument historique (restaurée de façon magnifique) ; tout ça, au milieu d'un ensemble d'immeubles à bureaux, dont bon nombre abrités dans la structure originelle érigée il y a deux cents ans. Le résultat est un affrontement discordant de périodes dont l'esprit est génial. J'adore ça.

Cependant, profiter du décor se classe plutôt bas dans ma liste de priorités du moment. Je tente de maintenir le rythme en comptant les pas par quatre dans ma tête.

« Un, deux, trois, quatre. Un, deux, trois, quatre. »

Voilà un truc que m'a enseigné ma physiothérapeute il y a deux semaines.

– Tavia Michaels, tu ne devrais *plus* boiter à ce stade, insiste-t-elle.

Toutefois, après des mois à éviter la douleur, c'est devenu une habitude ; ma cadence naturelle même si la douleur est partie.

La plupart du temps.

La physiothérapie à elle seule a ses limites ; à présent, je dois reprogrammer mon cerveau. Ce qui fait que je compte. Beaucoup.

Toutefois, ce n'est pas facile de maintenir la cadence quand mes yeux balaient l'espace au-dessus de chaque immeuble et de chaque porte d'entrée, à la recherche de symboles.

Je cligne des yeux.

« D'où venait cet éclair ? »

J'y regarde de plus près en cillant de nouveau. Cette fois, j'imagine réellement des choses qui ne sont pas là. Super.

J'essaie de ne pas regarder la prochaine maison, mais impossible de m'en empêcher. Mes yeux vont à la rencontre des portes par eux-mêmes.

« Mais qu'est-ce que… ? »

Je m'arrête brusquement, et un homme vêtu d'un survêtement de jogging marmonne en m'évitant de justesse.

Il ne s'agit pas d'un triangle cette fois, et le symbole ne brille pas non plus. Celui-ci semble solide et… réel. J'avance de quelques pas vers celui-ci et j'observe le symbole gravé dans la poutre au-dessus de la porte. Il est si usé, sans parler des couches de peinture qui le recouvrent, que je n'arrive pas tout à fait à déterminer de quoi il s'agit. La forme est ronde, mais étirée le long de lignes courbes. Il pourrait s'agir de n'importe quoi, mais c'est résolument *quelque chose,* et une chose qui fait battre mon cœur de la même façon que les triangles brillants.

D'un air qui se veut désinvolte (pour ne pas avoir l'air d'une voyeuse sinistre), je sors mon téléphone pour prendre rapidement une photo. Dès que j'entends le déclic de l'appareil photo, j'enfonce le téléphone dans ma poche en espérant que personne n'a remarqué mon geste.

Je baisse le menton et entreprends de compter mes pas de nouveau pour chasser les symboles de mon esprit.

« Un, deux, trois, quatre. Un, deux, trois, quatre. »

Lorsque je lève les yeux pour évaluer à quelle distance je me trouve du bout du pâté, une pointe d'éclats dorés brille entre les piétons devant moi.

« C'est lui ! »

Par-dessus l'épaule de l'homme en survêtement de jogging et à proximité d'une dame avec une poussette, je reconnais la queue de cheval blonde maintenant familière sur sa nuque bronzée.

Manifestement, les cheveux longs sont bien à lui.

Et ils paraissent doux et soyeux.

À cette pensée, ma mâchoire se contracte, et je me remets à marcher, plus rapidement cette fois, en réunissant tout mon courage. Je devrais au moins l'aborder et découvrir ce qu'il essayait d'accomplir la nuit dernière.

À coups d'épaules, je me fraye un chemin entre un couple qui se tient par la main. Il ne reste plus que deux personnes entre nous. Mes jambes élancent, mais j'ignore le signal. J'ai aussi cessé de compter. Peu importe ma cadence, toute mon attention est concentrée sur *lui*. Je ne peux pas crier (il prendrait probablement la fuite), mais je suis presque assez près de lui pour lui saisir le bras.

J'y suis presque.

Presque.

Mais au moment où je lève le bras pour lui taper l'épaule, il tourne le coin d'une ruelle étroite et disparait.

– Ça ne se passera pas comme ça, marmonné-je en pivotant sans ralentir, déterminée à le rattraper.

La douleur me frappe au moment où je percute un mur, et la collision irradie le long de ma colonne vertébrale. Mes genoux se dérobent sous moi, et je m'effondre sur le trottoir. Je cligne des yeux pour tenter de focaliser les visages qui entrent dans mon champ de vision.

– Est-ce que ça va ?

– Appelez une ambulance !

– Elle est en crise !

– Mademoiselle ? Mademoiselle ?

– Je vais bien, grommellé-je tandis que la rougeur gagne mes joues.

Et bien que le risque que je sois en crise se soit accru depuis l'accident, ce n'est *pas* le cas en ce moment. Je frotte un point sur ma tête où la douleur est cuisante tout en regardant, les yeux plissés, l'endroit où j'ai cru voir une ruelle.

Il n'y a *pas* de ruelle à cet endroit.

Devant moi se dresse une agence immobilière ; un immeuble plus récent, dont les vitrines sont placardées d'affiches vibrantes de propriétés à vendre.

Mais…

Je veux mourir d'humiliation tandis qu'environ six personnes m'aident à me relever. Leurs mains expriment leur sollicitude en me touchant et en envahissant mon espace personnel ; espace qui a toujours été immense, mais qui n'a fait que s'élargir en raison de mon isolement des derniers mois. J'étends les bras pour repousser gentiment les gens en entonnant : « Merci, je vais bien, merci, je vais bien, merci, je vais bien », jusqu'à qu'on me laisse enfin tranquille – ne reste plus qu'un ou deux regards tournés vers moi.

— Tu as une éraflure sur le front, dit une femme.

Elle me dévisage avec une telle intensité que je me demande si elle me connaît. Si je la connais. Pire encore, si elle connaît Reese et Jay (nous ne sommes pas dans une ville particulièrement populeuse) et s'apprête à sortir son téléphone cellulaire pour les appeler. Quel désastre ce serait. J'ouvre la bouche pour parler, mais avant que je ne puisse prononcer un mot, elle dépose un pansement adhésif dans ma main, se retourne pour tousser poliment dans le creux de son bras, puis s'éloigne dans la rue.

Je l'observe s'éloigner, mais au moment où je m'apprête à détourner le regard, elle scintille.

« Que diable ? »

J'étudie son dos (une tâche bleu pastel parmi les piétons) en l'adjurant mentalement de scintiller de nouveau afin que quelqu'un d'autre le remarque, de me prouver que je ne suis pas folle. Cependant, après environ dix secondes sans incident bizarre, elle tourne à gauche et disparaît de ma vue.

Je braque mes épaules contre la pierre grise de l'agence immobilière en essayant de me convaincre que j'ai dû cligner des yeux ou que le scintillement était l'œuvre de mon imagination.

Aucune trace du jeune homme blond, ce qui est probablement tout aussi bien, car j'ignore si je pourrais m'empêcher de lui crier à la tête. Il m'invite à venir le rejoindre ; il me fuit.

Et il me fuit en empruntant une ruelle qui n'existe pas, rien de moins.

« Ah, les mecs. »

La circulation grouillante de piétons reprend autour de moi, mais quelque chose… quelque chose d'autre me rend mal à l'aise. Une sensation obsédante de… *là* ! Je surprends un homme de l'autre côté de la rue qui m'observe. Il porte un pantalon cargo kaki et des verres fumés — une allure plutôt quelconque.

Cependant, il m'observe. Génial.

Je croise ses yeux (je le crois, du moins ; stupides verres fumés) et lui jette un regard noir qui le défie de continuer de dévisager cette fille maladroite. Tout de suite, il tourne la tête et se met à marcher dans la direction opposée. Je *déteste* me mettre dans l'embarras en public.

Comme si le bruit venait de loin, j'entends le froissement de l'emballage du pansement que je roule en boule dans ma paume, et mon menton retombe contre ma poitrine. J'avance à grandes enjambées sur le trottoir toujours achalandé et j'oublie de compter mes pas en chemin, en espérant que personne ne s'attardera trop longtemps à mon visage d'un rouge éclatant.

Au bout du pâté, je fais un virage en direction d'une partie beaucoup plus récente de la ville qui abrite le centre de physiothérapie que je fréquente. Mon esprit s'emballe à une vitesse bien supérieure à celle de mes pas.

Mais qui diable est ce type blond ? Il s'agit peut-être d'un journaliste. Il semble drôlement jeune pour cela, cependant. J'ai pu bien l'observer la veille, et il paraît à peine plus âgé que moi. Et si je me fonde uniquement sur cette statistique, il n'est *probablement* pas un tueur en série. Il s'agit peut-être d'un traqueur bizarre, mais pourquoi me traquerait-il ?

Peut-être est-il tout simplement cinglé. Je veux dire, il s'est fait pousser les cheveux pour aller avec le costume de reconstitution historique qu'il enfile chaque jour ; il est possible qu'il adopte une attitude de vrai fanatique. Comme ces hommes âgés qui passent leur temps libre à construire des maquettes de train ou des figurines de la Guerre civile. Ou encore comme ce type dans mon ancien lycée qui était fana de théâtre et s'habillait et parlait comme son personnage à longueur de journée, et ce, chaque fois qu'il décrochait un nouveau rôle. Le comportement du type blond irait au-delà du simple excentrisme, mais ce n'est pas exactement du jamais vu. En fait, c'est peut-être là la meilleure explication – en ce qui concerne ma sécurité, du moins.

Cependant, monsieur « queue de cheval » a bel et bien tenté de me faire sortir de la maison hier soir. Pourquoi ferait-il une telle chose ? S'il était si passionné par sa vie de reconstitution, il serait plus logique pour lui de m'aborder durant la journée et de se présenter en agitant son chapeau d'une manière exagérée ou avec un geste tout aussi théâtral.

Et comment expliquer ce scintillement quand la dame s'est éloignée... Une autre entrée dans la liste des sujets auxquels je ne veux pas songer.

Lorsque j'arrive au centre de physiothérapie, un regard de biais dans le rétroviseur du côté passager d'une voiture dans le stationnement me montre la blessure sur mon front. Il y a une éraflure, accompagnée d'un côté par une ligne de poussière. Je me lèche un doigt pour essayer de nettoyer la saleté. La peau à vif élance chaque fois que je la touche, mais j'ignore la douleur et continue de frotter jusqu'à ce que la bande grisâtre ait disparu. Je replace ma courte frange pour couvrir la coupure mineure en tentant de me convaincre que personne ne la remarquera.

Je m'apprête à entrer quand mon téléphone sonne.

– Elizabeth ? murmuré-je pour moi-même.

Non pas qu'elle n'appelle jamais (auparavant, elle avait l'habitude de me contacter assez régulièrement), mais il y avait un moment qu'elle l'avait fait.

— Salut, Elizabeth, réponds-je.

— As-tu une seconde? demande-t-elle d'un ton jovial, mais je me sens totalement nerveuse malgré tout.

— Quelques secondes, dis-je en jetant un regard au centre de physiothérapie.

Je l'entends prendre une inspiration, puis hésiter.

— J'ai parlé à ton oncle ce matin. Il m'a dit que tu t'es levée très tôt. Par très tôt, j'entends deux heures du matin.

Ma bouche est béate d'étonnement.

— Jay?

« Traitre », songé-je en donnant un coup de pied au pneu d'une voiture à proximité.

— Ne lui en veux pas, dit Elizabeth. Il a simplement cru que c'était peut-être important.

Comme si cela excusait sa traîtrise.

— Eh bien, ça ne l'est pas. J'ai fait un cauchemar. Voilà tout.

— Au sujet de l'écrasement?

— *Jay* ne te l'a pas raconté?

J'agis comme une enfant gâtée, mais je ne m'en soucie guère. Déjà, j'ai l'impression de vivre dans un aquarium; je n'avais pas besoin d'une confirmation supplémentaire.

Elizabeth ne dit rien, mais en vérité, elle n'a pas à dire quoi que ce soit, car je connais déjà le discours de façon intrinsèque. *Tavia, tu évites le problème.*

— Non, réponds-je enfin, une main fermée en poing et posée contre ma hanche. Mon cauchemar n'avait *rien* à voir avec l'accident, et voilà pourquoi il n'a aucune importance.

— Tu sais, simplement parce que le rêve ne contenait aucun avion, cela ne signifie pas qu'il n'est pas lié au travail que ton esprit accomplit pour essayer de gérer l'accident. Bien des rêves — la plupart, en fait — ne sont pas littéraux.

Elle laisse le silence s'installer dans la conversation en attendant que je la prenne en charge. Je connais ses trucs.

Bien que je m'y laisse parfois avoir.

— Je me noyais, dis-je en tournant le dos au centre de physiothérapie, comme si quelqu'un à l'intérieur pouvait m'entendre. C'était un cauchemar stéréotypé, le genre de cauchemar que les gens « normaux » font, ajouté-je en mettant l'accent sur « normaux » pour montrer clairement que je m'exclus de cette catégorie.

— Ça t'ennuierait de le partager avec moi ? demande Elizabeth.

Je ne veux pas parler de l'eau. Le simple fait d'y penser me fait frissonner jusqu'à la moelle. Donc, je lui en fais un compte-rendu des plus brefs, passant outre ce que j'ai ressenti.

— As-tu réussi à te rendormir ou le rêve a-t-il continué de te tourmenter ?

Elle utilise le mot « rêve » plutôt que « cauchemar ». Je soupçonne qu'elle cherche à lui donner un semblant de neutralité, mais je préfèrerais qu'elle appelle un chat un chat. Les rêves ne vous terrifient pas jusqu'à ce que vous soyez incapable de respirer.

— Je suis descendue à la cuisine pour me servir une collation, et ça m'a calmée.

S'en suit le silence. Elizabeth sait que mon histoire ne s'arrête pas là, alors elle attend. Elle se contente d'attendre. Elle agit de la sorte dans son bureau aussi. C'est à rendre fou.

Mais c'est efficace.

Presque contre ma volonté, je reprends la parole.

— Il y a…

Je sais qu'une fois que je lui en aurai parlé, plus moyen de revenir en arrière. J'arrive à peine à croire que je vais lui en parler. Ma psy. Je parle de mes problèmes de mec avec ma psy. Mais à qui d'autre puis-je en parler ? Ni à Reese ni à Ray. Je ne peux simplement… pas.

Puis Benson m'a déjà dit ce qu'*il* croit que je devrais faire. Je pense que j'ai besoin d'en parler à une autre femme. Peut-être que le chromosome romantique dont nous semblons toutes être porteuses l'aidera à comprendre ce sentiment étrange.

— Il y a… un gars. Je viens tout juste de le voir pour la première fois. En fait, c'est plus comme la troisième fois et…

Je m'oblige à m'interrompre afin de me calmer les nerfs. Je dois tout reprendre depuis le début.

— Hier, après notre séance, je suis restée dans la voiture tandis que Reese allait acheter du lait.

Elle écoute sans émettre de commentaire (quoiqu'elle pousse un faible « Oh, Tave » quand j'en viens à la partie où il se tenait dans mon arrière-cour à deux heures du matin), jusqu'à ce que je conclue par l'« incident » à l'agence immobilière. Toutefois, je déguise un peu les faits afin de ne pas lui laisser croire que je vois de fausses ruelles et des femmes qui scintillent.

— Et il a simplement *disparu* ? demande Elizabeth quand j'ai terminé mon récit.

— Disparu, dis-je, et cette émotion de tristesse étrange tourbillonne dans ma poitrine encore une fois. Benson affirme que je devrais alerter la police, ajouté-je quand le silence me rend nerveuse. Mais je ne pense pas que ce type soit dangereux. Et si… si j'appelle la police, il…

Je m'interromps. Je ne veux même pas y penser.

— Il s'en ira ? demande Elizabeth, et je suis submergée par l'angoisse ; une angoisse qui m'opprime au point où je suis incapable de parler.

Je grogne vaguement mon accord. Une partie de moi déteste la sensation que ce type provoque en moi. La sensation est affligeante et éveille en moi des émotions que je ne reconnais pas. C'est différent de ce que j'éprouve pour Benson. Benson est une lumière douce et constante alors que ce mec est comme un pétard : d'un éclat aveuglant, mais d'une durée éphémère.

Toutefois, ces brefs instants sont semblables à une joie liquide qui se déverse sur ma tête. Cette partie, elle me plaît bien.

— Tu sembles éprouver des émotions très fortes au sujet de tout cela.

— Je présume que oui.

Je me braque en attendant qu'elle me dise que c'est là un effet secondaire du deuil ou que je projette un amour non partagé vers une cible inappropriée ou encore que tout cela est l'œuvre de mon traumatisme crânien.

Je ressens un soulagement irrationnel lorsqu'elle n'en fait rien. Je *veux* revoir le jeune homme blond, même si chaque parcelle de logique en moi me crie qu'il s'agit d'une mauvaise idée.

Je ne peux m'empêcher de me demander si c'est un signe que je vais mieux ou alors que je suis réellement brisée.

— Tave, je veux vraiment m'assurer que nous en reparlerons davantage demain, en personne, est-ce que ça te va ?

— C'est d'accord, je suppose, dis-je.

J'en suis presque à détester le fait de lui en avoir parlé à présent que la panique a cédé sa place. Mais elle est ma psychiatre, et c'est le genre de chose folle que je suis *censée* lui dire. Malgré tout, j'ai l'impression d'avoir dévoilé le secret d'une *autre* personne plutôt que d'avoir partagé mes pensées.

Le silence s'installe de nouveau, mais je ne suis plus d'humeur à le supporter.

— Je dois y aller, marmonné-je, à la recherche d'une excuse pour raccrocher. J'ai rendez-vous avec ma physiothérapeute.

J'aboie un rire forcé.

— Tu sais, mon *autre* thérapeute.

Elizabeth rigole avant de dire :

— OK. Vas-y et… étire-toi. Nous nous reparlerons demain.

— Merci, dis-je sèchement avant de raccrocher.

Je marche vers le centre en tentant de démêler mes émotions conflictuelles.

Elle ne m'a pas dit de ne *pas* le revoir. Mais j'ai l'impression qu'elle y est allée mollo. Quand j'y réfléchis, je sais que la réaction de Benson était plus logique. Peut-être qu'une partie de moi aurait voulu qu'Elizabeth confirme qu'il *fallait* me tenir loin de lui.

Mais ce n'est pas ce qu'elle a fait. Et je ne peux m'empêcher de me demander pourquoi.

CHAPITRE 6

— Salut, Tave, fait Jay dès que je me glisse sur le siège du passager tandis que ma jambe élance, de la cheville à la hanche.

Normalement, c'est Reese qui vient me prendre après ma séance de physio puisque Jay est au boulot.

— Congé de labo pour toi aujourd'hui ? demandé-je en bouclant ma ceinture de sécurité.

La douleur liée à la thérapie et savoir qu'il a méméré à mon sujet avec Elizabeth me rendent beaucoup moins heureuse de le voir.

— Pire encore, dit Jay en s'engageant dans la circulation — sa voix est éraillée, et il réprime un bâillement. J'ai de la recherche à faire à la maison.

— Au sujet du virus ?

Il marque une pause si brève que je la remarque à peine.

— Ouais, fait-il sans en dire plus. Que t'est-il arrivé à la tête ?

Mes doigts filent vers l'éraflure, ce qui sabote préventivement tout mensonge que j'aurais pu tenter de débiter. Manifestement, ma frange ne fait pas son travail de couverture.

— Hum, fais-je en cherchant maladroitement une explication. J'ai foncé dans un mur.

— Laisse-moi voir ça de plus près, dit-il quand nous arrivons à un feu rouge.

Il tend le bras vers mon visage. Je m'efforce de ne pas tressaillir, mais avant même que sa main n'ait franchi la moitié de la distance, je sais que j'ai échoué. Je n'aime pas qu'on tende les bras vers moi — plus maintenant. Trop de mois se sont écoulés durant lesquels des médecins et des infirmières m'ont tâté les yeux, les points de suture, les oreilles ; ont vérifié ma température et (bien sûr) ont percé ma peau à l'aide d'à peu près un million d'aiguilles.

Il n'insiste pas. Jay est assez doué dans ce genre de situation.

— Je t'en prie, Jay, dis-je en me frottant les yeux de mes paumes ; je sens venir un mal de tête. J'ai déjà tant l'impression d'être une abrutie. J'ai seulement fait preuve d'une maladresse stupide. Promis.

Il hésite plus longtemps que nécessaire, selon moi. Ce n'est qu'une égratignure.

— Je sais que tu as parlé à Elizabeth, laissé-je échapper après un bref moment, la colère me rendant brave.

En cas de doute, passez à la diversion. Ou mieux encore, à l'accusation.

Il m'adresse un sourire coupable et penche la tête de côté comme un chiot surpris à mâchonner une chaussure.

— Je ne lui ai pratiquement rien dit, proteste-t-il. Je ne lui ai même pas révélé à quoi tu avais rêvé.

— En as-tu parlé à Reese ? Je veux dire, ce à quoi à j'ai rêvé ? clarifié-je.

— Tu sais que je dis tout à Reese.

Je ne peux pas lui en vouloir à ce sujet. Ils sont mariés. Et famille ou pas, je suis une intruse dans leur vie.

– Le feu est vert, marmonné-je.

– C'était une conversation vraiment badine, dit Jay dans une tentative de m'apaiser. Docteure Stanley appelle une fois de temps à autre pour s'assurer que tout se passe bien à la maison, et le hasard a voulu qu'elle téléphone ce matin.

Il s'interrompt pour me jeter un regard à la dérobée.

– Je ne pensais pas que c'était confidentiel. L'était-ce ?

– Pas vraiment, admets-je en sentant ma montée de colère redescendre – aucune raison d'en faire *tout* un drame. J'ai seulement l'impression de n'avoir aucune vie privée. Vraiment jamais.

– Je t'avertirai la prochaine fois, dit-il avec sérieux. En fait, pour acheter la paix, quand nous arriverons à la maison, monte à l'étage pour appliquer une couche de fond de teint sur cette éraflure avant le dîner, et je ferai une légère entorse à ma règle de tout dire à Reese. Ce sera notre petit secret, chuchote-t-il avec un grand sourire. On fait la trêve ?

Je lui accorde un faible sourire. Ce n'est *pas* que je souhaite exactement cacher la vérité à Reese. Seulement, elle s'inquiète. Beaucoup. Je ne l'en blâme pas : son demi-frère est mort dans un accident d'avion, et elle a hérité de sa fille folle et brisée. La mort attise la paranoïa chez les gens.

Je suis bien placée pour le savoir.

Juste avant notre entrée dans le garage, j'entrevois les rideaux qui ondulent par la fenêtre ouverte du bureau de Reese. Des carillons que Reese m'a permis d'accrocher au porche il y a quelques semaines se balancent dans la douce brise. Tandis que j'admire le tintement des carillons et la beauté de l'architecture classique de la maison, je sens tout mon corps se détendre. Pour une raison que j'ignore, j'ai toujours trouvé leur maison réconfortante.

– Tu dois m'excuser, fait Jay alors que nous passons la porte arrière, mais j'ai du boulot à abattre avant le dîner.

Il retire sa cravate déjà desserrée pour la jeter sur l'accoudoir d'une chaise avant de se diriger vers son « bureau ». L'endroit ressemble davantage à un laboratoire avec ses trois ordinateurs, ses murs tapissés de tableaux de molécules et un côté de la pièce occupé par des bibliothèques chargées d'ouvrages de référence de toutes les couleurs, classés en un ordre loin d'être alphabétique.

Son matériel de chimiste demeure au labo (il dit que c'est trop dangereux de l'apporter à la maison), mais tout outil de simulation ou de recherche imaginable se trouve dans son bureau.

Pourvu que vous arriviez à le trouver.

Jay s'affaisse sur sa chaise de bureau et se remet tout de suite au travail pendant que je monte à l'étage sur le bout des pieds afin de dissimuler la blessure sur mon front.

Le bureau de Reese se trouve à l'autre bout du couloir depuis ma chambre, et je l'entends chantonner des fausses notes. Je passe furtivement devant la porte à peine entrouverte pour gagner ma chambre avant d'être découverte. Ma trousse de maquillage m'attend sur ma coiffeuse, et j'en sors mon meilleur fond de teint avant d'examiner l'éraflure dans un miroir convenable pour la première fois.

Ce n'est vraiment pas si mal ; cependant, la blessure élance drôlement.

Je tamponne une couche épaisse de fond de teint sur l'éraflure, ce qui la rend encore plus douloureuse, mais au moins, elle est moins visible à présent. Je termine le tout en appliquant un peu de poudre et je jette un coup d'œil à mon œuvre.

Bon travail.

J'ai toujours l'air stressé, par contre. Il n'existe aucun maquillage pour *cela*. L'impression vient de quelque chose dans mon regard. Mais je crois avoir raison d'être stressée. J'en ai marre de dresser la liste des choses démentes qui me sont arrivées au cours des dernières vingt-quatre heures. Marre d'essayer de trouver un moyen d'en parler à Elizabeth sans avoir l'air d'avoir reculé de manière considérable dans mon rétablissement.

En évitant de me regarder dans les yeux, je passe les mains dans mes cheveux courts et foncés, mais je ne réussis qu'à les rendre encore plus hirsutes et indisciplinés. En poussant un soupir, je lisse ma chevelure et je referme mon poudrier.

Mes cheveux n'ont jamais été courts. J'aimerais qu'ils repoussent plus vite.

On a rasé le côté droit de ma tête avant la chirurgie, et quand les bandages ont été enlevés, mon crâne était couvert d'un duvet emmêlé tandis que, de l'autre côté, mes cheveux tombaient encore jusqu'au milieu de mon dos.

C'est à ce moment-là que j'ai pleuré pour la première fois. Jusque-là, tout était figé, et je me sentais coupée de la réalité, comme si toutes ces interventions médicales étaient effectuées sur quelqu'un d'autre. Une personne sans parents et dont les chances de vivre une vie normale étaient très minces.

Pas *moi*.

Mais les cheveux. Les cheveux m'appartenaient.

Et si les cheveux m'appartenaient, il en allait de même pour le reste. Le cerveau brisé, les parents décédés – tout. Tout cela m'appartenait.

À tout le moins, je pouvais faire *quelque chose* au sujet de mes cheveux. J'ai décidé sur le coup de raser l'autre côté aussi, par souci de symétrie. Je ne pense pas que c'était une *mauvaise* décision, mais une tête rasée ne représente pas ma perception de «jolie».

Le crâne chauve me donnait un air dément.

Il y a deux cents ans, on rasait la tête des «patients» dans les asiles pour prévenir les poux et les lentes. Si bien que durant les semaines qui ont suivi la chirurgie, chaque fois que je surprenais mon crâne mal rasé et ma chemise d'hôpital dans le reflet du miroir, j'avais l'impression d'être prisonnière d'un asile de fous d'antan.

Ce qui paraissait plutôt approprié.

D'une main hésitante, je tâtonne la cicatrice qui court sur ma tête et je glisse les doigts sur les bords surélevés. Les médecins ont affirmé qu'elle deviendrait plus lisse et effacée au fil du temps, mais elle sera toujours là. Elle doit faire vingt centimètres de longueur et s'étale en diagonale, depuis la racine de mes cheveux jusqu'au côté droit de ma tête. Heureusement, lorsque mes cheveux ont repoussé de quelques centimètres, ils ont presque recouvert complètement la cicatrice. À présent, mes dix centimètres de cheveux sont assez foncés pour la cacher, à moins que je n'y passe mes doigts.

Un geste que je n'esquisse pas en public ; je fais très attention.

Malgré tout, une visite au salon de coiffure ne me ferait pas de mal.

— Comment s'est passée la physio ? demande Reese, ce qui me fait sursauter.

Au moins, elle m'a laissé le temps de cacher toute preuve de ma plus récente blessure avant de passer par ma chambre.

— Aussi bien que la torture puisse être, marmonné-je en repoussant ma trousse de maquillage ; ma jambe est *encore* douloureuse.

— Et comment s'est passé ton rendez-vous avec docteure Stanley hier ? enchaîne-t-elle.

Manifestement, Reese et Jay n'ont pas reçu l'avis concernant l'utilisation d'Elizabeth ; ils l'appellent toujours « docteure Stanley ».

— Bien, dis-je en retirant mon pull ; cette poussée d'adrénaline me donne chaud, mais l'air qui souffle par la fenêtre ouverte rafraîchit ma peau fourmillante.

— Ainsi, les choses se passent bien ? demande-t-elle. Tu progresses ?

Suspicieuse, je lève le regard vers elle. Normalement, elle n'insiste pas comme cela. Ou peut-être ne l'ai-je jamais remarqué. Aujourd'hui, tout éveille ma paranoïa.

— Je ne faisais que demander, poursuit rapidement Reese, parce que je dois rendre visite à un client à l'extérieur de la ville dans environ une semaine. Je me demandais comment tu te sentais à l'idée que je m'absente pour quelques jours.

— Oh, ce n'est pas du tout un problème, dis-je trop rapidement. Jay ira avec toi ?

— Comme j'aimerais cela. Il travaille sur un nouveau projet. Impossible que ses patrons le laissent prendre congé en ce moment.

Elle est appuyée contre le cadre de porte, et sa voix est distante, mélancolique. Si elle ne répondait pas à une question directe, j'aurais l'impression qu'elle ne parle que pour elle-même.

Puis, brusquement, elle se redresse et me regarde en souriant. Un grand sourire.

J'aime bien Reese ; vraiment. Mais elle met tant d'efforts – trop d'efforts, je suppose. Jay adopte une attitude plus naturelle, et il est plus facile de s'asseoir avec lui et de plaisanter quand nous sommes seuls. Ou même lorsque nous sommes ensemble tous les trois. C'est lorsque je suis seule avec Reese que les choses se corsent.

– Le dîner sera prêt dans environ dix minutes, dit-elle d'un ton joyeux. J'ai préparé une lasagne.

Je lui adresse un grand sourire qu'elle interprète comme de l'excitation par rapport à la lasagne, ce qui est compréhensible. La lasagne est excellente ! En vérité, je ris de son utilisation du mot « préparer ». Parce qu'à mon avis, c'est plutôt le type de l'épicerie qui a « préparé » la lasagne. Reese peut se targuer de l'avoir glissée au four et d'avoir réglé la minuterie.

On peut donc parler de cuisine, mais résolument pas de « préparation ». Quand maman préparait une lasagne, elle passait des heures à rouler des pâtes fraîches, à couper des tomates et à hacher de l'origan. Aucun ingrédient ne sortait d'une pochette, d'une conserve ou du comptoir de l'épicerie ; pour maman, cuisiner était un art. La lasagne de Reese est différente, comme le reste de ma nouvelle vie. Ma vie est si différente que parfois, elle me semble irréelle. Certains jours, j'ai l'impression que ma vie ici est comme un séjour dans une colonie de vacances exotique ; encore quelques repas éclairés aux bougies et quelques nuits sous mon édredon rembourré de plumes d'oie, et je rentrerai à la maison où mes parents m'attendront, dans notre existence de classe moyenne au Michigan.

D'autres jours, l'impression est si différente que c'est plutôt le fait que mon ancienne vie soit révolue qui paraît le plus réel.

Et déprimant.

Heureusement, la plupart du temps, je me sens quelque part entre les deux.

– Mon mets préféré, laissé-je enfin échapper.

Reese s'occupe les mains en tirant sur l'ourlet de son chemisier qui dépasse de son pantalon tandis que son esprit ressasse des idées de façon presque visible. Elle essaie de trouver quoi dire.

J'évite la tension en tournant le regard vers la fenêtre et la rivière Piscataqua qui ruisselle à proximité, puis je manque de m'étouffer sous l'effet de la surprise. Mon cœur se remet soudain à battre la chamade.

– Tu sais quoi, Reese ? J'ai plutôt chaud. Je vais sortir prendre l'air un moment.

J'espère avoir pris un ton assez désinvolte tandis que je passe près d'elle pour me rendre au milieu de l'escalier avant qu'elle ne puisse répondre. Ma jambe élance en raison de ma demi-course.

– Le dîner sera servi dans dix minutes, crie-t-elle. Tu dois manger !

Mais je l'entends à peine.

Je passe la porte arrière en coup de vent, et mes yeux scrutent les environs, à la recherche de quelque chose.

« Je vous en prie, faites en sorte que je n'arrive pas trop tard », supplié-je mentalement.

Mais je ne le suis pas.

Il est toujours là. Accroupi sur la rive.

CHAPITRE 7

Il ne semble pas remarquer ma présence quand je m'approche en clignant furieusement des paupières pour m'assurer de ne pas avoir la berlue. Pour m'assurer qu'il est bel et bien réel.

Mais comme d'habitude, il n'y a ni scintillement ni lueur. Rien à voir avec la dame près de l'agence immobilière ou avec le triangle sur la maison. Il n'y a que… lui. En chair et en os. J'en suis à la fois soulagée et effrayée.

Il n'est plus revêtu d'une veste et d'un chapeau, mais ne les a pas tout à fait remplacés par un jeans et un polo. Il porte une chemise de lin rentrée vaguement dans une culotte de toile brune. Ses pieds sont nus et à demi enfouis dans le sable rocailleux. Je jette un coup d'œil au sol autour de lui, mais je n'aperçois pas de chaussures. En même temps, s'il était assez fou pour se présenter chez moi sans être invité et sans s'annoncer deux jours de suite, peut-être est-il capable de marcher pieds nus aussi.

En mars.

Tandis que je l'observe, mon souffle glacé dans mes poumons (mon cœur a-t-il cessé de battre ?), il lève une main et glisse une mèche de ses cheveux soyeux derrière son oreille. Puis il se penche devant (le tissu de lin se tend sur ses épaules) et il ramasse une petite pierre. Dans un geste tranquille, il balance le bras pour lancer la pierre qui fait des rebonds sur la rivière.

L'immobilité est brisée.

Une fontaine chaude de colère, de besoin, de désir et de fureur bouillonne dans mon estomac et pendant que je franchis la distance qui nous sépare, je ne suis pas certaine quelle émotion l'emporte ; celle qui me retient ou celle qui me pousse devant.

Puis j'y suis. À ses côtés.

Il ne lève pas les yeux. Il ne montre aucun signe qu'il remarque même ma présence.

Ce qui ne fait qu'attiser ma colère.

– Je t'ai vu, dis-je juste assez fort pour qu'il m'entende, car je ne souhaite pas attirer l'attention de quiconque d'autre, surtout pas de Reese. Hier. Ou plutôt aujourd'hui. À deux heures ce matin.

J'attends qu'il s'explique, qu'il se défende. Qu'il mente même. Mais il ne dit rien.

– Et je t'ai vu aussi sur la rue Park. Je n'aime pas que tu me suives et je veux que tu arrêtes.

Mes dents se resserrent presque sur le mensonge – un mensonge dont j'ignorais l'existence jusqu'à ce qu'il sorte de ma bouche.

Mais au moins, je l'ai dit. Benson serait fier.

Pourtant, le type continue de garder le silence. Il se contente de ramasser une autre pierre pour la faire ricocher sur l'eau, comme la première.

– Je suis sérieuse, dis-je.

« Je ne le suis pas. »

– Je veux que tu me laisses tranquille.

« Je veux que tu me parles. »

Il se tient immobile. Immobile et silencieux.

— Hé ! m'emporté-je en croisant les bras sur ma poitrine. Tu m'écoutes ?

Il se penche pour recueillir une autre pierre, et je m'avance devant lui afin de bloquer son lancer.

— Tu ne peux pas simplement…

Je baisse les yeux sur son visage et j'en perds mes mots.

Il s'agit du plus beau visage que je n'ai jamais vu.

Des yeux vert feuille se lèvent vers moi avec le calme profond des eaux du lac Michigan. Sa mâchoire est anguleuse, mais la courbe de ses lèvres en adoucit les lignes, et ses cils noirs de suie s'occupent du reste. Pendant que j'admire sa beauté, une mèche de cheveux dorés glisse de derrière son oreille et vient projeter une ombre sur sa joue. Je halète dans un sifflement, et bien que j'essaie de formuler des mots, ma bouche refuse d'obéir.

Comme s'il sent qu'il est la source de ma détresse, il détourne le regard vers la rivière, et je suis capable de bouger de nouveau.

— Je te supplie de me pardonner, dit-il d'une voix profonde, mais douce ; une voix qui rappelle le chocolat noir. Je t'ai mal abordée. J'ai tout bâclé.

Ses paroles sonnent un peu étranges, comme s'il avait un accent, mais je n'arrive pas à en déterminer la provenance.

J'ignore à quoi je m'attendais, mais ce n'était certainement pas des excuses spontanées. Des raisons, un déni — voilà ce à quoi j'étais préparée. Je suis estomaquée par son aveu et, l'espace d'un moment, je reste là, la bouche légèrement béate.

— J'aurais dû me présenter de façon traditionnelle.

Son regard croise le mien de nouveau, et je suis incapable de détourner les yeux.

— Ouais, ça aurait été préférable à te tenir près de la fenêtre de ma cuisine à deux heures du matin, m'obligé-je à répondre.

— Je t'ai effrayée.

La franchise brusque, encore une fois. J'aimerais le nier, insister pour dire que je n'avais pas peur. Mais j'avais peur. J'étais terrifiée et euphorique à la fois.

— Mais ce n'est pas par moi que tu devrais être effrayée.

Je l'étudie du regard. Il y a… quelque chose. Quelque chose de *familier* chez lui à présent que je le vois de près.

— Est-ce que… est-ce que je te connais ?

Il me fait un grand sourire, et je dois reculer quand il se pousse debout. Le col en V relâché de sa chemise tombe devant et me donne un aperçu de ses muscles abdominaux bien découpés. Je ne suis pas le genre de fille impressionnée par les muscles et le bronzage ; pour moi, la cervelle passe avant les muscles, mais je ne peux m'empêcher d'y jeter un œil. C'est tout comme si son corps avait été conçu pour susciter mon adoration. Quand il se redresse debout, son chemisier retombe à plat contre sa poitrine. Mes yeux remontent.

Et remontent.

Je suis loin d'être petite. Je fais un mètre soixante-dix-sept, mais ce mec doit me dépasser d'un bon quinze centimètres, et il étire ses bras longs et minces au-dessus de sa tête avec une attitude détendue.

— Non, dit-il, et une pointe de malice pétille dans ses yeux, mais tu vas me connaître.

Et alors, nous nous tenons immobiles.

Le regard fixe.

Le regard rivé l'un à l'autre.

Cela ne *me* ressemble pas de perdre mes mots devant un mec, de saliver devant un physique solide comme le granit. Cela suscite chez moi l'impression d'avoir raison et tort, à la fois et tour à tour, jusqu'à ce que je veuille sortir de ma peau pour m'éloigner de ces sentiments contradictoires.

— Je m'appelle Tavia, dis-je en tendant la main.

Il faut bien que je fasse *quelque chose.* La tension me tue, et je n'arrive pas à déterminer ce que je veux. Ce que je ne veux pas.

Les deux désirs semblent être une seule et même chose.

Il regarde ma main, mais ne tend pas la sienne.

— Je sais qui tu es.

« Bien entendu. »

J'attends.

Et j'attends encore.

Va-t-il m'obliger à poser la question ?

— Nous devons parler, dit-il en se penchant pour ramasser un manteau laissé sur le sable avant d'y glisser ses bras minces. J'ai des choses à te montrer, et nous avons peu de temps.

— Je ne connais pas ton nom, lâché-je.

Il fait un grand sourire qui dévoile des dents larges et creuse des rides de chaque côté de ses yeux.

— Tu es belle, le sais-tu ?

Mes jambes tremblent quand il lève une main pour la porter près de mon visage. Ses doigts sont à un cheveu d'effleurer ma joue.

— Je t'aime comme cela, murmure-t-il.

Je ferme les yeux et attends que sa main atterrisse sur ma peau.

Mais il ne me touche pas.

Après quelques secondes, j'ouvre les yeux, embarrassée. Mais il ne me regarde pas. Il est tourné et se tient perpendiculaire à moi, les sourcils froncés.

— Pourquoi fais-tu cela ? demandé-je d'une voix étouffée. Je ne comprends rien.

— J'aimerais pouvoir tout t'expliquer maintenant, mais il me faudra du temps. Tu dois me faire confiance. Je sais que je n'ai rien fait pour le mériter, ajoute-t-il avant que je puisse protester. Mais je t'en supplie, fais-moi confiance.

Je hoche la tête même si je me mords la lèvre. Je la relâche lorsque mes dents entrent en contact avec ma peau craquelée et à vif. Ce stupide air de l'océan. Le geste m'accorde cependant un moment de clarté, et je lutte contre la sensation vaporeuse et agréable qui emplit ma tête.

— Ne prends pas cela mal, mais pourquoi devrais-je te faire confiance ? m'emporté-je. Tu refuses de me dire quoi que ce soit et tu ne cesses de me fuir. Tu dois me parler.

— La prochaine fois, dit-il avec une pointe de promesse dans la voix. Tu sais que je ne peux pas m'attarder ce soir. Je te laisse avec une promesse, ajoute-t-il : à notre prochaine rencontre, j'apporterai quelque chose qui t'aidera à comprendre. D'accord ?

— Tu ne peux pas revenir *ici*, l'avertis-je. Pas comme cela. Tu nous causeras des ennuis à tous les deux.

Il hoche la tête d'un air sobre, comme s'il s'attendait à ce que je lui dise cela.

— Ne me cherche pas. Je viendrai à toi.

On dirait bien que je n'en tirerai pas davantage de lui pour le moment. Il a raison : il ne peut pas rester ici. Pas maintenant.

– OK, acquiescé-je.

Tout mon corps tremble quand je prononce ce mot. Je crains le marché auquel je viens de consentir.

Il se retourne, et son manteau se gonfle pendant une seconde avant de s'enrouler autour de ses jambes comme un murmure.

– Sois prudente, dit-il.

Du moins, je *pense* qu'il l'a dit. Le silence est si lourd qu'il s'agissait peut-être du fruit de mon imagination.

– Attends ! lancé-je en bondissant à sa suite.

– Bientôt, répond-il sans se retourner. Bientôt.

– Mais…

Je ne sais même pas quoi dire ; j'ai complètement perdu le contrôle. De la situation. De lui. De moi.

Un doux rire émane de lui, et je sens la colère monter en moi, mais il pivote sur lui pour revenir vers moi et croiser mon regard de ses yeux dans lesquels brille une lueur d'espièglerie innocente.

– Puisque les noms revêtent une telle importance pour toi, je m'appelle Quinn, fait-il avec un sourire. Quinn Avery.

Quinn Avery.

Deux mots simples, mais qui veulent tout dire.

CHAPITRE 8

OÙ ES-TU ?
Mes doigts tremblent tandis que je compose un texto pour Benson.

BIBLIOTHÈQUE. JE M'APPRÊTE À PARTIR, répond-il environ une minute plus tard.

J'AI BESOIN DE TE PARLER.

C'est étrange d'envoyer un texto à Benson, le gars pour qui je craquais la semaine dernière, pour lui parler de Quinn, le type pour qui, apparemment, je craque *cette* semaine.

Plutôt, l'*autre* type sur qui j'ai un béguin cette semaine. C'est si bizarre, mais quand Quinn se trouve dans les parages, je suis incapable de me concentrer sur quoi que ce soit d'autre. Il submerge mes sens, et je flotte sur un nuage aussi divin que terrifiant. Toutefois, quand il n'est plus là, la réalité reprend ses droits, et je ne sais plus quoi penser.

Je sais que je devrais classer Benson parmi les causes désespérées, mais il est semblable à un feu de forêt – notre relation a commencé par une étincelle trop petite pour être remarquée jusqu'à ce qu'elle s'enflamme et prenne une plus grande place. Il me serait tout simplement impossible d'étouffer ces sentiments même si je le voulais.

Et à présent, je vais lui parler de Quinn ? Qu'est-ce que je fabrique ?

Mais je suis à deux doigts d'éclater sous l'effet de cette nouvelle révélation : il a un nom et il veut me revoir ! Et à qui d'autre puis-je en parler ? Je ne vais tout de même pas appeler ma psychiatre (encore une fois) à presque vingt heures.

J'essaie de ne pas songer à ses autres mots. *Ce n'est pas par moi que tu devrais être effrayée.* J'ai passé la journée effrayée. Maintenant, je veux quelques minutes, voire une heure, pour être heureuse, tout simplement.

Après avoir donné à Reese l'excuse d'un devoir oublié, j'arrive à la convaincre de me prêter la voiture pour me rendre à la bibliothèque. Elle fermera dans moins d'une heure. À mon arrivée, je me stationne et je passe les portes d'entrée aussi rapidement que me le permet ma jambe blessée, à la recherche de Benson. Je me fiche qu'il comprenne ou non. Je l'ai écouté composer des sonnets, pratiquement, en hommage à Dana McCraven au cours des deux derniers mois, et ce, sans broncher ; c'est à son tour de m'écouter maintenant.

« C'est mieux ainsi, me dis-je. Maintenant, nous aurons chacun quelqu'un dans notre vie. »

Mais cette pensée me donne une étrange impression de vide.

Il est penché au-dessus du comptoir et discute à voix basse avec Marie. Mon cœur fait un drôle de bond tandis que mes yeux le scrutent de la tête aux pieds, profitant pleinement du moment avant qu'il ne s'aperçoive de ma présence. Il est encore vêtu du gilet clair et de la chemise vert pâle qu'il portait plus tôt, mais il a retroussé ses manches, ce qui met en évidence ces avant-bras bien découpés. Pendant que je l'observe, il repousse légèrement ses lunettes sur l'arête de son nez et adresse une grimace à Marie.

Il semble si à l'aise parmi les piles de livres.

Et si charmant.

Je déglutis en me rappelant la raison de ma présence.

Dès que Benson m'aperçoit, il referme la bouche, et je surprends une expression étrangement mélancolique dans ses yeux avant que son sourire de travers ne vienne l'effacer. Je dois me rappeler qu'il est inquiet à mon sujet. Que je lui donne des raisons *supplémentaires* de s'inquiéter. Benson est une présence si constante, si sereine qu'il est difficile de se souvenir qu'il est l'une de ces personnes dont les émotions sont profondes sous la surface calme.

Je marche vers lui en tentant d'éviter le contact visuel avec Marie avant qu'elle puisse pépier ses salutations et m'interroger sur ma journée. Je n'ai pas le temps de m'occuper d'elle ce soir.

— Allô, Marie, lancé-je rapidement sans la regarder directement avant de me tourner vers Benson. Je dois *vraiment* trouver ce livre avant la fermeture. Il se trouve à l'arrière de la bibliothèque, n'est-ce pas ? ajouté-je d'un ton qui en dit long.

— Ouais, je vais te montrer où, fait Benson en me jetant un regard interrogateur.

Il pose une main sur mon épaule pour me diriger au fond complètement de la bibliothèque ; un endroit où personne ne s'attarde. De toute façon, le nombre de visiteurs se compte sur les doigts des mains. Et la plupart sont des préados réunis autour des ordinateurs.

Je me dirige vers le milieu d'une allée plongée dans l'ombre et, après avoir vérifié que personne ne s'y trouvait, j'effleure du bout des doigts les dos variés des ouvrages : des livres de poche assez récents, des bouquins à la couverture rigide d'un certain âge. Je crois bien que la bibliothèque ne se débarrasse jamais de ses livres. D'aucun d'entre eux. Il n'y a qu'un luminaire muni d'une seule ampoule au-dessus de nous et il illumine des acariens qui tourbillonnent dans la faible brise soufflée par le radiateur.

Je sens des papillons remuer dans mon ventre maintenant que mes nerfs flanchent. Je tente de dissimuler mon malaise en tirant un tube de baume à lèvres de ma poche pour en appliquer une nouvelle couche.

— Oh! hé, ça me rappelle, fait Benson en fouillant dans sa poche. Je me suis souvenu de t'apporter ton autre tube.

Je lève les yeux vers le visage de Benson.

— Quoi?

— Ton baume à lèvres. Je l'ai trouvé dans ma voiture après t'avoir raccompagnée à la maison l'autre jour. Je te l'ai apporté. Maintenant, tu en auras deux.

Il me tend un tube de baume à lèvres aux cerises, identique à celui que je tiens, et me fait un grand sourire.

— Doublez le plaisir, doublez la joie.

— Ce n'est pas à moi. Je dois acheter un autre tube; je ne l'ai pas encore fait, dis-je avant de lever les yeux vers lui, un sourcil arqué. Il doit appartenir à l'une de tes petites amies, ajouté-je d'un ton qui se veut badin tout en me demandant si Dana a enfin succombé aux nombreux charmes de Benson.

Non pas que ce soit important.

Je m'en fiche.

Je m'en *fiche*.

— Non, je l'ai trouvé sur le siège après que tu sois sortie de la voiture, insiste-t-il en me tendant toujours le tube. Il a dû tomber de ta poche.

J'ignore pourquoi il insiste.

— Benson, je ne prendrai pas le baume à lèvres d'une autre fille ; c'est dégueulasse. *Celui-ci* m'appartient.

Il me jette un drôle de regard.

— Mais…

— Ça n'a vraiment pas d'importance, Benson. Jette-le, c'est tout. Il faut que je te parle. *Maintenant.*

— Tant pis pour toi, fait-il en lançant le tube dans les airs — celui-ci vrille plusieurs fois avant d'atterrir dans sa main. Tu devrais passer à une autre marque de toute façon. Tu ne cesses de te plaindre que ce truc ne marche plus pour tes lèvres.

— C'est à cause du sel dans l'air, dis-je en replaçant le bouchon sur mon tube de baume à lèvres.

Celui que j'ai sorti de ma poche. Celui qui n'a pas touché d'autres lèvres que les miennes, j'en suis *certaine.*

D'un point de vue technique, s'il l'a embrassée avant qu'elle n'applique du baume sur ses lèvres, les microbes de Benson devraient aussi se trouver sur le tube. Cela provoque un bouillonnement étrange dans mon ventre, et je n'apprécie pas la sensation. Je fais tourner le tube entre mes doigts seulement pour avoir quelque chose à faire.

Et peut-être aussi pour éviter de regarder Benson.

Mes doigts se serrent autour du tube de plastique un moment, puis l'espace où il se trouvait est vide, et mes doigts se touchent.

— Putain ! lâché-je en tirant ma main vers moi.

— Quoi ? demande Benson sans me regarder et en lançant de nouveau son tube dans les airs.

— Il a disparu !

— Qu'est-ce qui a disparu ?

— Le tube de baume à lèvres !

Après une légère hésitation, il hausse les épaules.

— Regarde sur le sol.

— Benson !

— Quoi ?

J'attends qu'il me regarde.

— Je tenais le baume à lèvres, puis il a disparu.

Son visage ressemble à un masque confus, et il entrouvre les lèvres pour parler avant de les refermer pour me fixer du regard. Comme s'il cherchait quelque chose dans mes yeux.

— Il a *disparu*, Benson, dis-je en luttant pour empêcher mon souffle de se transformer en halètements irréguliers. Je le tenais à la main, et il a disparu.

Quelques autres secondes de silence s'écoulent avant que Benson ne déglutisse et me tende l'autre tube avec un demi-rictus.

— Eh bien, maintenant, tu en as un autre.

— Benson…

— Merde, Tave, s'emporte-t-il, ce n'est que du baume à lèvres. Prends-le ou non, mais d'une manière ou l'autre, il n'est pas à moi.

Son emportement soudain secoue mes pensées, et une seconde plus tard, je m'aperçois que mes joues sont humides. Je ne pleure pas, pas tout à fait, mais des larmes roulent de mes yeux comme si mes émotions avaient une fuite. Bon, mauvais, terreur, euphorie. J'ai vécu un trop grand lot d'émotions aujourd'hui, si bien que je suis submergée à présent.

Et embarrassée. Je suis complètement déboussolée.

J'arrache le stupide tube de baume à lèvres de la main de Benson (je le jetterai à la corbeille plus tard), puis j'ouvre mon sac à main à la recherche d'un des nombreux paquets de mouchoirs que j'y garde. Depuis la mort de mes parents, je pleure de façon aléatoire en public sur une base pitoyablement fréquente.

Quand il m'entend renifler, Benson lève la tête, et tout son visage se fripe dans un mouvement de regret. Il tend les bras, et ses mains trouvent mes épaules.

– Ah, Tave, je suis si désolé. J'agis comme un grand imbécile. Je…

Mais je l'interromps en agitant brusquement la main. Je fouille dans mon sac à main et en ressors un tube de baume à lèvres. Puis, pour ma propre assurance, je soulève la main et déploie mes doigts pour dévoiler le tube que Benson vient tout juste de me donner.

Deux tubes. Trois, en comptant celui qui a disparu.

Je sens que je perds pied et je dois m'efforcer d'inspirer de l'air dans mes poumons alors qu'une pensée horrible prend forme dans mon esprit. De mes mains rendues pratiquement insensibles par la peur, je fouille de nouveau dans mes poches.

D'abord, je n'y trouve rien. Mais je plonge les mains plus creux, dans le coin inférieur de la poche où la peluche tend à s'accumuler.

Et je ressors un autre tube.

Benson avait raison de dire que mon baume se trouve *toujours* dans ma poche si je ne le trouve pas ailleurs.

Je tends les trois tubes à Benson et, de façon instinctive, il lève les mains pour les prendre.

Je les dépose dans sa paume. Il faut que Benson les voie.

Si Benson les voit, je ne suis pas folle.

Ou du moins, je ne suis pas victime d'hallucinations.

Je plonge la main dans ma poche de nouveau et croise le regard de Benson alors que j'en sors un autre tube que je dépose aux côtés des trois autres qu'il tient dans le creux de ses mains.

Quatre tubes. Je continue de fouiller dans ma poche.

Cinq.

Six.

Je ne veux pas qu'on m'ouvre de nouveau le crâne.

– Tu me fais flipper, dit Benson tandis que ses yeux sondent les miens.

– Chut! fais-je en portant un doigt à mes lèvres. Regarde.

– Tave…

– Contente-toi de regarder, insisté-je.

Mon ton sérieux a finalement raison de lui, et il garde les yeux rivés à ma demi-douzaine de tubes de baume à lèvres avec une expression sceptique, comme s'il s'attendait à que je bondisse sur lui en criant : « Je t'ai eu ! »

Comme je voudrais que ce soit le cas.

J'aimerais tant que les choses soient si simples.

Quelques minutes sont passées, et mes yeux sont déjà fatigués de darder les tubes. Benson prend une inspiration, et j'arrive presque à sentir son corps se préparer à dire quelque chose au moment même où le tube du milieu disparaît.

Benson pousse un halètement et échappe les autres tubes. Il se précipite devant avec maladresse (en passant à deux doigts de m'emboutir), et les tubes s'éparpillent sur la moquette.

– Oh mon Dieu !

– Chuuuuut ! murmuré-je comme un ordre en plaçant ma main en travers de sa bouche et en avançant pour me tenir à ses côtés.

Plaquée contre lui.

Je lève la tête, une distance de quelques centimètres sépare nos visages, et ma poitrine se fige. Je baisse lentement la main, et ses lèvres sont douces contre mes doigts. Je stoppe ma main quand il ne reste plus qu'un seul doigt posé contre sa lèvre inférieure. Quelque part en moi, dans un lieu distant, j'entends le souffle de Benson qui s'emballe de façon irrégulière, et son regard est brûlant.

Je ne suis pas certaine qui fait le premier mouvement ni comment cela se produit au milieu de tout ce qui arrive, mais l'instant d'après, mes doigts se mêlent à ses cheveux et tirent son visage vers le mien tandis que sa main se glisse sur ma nuque pour tirer mon visage vers le haut tout en l'inclinant afin que ma bouche rencontre la sienne. Ses lèvres explorent les miennes de manière désespérée ; elles cherchent, demandent et prennent.

Mais comment peuvent-elles prendre ce que je leur donne de façon sauvage ?

Son corps en entier tremble quand il s'avance pour se serrer contre moi, pour m'emprisonner entre la bibliothèque et sa chaleur. Les coins de livres s'enfoncent dans mon dos tandis que nos corps se réunissent, se poussent, s'enveloppent mutuellement. J'empoigne le doux tissu du gilet de

Benson, et mes doigts s'enfoncent vers ses côtes juste en dessous. Ses mains sont toujours enroulées contre ma nuque et ma tête ; ses doigts se tissent un chemin dans mes cheveux alors qu'il tire mes lèvres contre les siennes. Cependant, son long corps qui se balance douillettement contre le mien est une étreinte en soi.

J'arrache ma bouche à la sienne pour prendre une grande bouffée d'air, mais tout de suite, je retrouve ses lèvres, muée par un plus grand besoin de lui. De petits grognements émanent de sa gorge et me donnent l'envie de le serrer plus fort, d'approfondir mon baiser. J'ignore combien de temps le baiser dure (à l'infini, sans être assez long) avant que Benson jette la tête derrière et pousse un grand soupir. Ses mains viennent encadrer mon visage, et il laisse son front reposer contre le mien tandis que nous nous efforçons tous deux de reprendre notre souffle. Son souffle est chaud contre mes lèvres, et lorsque j'inspire, je hume son odeur.

Et une partie de moi sait que tout a changé maintenant.

Pour le mieux ? Je l'espère.

— En sommes-nous arrivés au moment où je suis censée présenter mes excuses ? demande Benson d'une voix si basse et si faible qu'il me donne envie de pleurer encore.

— *Es-tu* désolé ? murmuré-je sans savoir ce que je souhaite entendre.

— Jamais, dit-il dans un chuchotement à peine audible.

Une sensation étrange de joie se propage en moi, mais cette fois, la sensation n'a rien d'accablant. C'est une sensation calme. Presque paisible.

— Alors, ne présente pas tes excuses.

Cependant, il se redresse, et ses mains quittent mon corps pour prendre une nouvelle position, sur ses hanches.

Son regard s'arrête sur la bibliothèque immédiatement à ma gauche.

— Le moment était mal choisi. Tu pleurais et je... J'aurais dû ou plutôt je n'aurais *pas* dû...

— Benson, l'interromps-je, ça va.

— Ça ne va pas, je n'avais pas l'intention de...

— Benson, fais-je d'une voix plus ferme.

Je m'avance vers lui et je glisse les mains sur ses bras pour obliger ses poings à quitter ses hanches et ses doigts à enlacer les miens.

— Ça va.

Je ne veux pas poser la question, mais je sais qu'il le faut.

— Est-ce la raison pour laquelle Quinn te déplaît tant ?

Benson avale de travers avant de prendre la parole.

— Il a un nom à présent ?

— Oui.

— C'est l'une des raisons, admet-il enfin. Mais les autres raisons que j'ai citées sont tout aussi valables.

Mon esprit éprouve bien du mal à réfléchir de façon rationnelle.

— Et Dana McCraven dans tout cela ?

Le visage de Benson devient si rouge qu'il prend presque une teinte marron.

— Je l'ai inventée de toutes pièces, admet-il. Je ne voulais pas que tu voies à quel point j'étais gaga de toi.

— Vraiment ? demandé-je, sincèrement étonnée.

Et heureuse.

— Tu as posé la question un beau jour et j'ai... inventé un nom. Je n'avais pas l'intention d'en faire un si grand mensonge. C'était supposé m'aider à tenir mes distances, marmonne-t-il.

Puis son regard darde vers moi l'espace d'un instant, et l'émotion que j'y lis fait battre mon cœur fort.

— Ça n'a pas marché, je suppose.

— Eh bien, tu as réussi à *me* convaincre, dis-je en rigolant.

— Dana McCraven ne te va pas à la cheville, murmure Benson avec un grand sourire.

— Pourquoi ne pas me l'avoir dit plus tôt ?

Nous aurions pu nous embrasser comme cela depuis des mois ! voudrais-je crier.

— Je ne voulais pas perdre la relation que nous avions, marmonne-t-il. J'aime vraiment le fait que tu viennes ici tous les jours.

Je me mets à sourire comme une idiote à l'eau de rose.

Benson a le béguin pour moi.

Pour moi !

Depuis le début.

C'est comme une petite étincelle de bonté dans un monde devenu si confus que j'ai l'impression d'avoir oublié comment réagir aux bonnes nouvelles.

Mais bien entendu, mes yeux choisissent ce moment-là pour remarquer le tube de baume à lèvres sur le sol.

— Benson ! haleté-je en lui serrant les mains, ce qui lui fait probablement mal aux doigts. Ils ont disparu !

Il ne reste plus qu'un tube de baume à lèvres, posé là, innocemment, sur la moquette.

Mon visage se retourne vers Benson, et je résiste à l'impulsion d'empoigner le devant de sa chemise pour le secouer.

— Tu les as vus, n'est-ce pas ? Ce n'est pas mon imagination. Il y avait bien *six* tubes, non ?

Le timbre de ma voix monte et s'amplifie, et Benson m'encourage à baisser le ton tout en frottant mes bras.

— Oui, je les ai vus. Ils étaient là.

Ses yeux sont écarquillés de nouveau, sa mâchoire est serrée tandis que nous fixons tous les deux l'endroit sur la moquette où les tubes avaient atterri, comme s'ils allaient soudain réapparaître.

Nous levons brusquement la tête lorsque la voix de Marie se fait entendre dans la bibliothèque, par le système de sonorisation.

« La bibliothèque fermera ses portes dans cinq minutes. Veuillez apporter vos livres au comptoir pour faire votre emprunt. La bibliothèque fermera ses portes dans cinq minutes. »

— Je dois rentrer. J'ai dit à Reese que je rentrerais tout de suite.

La mâchoire de Benson est si serrée que j'éprouve l'envie de l'effleurer de mes doigts afin de l'aider à se détendre. Mais la seconde d'après, il reprend la parole :

— Nous devons parler de tout cela. Demain.

— Tu travailles ici demain après-midi. Devrions-nous nous réunir…

— Pas ici, fait Benson d'une voix ferme. Peut-être chez moi ?

Chez moi — une vague de plaisir déferle le long de ma colonne vertébrale à cette pensée. Toutefois, quand Benson se penche devant pour ramasser l'unique tube de baume à lèvres restant, je suis tout à fait sobre de nouveau.

— Je me ferai porter malade s'il le faut, fait Benson en passant les mains dans ses cheveux, le regard au loin. Je démêlerai toute cette histoire, dit-il à voix basse.

Puis il se tourne et me prend la main de manière circonspecte.

— *Nous* démêlerons toute cette histoire.

Je hoche la tête, nourrie par son assurance. La mienne a disparu.

— Tiens, dit-il en me tendant un livre choisi au hasard. Va emprunter ce livre. Comme ça, Marie ne posera pas de questions.

— OK.

Je serre le livre contre ma poitrine et commence à m'éloigner avant de me retourner pour le regarder, muée par un désir désespéré de l'embrasser de nouveau.

Il se penche très, très légèrement vers l'avant.

Mais pour une raison ou l'autre, le moment est mal choisi. Sans la passion frénétique ressentie plus tôt, on dirait qu'il existe entre nous une barrière impossible à franchir. Je me contente donc de serrer sa main avant de tourner le coin sans dire un mot. Je m'oblige à ne pas jeter un dernier regard vers lui, à agir comme si le monde entier n'avait pas été tourné sens dessus dessous derrière cette rangée de vieux livres poussiéreux.

C'est seulement lorsque je fais rouler la voiture hors du stationnement de la bibliothèque que je me rends compte que je n'ai jamais parlé à Benson de Quinn. Que j'ai à peine songé à Quinn depuis le moment où les lèvres de Benson ont touché les miennes.

CHAPITRE 9

— Alors, l'as-tu revu ? Ton, euh, mystérieux garçon ?

Aucun prétexte, aucune salutation, aucun bavardage. Elizabeth va droit au but.

— Brièvement, réponds-je, et les mots s'échappent de ma bouche avant que je me souvienne que la rencontre a encore eu lieu dans l'arrière-cour de ma tante et de mon oncle.

En parlera-t-elle à Reese et à Jay ? M'obligera-t-elle à communiquer avec les policiers ? Elle devrait le faire. Du moins, je *crois* qu'elle le devrait. Mon esprit demeure une mine de joie et de confusion au sujet de Benson. Au sujet de Quinn. De petits détails à propos du comment et du pourquoi ne semblent pas laisser leur marque.

— Dans un lieu public ?

J'opine de manière instantanée en espérant qu'elle ne ressente pas l'impression de mensonge, de trahison.

— Eh bien, entame Elizabeth en parlant lentement, comme si elle essayait de décider la prochaine chose à dire, qu'elle se laissait ces quelques secondes de plus pour prendre sa décision. Qu'est-ce qui t'attire vers lui au juste ? Je veux dire, je présume que je peux conclure que tu éprouves une attirance, fait-elle avec l'ombre d'un rire tout en tapotant son stylo contre son calepin d'un air absent.

Je m'intime de laisser de côté Benson pour me concentrer sur Quinn. L'espace de quelques minutes.

— Je… je ne sais pas exactement. Il…, m'interromps-je, mais ensuite, les émotions s'écoulent par mes lèvres sans que je sache exactement ce que je dis. Il me donne l'impression d'être une toute nouvelle personne. Je sais que ce n'est pas logique, mais voilà comment je me sens. Il me rend heureuse… d'exister. Un point c'est tout.

Mon explication est tellement boiteuse. Mais même si j'arrive à le reconnaître, les émotions s'empilent davantage — la douleur en moi dont j'ignorais l'existence jusqu'à ce qu'il la fasse disparaître, sa façon de m'élever du sol, de me libérer afin que je puisse m'envoler.

J'avale difficilement ma salive. D'où viennent toutes ces émotions ? Je n'ai échangé que quelques mots avec lui, et hier soir, la veille *à peine*, j'ai embrassé Benson.

J'ai presque l'impression d'être devenue deux personnes ; l'une qui est incapable de cesser de penser à Benson… l'autre qui ne peut chasser Quinn de son esprit. Je demeure silencieuse un bon moment (durant quelques minutes, je crois), occupée à réfléchir, tandis qu'Elizabeth m'observe intensément en faisant tournoyer son stylo entre ses doigts. Suis-je amoureuse des deux ? Ou ne fais-je que manifester des symptômes de ce « comportement social inapproprié » auxquels mes neurologistes ne cessent de faire référence ?

— Tavia, fait Elizabeth après un moment en posant son calepin et son stylo à bille sur la table basse brune devant moi, j'ai l'impression que tu me caches quelque chose. Si je me fie aux faits que tu as communiqués, je pense que je devrais m'inquiéter au sujet de ta sécurité. Cependant, tu ne sembles pas partager cette inquiétude. Y a-t-il quelque chose à propos de ce garçon dont tu veux me parler ?

– Il est différent, dis-je pour gagner du temps.

– Est-il beau ? demande Elizabeth en arquant un sourcil et avec une pointe d'excitation de jeune fille dans la voix.

Je ne peux m'empêcher de sourire et même de rougir légèrement en songeant à ses cheveux blonds et soyeux et à ses yeux vert pâle.

À ce physique parfait.

Ça y est : j'ai chaud.

Je le décris à Elizabeth en empruntant des termes généraux : grand, blond, quelque peu bronzé. Mais ces parties ne s'additionnent pas pour former la personne qu'*il* est. Il est plus que ça ; infiniment plus. Mes doigts effleurent la bordure de la table et tirent le stylo et le calepin vers moi.

– Il a une expression dans le regard, dis-je en observant à peine mes doigts qui dessinent les angles de son visage ; ces angles exagérés qui sont si uniques à Quinn.

Mon esquisse est terminée à moitié avant que je m'aperçoive que je suis en train de dessiner.

Je *dessine.*

Mes mains se mettent à trembler si fort que je n'arrive pas à poser le stylo contre le papier sans tracer des lignes ondulées. Je suis entrée dans cette pièce en pensant à Benson et voilà que je *dessine* Quinn. Je dessine pour la première fois depuis l'accident et…

Je pose le stylo en le cognant contre la table.

– Tavia.

La voix d'Elizabeth est si basse que mes oreilles l'entendent à peine, cependant mon esprit se raccroche à ses mots comme s'il s'agissait d'un lien vital ; je m'y agrippe dans l'espoir de dissiper la panique qui menace de m'écraser.

– Tout va bien. Ce n'est qu'une esquisse. Un outil pour m'aider à comprendre ce que tu as vu.

Je lève les yeux vers elle ; des yeux dans lesquels ma prise de conscience devient visible. *Elle* a déposé son calepin. Assez près de moi pour que je le prenne, poussée par l'instinct. Pour *m'amener* à dessiner sans y réfléchir.

– Tu as agi de façon intentionnelle.

Le fantôme d'un sourire apparaît sur ses lèvres. Elle prend un ton banal, comme si nous parlions du décor.

– Peut-être. Tavia, ce n'est qu'un outil. Aimerais-tu terminer ton dessin ?

Sa question posée à voix basse m'apaise. Je pose de nouveau les yeux sur mon esquisse et je fais ce qu'elle me demande, bien que mes traits ne soient plus aussi fidèles qu'auparavant. Je ne dessine pas encore bien longtemps, mais le portrait est assez clair pour permettre à Elizabeth de le reconnaître dans une foule ou une file.

Assez clair pour que je le reconnaisse, sans aucun doute.

– Ton dessin est incroyable, vraiment, dit Elizabeth quand je dépose le stylo. Tu as réellement un don.

Je hausse les épaules.

– Il doit s'agir d'une personne très spéciale pour te faire reprendre le dessin comme cela, ajoute-t-elle d'une voix douce. Quel est son nom ?

– Quinn. Quinn Avery.

C'est la première fois que je prononce son nom complet à voix haute, et le nom se réverbère dans ma tête, puis provoque une masse de picotement dans mon cerveau, semblable à de l'électricité statique qui veut être relâchée.

Elizabeth hoche la tête.

– Donc, tu lui as parlé. C'est rassurant.

– Il y a… il y a autre chose, dis-je en éprouvant le désir soudain et désespéré de ne plus parler de Quinn.

Une partie de moi souhaite aborder le sujet de Benson ; pour être conseillée à son sujet par Elizabeth. Mais de *quoi* aurais-je l'air ? Je ne m'aventurerai pas de ce côté.

– Je pense… je pense que j'ai des hallucinations, m'obligé-je à dire avant que la terreur n'obstrue ma gorge.

Elizabeth se penche vers moi.

– Quel genre d'hallucinations ?

Je croise son regard.

– Des triangles.

Sa tête se penche légèrement sur le côté, mais elle ne me quitte pas des yeux un instant.

– Des triangles ?

– Sur sa maison, ajouté-je en m'efforçant de ne pas avoir l'air *complètement* dément.

Je ne veux pas qu'elle me réponde qu'il y a des triangles partout. Ces triangles sont *différents*.

– La première fois que j'ai vu Quinn, il y avait un triangle au-dessus de la porte de sa maison.

– As-tu revu ce triangle ?

– Sur une autre maison. Sur la 5e Rue, dans la partie ancienne de la ville. J'aime aller me promener dans ce secteur. Je ne l'avais pas remarqué durant ma promenade, mais je l'ai bien vu plus tard sur une photo que j'ai prise.

– Peux-tu me la montrer ?

J'opine en sortant mon téléphone. Lorsque j'atteins la bonne photo, je fais un zoom sur la planche de bois blanche au-dessus de la porte, puis je la pointe du doigt à l'intention d'Elizabeth.

— Là, chuchoté-je.

Elizabeth regarde la photo, plisse des yeux, puis la regarde de nouveau. Elle ne dit rien, mais j'en déduis qu'elle ne le voit pas. Mon cœur tombe dans mon ventre, et je souhaiterais me décomposer sur le divan.

Après avoir effectué quelques zooms arrière et avant, Elizabeth me remet mon téléphone.

— Pourquoi n'as-tu pas voulu m'en parler plus tôt ?

— J'avais peur, admets-je dans un murmure.

— Peur de quoi ?

— Que tu dises que je suis folle. Ou pire encore, qu'il me faille consulter de nouveau un neurologiste.

Le silence s'installe un bon moment, puis je me dépêche d'ajouter :

— Après tout ce qui est arrivé, on pourrait penser que c'est le dernier de mes soucis. Mais quand j'ai l'impression que rien d'autre ne fonctionne dans mon corps, je peux me dire qu'au moins, je suis encore saine d'esprit, et si… si tu m'enlèves cela…

Je suis incapable de terminer ma phrase. Il n'y a aucun mot pour décrire les ténèbres que représente l'idée de perdre l'esprit.

Des ténèbres qui semblent menacer dans l'attente de me dévorer.

— Je ne pense pas que tu es folle, fait gentiment Elizabeth, mais d'une voix ferme qui me convainc qu'elle dit la vérité ou, à tout le moins, qu'elle *croit* me dire la vérité. Tu as fait tant de progrès dernièrement que je m'attendais en fait à ce que tu commences à faire l'expérience de certains… certains changements.

— Que veux-tu dire par changements ?

Comme mes poches remplies d'une quantité infinie de tubes de baume à lèvres ? Devrais-je lui parler de cela aussi ?

Mais il me suffit d'y songer pour savoir que je ne peux pas lui en parler. Des hallucinations ? Eh bien, les hallucinations peuvent être expliquées. Les hallucinations constituent un effet secondaire ordinaire du traumatisme crânien. On ne peut pas en dire de même pour des poches magiques.

— Je veux continuer à explorer certains de ces sujets. Quinn, les triangles, dit-elle sans vraiment répondre à ma question. Et Tavia, il est possible qu'il t'arrive d'autres choses étranges. Des situations inexplicables. Et c'est normal. Sache simplement que tu peux me faire confiance et que je ferai de mon mieux pour remettre ta vie sur la bonne voie. Voilà pourquoi je suis ici.

Je hoche la tête sans vraiment être d'accord. Ce n'est pas que je ne lui fasse *pas* confiance, c'est seulement que les événements sont trop gros, trop irréalistes. Peut-être lui ferai-je confiance quand j'aurai élucidé le mystère ; quand j'arriverai à m'expliquer ce qui se passe avant qu'elle ne me fasse interner.

Ou arrêter.

Que fait-on aux gens qui peuvent sortir des tubes de baume à lèvres de leurs poches comme par magie ?

— Penses-tu que tu dessineras autre chose avant notre prochain rendez-vous ? demande Elizabeth d'un ton léger et désinvolte, mais nous savons tous les deux que nous nous aventurons en terrain dangereux quand il s'agit de mon blocage artistique et que si elle pousse trop fort, le terrain cédera ; *je* cèderai.

– Peut-être, marmonné-je en ne souhaitant pas prendre un engagement plus ferme à ce sujet.

– Eh bien, ça t'ennuie si je garde ce dessin jusqu'à notre prochain rendez-vous ? demande Elizabeth en me soustrayant à mes pensées.

Elle soulève le dessin, et une vague de possessivité jalouse déferle en moi. Je réprime l'envie de le lui arracher des mains, je prends une inspiration et me rappelle que si j'ai réussi à dessiner un portrait, j'arriverai à en dessiner un autre. Ou dix autres. Ou une centaine.

Par ailleurs, je revois Elizabeth dans deux jours.

Dans ce cas, pourquoi mon cœur saigne-t-il comme si le dessin avait disparu pour toujours ? Comme si *Quinn* avait disparu pour toujours ?

CHAPITRE 10

Au moment où notre séance se termine, il pleut *à verse.* Elizabeth m'offre de me raccompagner, mais je décline. J'ai beaucoup de pensées à ressasser ; une promenade sous la pluie est exactement ce dont j'ai besoin. De plus, j'ai eu la prévoyance de revêtir un imperméable plutôt que mon pull à capuchon habituel ; je resterai suffisamment au sec. Elizabeth tente d'insister en disant que j'aurai froid. Mais elle accepte finalement de me laisser partir quand je lui annonce que je m'en vais à la bibliothèque.

Quand j'atteins la bordure du stationnement, je lève les yeux et entrevois un homme dissimulé à moitié derrière un buisson. Il est adossé de manière décontractée contre l'un des immeubles érigés de l'autre côté de la rue où se trouve l'édifice à bureaux d'Elizabeth et ne semble pas encore avoir remarqué ma présence. Mais il me paraît familier.

C'est seulement lorsqu'il lève une main pour replacer ses verres fumés (des verres fumés sous la pluie ?) que je m'aperçois qu'il s'agit de l'homme qui me fixait du regard quand j'ai foncé dans le mur. Ai-je un autre traqueur sur ma piste ? Ou devrais-je ajouter « paranoïa » à la liste des troubles mentaux provoqués par mes blessures ? Il est fort probable qu'il habite tout près, et maintenant que j'ai remarqué son existence, je le vois partout – un peu comme ce qui se produit quand on achète une nouvelle voiture : soudain, on voit le même modèle partout où l'on va. Malgré tout, j'en ai la chair de poule. Alors, je penche la tête et agrippe les sangles de mon sac à dos alors que je pivote sur moi pour prendre la direction opposée.

À seulement deux pâtés du bureau d'Elizabeth, mon ventre gronde. J'étais si nerveuse au sujet de mon rendez-vous (sans parler de mon excitation à propos de Benson) que j'ai oublié de prendre un petit déjeuner. À présent, je suis affamée.

Je ressens beaucoup la faim dernièrement. Comme si je *mourais* de faim. Quand je suis rentrée à la maison après avoir vu Quinn la veille, je pense que j'ai mangé le double de ma portion habituelle de lasagne. En fait, j'allais interroger Elizabeth à ce sujet, mais après tout ce qui est arrivé cette semaine, j'ai oublié. Je présume que c'est un signe de guérison – que mon corps a besoin de carburant pour se réparer. Peu importe de quoi il s'agit, mon ventre hurle de faim.

Une partie de moi souhaite se rendre à la bibliothèque malgré tout ; peut-être que je pourrais aller déjeuner avec Benson. Il a *bien* dit que nous devrions nous revoir, à l'extérieur de son travail. Toutefois, le bon sens se taille une place dans mon cerveau, et je comprends que de me présenter complètement trempée et débraillée au lieu de travail d'un mec n'est pas exactement le meilleur moyen d'obtenir un rancard avec lui. Je dois d'abord rentrer à la maison. Puis peut-être que Reese me laissera emprunter sa voiture pour me rendre à la bibliothèque ; il pleut vraiment fort.

Avant, il m'importait peu d'être jolie pour Benson. Mais maintenant…

Quand j'arrive à la maison, la porte d'entrée s'ouvre silencieusement, et je franchis plusieurs pas dans l'escalier avant d'entendre la voix de Reese.

– Ce n'est vraiment pas un bon moment, Liz. Tavia est sortie ce matin sans me dire où elle allait. S'est-elle même présentée à votre rendez-vous ?

Pause.

– Oh ! Eh bien, dans ce cas.

Alarmée, je tourne la tête vers la cuisine, les oreilles tendues quand je surprends mon nom. Les pas de Reese viennent vers moi et, instinctivement, je me penche hors de sa vue tandis qu'elle se dirige avec le téléphone à l'avant de la maison pour regarder dehors.

Pour regarder si j'arrive.

– Le type blond encore une fois ?

Liz. *Elizabeth ?* Mon estomac se serre quand la sensation de trahison emplit ma poitrine. Elle leur raconte ce que je lui ai dit ! Les psychiatres ne sont pas censés faire cela. Je serre la mâchoire, mais redescends silencieusement les marches tandis que Reese s'exclame :

– Elle l'a dessiné ? Excellent !

Je ramène mes genoux contre ma poitrine, tapie dans l'ombre de l'escalier en colimaçon, et je tente de ne faire aucun bruit, pas même de respirer.

– Tu en es certaine ? Il est identique aux descriptions que nous avons obtenues de Sonya ? Mais… attends, il lui a *parlé* ? Ça n'a aucun sens, n'est-ce pas ? Est-il possible qu'il y ait erreur ?

Elle tâtonne un instant.

— Laisse-moi le prendre en note. Quinn ? OK. A-ve-ry, dit-elle lentement en écrivant. Je vais faire une recherche. Je ne reconnais pas ce nom, mais tu sais à quel point nos dossiers sont étoffés. De plus, un ami qui travaille aux archives me doit une faveur.

Je l'entends prendre une gorgée de quelque chose, avaler rapidement, puis dire :

— Le triangle de Terralien ? Chez lui ? Ainsi, tu penses qu'il sait ce qu'il est ?

Entendre tous mes secrets de la bouche de Reese me donne la nausée.

— Non, je suis d'accord, c'est sûrement cela. Ça me fera plaisir d'aller voir celle sur la Cinquième aussi. As-tu réussi à obtenir un numéro de porte en regardant la photo ? Peut-être que son ancien habitant était un Curadeur. Il a peut-être laissé quelque chose dont nous pourrions nous servir. Mais apporte-moi l'esquisse, tout à fait. C'est peut-être la chance que nous attendions.

« L'esquisse… pourquoi a-t-il fallu que je laisse mon dessin à Elizabeth ? »

— Combien de temps avons-nous, crois-tu, avant d'effectuer la traction ?

Une longue pause suit ses questions, et je devine, au bruit de ces pas, que Reese s'est remis à arpenter la pièce.

— Je *continue* de craindre que cela ne la consume. Je l'ai toujours craint. Nous savons toutes les deux qu'elle ne nous servira à rien si son cerveau est détruit. Mais si elle effectuait une traction sur elle-même ?

Elle se tait et écoute un bon moment pendant que, je le présume, Elizabeth parle. À mesure que les secondes passent, je commence à transpirer et je me demande ce que dans le monde Elizabeth peut bien lui dire en ce moment. Enfin, Reese pousse un grondement affirmatif avant d'ajouter :

— Si c'est réellement lui, cela signifie qu'elle...

Reese s'immobilise.

— Liz, crois-tu qu'elle est trop traumatisée pour renaître ?

J'avale difficilement ; je déteste entendre le mot « traumatisée » des lèvres de Reese, peu importe la fréquence à laquelle je l'emploie moi-même pour me désigner.

Reese pousse un soupir.

— J'aimerais avoir ton assurance. Mais d'un autre côté, tu l'as observée de beaucoup plus près que moi. Elle ne me laisse jamais l'approcher dans une telle proximité. Les dieux soient loués pour ta présence, sans quoi, nous ne saurions rien.

Elle change de position à présent, posant une main contre une hanche, en saillie. Une position de pouvoir.

— Le triangle change tout. Il sait quelque chose. Quelles sont les probabilités qu'il soit un Réducteur ? Oh, oublie ça : toute probabilité supérieure à zéro est une mauvaise nouvelle. Non, non. Si nous passons aux actes ce soir, nous précipiterons les choses. Surtout que nous sommes si près. Nous sommes *peut-être* si près.

« Pas ce soir. Ce soir n'est pas le moment choisi pour faire ce qu'elles veulent me faire. »

Le soulagement, est-ce une sensation appropriée en considérant tout ce qui se passe ?

— Je partirai plus tôt. Je ne pense pas pouvoir partir aujourd'hui sans alerter les personnes haut placées, mais demain devrait faire l'affaire, en présumant que l'esquisse correspond à nos descriptions.

Reese murmure plusieurs bruits affirmatifs avant de prendre une respiration tremblante.

— Nous devons la tenir bien à l'œil. Si elle découvre la vérité par elle-même, dans le meilleur des cas, nous allons la perdre. Dans le pire des cas, elle sera une perte irrécupérable.

« Une perte irrécupérable ? »

— Je l'espère, fait Reese après une autre longue pause.

Sa voix porte une touche de mélancolie que je n'arrive pas à associer au contenu de la conversation.

— Nous ne pourrons pas la cacher indéfiniment. Je m'inquiète déjà. Mes sources me transmettent des messages contradictoires. Normalement, cela signifie qu'elles ont trouvé quelque chose qu'elles tentent de cacher. Nous savons tous ce qui arrive quand le cercle se referme, ajoute-t-elle.

Et même si je ne peux dire pourquoi, ma colonne vertébrale est secouée par un tremblement d'effroi.

— Nous pouvons probablement la tenir en vie encore une semaine au moins, mais au-delà… les paris sont ouverts.

Me tenir en vie ? Je suis incapable de respirer. J'ai l'impression d'encaisser un coup dur après l'autre. Les ténèbres se réunissent à la limite de ma vision, et je veux vomir et perdre connaissance à la fois.

Reese pivote et retourne à la cuisine tandis que je tente de me rouler dans une boule encore plus serrée — de me tapir davantage dans l'ombre.

— Prie pour que cette liaison à Phoenix soit authentique. Si elle ne l'est pas, je n'ai aucune autre piste, et il nous faudra poursuivre la recherche par nous-mêmes. Ce qui signifie probablement la fuite, soupire-t-elle. Je déteste fuir. Ouais, je sais : une étape à la fois. Je serai là sous peu.

J'entends le bip d'un téléphone qu'on raccroche, puis le bruit familier de Reese qui enfile son manteau et qui ramasse ses clés tintantes, suivi du vrombissement de la porte de garage qui s'ouvre.

Je me pousse du mur pour m'accroupir près de la fenêtre où j'entrouvre juste assez les stores pour voir la voiture de Reese rouler en s'éloignant dans la rue.

Une fois qu'elle est hors de vue, je compte jusqu'à dix avant de fuir la maison en joggant sur le trottoir. L'adrénaline nourrit mon rythme jusqu'à ce que je sois obligée de m'arrêter en serrant un point sur mon flanc. Mon souffle est rauque et irrégulier, et toute notion de nourriture a quitté mon esprit.

Je jette un regard à la ronde, incertaine d'où je me trouve l'espace d'un moment. Mon esprit tente de faire le tri dans la conversation que je viens de surprendre, mais rien n'a de sens — tout est erroné. Tellement erroné. Je ne sais que penser, et tout ce que je souhaite serait de pouvoir m'affaisser sur le sol pour fondre en larmes.

Les mots, je les entends raisonner dans ma tête, encore et encore, mais plus j'y réfléchis et moins ils ont de sens. Pourquoi Quinn aurait-il quoi que ce soit à voir avec mon passé ? Je me souviendrais de lui si je l'avais déjà rencontré.

Non ?

Après la chirurgie, mes souvenirs étaient plutôt embrouillés, mais ils ont repris leur forme complète depuis des mois maintenant. Je ne l'aurais certainement pas oublié. Pas *lui*. Pas à la façon dont il m'affecte.

À moins que ce soit là la raison *pour laquelle* il m'affecte.

Mais que viennent faire les triangles dans tout cela ? Ils ne sont rien de plus que d'étranges objets brillants. J'aimerais pousser un grognement sourd. Pourquoi en ai-je parlé à Elizabeth ? Stupide !

Je marche sans savoir dans quelle direction je vais et en remarquant à peine les gens que je croise sur le trottoir. J'ignore quoi faire. La trahison transperce ma poitrine comme une pointe de fer glacée ; je suis plus seule que jamais, sans la moindre idée en qui je peux avoir confiance.

Avant, j'avais toujours confiance en Elizabeth.

Maintenant, il n'y a personne.

Seulement moi.

Et Benson.

Je tiens mon téléphone à la main. Avant même d'avoir pris le temps d'y réfléchir à deux fois ; j'entends la sonnerie sans timbre roucouler à mon oreille.

— Je t'en prie, réponds, je t'en prie, réponds, chuchoté-je tandis que trois, puis quatre sonneries se font entendre.

— Tave ?

— Benson.

Je regarde dans les deux directions avant de murmurer :

— Peux-tu venir me chercher ? J'ai des ennuis.

CHAPITRE 11

Benson se gare en bordure de la rue devant sa maison située hors du campus et, avant même qu'il ait contourné la voiture pour m'ouvrir la portière, je suis déjà debout et je remue nerveusement les pieds, impatiente d'entrer.

— Ça va ? me demande-t-il en frottant doucement mes bras dans un mouvement de va-et-vient.

C'est la première fois qu'il m'adresse la parole depuis qu'il est venu me prendre.

Notre réunion a été un peu maladroite ; aurais-je dû le saluer avec un baiser ? Prétendons-nous que le baiser de la veille n'a jamais eu lieu ? Je n'en ai aucune idée.

Alors je n'ai rien dit.

Je n'ai rien fait.

— Ouais. Non, marmonné-je.

Quelle était la question déjà ?

— Pouvons-nous rentrer à l'intérieur ?

Benson ouvre la porte et m'invite à rentrer. Il doit y avoir une demi-douzaine de gars dans le salon ; trois s'occupent à un jeu vidéo quelconque sur un téléviseur gigantesque pendant qu'un autre, assis près de la fenêtre avant, me regarde avec un sourire de séducteur.

– Ta nouvelle petite amie ? demande-t-il à Benson même si ses yeux ne quittent jamais mon visage.

– Elle n'est pas ma petite amie, répond Benson platement sans regarder le type.

En posant une main sur mon épaule, il me dirige vers l'escalier.

Je me raidis et tente de repousser la flèche douloureuse qui transperce mon cœur à ses paroles.

– C'est une bonne nouvelle pour moi, réplique le gars en souriant davantage.

– Elle est mineure, rétorque Benson.

– Je ne le suis pas, murmuré-je.

– Crois-moi, il vaut mieux que Dustin le croit, chuchote Benson en retour. Le seul *séducteur* vierge autoproclamé au monde, et il est si désespéré de perdre sa virginité qu'il s'essaie sur à peu près tout ce qui est féminin, de près ou de loin.

Je ricane.

– Ne ris pas, fait Benson d'une voix lasse quand nous atteignons le haut de l'escalier. C'est mon compagnon de chambre.

Il pousse la porte, et mes yeux s'écarquillent à la vue de deux murs si parfaitement recouverts de photos de femmes aux seins nus qu'il pourrait tout aussi bien s'agir de papier peint.

– Charmant, dis-je sèchement.

– Je t'avais avertie, fait-il en secouant la tête, puis il pointe vers l'autre côté de la pièce. Voilà mon côté.

La chambre à coucher de Benson est telle que je me l'étais imaginée. Dépouillée, propre et décorée par une collection éclectique d'affiches et de bibelots. Il ramasse un polo drapé sur un fauteuil avant de me faire signe de m'y asseoir.

— Alors, que se passe-t-il ? demande-t-il en s'assoyant au pied de son lit et en jetant le t-shirt sur son oreiller.

Le silence s'installe entre nous.

— J'ai vu Quinn hier, laissé-je échapper en comprenant qu'il me faudra commencer ma confession par cet aveu si je veux arriver à expliquer tout le reste.

Benson se contente de grimacer.

— C'est la raison pour laquelle j'étais venue te voir à la bibliothèque au départ.

Je ferme la mâchoire avec force ; ce n'était pas la bonne chose à dire non plus. *Dis donc, le gars que j'ai embrassé passionnément hier soir, je suis seulement venue te voir en raison d'un autre type. Puis nous nous sommes embrassés. Et alors j'ai sorti des tubes de baume à lèvres magiques de mes poches. Maintenant, je fuis une conspiration qui vise peut-être à me tuer.* Je pousse un grognement et enfouis mon visage entre mes mains.

— Je sais que la situation est vraiment délicate, mais je dois te parler de lui, sans quoi le reste de mon histoire n'aura aucun sens.

— Je t'écoute, fait Benson, et même si sa voix est tendue, il ne semble pas fâché.

— Son nom est Quinn, dis-je avec hésitation.

— Tu l'as déjà mentionné. Ainsi… vous vous êtes parlé ? demande Benson qui ne me regarde toujours pas.

— Je lui ai dit que ce truc de se présenter chez moi sans crier gare était inacceptable.

Un faible sourire se dessine sur ses lèvres.

— Et il a répondu qu'il ne le referait plus ?

En quelque sorte.

— En gros.

Mais les mots ont le goût du mensonge, et je ne veux pas mentir à Benson.

— Il parle de façon étrange.

— À mon avis, tout au sujet de ce type est étrange.

Je ne peux pas prétendre le contraire. Je choisis donc de lui relater toute notre conversation.

— *Des choses à te montrer ?* Qu'est-ce que ça signifie ? demande Benson.

— Je ne sais pas, mais… j'espère le découvrir la prochaine fois que je le verrai.

— La prochaine fois ? Tu la planifies déjà, n'est-ce pas ? Même s'il parle de manquer de temps et de gens qui devraient t'effrayer.

Je lui jette un regard noir.

Benson s'occupe les mains avec la fermeture à glissière de son sac à dos posé près de son lit.

— Je ne comprends pas, Tave, dit-il enfin sans croiser mon regard. Tu es si logique, si intelligente. C'est comme si tout cela tombait par-dessus bord quand ce type se pointe.

Mon premier réflexe est d'être blessée, mais une pointe de conscience me force d'admettre qu'il a raison. Depuis que ce mec est entré dans ma vie, je me reconnais à peine et je ne reconnais pas mes décisions.

— Ce n'est pas que je ne fais pas preuve d'intelligence, insisté-je automatiquement. C'est autre chose, un sentiment que je ne peux pas vraiment expliquer. Je *sais* qu'il ne me fera pas de mal. Tu dois me faire confiance sur ce point.

— À quoi ressemble-t-il ? demande Benson après une minute de silence.

— Pourquoi tout le monde s'intéresse à quoi il ressemble ? demandé-je en roulant des yeux.

— À qui d'autre en as-tu parlé ?

— Elizabeth m'a tiré les vers du nez.

— Tu en as parlé à ta *psychiatre* ?

— C'est son travail, marmonné-je même si je déteste toujours l'idée de lui en avoir parlé.

— Et alors ?

— Et alors quoi ?

— À quoi ressemble-t-il ?

Je penche la tête de côté ; je ne suis pas certaine de comprendre d'où vient sa curiosité, mais je débite les traits de base.

— Ni cornes, ni crocs, ni ailes, ajouté-je quand j'ai terminé la description.

— Qu'a dit Elizabeth à son sujet ?

— Elle m'a encouragée en quelque sorte, marmonné-je en éprouvant une culpabilité instantanée.

Il arque un sourcil d'un air sardonique.

— Fichtre ! Quoi faire quand ta psy est encore plus folle que toi ?

— Tu essaies de ne pas la laisser te tuer, je suppose, dis-je d'une voix creuse.

Nous sommes finalement parvenus à la raison de mon appel.

Benson se lève brusquement, les yeux rivés sur moi.

— Que veux-tu dire, Tave ?

— Après ma séance avec Elizabeth, je suis rentrée à la maison. Et je suppose que Reese ne m'a pas entendue venir parce qu'elle était au téléphone avec Elizabeth —

qu'elle surnomme Liz, en passant, et non pas « docteure Stanley » – et elles parlaient de choses folles.

Tandis que je relate la conversation au meilleur de mon souvenir, Benson s'agenouille sur le sol devant moi et frotte mes mains glacées pour les réchauffer. Je ferme les yeux et me concentre sur la sensation de ses mains sur les miennes en tentant de me remémorer chaque secret, chaque menace, le fait qu'elles s'attendent à ce que je sois *morte* dans une semaine. Les mots s'alourdissent à mesure que je les répète, comme si le fait de les prononcer à voix haute les rendait soudain réels.

– Tave ? fait Benson quand mon récit est terminé.

Il hésite, et je suis amusée de le voir s'inquiéter à l'idée de dire *quoi que ce soit* qui pourrait me hérisser. J'ai l'impression que nous sommes à des kilomètres de ce problème.

– Crois-tu que ce Quinn puisse être la personne à ta recherche ?

J'avais tort.

Mes doigts se serrent autour des siens, et je contracte la mâchoire si rapidement que je mords ma joue au passage. Je grimace de douleur avant de glisser le bout de ma langue sur le point qui élance dans ma bouche.

– Non, dis-je sans offrir plus d'explications.

– Tave, tu dois au moins prendre cette possibilité en considération.

Déjà, ma tête fait un mouvement brusque de négation.

– Non. Jamais il ne me voudrait du mal.

– Tu ne le *sais* pas avec certitude, dit Benson en se penchant vers moi. Des personnes de toutes sortes peuvent te vouloir du mal. Des gens que tu ne pourrais… que tu ne peux pas *connaître*.

– Il peut s'agir de n'importe qui d'autre, Benson. Comme cette dame que j'ai vue quand je me suis éraflé le front ou…

Je hausse la voix dès que j'y pense.

– Il y a cet homme aux verres fumés. Je l'ai aperçu deux fois à présent et…

– Et tu as aperçu Quinn *trois* fois, dont deux fois *chez toi,* m'interrompt Benson.

– Il ne…

Ma voix se brise quand ma tête tombe entre mes mains.

– Comment puis-je te l'expliquer ? Je n'arrive même pas à me l'expliquer.

Je m'affaisse contre l'accoudoir du fauteuil.

– Je suis si fatiguée.

– Reste ici, fait Benson. Je reviens tout de suite.

Quoi ?

Je m'adosse contre le dossier étonnamment souple du fauteuil tandis que Benson passe la porte qu'il laisse entrouverte de quelques centimètres. Ma tête commence à élancer, et je me souviens que la seule raison pour laquelle j'étais rentrée à la maison était parce que j'avais sauté le déjeuner… et le petit déjeuner. Je *dois* commencer à prendre mieux soin de moi. Une femme ne peut survivre sur la caféine.

Dans ce bref moment de clarté, je me demande à quel point la situation est grave. Ma psy partage des renseignements confiés en toute confidentialité : et alors ?

Elle relaie l'information à la tutrice légale qui m'a prise en charge sans avertissement et a satisfait à tous mes besoins depuis huit mois. À la personne qui essaie de me protéger de quelqu'un. Et qui est prête à fuir. Avec moi ?

Sans moi ? Après s'être débarrassée de moi ? Je n'en sais rien.

Peu importe les justifications que j'avance, tout revient là.

Est-ce possible qu'Elizabeth essaie de me protéger de Quinn ? Cela n'a aucun sens ; pourquoi m'aurait-elle dit que je pouvais le voir si elle le savait dangereux ? Et je refuse de songer que Benson a peut-être raison de dire que Quinn est la source de danger. Ça n'est pas logique.

Je regarde du côté du bureau de Benson dans une tentative de me distraire. Un petit cadre y est posé. Je me penche devant pour le prendre et le regarder de plus près. Il s'agit de Benson, âgé de deux ou trois ans environ, en compagnie d'un garçon plus vieux et d'une femme. Je présume qu'il s'agit de sa maman et de son frère. Il les mentionne assez fréquemment.

J'étudie leurs visages. Benson et son frère ne se ressemblent pas du tout, à l'exception de leurs cheveux bruns, mais je reconnais les traits de leur mère dans son visage. La mâchoire anguleuse, les pommettes élevées, les yeux larges. Ils sourient tous les trois. Une partie de moi en éprouve de la jalousie ; j'irais même jusqu'à dire du ressentiment. Benson a une famille (moins un papa, manifestement, mais tout de même), alors que la mienne est morte.

Bien entendu, jamais je ne souhaiterais un tel sort à Benson. Je suis tout à fait heureuse pour lui, m'aperçois-je en replaçant le cadre sur le bureau. Je suis contente de pouvoir l'être. Elizabeth affirme que l'empathie est l'une des caractéristiques humaines les plus importantes.

Elizabeth.

Je cale la tête contre le fauteuil en choisissant plutôt de concentrer mes pensées sur Benson et sa famille. J'ose m'imaginer dans des scènes avec lui. À l'heure actuelle, j'ai l'impression que je ne pourrais donner libre cours à une fantaisie plus improbable. Mes paupières s'alourdissent, et je les laisse se refermer. Je vais reposer mes yeux un moment.

Je n'entends pas les pas de Benson jusqu'à ce que le faible bruit de la porte qui se referme me fasse ouvrir les yeux brusquement.

— Tiens, fait Benson en me tendant un grand contenant en plastique. Je garde ces bonbons de côté depuis l'Halloween. Les gars ont eu cette idée stupide d'acheter des bonbons pour les distribuer, même si je leur ai dit qu'aucun enfant n'habite dans les parages. Mais ils en ont acheté une tonne malgré tout, et il nous en reste *encore*.

Je soulève le couvercle pour découvrir une sélection de minibarres de friandise et j'en salive immédiatement. J'en avale tout rond environ cinq, puis mon niveau de stress diminue de façon considérable.

— Merci, dis-je en déballant une autre minibarre Snickers.

Benson se penche vers moi et pose les mains sur le côté de mes genoux. De ses pouces, il trace de petits cercles sur mon jeans, ce qui apaise une partie de ma tension pendant que je bouffe une quantité embarrassante de chocolat.

— Que vais-je faire, Benson ? lui demandé-je enfin.

Mon énergie et ma détermination semblent m'avoir quittée au même moment que la tension. J'ai l'impression que mes os se sont transformés en nouilles. À ce moment-là, je ne suis pas tout à fait certaine que je pourrais me lever, même si ma vie en dépendait.

— Elles s'attendent à ce que je sois morte dans une *semaine*.

Il se rapproche de quelques centimètres et pose les mains sur mes cuisses. Je n'y résiste pas — la sensation est agréable. La chaleur de ses paumes traverse mon jeans pour se propager sur ma peau et provoquer un picotement dans mes doigts, ce qui me rappelle que je ne suis pas insensible. Pas complètement.

Pas encore.

— Je ne te servirai pas des mots vides de sens, murmure Benson. Je ne te traiterai pas avec une telle condescendance. Mais peu importe ce qui arrivera, je t'aiderai. Je serai là avec toi.

Il se penche vers moi, et je sens mon cœur battre dans mes oreilles quand son visage se rapproche.

Plus près encore.

— Ce sera dangereux, protesté-je, mais les mots sont à peine audibles après s'être glissés entre mes dents.

Je tiens ma dernière occasion de reculer, de me retirer. Mais je ne le veux pas. Je ne peux rien faire d'autre que me concentrer sur son visage, sa bouche. Mes nerfs crépitent, et ma langue darde pour toucher ma lèvre inférieure.

— Je m'en fiche.

Mes yeux se ferment doucement et…

— Ah ouiiiiiiiii !

Je lève brusquement la tête devant l'intrusion de cette voix, et nous regardons tous les deux le visage de Dustin qui a passé la tête dans le cadre de porte.

— Ce n'est pas ta petite amie, mon œil ! lance-t-il avec un rire suggestif qui provoque des nœuds de honte dans mon estomac.

— Fiche le camp d'ici, s'emporte Benson.

— La prochaine fois, accroche une chaussette sur la porte, mon vieux ; tu connais la règle, le taquine Dustin dont la tête est toujours passée par la porte ouverte tandis que mon visage prend une teinte cramoisie.

L'embarras bout en moi, et je serre les accoudoirs du fauteuil.

– Va chercher une chaussette si tu veux… ahhh !

Une cascade d'eau fouette le visage de Dustin et l'oblige à reculer en titubant. Son cri gargouillant me fait sursauter, et l'eau cesse de couler.

Je serre mes mains contre ma poitrine pendant que Benson donne un coup de pied à la porte pour la fermer et se lève précipitamment pour tirer le pêne dormant.

– Putain, Ryder, qu'est-ce que c'était que ça ? s'écrie Dustin de l'autre côté de la porte. Mon nez saigne ; tu aurais pu me tuer.

Il continue de hurler, mais il pourrait tout aussi bien être une mouche qui bourdonne au loin pour l'attention que je lui porte.

– Benson ? dis-je à voix basse.

– Je suis si désolé, fait Benson. J'aurais dû verrouiller la porte quand je suis remonté, mais j'étais si concentré sur l'objectif de t'apporter de la bouffe que…

– Benson ? affirmé-je d'une voix plus haute.

– Je ne pensais pas, je veux dire, il ne monte jamais à la chambre, sauf pour dormir.

– Benson, c'est moi qui ai fait cela ! lancé-je dans un petit cri.

Il se tourne enfin pour me regarder d'un air confus.

– L'eau, dis-je en m'efforçant de parler à voix basse, c'est moi qui l'ai fait couler !

– Ça va, il va s'en remettre. Et en vérité, il le méritait. Il avait besoin de se rafraîchir les idées.

– Non, j'ai *créé* l'eau.

Il s'immobilise.

– Créé ?

– Comme les tubes de baume à lèvres, dis-je lentement. D'où croyais-tu que l'eau venait ?

– Oh, fait-il en passant les mains dans ses cheveux avant de les croiser sur sa poitrine. Ouais. Nous devrions probablement en parler.

CHAPITRE 12

Mais au lieu de me parler, il brandit son téléphone cellulaire.

— Salut Marie, c'est Benson, dit-il quelques secondes plus tard. Je sais que je t'ai dit que je serais en retard, mais mon rhume s'est vraiment empiré, et je ne crois pas que je pourrai rentrer au travail du tout cet après-midi. Ouais, je sais, je suis désolé. Oui, bien sûr. Je le ferai.

Il appuie sur un bouton pour mettre fin à l'appel, puis fixe le téléphone du regard pendant un long moment. Enfin, il le glisse dans la poche de son pantalon et tourne les yeux vers moi.

Je me sens mal à l'aise. De ma position assise, je me sens très petite devant sa grandeur imposante.

Comme s'il ressent mon malaise, il me tend une main.

— Viens ici.

J'agrippe sa main, et il m'aide à me lever avant de me faire pivoter sur moi. Bientôt, ses mains massent doucement mes épaules et mon cou. Je lâche un soupir et laisse ma tête retomber contre ma poitrine tandis qu'il libère une partie de la tension dans des muscles. Je ne m'étais même pas aperçue qu'ils étaient douloureux.

J'aurais probablement dû le deviner.

— Ça va mieux ? chuchote-t-il après quelques minutes.

Son visage est posé en travers de mon épaule droite, près de mon oreille. Mes genoux tremblent sous moi quand j'essaie de lui répondre, et je dois me racler la gorge.

— Beaucoup mieux, parviens-je enfin à répondre.

Ses mains se trouvent toujours dans mon dos, et ses doigts se serrent durant un très bref moment avant de glisser plus bas en effleurant mes côtes pour s'arrêter à ma taille.

Après une pause, elles descendent de quelques centimètres pour se poser contre mes hanches.

Son souffle réchauffe ma nuque tandis qu'il approche ses lèvres pour effleurer d'un baiser la peau sous ma clavicule. Un frisson ondule le long de ma colonne vertébrale.

Benson se fige.

— C'est un frisson positif, chuchoté-je.

Ses bras se déplacent de nouveau pour s'enrouler autour de mon corps — un bras entoure ma taille tandis que l'autre croise ma poitrine en diagonale. Ses doigts se referment contre mon épaule pour me serrer contre lui.

Je m'accroche à ses bras comme s'ils étaient essentiels à ma survie.

Il ne m'embrasse pas de nouveau. Nous restons debout là, à nous étreindre, comme si le monde entier allait nous déchirer si nous ne l'en empêchions pas.

Je me demande à quel point cette analogie est vraie.

— Dis-moi quoi faire.

La voix de Benson est basse et grave à mon oreille ; les vibrations sur le côté de mon visage lancent une flèche de chaleur qui se rend jusqu'à mes orteils.

Je ferme les yeux et appuie le front contre sa joue (qui n'est que légèrement piquante, comme je l'avais toujours cru). Je sens des larmes qui menacent de couler, mais je les réprime à coups de paupières – pas maintenant.

– J'aimerais le savoir. J'ai passé des mois à recoller les morceaux de ma vie, mais j'ignore même ce que cela signifie maintenant ! Je suis si confuse, Benson. Je ne sais que penser ou faire ni en qui faire confiance. Je ne peux pas *me* faire confiance. J'ignore même ce que je suis !

– Tu es belle, murmure Benson avant de défaire notre étreinte et de me retourner vers lui. Et intelligente, et brave et forte.

Je lui fais face maintenant, et les mains de Benson encadrent mon visage et me réchauffent les joues.

– Et complètement irrésistible, conclut-il. Tout le reste n'est que détail.

Je souris faiblement (c'est tout ce que j'arrive à faire), et Benson se penche vers moi pour déposer un baiser sur mon front, puis sur chaque joue. Son nez effleure le mien, et je peux à peine respirer. Je le désire avec une telle force. Son visage est si près du mien que je sens son souffle sur ma bouche, et l'instant où ses lèvres touchent les miennes est sublime. Douces et chaudes, ses mains se posent sur ma taille pour me tirer vers lui tandis que ses lèvres creusent plus loin. Je me blottis contre lui, me serre contre lui ; j'en veux plus. Nos corps se rapprochent, notre contact s'approfondit.

Puis son visage disparaît, mais ses mains me tirent vers le bas, sur ses genoux et sur le fauteuil que j'ai quitté quelques minutes plus tôt. Mon souffle frissonne dans ma poitrine quand je me laisse glisser, molle, entre ses bras.

Mon genou serre ses cuisses quand il tend la main contre ma nuque pour rapprocher mon visage du sien. Je m'agrippe à sa chemise, ressentant le besoin de tenir quelque chose, et l'ombre d'un grognement s'échappe de la bouche de Benson avant qu'il n'approfondisse son baiser. Je suis balayée par sa douceur exquise et par le rugissement de passion qui se cache juste derrière.

Tout ce que j'ai désiré ardemment depuis notre première rencontre est réuni dans un seul moment de béatitude.

Et j'en veux encore plus.

Mes doigts se déploient contre sa poitrine et, l'espace d'un moment, je me remémore la poitrine de Quinn ; le bout de peau entrevu la nuit dernière quand il s'est relevé.

Mais je le repousse.

Ce moment appartient à Benson.

Et à moi.

Il est à nous.

Une éternité défile avant que je ne me blottisse confortablement contre la poitrine de Benson, ma tête reposant contre son épaule, ses doigts caressant vaguement ma hanche. Le sucre consommé fait enfin son effet, et mon corps semble ronronner comme un moteur bien rodé alors que je suis assise là, à profiter de la chaleur de la peau de Benson.

— Pourquoi ne pouvons-nous pas rester ici pour toujours, sans jamais penser à quoi que ce soit d'autre ? demandé-je d'un ton presque endormi ; mes yeux sont toujours fermés.

— J'aimerais que ce soit possible.

Je penche la tête derrière et effleure son nez.

— Tu me donnes du courage.

Il fait un grand sourire.

– Bien, fait-il avant de marquer une pause. C'est bien, non ?

Je ris, mais le son me paraît étranger. À *quand* remonte la dernière fois que j'ai ri ?

– Oui, c'est bien.

– Bon, bien que je pourrais t'embrasser toute la journée, dit-il en posant un baiser rapide sur mon front. Et toute la nuit. (Un baiser sur mon nez cette fois.) Et toute la journée de demain. (Mon menton maintenant, mais je tremble sous l'effet d'un ricanement que je refoule.) Nous devons parler de la situation.

Je me lève à regret des cuisses de Benson pour prendre le siège qu'il occupait plus tôt ; au pied de son lit.

– Je peux créer des objets, Benson. Comme par magie.

J'ignore si le fait de le dire à voix haute me fait sentir mieux ou pire. Cela semble stupide. Fou. Le genre de chose qu'une personne pourrait dire après un traumatisme crânien ayant occasionné des délires paranoïaques.

– J'ai cru que ça avait peut-être quelque chose à voir avec mes… poches, je suppose. Mais cette eau ne venait pas de mes poches.

– Puis-je présumer qu'il s'agit d'une nouveauté ? demande Benson.

– À moins que ma mémoire ne soit vraiment défaillante, oui.

Benson hoche la tête. Je suis reconnaissante qu'il ne passe pas la remarque qu'il est, en fait, très possible que ma mémoire soit gravement défaillante.

– Mais les tubes de baume à lèvres avaient disparu quand nous… nous en avons terminé, dis-je en sentant la chaleur gagner mes joues. Donc... je suppose qu'ils apparaissent et disparaissent ?

— Le plancher est sec, affirme Benson en pointant la porte où j'ai aspergé son compagnon de chambre d'un mouvement de tête. Je ne pense pas que la moquette sèche aussi rapidement. Peux-tu faire autre chose ?

— Que veux-tu dire par « autre chose » ?

— Créer quelque chose *d'autre*, répète-t-il. Je ne sais pas, moi : un crayon, un dollar, cent dollars, n'importe quoi.

Quelque chose comme de l'eau capable de noyer quelqu'un à l'intérieur d'une maison ? Toute cette histoire se rapproche beaucoup trop du cauchemar, et peu importe ce que je suis capable de faire, je n'aime pas cela.

Mais je ne peux pas non plus ignorer les faits.

Je prends une profonde respiration et je repousse ma peur. Je dois découvrir ce dont je suis capable.

Excepté que je ne sais pas quoi *faire*.

En fin de compte, je décide que le meilleur pari est d'essayer de recréer l'événement de la veille. Je tends la main vers ma hanche en planifiant fouiller dans ma poche, mais avant que je n'atteigne ma poche, mes doigts se referment sur un objet long et arrondi.

— Oh, merde ! m'exclamé-je avec étonnement en échappant l'objet.

Le crayon rebondit sur le sol entre nos pieds. Je ne m'attendais pas à ce que ce soit si facile. D'une certaine façon, je déteste l'idée que ce soit aussi facile.

— Je vais le ramasser, murmure Benson en se penchant avec adresse.

Il tient le crayon entre deux doigts et l'étudie des yeux. Il me jette un regard à la dérobée, puis sort une fiche de son sac à dos. Il y inscrit son nom avant de déposer le crayon sur le sol en plaçant la fiche juste à côté.

Une tension d'un tout autre ordre remplit la pièce.

Une minute passe.

Deux.

Trois.

Quatre minutes plus tard, et la peau de mes doigts est blanche tant je les appuie fort contre mes cuisses. Puis, sans crier gare, le crayon disparaît.

De même que le nom de Benson inscrit sur la fiche.

– Eh bien, fait Benson d'une voix qui paraîtrait désinvolte si ce n'était de la pointe trop cassante et perçante immédiatement sous la surface, nous savons à présent pourquoi ton baume à lèvres avait si peu d'effet.

N'avais-je pas fait remarquer qu'il me fallait en remettre une couche à peu près toutes les cinq minutes ? Mais comment aurais-je pu deviner que la raison était simple : le baume disparaissait *littéralement* ?

– Refais-le, chuchote Benson, et sa mâchoire est si tendue que j'en ai mal aux dents pour lui.

– Non, murmuré-je en retour.

Je ne peux pas. Je ne le *peux* tout simplement pas. Toute cette histoire est terrifiante ; je voudrais qu'elle cesse d'exister.

Benson semble s'apprêter à dire quelque chose, puis il se tourne brusquement pour prendre le bol de bonbons, déballer une barre de friandise Milky Way et l'enfoncer dans sa bouche. Avant même d'avoir commencé à mâcher, il s'attaque à l'emballage d'une autre friandise. Si certaines personnes mangent leurs émotions, manifestement, Benson mange ses réflexions.

Comme s'il se rappelait soudain ma présence, il me tend le bol, et je prends trois friandises. Pendant quelques minutes, nous mâchonnons tous les deux en silence, et je soupçonne que les bonbons sucrés nous aident tous les deux à nous recentrer. Le silence devient un compagnon auquel nous ne pouvons nous fier, et seul le craquement des emballages que nous déballons vient le gâcher.

Benson prend appui sur ses coudes, les doigts entrelacés, et me fixe d'un regard direct jusqu'à ce que je lutte contre l'envie de grimacer. J'aimerais qu'il me tienne les mains. Ou peut-être qu'ils caressent mes jambes de nouveau. N'importe quoi pour me rappeler qu'il est là.

Cependant, il reste assis en silence, de son côté.

— Les pièces du puzzle doivent bien s'imbriquer quelque part, affirme Benson après un moment, et j'opine. Mais c'est comme si nous essayions de compléter le casse-tête sans la moitié des pièces.

Et sans pouvoir se fier à l'image de la boîte.

Sans parler de la menace de mort qui pend au-dessus de ma tête si je n'arrive pas à le résoudre assez vite.

— Je ne vois tout simplement pas comment, admets-je.

— Eh bien, tu peux créer des objets. Si quelqu'un l'apprenait, il voudrait t'utiliser, non ?

Il avale et repousse une barre de friandise à moitié mangée comme s'il avait perdu son appétit.

De mon côté, j'ai retrouvé le mien. Je commence à déballer une autre barre Kit Kat.

— Peut-être qu'elles veulent te protéger de ce genre de personnes.

— Et alors quoi ? Afin que je crée une grosse pile de diamants qui disparaîtra en cinq minutes ? dis-je, la bouche pleine de chocolat.

Benson hausse les épaules.

— Peut-être qu'après une sorte de — disons, formation ? — les objets ne disparaîtraient plus ?

— Ça pourrait être cela, affirmé-je en fouillant dans le bol à la recherche d'une autre friandise Snickers. Mais si c'est le cas, pourquoi ne m'en parleraient-elles pas ?

— Le stress, le rétablissement, indique Benson en étirant ses longs bras sur ses flancs. À tout le moins, on dirait bien que Reese *souhaite* te le dire.

— Peut-être.

Je ne veux pas qu'il les range du côté des « bons ». S'il réussit, contre qui pourrai-je me fâcher et déverser ma frustration ?

— Et Quinn dans tout cela ? demande Benson d'une voix douce, ce qui réinvite le malaise entre nous.

— Que veux-tu dire ? demandé-je en feignant le manque d'intérêt, mais je dois lutter pour ne pas écraser la friandise dans ma main.

C'est injuste : Benson mérite une réponse directe. Mais si j'*avais* une réponse directe, je me la servirais à moi-même.

Benson hésite avant de lever les yeux pour croiser mon regard.

— Il doit bien être au courant de quelque chose. Reese a affirmé que le triangle changeait tout, et la première fois que tu as aperçu le triangle, c'était sur la maison de Quinn, n'est-ce pas ?

— Au-dessus de la porte, oui.

— Et ne t'a-t-il pas dit que faute d'explication, il apporterait quelque chose qu'il pourrait *te montrer* ? N'est-ce pas ce qu'il a dit ? demande Benson avant de marquer une pause. Peut-être te montrera-t-il ce dont tu es capable.

Je tire le revers des manches de mon blouson sur mes mains soudain gelées lorsqu'une pensée vient à moi.

— Peut-être en est-il capable, lui aussi.

Benson opine sèchement.

— Peut-être.

Peu importe qui Quinn est, il est mêlé à tout cela. Benson a raison : il doit faire partie de l'énigme. Je ne suis pas certaine de vouloir parler de Quinn avec Benson, pas après… mais quel autre choix s'offre à moi ?

— Penses-tu que je devrais lui dire que je le sais déjà ?

— Je suppose que c'est à toi de décider à quel point tu lui fais confiance, répond Benson d'une voix calme.

« Je lui confierais ma vie. »

Cette pensée s'exprime dans mon esprit sans y être invitée, comme si une personne invisible l'avait murmurée à mon oreille. Sous l'impulsion, je me retourne, mais bien entendu, il n'y a personne. J'essaie de secouer la sensation étrange et je frotte la chair de poule sur mes bras.

— Tave, fait Benson avant d'hésiter, et je sais ce qu'il s'apprête à me demander. Que… que représente-t-*il* pour toi ?

Je déglutis et lève les yeux vers Benson ; vers la personne qui, à elle seule, m'a aidée à survivre au cours des quatre derniers mois, sans parler des quarante-huit dernières heures. Oui, j'ai aussi eu le soutien de Reese, de Jay et d'Elizabeth (non plus que je sois certaine qu'ils avaient mes meilleurs intérêts à cœur), mais en vérité, celui qui m'a aidée à m'en sortir, c'est Benson. Le même Benson avec qui je partage maintenant des baisers depuis vingt-quatre heures.

J'aimerais tant pouvoir lui parler de n'importe quoi, sauf de cela.

– Je ne sais pas, murmuré-je enfin, les yeux rivés sur mes cuisses.

– Même maintenant ? Après... après tout ce qui s'est passé. Tu *ne sais pas* ?

Je hausse les épaules tout en détestant qu'il s'agisse là de la vérité.

– C'est seulement que...

Il s'interrompt en serrant fermement les doigts.

– Je ne pense pas pouvoir continuer sur cette voie si c'est seulement... S'il ne s'agit que de baisers. Si c'était tout ce que je désirais, honnêtement, ce serait génial. Ce serait amusant. Mais... cela signifie davantage pour moi, conclut-il en levant les yeux pour croiser mon regard un bref instant avant de se détourner. *Tu* signifies plus pour moi.

Pour moi aussi ! Les mots reposent sur le bout de ma langue, mais je n'arrive pas à les prononcer, pas tant qu'il y aura deux garçons dans l'arène. D'ici là, je ne peux pas franchir la prochaine étape. Ce ne serait pas juste pour Benson, sans parler de moi.

Ce qui m'ennuie est que la décision devrait être simple. Je n'ai aucune raison de même *apprécier* Quinn, encore moins d'éprouver pour lui cette obsession. Je sais ce que je *veux* : je veux Benson. Alors, pourquoi mon cœur saigne-t-il à l'idée de ne jamais revoir Quinn ?

Une porte claque au rez-de-chaussée et me secoue de ma torpeur. Je regarde du côté de l'horloge de Benson.

– Merde ! Il faut que j'y aille. Reese et Jay commenceront à se demander où je suis, et je ne peux me permettre cela, débité-je d'un air distrait tandis que je prends mon sac à dos. Ça t'ennuierait de me ramener à la maison ? Peut-être pourrais-tu me déposer à un pâté de la maison afin de ne pas éveiller les soupçons de Reese ?

— Tu vas rentrer chez toi ? Tave, ne fais pas cela. Tu es en danger. Reste ici avec moi, fait Benson d'un air un peu trop grave avant de dissiper la tension en ajoutant : Je promets de ne pas laisser Dustin te tripoter pendant que tu dors, si c'est ce qui t'inquiète. Je vais l'envoyer dormir sur le divan. Il s'endort là la moitié du temps, de toute façon.

— Je ne peux pas, réponds-je d'une voix qui sonne complètement vaincue même à mes oreilles. Je n'ai aucun vêtement de rechange et j'ignore toujours ce à quoi je suis confrontée. J'ai besoin de temps.

Benson tend les bras pour me prendre les deux mains dans un geste qui exprime davantage le désespoir que l'affection.

— On dirait bien qu'il ne reste pas beaucoup de temps, Tave.

— J'en dispose encore d'un peu, réponds-je en lui serrant les mains en retour. Ce n'est que pour une nuit.

— Et demain soir ? demande-t-il.

— Je suppose que je prendrai cette décision demain.

CHAPITRE 13

Malgré ses vives protestations au sujet de la pluie (qui, bien entendu, s'est remise à tomber environ deux minutes après que je me sois assise dans la voiture de Benson – stupide météo), je convaincs Benson de me déposer au bas de la rue. Je veux que tout semble normal.

Après qu'il m'ait dit d'être prudente, je me suis penchée vers lui pour l'embrasser.

Mais me suis arrêtée.

Je ne peux pas faire cela – *nous* ne pouvons pas faire cela – jusqu'à ce que j'aie démêlé toute cette histoire.

Je me dirige lentement vers la maison. La pluie ruisselle dans mon cou depuis le point sur mon visage où le vent s'abat. Je suis réveillée par le froid, si mordant qu'il semble érafler mes joues, mais le froid me ramène aussi au moment présent, me rappelle que je suis *là*. Que je suis vivante.

Auparavant, il suffisait de choses simples pour me ramener à la réalité ; l'air frais sur ma peau, l'odeur du pain qui cuit, le bruit d'enfants qui rient.

À présent, j'ai besoin de rappels plus rudes, ce qui, je l'admets, m'effraie.

J'ai la tête qui tourne. Être trahie par Reese et Elizabeth était déjà bien assez horrible. J'éprouve de la difficulté à envisager tout le reste.

Je peux créer des objets.

Des objets qui disparaissent en environ cinq minutes.

« Ce n'est pas si terrible, essayé-je de me convaincre tandis que je tourne dans notre allée. Je respire. Je suis en santé. »

Deux faits qui ne semblent pas vouloir changer. Du moins, pas dans le futur immédiat.

Par cela, j'entends « ce soir ».

Cependant, la vue de la maison (le lieu que, jusqu'à cet après-midi, j'avais considéré comme chez moi) ravive toutes les émotions. Voici la vérité : je vois des choses qui ne sont pas là ; des gens me traquent, et d'autres tentent de me cacher ; et, oh oui, les lois de la physique ne semblent plus s'appliquer. Est-ce là l'œuvre des chirurgiens qui ont opéré sur mon cerveau ? Est-ce un don que je possédais déjà ? Et vais-je mourir en conséquence de ceci ? Ou est-ce que quelqu'un cherche à me tuer ?

Je ne suis même pas certaine dans quel camp se rangent ma tante et mon oncle.

Je pose la main sur la poignée, mais ne peux m'amener à lui donner un tour. Je m'assois plutôt sur la dernière marche du porche, à peine protégée de la pluie battante, et enroule mes bras autour de mes genoux pour les ramener contre ma poitrine. Mon esprit s'emballe depuis des heures. Il ressasse et ressasse les mêmes problèmes, inquiétudes et soupçons jusqu'à ce que mon cerveau soit fatigué, physiquement.

Tout ce qui s'est passé avec Quinn et maintenant avec Benson me pousse au bord du précipice. Je ne pense pas être capable de gérer un changement dans ma relation avec Benson – même s'il s'agit d'un changement positif. Il est mon port d'attache, la seule présence solide dans l'ouragan qu'est devenue ma vie.

Mais quand je pense à la sensation de ses lèvres sur les miennes…

J'arrache ma main de mes lèvres que mes doigts effleuraient doucement en revivant ces minutes. Ces minutes parfaites.

Ce n'est pas le bon moment.

Je dois comprendre ce qui se passe avec Quinn d'abord.

Quinn, de qui je suis peut-être amoureuse.

Cela peut sembler fou, mais jamais de toute ma vie n'ai-je éprouvé une émotion aussi irrépressible. C'est comme se tenir dans des sables mouvants qui menacent de m'engouffrer davantage si j'essaie de me débattre. Il me donne l'impression d'être une personne que je ne suis pas ; une personne qui prendra des risques, qui balancera la logique par la fenêtre, qui sera prête à tout jouer par pur plaisir.

J'ai déjà eu l'impression d'être étrangère à mon corps, et je n'aime pas les similarités avec cette émotion.

Si seulement ce n'était qu'une question de cœur. Non, Quinn connaît les réponses, j'en suis persuadée. Il me *connaît.* À la façon dont il me regarde, comme s'il entendait mes pensées profondes, mes secrets les mieux cachés. Des parties de moi dont j'ignore l'existence.

Il y a une semaine, j'avais un béguin normal pour Benson. Ce Benson constant et réconfortant. À présent, je suis passée à une relation physique intense avec *lui* au moment même où je suis obsédée par cet autre mec que je ne peux pas trouver, avec qui je ne peux entrer en contact.

Et pourtant, sa présence me donne l'impression d'être en vie ; une sensation que je n'ai pas ressentie depuis la mort de mes parents.

C'en est trop. Trop rapide. Avec les deux garçons.

Et où je me situe dans tout cela ?

Je fixe des yeux la tempête qui rage dans les buissons et les arbres à mesure que sa violence s'intensifie ; le miroir parfait de mes émotions.

La porte-moustiquaire s'ouvre derrière moi, et ma colonne se redresse brusquement.

— Tavia ? C'est toi ? fait Reese en regardant vers le bas de l'escalier. Ça va ?

Ses sourcils sont légèrement froncés ; suffisamment pour afficher une inquiétude sincère et non feinte. À la regarder, difficile de croire qu'elle discutait de moi, à mon insu, avec ma psychiatre il y a quelques heures à peine.

Ma bouche est sèche et collante ; je suis incapable de parler. Reese s'avance sur la marche derrière moi.

— Je vais bien.

Je reste surprise quand je m'entends prononcer ces mots de découvrir que ma voix semble normale

Cependant, Reese n'est pas tout à fait convaincue ; il faut croire que je ne mens pas aussi bien qu'elle.

— J'ai eu une longue journée, ajouté-je en souriant faiblement.

Reese prend une respiration, comme si elle inspirait par une paille, et hésite.

— Où étais-tu ? demande-t-elle, et les mots sortent de manière précipitée, comme s'ils étaient difficiles à prononcer. Tu es sortie toute la journée.

Elle me pose rarement cette question. Elizabeth lui a dit de ne rien en faire. Aucune question quand je sors ; elle ne doit pas m'embêter au sujet de mes occupations. J'ai dix-huit ans, après tout. J'avais l'habitude de croire qu'Elizabeth me protégeait, mais maintenant, je vois la réalité clairement : l'objectif était de me donner un faux semblant de sécurité afin que je baisse mes gardes. Ce n'était pas une liberté, mais l'illusion de celle-ci.

À présent, Reese transgresse les règles. Elle pose des questions.

Je tente de déterminer ce que cela signifie, mais ne réussit qu'à provoquer un mal de tête.

– Avec Benson, marmonné-je, trop fatiguée pour penser à un mensonge.

– Est-ce… est-ce que vous vous êtes disputés ? Tu as l'air un peu malade. Le teint pâle, corrige-t-elle.

– J'ai oublié de manger.

Tristement, c'est vrai aussi. Peut-être maîtriserais-je mieux la situation si mon estomac n'était pas aussi en colère contre moi. Cependant, il continue de gronder et de bouillonner malgré la pile de minibarres de friandise que j'ai mangées avec Benson.

Ou peut-être *à cause* de celles-ci.

– Tave, me réprimande Reese en se redressant. Tu ne peux pas sauter des repas ; ton corps a besoin des nutriments. Tu es toujours…

Sa voix s'éteint.

Mais j'entends le reste comme si elle l'avait crié.

En guérison.

Dans mon petit entourage, Reese est celle qui a le plus évité de parler de mes blessures. Avant ce soir, je l'appréciais. Je me sentais moins embarrassée. J'avais l'impression qu'elle me voyait, *moi*, et non pas une masse mouvante de cicatrices et de points de suture.

Et maintenant ? Maintenant, je ne sais pas ce que cela signifie.

– En croissance, termine-t-elle d'un ton sans conviction.

En croissance, bien sûr. J'ai terminé de grandir il y a trois ans. Mais j'accepte ses chichis de manière insensible et me lève pour la suivre dans la cuisine. Elle bavarde au sujet de son travail tandis qu'elle fait réchauffer un bol de bisque à la courge musquée et au poulet fermier. Je présume qu'il s'agit là de sa version d'une nourriture réconfortante. J'avale la soupe riche et dorée à coups de cuillère, même si elle a la sensation d'un gruau fade sur ma langue. Je suis incapable de toucher au pain de levain beurré, posé sur une petite assiette de verre près de mon bol, même s'il semble délicieux. J'ai l'estomac creux, et je ne sais pas comment il est possible que je ressente à la fois une terrible faim et un manque total d'appétit.

Je lève les yeux pour découvrir que Reese me scrute du regard. J'entends les bruits d'un sport quelconque qui joue à l'écran plasma dans la pièce attenante et souhaite voir Jay entrer dans la cuisine. Il pourrait perturber cette étrange pièce de théâtre à laquelle je participe avec Reese. Nous dansons toutes deux un numéro de déception que nous voulons cacher à l'autre. Alors nous dansons. Nous rions. Nous sourions.

Non pas que nous retrouverions l'authenticité avec Jay présent, me rappellé-je, et la soupe que je viens d'avaler tourne aigre dans mon estomac.

Est-il au courant ?

Ses paroles de la veille font écho dans mon esprit : « Je dis tout à Reese ». Mais Reese lui rend-elle la pareille ?

« Il me faudra me cacher de mon oncle et de ma tante. »

Je déteste cette idée.

— Tavia, fait Reese d'une voix douce, tu te souviens du voyage d'affaires dont je t'avais parlé ?

— Ouais, bien sûr, fais-je en me découvrant un intérêt soudain pour mon bol.

— J'espérais partir demain, dit-elle d'une voix hésitante tandis que je sers la cuillère si fort que le bout de mes doigts prend une teinte blanche. Mais si tu veux que je reste…

— Non, lâché-je d'une voix trop haute alors qu'un éclair de panique me parcoure.

— Je peux rester, se dépêche-t-elle d'ajouter pour me rassurer, mais je détecte le désespoir dans sa voix et devine que c'est la dernière chose qu'elle veut faire.

— Non, répété-je d'une voix plus calme. Je n'oublierai pas de manger, je te le promets. C'est seulement… je lisais à la bibliothèque et j'ai perdu le fil du temps, c'est tout.

Ce qui est vrai, en quelque sorte : j'ai perdu le fil du temps.

Et de l'espace.

Et j'ai perdu la raison.

Elle ouvre la bouche pour parler, comme si elle souhaite se corriger et m'indiquer ce qui l'inquiète réellement. Mais elle change d'avis et se contente d'opiner.

— C'est un voyage vraiment important, dit-elle. Je ne serai absente que quelques jours au maximum.

— Où vas-tu ? demandé-je, et ma gorge se resserre tandis que j'attends sa réponse.

Elle hésite avant de dire :

— À Phoenix. J'ai un client là-bas que je dois rencontrer en personne.

J'admets être étonnée de l'entendre dire la vérité. Ou une demi-vérité.

« Qu'est-ce qui se trouve réellement à Phoenix ? »

Quelque chose qui aura des effets sur *moi*, sans quoi elle n'aurait pas abordé le sujet au téléphone avec Elizabeth.

Je ne connais personne à Phoenix. Mais…

— Tout ira bien, dis-je en me forçant à sourire. Et Jay sera ici.

Les yeux de Reese se tournent vers la demi-sphère de tête que nous pouvons voir au-dessus du dossier du divan, et son regard s'adoucit. Si j'ignore exactement quels rôles Jay et elle jouent, je peux lire dans ses yeux qu'elle l'aime réellement. D'une certaine manière, ça me soulage. Deux personnes qui s'aiment ne peuvent pas me vouloir de mal. Pas vraiment.

Je me convaincs qu'il s'agit d'un bon argument même en sachant que c'est complètement fou.

Pas seulement fou.

Simplement irrationnel.

— Vas-y, je t'en prie, dis-je en ramenant l'attention de Reese sur moi.

Comme elle ne semble pas tout à fait convaincue, je brandis mes dernières armes.

— Je ne veux pas être un inconvénient.

Je lâche cette phrase en baissant les paupières. Cette phrase représentait la vérité auparavant. Une vérité qui m'embarrassait autant que je puisse la feindre à présent. Je me suis toujours vue comme un inconvénient dans leur vie.

Ce que je ne suis pas. Je suis une espèce de projet, ce qui est pire. Cependant, ce soir, je vais m'en servir à mon avantage.

Reese opine et ses doigts chauds recouvrent les miens, comme ils l'ont fait si souvent au cours des huit derniers mois.

Tous ces jours à l'hôpital.

Ça me donne envie de vomir.

– OK, j'irai, fait-elle avant de garder le silence un moment, et je sais qu'elle veut me dire autre chose.

Je roule en boule ma serviette de table en tissu et je la jette sur la table près de moi.

– Quoi ?

– Docteure Stanley veut te voir demain.

Ma bouche s'assèche, et je lâche un « Pourquoi ? » avant de pouvoir m'arrêter.

– Elle a téléphoné cet après-midi et m'a dit qu'elle souhaitait faire un suivi au sujet de ce dont vous avez parlé aujourd'hui.

Je vois bien que Reese choisit ses mots avec soin afin que je ne sache pas qu'elle sait *tout* de ma discussion d'aujourd'hui avec Elizabeth.

Je baisse le regard sur mon bol en essayant de ravaler ma colère. Je connais la vérité : elles pensent que je n'arriverais pas à bien me conduire (ou même à *survivre*) durant l'absence de Reese. J'ai l'impression d'être une enfant que l'on doit surveiller.

Ce qui est peut-être vrai.

– À n'importe quelle heure. Elle trouvera du temps pour toi.

– Mais…

– Ça sera très rapide : elle veut seulement voir comment tu vas.

Je ne dis rien.

Et toujours rien.

Jusqu'à ce que Reese se voit obliger de poser sa question :

– Iras-tu, Tave ?

Je m'immobilise. Sa question contient autre chose. Un brin d'émotion que j'ai déjà entendu. Une émotion qui crie qu'elle se soucie de moi. *Vraiment.*

Mais je n'ose pas le croire.

– Ouais, marmonné-je. Je n'ai rien d'autre à faire.

Une fois parties, pourquoi ne pas mentir toutes les deux ?

En donnant l'excuse du mal de tête, j'avale avec obéissance deux pilules blanches que Reese dépose dans ma paume. Elle me dit que ce sont des Tylenol, et je vois bien le mot étampé en petits caractères sur les cachets, mais une partie de moi se demande quoi d'autre ces pilules pourraient contenir.

La paranoïa.

Je la combats. Je ne m'aventurerai *pas* dans cette voie.

Cependant, quand je me traîne les pieds dans l'escalier jusqu'à ma chambre, mes jambes tremblent, et je ne peux que lutter contre l'envie de courir sur quelques marches. Puis l'élan de la montée fait effet, et je me jette sur mon lit en jurant à voix basse tandis que le cadre du lit pousse un craquement perçant en signe de protestation.

Je suis assise dans ma chambre plongée dans le noir, les yeux rivés sur le plafond depuis une bonne demi-heure quand j'entends Reese intimer Jay de ne pas faire de bruit alors qu'ils passent devant ma chambre sur la pointe des pieds. Jamais une telle chance ne se représentera. Je jette un œil par ma porte légèrement entrebâillée et dès qu'ils sont hors de vue, je les suis. Mes pas sont assourdis par la moquette.

La porte de leur chambre à coucher est entrouverte d'à peine quelques centimètres, mais j'entends clairement le bruit de cintres que l'on glisse sur la tige en métal du placard.

— Je prendrai un taxi. Si Daniel appelle… dis-lui que je suis malade.

— Nous devrions d'abord en parler à Tave, fait Jay d'un ton étrangement grave.

— Je ne peux pas. Je ne peux pas…

Sa voix se brise, et même après tous les événements des derniers jours, je suis abasourdie quand je comprends qu'elle pleure ! Reese, la forte, la quasi insensible, pleure.

— Tu ne comprends *pas* ce qui est arrivé la dernière fois. Je n'accepterai pas de subir une telle chose ou de lui faire subir. Je dois être bien certaine avant d'agir. Je dois être *certaine* que c'est lui.

— Sammi…

— Non, *Jay*, siffle-t-elle.

— Samantha.

Le nom est murmuré, mais Reese ne réplique pas.

— Viens ici.

Lorsqu'il reprend la parole, ses mots sont étouffés, et dans mon esprit, je l'imagine la serrer dans ses bras, le visage enfoui contre son cou.

— Nous ferons comme tu voudras, dit-il. Dis-moi seulement quoi faire.

Mes mains tremblent tandis que je recule pour fuir vers ma chambre. *Dis-moi quoi faire.* Les mêmes paroles ont été prononcées par Benson il y a quelques heures. Je n'aime pas les comparaisons.

Je frotte mes yeux de mes paumes en essayant de ne pas pleurer. J'en ai si marre de me sentir impuissante dans ma propre vie. Personne ne me dit quoi que ce soit ; j'essaie de tout comprendre par moi-même en ne disposant que de la moitié de l'information nécessaire. Je déteste ce qui se passe !

Je cligne des yeux dans l'obscurité tandis qu'une pensée me vient.

J'en ai terminé avec cette histoire d'attendre que Quinn se manifeste. Je sais où il habite : demain, j'irai à *lui*.

CHAPITRE 14

Mes poumons me font mal ; je n'arrive pas à respirer.

Réveille-toi !

« Réveille-toi ! »

Enfin, la lumière gris cendré du soleil levant perce mes paupières, et je m'assois dans mon lit, haletante. J'ai la tête qui tourne, et une douleur persiste dans ma poitrine alors que je prends des respirations aussi vite que possible.

Le cauchemar de la noyade de nouveau. Encore une fois, je me débattais de façon désespérée en tendant les bras pour m'agripper à n'importe quoi.

Le rêve comporte une certaine logique maintenant : je tends les bras vers des objets que j'ai *créés*. Comme les tubes de baume à lèvres, le crayon et l'eau. Je tente de me sauver la peau, de survivre. Mon cerveau l'a compris avant moi.

Je chasse l'obscurité trouble de l'eau en clignant des yeux, et ma vision nage pour focaliser mon attention sur ma chambre ; ma chambre illuminée par le soleil qui vient tout juste de se lever. Ma chemise de nuit est trempée de sueur même si j'ai tellement froid que je ne sens ni mes orteils ni mes doigts. Je titube jusqu'à la salle de bain où je fais couler de l'eau bouillante sur mes membres tremblants pendant plusieurs minutes avant de pouvoir sentir mes doigts.

Puis je me souviens que Reese part aujourd'hui.

Samantha. Je lève mon visage vers le jet de douche fumant dans l'espoir que l'eau chassera la voix de Jay.

Au rez-de-chaussée, Reese et Jay prennent un café ; Reese se prépare à prendre un taxi pour l'aéroport, et Jay, à sa journée ordinaire de travail.

Malgré la tempête de la nuit dernière, la journée est dégagée et éclatante ; le soleil brille. Parfait : je vais faire une *longue* marche aujourd'hui.

Je me cache à l'étage en attendant qu'ils sortent tous les deux. Je sais que j'agis en lâche, mais je réserve mon courage pour faire face à tout le reste. J'entends enfin le claquement de la porte d'entrée et le bruit reconnaissable entre tous du pêne dormant qu'on enclenche.

Ils sont partis.

Sur la pointe des pieds, je me dirige au bout du couloir et tire le rideau d'un doigt incertain pour les regarder échanger un baiser d'au revoir (qui provoque encore une fois en moi des émotions contradictoires) avant que Jay ne parte à pied tandis qu'un taxi jaune s'engage dans la direction opposée.

Ma poitrine se relâche, et je respire avec aise pour la première fois depuis… je ne pourrais pas dire depuis quand.

Une fois habillée et prête à partie, je descends au rez-de-chaussée où je constate que la cafetière contient encore deux ou trois tasses de café toujours chaud. Je grince des dents à la pensée qu'il s'agissait d'un geste amical. J'éteins la plaque du brûleur en songeant que ce serait génial s'il était aussi simple d'éteindre mon cerveau (ou mieux encore, mes problèmes).

Cependant, une note laissée sur le réfrigérateur vient incinérer ce souhait.

Dre Stanley à 10h. N'oublie pas !

Comme si je pouvais l'oublier.

Lorsque je tends la main pour prendre mes clés, ma main s'immobilise devant le porte-clés de Reese, suspendu innocemment à côté du mien.

Je touche du doigt l'anneau énorme (Reese possède plus de clés que le concierge de mon ancien école, je vous jure), et mes mains tremblent devant la myriade de possibilités qui me traversent l'esprit.

Des possibilités terrifiantes.

Je ne prends pas son porte-clés.

Pas tout de suite.

Dehors sur le porche, le vent froid transperce mon pull à capuchon, et je suis presque tentée de déverrouiller la porte pour prendre un anorak. Malgré la journée claire et ensoleillée, le vent est d'une frigidité inhabituelle. Cependant, je n'ai pas à me rendre loin, et pendant que je déambule sur le trottoir, je m'aperçois que le vent mordant chasse le brouillard qui pesait sur mes pensées depuis le réveil.

Plus efficace que le café.

Je m'immobilise presque quand j'aperçois de nouveau le type aux verres fumés. Une rencontre n'est rien ; une deuxième peut être le fruit du hasard. Trois fois ? Je ne le crois pas. En outre, je suis très loin de la rue Park ou du bureau d'Elizabeth. Il se tient simplement là, adossé contre la pancarte de l'arrêt de bus rarement utilisé, situé à environ deux maisons de moi, mais je ne suis pas dupe. Il m'observe.

Je prétends ne pas l'avoir remarqué même si mon cœur s'emballe ; ses battements font écho dans ma tête et bloquent l'assaut du vent. Toutefois, je n'ose pas marcher devant lui, à portée de bras, si bien qu'après avoir jeté un coup d'œil des deux côtés, je traverse la rue et l'observe du coin de l'œil. Nous prétendons tous deux ne pas avoir vu l'autre.

Quand je tourne le coin, quelqu'un emboite mon pas, mais je suis si distraite, me demandant combien de temps le type aux verres fumés mettra avant de continuer à me suivre, qu'il me faut trente secondes avant de m'apercevoir que ce quelqu'un est Quinn. Il a particulièrement fière allure, vêtu de vêtements noirs et gris foncés.

– Quinn ! halèté-je en m'arrêtant complètement et en sentant les battements de mon cœur au bout de mes doigts. J'étais en route vers chez toi.

– Marche avec moi, fait Quinn du coin des lèvres, comme s'il ne veut pas que quiconque remarque qu'il me parle.

Le ressentiment s'attise en moi (comme si j'étais une petite amie embarrassante ou quelque chose comme ça), mais je le réprime et me dépêche de le rattraper.

– Quinn, il faut que je te parle…

– Il s'agit d'une malencontre, m'interrompt-il.

– Pardon ? demandé-je.

« *Malencontre ?* Que dit-il ? »

– Ils nous ont découverts, fait-il avant de marquer une pause pour me regarder pour la première fois. Tu le sais.

En déglutissant avec difficulté, j'opine. Ses paroles confirment mes soupçons. Je ne sais pas exactement qui « ils » désignent : Reese et Jay ? Les gens de qui ils me cachent ? Le type aux verres fumés ? Quoi qu'il en soit, *quelqu'un* m'a bel et bien repérée.

– Nous devons nous rendre à Camden. Nous n'avons aucune raison de tarder davantage.

Je serre les dents. Je ne veux pas me fâcher contre lui, mais je déteste sa façon de jouer avec moi. De jouer avec mes émotions. Mais toute résistance est futile. Et je lui en veux.

Non pas que je laisse tomber.

– Tu as dit que tu apporterais quelque chose. Quelque chose qui m'aiderait à comprendre.

Je veux m'arrêter ; poser les mains sur les hanches et refuser de faire un pas de plus avec lui jusqu'à ce qu'il me donne des réponses, mais un coup d'œil furtif par-dessus mon épaule me permet d'entrevoir une tâche noire et distante qui est très certainement le type aux verres fumés, et je ne veux pas lui donner la possibilité de nous rattraper.

En fait, je préfère *accélérer* le pas.

– Camden. Tout nous attend à Camden.

– *Qu'est-ce* qui se trouve à Camden ? Où *est* Camden ? m'emporté-je.

La tension provoquée par la mise en scène mystérieuse de Quinn et le fait que je *suis suivie* ne créent pas un mélange des plus heureux.

– Je te rencontrerai là-bas, dit-il comme si je n'avais rien dit.

– Pourquoi ne veux-tu pas me *parler* ? demandé-je, exaspérée.

Il ne dit rien ; il ne fait qu'allonger ses pas.

– N'en parle à personne, siffle-t-il.

– Quinn !

Je tente d'agripper son bras au moment où il tourne le coin de la rue de voisinage tranquille vers une avenue occupée, en zone touristique, mais à la dernière seconde, il échappe à ma portée. J'essaie de le suivre, mais des gens me bloquent la voie même si de son côté, il se creuse lestement un passage. Ma jambe blessée élance, comme un signe d'avertissement. Je ne pense pas que j'aurais réussi à le rattraper même si j'avais eu deux jambes en santé.

Je jure à voix basse. Je jure contre moi, contre Quinn, contre mon cœur et ses battements fous. Pourquoi est-il incapable de rester à un seul endroit ? Ou, du moins, de me donner des réponses claires ? En *français* ? Je suppose qu'il m'a guidée en un lieu plus approprié à ma situation que la rue vide où nous étions, car il est difficile de se débarrasser d'un espion dans une foule inexistante, mais ce n'est pas ce que je voulais ! Il est au courant de quelque chose, et je dois découvrir quoi. Je soupçonne (de façon *rationnelle*, vu les circonstances) qu'il en va de ma sécurité, et voilà qu'il fuit. Abruti.

Cependant, en me fondant sur la direction qu'il a prise, je suis presque certaine qu'il se dirige vers où *je* me rendais avant de le croiser. Et cette fois, je ne le laisserai pas s'en sortir aussi facilement. Aujourd'hui, *quelqu'un* va me dire *quelque chose*.

J'emprunte une route pleine de détours et après avoir tourné environ six coins, je suis quasi certaine d'avoir semé le type aux verres fumés. Je poursuis mon chemin en ligne droite pour quelques pâtés en jetant un regard derrière environ tous les cent pas pour m'assurer de ne pas être suivie. Je me donne la permission de respirer plus aisément et reprends ma trajectoire d'origine. Il me faut dix autres minutes avant d'atteindre ma destination ultime, mais j'aperçois enfin l'épicerie fine où le fiasco de ma vie actuelle a commencé.

Mais la maison de Quinn ne s'y trouve pas.

Le porche blanc, la porte rouge, le triangle et même les tulipes aux teintes joviales de marron et d'or — tout a disparu. Le lieu est couvert d'une pelouse et de quelques arbres, et je pense qu'il s'agit d'une partie du terrain de la maison à droite… depuis longtemps.

Les minutes passent à toute vitesse tandis que je me tiens immobile au milieu du stationnement et songe à toutes les bizarreries survenues cette semaine : la maison, Quinn, les triangles, la ruelle qui a disparu, la femme scintillante, les tubes de baume à lèvres et le crayon qui disparaissent.

« Benson les a vues aussi, me rappellé-je. Certaines d'entre elles. »

Mon menton tremble, car je lutte contre des larmes de désespoir. Je serre les poings et m'aperçois qu'un poids glacé pèse soudain dans l'une d'entre elles. J'ouvre la paume et en laisse tomber le contenu sur le sol comme s'il allait me brûler.

C'est le médaillon que ma mère avait l'habitude de porter — elle l'avait reçu de sa mère. Elle l'avait au cou dans l'avion. Je ne l'ai jamais revu. Je n'avais pas trouvé la force de poser des questions à son sujet.

À présent, le voilà. Sur le sol. Je l'ai *créé*. Sans même y songer.

Comme le jet d'eau. Le jet d'eau qui aurait pu tuer le compagnon de chambre de Benson.

La terreur fait trembler mon corps en entier. Comment *se* fuir soi-même ?

— Je ne suis pas folle, murmuré-je dans le vent avant de fixer des yeux l'entrelacs argenté sur le sol, jusqu'à ce que le médaillon disparaisse.

CHAPITRE 15

Je suis déjà épuisée. Non seulement en raison de la longue marche effectuée pour semer mon espion, mais aussi en raison de tout ce qui est arrivé. Tout ce qui continue d'arriver. J'avance d'un pas lent et traînant, mais je finis par atteindre le bureau d'Elizabeth où elle m'invite à entrer comme si c'était un jour comme les autres.

Ce n'est pas le cas.

Elle ne mentionne nullement que ce rendez-vous a lieu à *sa* demande et non à la mienne.

Ni que Reese est absente.

La seule raison de ma présence est de soigner les apparences comme si tout était normal ; comme si j'étais toujours l'enfant ignorante qu'elles me croient être. Le fouillis règne dans mes émotions : je suis en colère, frustrée et confuse, et le désespoir me ronge lentement par en dedans. Je sais qu'il me faut *agir* ; seulement, je ne sais pas quoi faire.

Toutefois, d'abord et avant tout, il me faut subir les foutaises d'Elizabeth pendant quinze minutes. Ensuite, je pourrai prendre la fuite. D'ici là, je suis coincée ici, en compagnie de ma psy menteuse, et je dois la convaincre que je vais bien.

Je ne suis pas une bonne menteuse. Mais je suis assez douée au jeu de ne rien dire du tout. Donc, nous voici dans une impasse totale alors que je reste assise silencieuse sur le divan en m'efforçant de ne pas la toiser du regard.

Je garde mes pensées noires pour moi.

Une partie de moi souhaiterait pouvoir tout lui débiter, mais après l'incident de la veille, je sais que c'est impossible. Je me moque de moi en songeant que j'ai failli lui dire que je faisais apparaître des objets.

Qu'aurait-elle dit à Reese alors ? Je me souviens vivement de la question des plus sérieuses de Reese : « Est-elle trop traumatisée ? » Si je lui avais tout confié, la réponse d'Elizabeth aurait-elle été affirmative ?

— Pourquoi ne veux-tu pas parler, Tavia ? demande Elizabeth après que j'aie laissé le silence s'installer trop longtemps.

Elle est calme et parle d'une voix douce, mais je jure que j'entends la frustration bouillonner sous la surface, comme une rivière de lave.

Ou peut-être est-ce le fruit de mon imagination.

Si c'était le cas, comment puis-je faire la distinction ?

— Je n'ai rien à dire, lâché-je, ma patience poussée à bout par la pensée que Quinn refuse de me dire quoi que ce soit. Je ne sais même pas pourquoi je suis ici : je vais *bien* !

Je me frotte le cou ; il élance sous le poids de mes mensonges, et la poigne solide que j'avais sur mon humeur a disparu.

Elizabeth pousse un soupir qui semble authentique, mais je ne suis pas dupe.

— Tavia, j'ignore ce qui est arrivé, mais j'ai perdu ta confiance.

« Menteuse. »

Elle se redresse sur son siège et se penche devant, coude sur les genoux.

— Je ne sais pas comment te convaincre que je souhaite seulement que tu ailles bien. Tu avais l'habitude de le croire.

Je le *croyais*, c'est vrai. J'aimerais que ce soit toujours le cas ; elle ne peut soupçonner à quel point.

— Tu n'as pas apporté de nouvelle esquisse.

Sa voix est calme, désinvolte — sa voix de psy.

« Parce que tu t'empresserais de la montrer à Reese et à Jay. »

— J'avais des devoirs, marmonné-je en fixant du regard mes doigts qui s'enroulent les uns autour des autres jusqu'à faire mal.

« Des devoirs, créer des objets comme par magie, le problème de deux garçons qui ont chacun une emprise sur mon cœur ou peu importe le nom que vous voulez donner à la situation. »

— As-tu revu Quinn ? demande Elizabeth sans s'interrompre pour me laisser l'occasion de le nier. Il serait naturel de vouloir garder une nouvelle romance secrète, spéciale, en quelque sorte. Mais tu sais que tu peux tout me dire.

« C'est ça. »

Je repasse les derniers jours dans ma tête, à la recherche de quelque chose à lui dire ; une vérité qui l'aidera à avaler mes mensonges.

Mais j'hésite trop longtemps. Ses instincts de psy s'enclenchent, et elle bondit comme un chat.

— Allons, Tavia, parle-moi, supplie Elizabeth. Je sais que des choses étranges t'arrivent. Voilà à quoi je sers. À t'aider à comprendre.

Elle tend le bras pour me prendre le poignet avant que je puisse reculer ma main. Ses doigts serrent ma peau.

— Je veux que tu comprennes, Tave. Que tu comprennes tout. Mais tu dois me donner des outils avec lesquels travailler.

— Il… il n'y a rien, insisté-je en tirant ma main avec force.

Et même si mon bégaiement n'avait pas vendu la mèche, il est évident que mes paroles sont un mensonge.

— Je ne l'ai pas revu.

Elizabeth m'étudie du regard un bon moment jusqu'à ce que je sois mal à l'aise. Je n'aime pas l'expression dans ses yeux.

Pas parce qu'elle envoie un signal de danger, mais plutôt un signal de *sécurité*.

Elle est aussi bonne actrice que Reese — peut-être même meilleure. Je croise son regard, et tout ce que j'arrive à lire dans ses yeux est une affection authentique, une inquiétude réelle et le désir de m'aider.

Peut-être que je désire tant voir ces sentiments que je *me force* à les voir.

Ou peut-être est-il facile de me duper. Les huit derniers mois viennent renforcer cette théorie.

Mais ces yeux…

— Avons-nous terminé ? chuchoté-je à peine, mais la distraction suffit à me faire détourner le regard, à briser l'influence hypnotique qu'elle semble exercer sur moi.

La durée de notre séance n'est même pas à moitié écoulée, mais depuis le début, nous avons cette entente selon laquelle j'ai le choix de partir si j'en ressens le besoin.

Et je le ressens.

— Le crois-tu ? demande-t-elle.

Je ne la regarde pas ; j'en suis incapable. Je me contente de hocher la tête avant de prendre mon sac à dos déposé près du divan et de me diriger d'un pas lourd vers la porte.

— Je... j'ai discuté avec ta tante dernièrement, fait Elizabeth, ce qui m'arrête.

Je parviens à ne pas pousser un ricanement dérisoire.

À peine.

— Et je sais qu'elle est partie pour un voyage d'affaires important pour quelques jours.

Elizabeth hésite, et soudain, je sens un fourmillement dans mes nerfs. Je la regarde tandis que ma main est posée sur la poignée, muée par mon impatience de fuir.

Quelque chose crépite dans l'air — un changement — et ça m'effraie.

— À son retour, nous essaierons une méthode différente... de thérapie. Je pense que cela te plaira, ajoute-t-elle.

Je hoche la tête, et mes doigts donnent un tour à la poignée, m'accordant la fuite tant attendue. Je passe par l'embrasure de la porte sans ouvrir complètement celle-ci en espérant qu'elle ne remarque pas le tremblement de mes genoux faibles.

Elles vont vraiment essayer ce truc, la *traction* si je me souviens bien. Le truc qui, selon elles, pourrait me faire sauter la cervelle.

Des images d'électricité et d'acide chaud s'enfilent dans mon esprit, et j'essaie de ne pas m'y attarder. Elizabeth ne ferait certainement pas une telle chose.

Mais en vérité, ai-je même la moindre putain d'idée de ce qu'Elizabeth est prête à faire ?

Je combats la forte envie de sortir de son bureau en courant tandis que ses mots se réverbèrent dans ma tête : « Je ne sais pas comment te convaincre que je souhaite seulement que tu ailles bien. Tu avais l'habitude de le croire. »

Suis-je assez crédule pour croire *tout* ce que j'entends ?

Peut-être.

Quand je m'éloigne de l'auvent à l'entrée de l'immeuble (il pleut *encore*, bien entendu), je ressers mon capuchon pour me protéger du vent et de la bruine, ce qui bloque ma vue périphérique. Je passe à deux doigts de ne pas apercevoir le type qui se tient dans le coin nord du stationnement.

Je l'aurais ignoré complètement si je n'avais pas (malgré mon esprit embué par la panique) reconnu le type.

Reconnu ses verres fumés.

CHAPITRE 16

La peur me fouette le sang, et j'évite de le regarder en prenant la direction de la bibliothèque.

Lorsque je l'aperçois de nouveau, il marche avec désinvolture, environ un pâté derrière moi, mais il me suit pour une deuxième fois. Son pull noir (quasi identique au mien) se mêle aux quelques piétons, mais il demeure facile à distinguer.

Malgré tout, je ne veux pas céder à la paranoïa. Il est possible que nous nous rendions simplement au même endroit.

Pour une deuxième fois.

Le même matin.

J'hésite avant de tourner vers la gauche plutôt que la droite. Cela ne fera que rallonger ma marche de quelques pâtés, mais je ne veux pas le mener directement à la bibliothèque.

Mes pas ralentissent quand j'approche du premier coin de ma nouvelle trajectoire, et je jette un coup d'œil derrière. Je ne le vois pas encore.

Je ralentis.

Je ralentis.

En me penchant vers la droite, je regarde le trottoir entre mes cils. Au moment où je m'apprête à échapper à sa vue, il tourne le coin en survolant les alentours du regard. Je penche brusquement la tête devant pour reprendre mon pas rapide.

La terreur électrise mes jambes et sème un picotement dans mes orteils, et je me demande brièvement si j'ai pris une bien mauvaise décision en ralentissant pour lui permettre de me rattraper ; si je n'aurais pas dû plutôt suivre mon instinct et fuir quand j'en avais encore la chance.

L'ennui est que je n'ai plus confiance en mon instinct. Mon instinct avait tort au sujet de Reese et au sujet d'Elizabeth.

Et si je n'avais pas tout à fait tort à propos de Benson, manifestement, je l'avais mal interprété.

Et j'*ignore* ce que mon instinct pense de Quinn.

Mais à présent que je sais que ce type me *suit*, je veux me cacher. Fuir. Ou peut-être… *Faire* quelque chose. Ce n'est pas un instinct naturel — ou peut-être s'agit-il d'un instinct oublié après des mois d'impuissance dans un lit d'hôpital, suivis de mois de rétablissement d'une lenteur douloureuse. Peu importe, la sensation est indéniable maintenant.

« Fais quelque chose. »

Mais quoi ?

Crée quelque chose, comprends-je enfin quand j'identifie ce désir encore inconnu. Mais je rejette cette possibilité. Non. Aucune chance.

Je me réfugie dans l'embrasure de porte d'une confiserie colorée en espérant peut-être semer le type aux verres fumés de cette façon. Après environ une minute, j'aperçois un homme très grand passer devant la porte, dans la direction opposée à celle que j'avais prise. Je décide de lui emboiter le pas et de me servir de lui comme d'un bouclier humain. Je le suivrai jusqu'au bout du pâté avant de m'échapper par une autre rue.

J'essaie de gagner du temps en jouant avec la fermeture à glissière de mon sac à dos avant de me glisser dans la masse de piétons en me tenant si près derrière lui que je lui pile pratiquement sur les talons. Même en baissant la tête et en tirant son manteau autour de lui comme s'il était fatigué (ou malade peut-être), cet homme est un géant et me donne l'impression d'être protégée et cachée.

Jusqu'à ce qu'il scintille.

Comme la dame que j'ai vue le jour où j'ai foncé dans le mur.

Je prends une respiration rauque, mais je réussis à continuer de marcher. Je jette un regard à la ronde, mais personne ne semble l'avoir remarqué. Je pose les yeux sur le géant de nouveau et sur son dos large et solide. Il me cache toujours.

Je plisse mes yeux rivés sur lui en attendant que le scintillement se reproduise.

Mais je ne m'attends pas à ce que l'homme disparaisse complètement.

Je cesse de marcher et quelqu'un se bute à moi et me fait tituber devant.

— Regarde où tu vas, fait la femme en m'accordant à peine un regard tandis que son petit ami fait un mouvement de côté et continue de marcher.

Je pivote sur moi. Personne d'autre ne s'arrête, ne serait-ce qu'un moment.

Personne ne l'a vu disparaître ? Mais il était si grand, et maintenant, c'est tout comme s'il n'avait jamais été là. Comme s'il avait cessé d'exister soudain.

Je serre les poings autour des sangles de mon sac à dos et, après m'être retournée, j'essaie d'avancer sans trébucher.

« Je dois voir Benson, songé-je. Il m'aidera. »

Une pointe de bon sens perce ma panique, et j'entreprends de compter afin de ne pas boiter et d'attirer les regards.

« Un, deux, trois, quatre. Un, deux, trois, quatre. »

J'ai complètement perdu de vue mon espion et je n'ose pas tourner la tête pour vérifier s'il est là.

À environ deux pâtés de la bibliothèque, le ciel se déchire, et une pluie torrentielle s'abat sur moi.

— Merveilleux, marmonné-je à voix basse. Tout simplement fantastique.

Il suffit de quelques secondes pour je sois mouillée comme une soupe (on pourrait croire que le monde a une dent contre moi), mais j'aperçois la bibliothèque devant moi, et elle a l'attrait d'un sanctuaire. Je sais que ce n'est pas le cas : le type aux verres fumés peut y entrer aussi.

Cependant, Benson se trouve à l'intérieur et *il* me donne l'impression d'être en sécurité.

Une sueur nerveuse coule dans mon dos quand j'atteins les marches où l'adrénaline propulse mes pas. Je tire la porte d'entrée avec trop de force, et elle s'entrechoque avec le mur derrière, ce qui me vaut l'attention de chaque visiteur de la bibliothèque à portée de voix.

Génial.

Je suis trempée jusqu'aux os quand j'entre au chaud dans le hall en souhaitant ne pas paraître si débraillée.

Benson apparaît à mes côtés avant que j'aie franchi trois pas, et je voudrais tant jeter mes bras autour de lui et me blottir contre sa poitrine jusqu'à ce que mes membres cessent de trembler.

Cette impulsion m'immobilise abruptement. Je ne devrais pas éprouver un tel désir pour Benson (surtout après avoir vu Quinn ce matin – Quinn, qui provoque une douleur de désir dans ma poitrine et me fait tourner la tête avec félicité).

Alors pourquoi ce désir ?

Je ne sais pas. Mais mon esprit continue de revenir aux lèvres brulantes de Benson sur les miennes, à sa façon possessive de passer le bras autour de moi comme il le fait en ce moment, à la chaleur ressentie quand son corps était serré contre le mien. Je lève les yeux vers lui, consciente que l'éclat de mon désir y brille. Mais je n'ai pas l'énergie nécessaire pour le dissimuler.

– Ça va ? demande-t-il, le visage rembruni par l'inquiétude. Tu as eu un matin difficile ?

« N'en parle à personne. »

– Je suppose qu'on pourrait dire ça, grommellé-je.

Les portes de l'entrée s'ouvrent, et au-dessus de l'épaule de Benson, je surprends des cheveux sombres. Je me déplace d'un demi-pas vers la droite afin de placer la silhouette plutôt mince de Benson entre la personne et moi, puis je jette un coup d'œil.

Un pull noir et des verres fumés.

Il m'a trouvée.

– Pouvons-nous aller dans ton bureau ? demandé-je avec une pointe de désespoir dans la voix. Tout de suite ? Je t'en prie ?

— Ouais, bien sûr, fait Benson d'un air confus.

Toutefois, il ne pose pas d'autres questions et ouvre la marche en zigzaguant entre les tables d'étude jusqu'au cadre de porte d'une alcôve de la taille d'un placard.

Après avoir jeté un bref coup d'œil derrière moi, je m'assois sur la chaise devant Benson et pousse mon sac à dos sous la table. Puis je me glisse sur un côté de la chaise en espérant me placer hors de vue.

— Si tu veux parler de ce qui s'est passé hier, nous pouvons trouver un autre moyen d'avoir un peu plus d'intimité, murmure Benson.

Son « bureau » n'a pas de porte ni même une embrasure de porte en tant que telle, si bien que ce serait un jeu d'enfant d'épier notre conversation.

— Nous pouvons aller quelque part d'autre si tu voulais…

— Ce n'est pas cela, murmuré-je.

Mais à la simple mention de la veille, mon cœur bondit. La journée d'hier était un mélange si puissant de moments incroyables et dévastateurs. Je me redresse et, quelques secondes plus tard, je serre une balle antistress dans une paume, puis dans l'autre. Je la passe d'une main à l'autre à quelques reprises avant de m'apercevoir que j'ai *créé* la balle sans même y penser. Horrifiée, je la lance sur le bureau de Benson où elle roule innocemment sur la surface inégale jusqu'à ce qu'elle se bute à une pile de trombones.

Benson se penche devant pour me prendre la main et fait de son mieux pour ignorer la balle jaune.

— Est-ce que ça va ?

Mon hochement de tête est plus que légèrement spasmodique, et je place ma main hors de portée. Mes pensées sont emportées dans un tourbillon de confusion, et je ne peux pas laisser le contact de sa peau envenimer la situation. Je commence à me demander si une dépression nerveuse ressemble à cela.

– En es-tu certaine ? Parce que, hum, tu transpires.

Il pose un regard éloquent sur mon front, et je me rends compte que je n'ai même pas senti les gouttes de sueur qui perlent maintenant sur ma joue. Je lève ma manche pour les essuyer ; je me sens dégueulasse.

– Benson ? fais-je, mais ma gorge se fige, et je ne peux plus parler.

– Oui ? demande-t-il après une longue pause.

– Tu te souviens du type dont je t'ai parlé ? dis-je avant que ma mâchoire ne se referme avec force contre mes mots.

– Tu veux parler de… Quinn ?

– Non.

« Je t'en prie, ne mentionne pas Quinn. Je ne peux pas parler de Quinn. Pas tout de suite. »

– Non, le type aux verres fumés ; celui que j'ai aperçu à deux reprises.

– Ouais…

– Il me suit depuis que j'ai quitté la maison ce matin. Dans le district historique, puis jusqu'au bureau d'Elizabeth. Et maintenant, il est ici et il…

Je ferme la bouche. Je radote.

– T'a-t-il vu…, demande Benson d'un air hésitant, puis il se penche vers moi pour terminer dans un murmure : T'a-t-il vu *faire* quelque chose ?

– Créer quelque chose ? Non ! m'écris-je, mais au souvenir du médaillon, j'ajoute : je ne pense pas.

– OK. C'est une bonne chose, non ? demande-t-il en survolant la bibliothèque du regard par-dessus mon épaule.

– Je pense qu'il a été envoyé ici par Reese et Jay.

Benson semble confus.

– Pourquoi te feraient-ils suivre ?

– Pourquoi décideraient-ils de me frire le cerveau ? demandé-je en sentant que les deux questions sont aussi valides l'une que l'autre. Quoi qu'il en soit, ce type me suit, et maintenant, il est ici, et tu dois m'aider à fuir.

– Peux-tu le pointer du doigt ? demande Benson.

Si seulement c'était aussi simple.

– Juste au cas où il ne sache pas que je l'ai vu, je dois continuer de faire semblant de ne pas l'avoir remarqué.

– C'est un bon point, fait Benson. Dis-moi à quoi il ressemble.

– Il a les cheveux brun foncé, il doit faire environ un mètre quatre-vingt. Il porte des verres fumés et un pull noir.

Deux vêtements qu'il a bien pu retirer à son entrée dans la bibliothèque.

Je fouille dans ma mémoire. C'est incroyablement difficile de décrire une personne à qui on n'a jeté que des coups d'œil furtifs.

– Des souliers bruns ; il porte des souliers bruns. À lacets, comme des bottes Doc Martens ou des bottines de marche.

– OK, dit Benson en écrivant quelque chose que je ne peux pas voir sur une note autocollante. Je vais trouver ce livre pour toi.

Il parle d'une voix un peu plus haute tout en se levant de sa chaise.

J'ouvre la bouche pour protester, mais je m'aperçois qu'il prétend aller chercher un livre. Parfait. Je me retourne et le regarde s'éloigner (un geste tout à fait naturel, non ?), puis mes yeux tombent sur le type, assis à une table en coin où il fait semblant de lire.

Mon regard le quitte brusquement, comme s'il allait le sentir si je le regardais trop longtemps.

Benson le verra. Certainement.

Assise à son bureau, j'inspire et expire profondément pour me forcer à me calmer. Je suis ici avec Benson ; il va m'aider.

Je suis presque calme lorsque la balle antistress dont j'avais presque oublié l'existence disparaît soudain. Je pousse un cri et me replis sur moi.

Dix secondes plus tard, Benson me touche l'épaule, et je bondis pratiquement d'un mètre.

– Désolé, fait-il, mais il y a une interrogation dans sa voix devant ma réaction.

– Je vais bien, dis-je en tentant de chuchoter. Je te le promets, je vais bien maintenant.

Après m'avoir étudiée du regard un moment, Benson se rassoit et dépose un gros manuel de référence sur le bureau.

– Je l'ai vu, dit-il à voix basse en feuilletant les pages comme s'il voulait me montrer quelque chose. Je pense que tu devrais rentrer chez toi.

– Chez moi ? Pourquoi ?

– Ta maison est assez proche pour que tu puisses rentrer à pied, et tu y seras probablement plus en sécurité qu'ici.

Il pose un dernier regard vers la bibliothèque par-dessus la monture de ses lunettes.

– Reese est partie, n'est-ce pas ? Je trouverai un moyen de distraire ce type, puis je viendrai te rejoindre. Nous serons seuls, tous les deux, et nous pourrons discuter de ce que nous savons et trouver une solution.

– Et s'il était dangereux ? Il pourrait te faire du mal.

Benson pousse un rire ironique.

– Il se trouve dans un immeuble gouvernemental ; crois-moi, il ne veut pas créer d'ennuis ici. Par ailleurs, il *sait* déjà comment te trouver. Il ne s'agit que d'une solution temporaire pour gagner du temps.

J'opine avec hésitation.

– OK. Mais tu viendras me rejoindre tout de suite, n'est-ce pas ?

La seule chose qui rivalise avec l'intensité du chuchotement de Benson est le regard qu'il pose sur moi de ses yeux bleus.

– Je viendrai toujours à toi.

CHAPITRE 17

Je regarde par l'ouverture des rideaux pour une centième fois au moins : Benson n'est toujours pas là. Je m'effondre sur le sofa et tire le jeté sur moi comme si la couverture allait me protéger d'une manière ou l'autre. J'ai ôté mon pull à capuchon trempé et essoré mes cheveux à l'aide d'une serviette, mais des frissons violents secouent mon corps. Cependant, je ne crois pas qu'ils aient quoi que ce soit à voir avec le temps qu'il fait. Je ferme les yeux en souhaitant que les choses soient aussi simples que quand j'étais petite.

À une époque où mes parents étaient vivants.

Et où j'étais une jeune artiste prometteuse.

Et où personne ne me suivait.

Et où je n'avais ni pouvoirs étranges que j'ignorais comment maîtriser, ni visions bizarres et inexplicables.

En gros, c'est cela.

Un petit cognement de porte me fait ouvrir les yeux. Emmêlée dans la couverture, je frappe mon genou contre la table basse. Benson se glisse par la porte dès qu'elle est suffisamment entrebâillée, puis la referme derrière lui.

— Je crois bien l'avoir semé. Tu avais raison, en passant. Cinq secondes après ton départ, il s'est levé de sa chaise, prêt à te suivre.

Puis il voit mon visage, la couverture froissée sur le sol et la table qui vacille.

– Oh, Tave, tout ira bien, dit-il en me prenant dans ses bras.

Et même si je sais qu'il doit sentir mon corps trembler, je suis trop fatiguée pour être embarrassée. Son visage est enfoui contre mon cou, et il s'agit de la seule source de chaleur que j'arrive à sentir dans mon corps en entier.

– Je suis désolé de tout ce qui t'arrive, chuchote-t-il, et ses lèvres effleurent ma peau sensible. C'est plus que ce qu'une seule personne mérite. Surtout toi.

Je me permets de rester là un moment, accotée contre lui pour puiser sa force jusqu'à ce que je puisse retrouver la mienne. Seulement pour une seconde. Deux. Trois.

– Comment t'es-tu débarrassé de lui ? parviens-je enfin à haleter.

– En fait, j'ai renversé du café sur lui, répond Benson. Marie a accepté de m'aider. Elle a fait un grand cas de l'incident pendant que je fuyais.

Il lève les yeux pour croiser mon regard.

– J'ignore combien de temps nous avons gagné, mais à tout le moins, j'ai pu me rendre ici sans qu'il suive ma trace.

– Ta voiture est garée devant ?

– J'ai marché – bon, disons joggé – jusqu'ici. Ce n'est pas tellement loin.

Je ris. Ce n'est pas de bon cœur, mon rire est plutôt las. Mais au moins, je suis encore capable de rire.

– OK, enchaîne Benson, alors, dis-moi ce qui est arrivé ce matin avec Elizabeth.

– Rien, fais-je en réprimant l'envie de gémir puisque j'évite complètement de parler de ma rencontre avec Quinn.

« N'en parle à personne » se réverbère bruyamment dans ma tête.

– J'ai menti, elle a menti : c'était ce à quoi je m'attendais, en gros.

– Mais à ta sortie, ce type aux verres fumés t'attendait ?

Je hoche la tête en me souvenant qu'il y a eu aussi l'épisode du géant qui a disparu, mais ma tête élance à cette pensée, et je n'arrive pas à en parler. Pas encore.

– Il doit être au courant de ce que je suis capable de faire ; sinon, pourquoi me suivrait-il ?

Puis de nulle part, mon estomac se met à gronder.

– As-tu faim ? demandé-je en me soustrayant à l'étreinte de Benson pour prendre la direction de la cuisine.

– Non, dit Benson, mais il me suit quand même.

– Eh bien, je suis affamée, marmonné-je en prenant des collations que j'ignore en temps normal : un pot du yogourt qu'affectionne Reese, un contenant d'ananas tranchés, un paquet de salami de Gênes.

Je n'ai pas la moindre idée de ce qu'est du salami de Gênes, mais je vais en bouffer.

– Penses-tu qu'il s'agit du type dont Reese et Jay essaient de me protéger ? demandé-je en ouvrant les différents contenants.

– C'est possible.

Il ne croise pas mon regard, mais je crois que c'est parce qu'il ne veut pas que je voie la peur sur son visage.

– Eh bien, contente de t'avoir connu, Benson, dis-je d'un ton moqueur, mais mes paroles sont légèrement glaciales ; une amertume inhabituelle qui est loin de me plaire.

— Hé, fait Benson en posant de nouveau ses doux yeux bleus sur moi. Parce qu'un espion te suit ne signifie pas que tu vas mourir. Je veux dire, il n'a pas essayé de te faire quoi que ce soit jusqu'à présent, n'est-ce pas ?

Je hausse les épaules sans m'engager.

Benson fait la moue, puis se penche en prenant appui sur ses coudes.

— Bon, présumons que ce type sait que tu peux créer des objets — et je pense que tu as raison sur ce point, ajoute-t-il avant que je puisse défendre ma théorie — penses-tu que Reese et Jay sont au courant aussi ? Et Elizabeth ? Et tes médecins ? Quelle est la portée de ce *Truman Show*, selon toi ?

Je m'immobilise avec une tranche d'ananas à moitié enfouie dans ma bouche. *Quelle est la portée de tout cela ?*

— Je n'en sais fichtre rien. Reese, Jay et Elizabeth semblent accorder beaucoup d'importance à Quinn et aux triangles. Je ne sais même pas ce qui a de spécial à leur sujet, sauf que j'arrive à les voir même si Elizabeth en est incapable.

— Et tous ces trucs se sont enclenchés au même moment où tu as commencé à créer des objets, non ?

Je ne veux pas parler de *ça*, mais je suppose que je n'ai d'autres choix. Je dois faire face à la réalité.

— La coïncidence semble trop troublante pour qu'il en soit autrement. Je ne vois cependant pas le lien entre tout cela.

— Reese est à l'extérieur de la ville, et Jay travaille beaucoup, c'est vrai ? dit-il en faisant clairement allusion à quelque chose.

J'opine en m'attaquant au salami duquel je déroule une tranche avant d'en prendre une bouchée incertaine. C'est très bon.

— Où veux-tu en venir ? demandé-je après avoir avalé ma bouchée.

— Peut-être voulait-elle assurer une plus grande sécurité pendant son absence. Tu sais, quelqu'un qui gardera la situation à l'œil.

Benson se sert une tranche de salami à son tour et l'enfouit dans sa bouche. Son geste est si instinctif qu'il ne goûte probablement pas ce qu'il mange.

— Comme un garde du corps ?

J'aime la logique de cette explication même si (s'il s'agit de la vérité) cela signifierait que Reese et Jay me mentent encore une fois.

Qu'ils continuent de me mentir.

— Ouais, répond-il en prenant une autre bouchée.

— Je ne sais pas, médité-je. Mes *pouvoirs magiques* sont plutôt minables. Pourquoi se donner tout ce mal pour une personne qui peut faire apparaître des objets ? Il doit y avoir plus.

Benson me fixe des yeux.

— Quand tu étais petite, arrivais-tu à faire quoi que ce soit de… je ne sais pas, surnaturel ?

— Ouais, j'ai fait disparaître la vitre d'une cage de serpent avant de recevoir une lettre d'admission à Poudlard.

Benson se contente d'arquer un sourcil.

— Pour parler franchement, j'ai eu une enfance totalement normale. Il n'y a rien qui détonne à mon sujet.

Sa main intercepte la mienne quand je tends le bras pour me servir une autre tranche de salami. Il serre mes doigts si rapidement qu'ils me font mal.

– Ce n'est pas vrai, murmure-t-il.

Puis, comme si tout ceci ne s'était pas produit, il relâche ma main et enchaîne :

– Est-ce possible que tes parents étaient impliqués dans le crime organisé ?

J'aboie de rire avant de pouvoir porter une main sur ma bouche.

– Une possibilité infime, je dirais. Crois-moi, ils n'étaient pas du type. Et, euh, nous n'avions certainement pas assez d'argent pour me laisser croire que l'un ou l'autre de mes parents pouvait être impliqué dans une activité aussi extrême.

– Qu'en est-il de Reese et de Jay ?

Je dessoûle.

– Ça ne me surprendrait pas du tout, en fait. Surtout en ce qui concerne Reese. Elle est très secrète au sujet de ses affaires.

J'hésite un moment, puis j'énonce tout haut le soupçon qui me ronge depuis que j'ai entendu Jay appeler Reese « Samantha » la veille.

– Et si… et s'ils n'étaient pas réellement ma tante et mon oncle ?

Benson fronce les sourcils.

– Est-ce même possible ?

– Tristement, oui. Je ne les connaissais pas avant l'accident. Ils pourraient tout aussi bien être n'importe qui. Et le fait qu'ils soient si préoccupés par tout ce qui m'arrive semble une bien trop grande coïncidence quand on considère qu'ils ne faisaient pas partie de ma vie avant les huit derniers mois.

— Comment est-ce possible que tu n'en sois pas certaine ? demande Benson. N'as-tu pas fait leur connaissance avant l'accident ?

— C'est un peu… compliqué.

Comme le reste de ma vie.

— Ce sont des parents éloignés qui ne faisaient pas partie de la famille avant, quoi, les dix dernières années, et certains de mes souvenirs avant l'accident sont un peu flous. Je me *souviens* de Reese, je crois, mais cela fait si longtemps qu'il pourrait s'agir de souvenirs d'une personne qui lui ressemble beaucoup.

— Est-ce que, je ne sais pas, tes grands-parents pourraient le confirmer ?

— Ma belle-grand-maman est morte il y a deux ans. La dernière fois que j'avais vu Reese remontait à ses funérailles, en fait, mais elle avait le visage rouge et bouffi, et son chapeau était muni d'un de ses voiles chics qui recouvrent une partie du visage. Quand j'y repense, le voile est la seule chose dont je me souviens. Il était très fin, j'en suis sûre. Mais dans mes souvenirs, le voile bloque tout le reste.

— Des frères ou des sœurs ? demande Benson, même si je soupçonne qu'il sait la réponse.

— Eh bien, tu sais que je suis enfant unique. Mon père l'était aussi jusqu'à ce que mon grand-papa épouse la mère de Reese. Et Reese a surtout habité avec *son* père.

— Et tu n'as jamais essayé d'entrer en contact avec quiconque dans ta ville d'origine ?

Mes souvenirs du Michigan comptent parmi les plus flous ; les noms et les numéros de téléphone se sont effacés de ma conscience comme du sable coulant entre les doigts. Mais il y a plus que cela, et c'est difficile de l'expliquer à une personne qui a toujours sa famille.

— Lorsque tu perds... tout le monde... personne ne te regarde de la même manière. Même les médecins et les infirmières qui ne me connaissaient pas me jetaient des regards horribles.

— De pitié ? murmure Benson.

— C'est plus que de la pitié.

Je sens les larmes monter avec force et je secoue la tête.

— Quand maman et papa...

Ma voix se brise, et je dois prendre une respiration avant d'essayer de nouveau de m'exprimer. Si mes parents étaient vivants, rien de tout cela ne serait arrivé — bon, je suppose que c'est impossible pour moi de le savoir. Mais même si je me trouvais dans cette même situation, je pourrais me tourner vers eux.

— Je tentais encore de venir à bout de tout ce qui m'arrivait, si bien que quand Reese et Jay m'ont offert, en gros, une vie totalement retirée du monde chez eux, j'ai accepté.

En prononçant ces mots, je m'aperçois que je suis une recluse.

Si je disparaissais, comme cet homme devant la confiserie... personne ne le saurait.

Cette possibilité m'horrifie.

— Je ne voulais pas retourner chez moi, expliqué-je enfin, pour n'être que l'ombre de celle que j'étais auparavant.

Les pouces de Benson frottent le dos de mes mains.

– Tu n'es pas l'ombre de cette personne. Différente ? Peut-être. Je ne te connaissais pas avant, mais impossible que tu sois l'ombre de quoi que ce soit.

J'opine d'un air abattu. Benson a réussi à me faire chasser mes larmes, mais elles ne sont pas loin. Parce que je sens que je suis l'ombre de moi-même. Que *tout* est… en sourdine.

– Donc, fait Benson en m'arrachant de nouveau à mes pensées, disons que Reese et Jay ne sont pas les personnes qu'ils affirment être – ce qui est possible. Comment ont-ils réussi à obtenir ta garde ? Tu avais dix-sept ans au moment de l'accident. Le service de protection de l'enfance ne te confierait pas à une personne affirmant être une parente sans poser de questions.

– Ils ont obtenu ma garde par le testament de mes parents, je crois. Est-ce bien difficile de créer une fausse carte d'identité ?

– Je pense qu'il faut plus qu'une carte d'identité, insiste Benson.

– Je ne sais pas. Il est possible d'obtenir à peu près n'importe quoi avec assez d'argent. Et s'ils sont impliqués dans le monde du crime organisé, tu peux parier qu'ils disposent de ressources.

– OK, disons que c'est le cas, fait-il en étalant les mains sur ses hanches. Où se trouvent les vrais Reese et Jay ?

Je retiens mon souffle. Je n'avais pas songé à cela.

« Non », pensé-je en m'obligeant à me montrer honnête.

Je ne voulais pas y songer.

– Est-ce tiré par les cheveux de croire qu'ils les ont tués ?

— Je présume que non. Ou, enchaîne Benson avant que je ne puisse m'aventurer plus loin sur cette voie morbide, ils habitent peut-être sur une ferme au Kansas avec, entre les mains, un faux certificat de décès en n'ayant aucune idée que tu es vivante.

— N'est-ce pas pathétique que je trouve cette idée remarquablement plausible ?

— Eh bien, quoi qu'il en soit, nous allons découvrir la vérité. Ensemble, ajoute-t-il tandis que son regard plonge profondément dans le mien. Je ne reculerai pas maintenant. Peu importe ta prochaine démarche, je serai à côté de toi.

— Bon, fais-je en me penchant vers lui dans l'espoir d'exalter ma bravoure. Peut-être devrions-nous profiter de l'absence de Reese.

— De quelle façon ?

J'avale difficilement ma salive, et c'est à ce moment-là que je comprends à quel point la prochaine étape est grave.

Et je comprends aussi mon degré d'engagement.

— J'ai une idée.

Benson roule des yeux.

— Pourquoi ai-je l'impression que je n'aimerai *pas* cette idée ?

— Eh bien, ça dépend, lancé-je avec une désinvolture feinte. Que penses-tu de l'idée d'une entrée par effraction ?

CHAPITRE 18

J'ai essayé chaque clé deux fois, et la porte du bureau de Reese demeure obstinément verrouillée. Débordante de frustration, j'appuie la tête contre la porte avec l'impression d'être un échec total. Benson se tient derrière moi, les bras croisés sur la poitrine, sans rien dire.

— Je suis désolée, dis-je complètement découragée. J'étais certaine que l'une de ces clés nous permettrait d'entrer.

— Je comprends pourquoi, lance Benson avec une pointe d'humour. Je ne crois pas avoir déjà vu autant de clés au même endroit.

— N'est-ce pas ? réponds-je d'un ton ironique en brandissant le porte-clés lourd.

— Pourquoi ne pas seulement utiliser un gros marteau ? Ou une scie à chaîne, pourquoi pas ?

— Et détruire la porte ? soupiré-je. Parle-moi d'une preuve immense.

— Touché.

Benson jette un regard noir à la poignée de porte, et sa mâchoire saillit. Puis, comme s'il avait pris une décision quelconque, il s'accroupit et sort son portefeuille de sa poche arrière.

— Puis-je ?

— Peux-tu, quoi ?

Il retire de son portefeuille quelque chose ressemblant à deux tiges minces et, après les avoir agitées un peu, il les déplie et les met en place.

— Est-ce un *crochet à serrure* ? demandé-je, estomaquée.

— Peut-être, fait-il tout en insérant soigneusement une tige dans la serrure.

— Un crochet à serrure qui se *range dans un portefeuille* ? insisté-je.

— La première règle du *Fight Club*, marmonne-t-il, concentré sur la tâche à accomplir.

— *Fight Club*, mon cul, chuchoté-je en le regardant manier le pêne dormant d'une main experte.

Après un peu de manipulation, Benson fait tourner une des tiges dans la serrure, et la poignée de porte suit le mouvement. La porte s'ouvre sur ses gonds bien huilés.

— Et voilà, annonce-t-il en repliant son crochet de serrure avant de le laisser tomber au fond de son portefeuille.

— Où as-tu appris à faire ça ? m'exclamé-je en le fixant, hébétée, et avec une pointe d'admiration.

Mais il se contente de hausser les épaules, et je crains qu'il s'agisse de la seule réponse que j'arriverai à obtenir.

Le bureau de Reese paraît… normal.

Ce n'est pas comme si je n'y étais jamais entrée auparavant. Reese laisse souvent la porte ouverte lorsqu'elle y travaille. Je lui ai même demandé, peu après mon déménagement, pourquoi elle verrouillait la porte, ce à quoi elle avait souri en me tapotant l'épaule. « Il y a beaucoup de secrets commerciaux dans mon bureau. » Puis elle avait soupiré et détourné le regard avant d'ajouter : « En vérité, c'est surtout par habitude. »

Par habitude. Bien sûr.

En prenant une grande respiration, je passe le seuil et entre dans le bureau. Tout y est hyper organisé ; des piles parfaites de paperasse sur le bureau, un classeur coiffé d'une plante en pot dans un coin et un babillard de liège sur le mur, recouvert de punaises et de notes autocollantes.

Je m'attaque d'abord au classeur.

Verrouillé.

Bien entendu.

Benson est penché et fouille sous les piles soignées de papier sur le bureau de Reese.

— Peut-être dans un tiroir, marmonne-t-il en ouvrant le mince tiroir à crayons à l'avant du bureau en acajou. Bingo ! lance-t-il avec un sourire en soulevant un petit porte-clés duquel pend une seule clé.

— Qu'est-ce que c'est ?

En réponse, il se dirige vers le classeur gris et insère la clé dans le verrou à ressort. Son corps est si près du mien que je flaire un effluve de son déodorant. J'inspire profondément.

Il tourne la clé.

La serrure cède dans un déclic.

— Excellent, lance Benson en tapotant ensemble le bout de ses doigts.

— Rat de bibliothèque, marmonné-je, surtout pour cacher la déception que je ressens lorsqu'il recule pour me donner plus d'espace.

Le tiroir est rempli de dossiers étiquetés au-haut, en grande partie de l'écriture soignée de Reese, mais je décèle une autre écriture. On dirait celle d'un homme, mais ce n'est pas celle de Jay, et je me demande avec qui Reese travaille. Je n'ai jamais vu personne d'autre près de la maison. Ou, du moins, je n'ai jamais vu quiconque près du bureau. Toutes les étiquettes des dossiers portent un nom. Je regarde le devant des tiroirs qui indique les lettres se trouvant dans le tiroir.

— Commençons par le début, dis-je sèchement tout en fouillant parmi les dossiers de la lettre A.

Reese a dit à Elizabeth qu'elle consulterait ses dossiers au sujet de Quinn. Je suppose qu'il s'agit là des dossiers en question.

A-r, A-t, A-u, A-v, A-w.

— Non. Aucun dossier pour Avery, dis-je en consultant plusieurs dossiers avant et après l'emplacement alphabétique où le dossier de Quinn devrait se trouver, juste au cas où il n'aurait pas été *bien* classé.

Je m'arrête, et mes doigts gardent ma place parmi les dossiers.

— Donc, je suppose qu'il est possible qu'il n'ait rien à voir avec tout cela.

J'exprime un souhait plus qu'une conclusion logique, mais pourquoi ne pas faire de souhait, après tout ?

— Ou qu'il t'a donné un faux nom, affirme Benson, qui affiche une mine étrangement mélancolique, adossé contre le bureau de Reese.

J'ignore sa remarque (sans parler des papillons qui voltigent dans mon ventre) et je prends une respiration frissonnante en refermant le tiroir *A-F* pour entreprendre ma vraie mission. *Mon* dossier.

M-T.

Michaels.

Le troisième tiroir.

Le tiroir semble briller comme un néon, et je ressens à la fois un désir désespéré et une sensation de terreur à l'idée de l'ouvrir.

Benson s'approche et, devant mon hésitation qui perdure, il frappe doucement de sa jointure l'étiquette sur le tiroir.

— C'est la raison pour laquelle tu es ici, murmure-t-il.

Une main douce me touche l'épaule, et j'essaie de puiser sa force, comme une osmose émotionnelle.

Après un bon moment, je hoche la tête et saisis la poignée en appuyant soigneusement sur le loquet pour laisser le tiroir s'ouvrir librement et dévoiler des dizaines et des dizaines de dossiers couleur crème. Quand je le vois, j'ai l'impression que mon monde se dissout.

Tavia Michaels.

Je savais que mon dossier serait là — c'est la raison pour laquelle nous sommes entrés par effraction dans le bureau de Reese dès le départ. Pour trouver des réponses ! Mais la confirmation est une salope.

Je sors mon dossier et le fixe d'un regard horrifié et fasciné.

Il est plutôt quelconque. Un dossier crème avec une petite illustration dans le coin supérieur droit ; une plume qui flotte au-dessus d'une flamme. Je jette un coup d'œil dans le classeur pour découvrir que les autres dossiers comportent la même illustration. Mais à savoir ce qu'elle signifie, je n'ai pas le temps d'élaborer de théorie.

Je dois regarder à l'intérieur de *mon* dossier.

Il est assez épais (je ne sais pas si ce fait doit m'encourager ou me décourager). J'ouvre la couverture pour découvrir une photo de moi, prise lors de ma deuxième année au secondaire.

Et, euh, ce n'est *pas* une photo géniale. La deuxième année était sous le signe de la transition.

— Ahhh, regarde ce minois, lance Benson avec un grand sourire, le bras glissé dans mon dos. Tu es siiiiiii adorable.

— Ferme-la, abruti, m'exclamé-je, mais il a tout de même réussi à dissiper la tension.

Je prends légèrement appui contre son bras avant de tourner la page.

Un acte de naissance. Ma carte d'assurance-sociale. Le dossier scolaire de l'école. Un exemplaire du testament de mes parents. Exactement le type de documents que l'on s'attendrait à trouver dans le classeur du bureau d'une personne ayant obtenu la garde d'une adolescente blessée.

Mais après tous ces documents…, je trouve des photos de mes œuvres. Et ce n'est pas n'importe quelles photos. Je les reconnais ; *je* les ai prises.

— Comment a-t-elle mis la main sur ces photos ? demandé-je à voix haute tout en brandissant plusieurs photos.

— Hé ! As-tu peint *ça* ? demande Benson en pointant du doigt une peinture à l'huile sur toile dépeignant ma mère, assise près d'une fenêtre et occupée à trancher des fraises.

— Ouais, parviens-je à haleter.

Il s'agit d'une de mes œuvres les plus réussies. D'une manière ou l'autre, j'ai réussi à saisir… l'*essence* de ma mère. Celle qu'elle projetait.

Je ne peux pas songer à ma mère en ce moment. Je ravale la peine – la repousse – et je retourne la photo pour bloquer son visage à ma vue.

Mais suit une autre photo d'une œuvre. Et une autre, et une autre.

– Tu es vraiment douée, fait Benson en se rapprochant pour les regarder de plus près.

C'est étrange de me rendre compte qu'il n'a jamais vu mes œuvres. L'art a été au centre de ma vie pendant tant d'années. Et à présent, Benson est une partie si importante de ma vie. Et l'art ne l'est plus.

Cela me semble incorrect.

– J'ai pris ces photos pour les envoyer à l'école des beaux-arts qui souhaitait m'avoir pour étudiante, expliqué-je surtout pour distraire mes pensées. Comment Reese les a-t-elle obtenues ?

– Hum, Huntington ? demande Benson d'une voix lasse.

– Ouais, comment…

Mais les mots meurent sur mes lèvres quand je pose le regard sur la feuille de papier sous la pile de photos.

Il s'agit de la première lettre que j'ai reçue de la part de Huntington.

Non. C'est un *brouillon* de la lettre.

Avec des notes dans la marge de la main de Reese.

– Qu'est-ce que c'est que ça ?

Je saisis le coin de la lettre pour la soulever et découvrir l'exemplaire final dessous.

De même que le dépliant envoyé avec la lettre.

Et des copies des photos *incluses* au dépliant.

– Mais… je n'ai pas envoyé mes documents au New Hampshire, mais au nord de l'État de New York.

– Ce n'est pas tellement difficile de faire suivre le courrier.

– Mais il y avait un site Web. Et un numéro de téléphone. Je les ai *appelés* !

Ma voix est presque un cri. Huntington est la *raison* pour laquelle nous sommes montés à bord de l'avion. Si l'école n'existe pas…

– Tiens, fait Benson en sortant son cellulaire de sa poche. Quelle était l'adresse du site Web ?

Il ouvre un navigateur Web sur son téléphone, et je lui dicte l'adresse d'un ton presque monotone.

– Et voilà, dit Benson une fois que la page s'affiche. Académie des beaux-arts Huntington. Le site Web est toujours actif, et il y a un numéro de téléphone.

Nous fixons tous deux l'écran des yeux durant un long moment silencieux.

– Je peux téléphoner, propose Benson.

J'ai peur de répondre oui. Malgré tout ce que nous avons découvert, j'ai l'impression de me trouver à une croisée des chemins.

Benson baisse les yeux sur son écran, et sa ride de réflexion se creuse entre ses sourcils.

Je sens la tension dans chacun de mes nerfs tandis que j'opine.

– Vas-y.

Il attend quelques secondes (peut-être pour me donner la possibilité de changer d'idée), puis touche son écran et porte le téléphone à son oreille.

Rien.

Rien.

Rien.

Puis le téléphone sur le bureau de Reese émet une sonnerie stridente.

Mes genoux cèdent sous moi, et je tombe sur le sol, vidée de la volonté nécessaire pour soutenir mon poids.

— Mais je leur ai parlé ! m'écris-je, et ma voix est si perçante que je la reconnais à peine. J'ai parlé à une femme, et ce n'était pas Reese, ajouté-je avant que Benson ne puisse dire quoi que ce soit. Ce n'était pas Reese du tout. Je lui ai parlé quelque chose comme *six fois.* Impossible que ce soit Reese. Ou Elizabeth. Elle avait une voix mignonne et énergique, comme celle d'une meneuse de claques. Comme… comme…

« Comme Barbie. Secrétaire Barbie. Qui fait de son mieux pour ne jamais m'adresser la parole, qui est à peine présente lorsque j'ai un rendez-vous. »

Mon cœur bat dans mes oreilles.

Un, deux, trois, quatre. Un, deux, trois, quatre.

— Tout était faux, dis-je d'une voix fluette et tendue. Pourquoi… pourquoi feraient-ils une telle chose ?

J'entends Benson inspirer et expirer lentement à quelques reprises.

— Je réfléchissais à tout cela.

— Tu le savais ? crié-je pratiquement.

— Non, non, dit Benson en me frottant les bras pour me calmer. J'ignorais tout de cette histoire de l'école. Je veux dire que j'ai réfléchis à l'accident d'avion, à la lumière de tout ce qui est arrivé.

— Et ? fais-je une fois que le silence se fait trop lourd.

— Je déteste aborder ce sujet, je veux dire, je suis certain que c'est encore douloureux et tout, mais peut-être... Peut-être que ton accident d'avion n'était pas une coïncidence.

— Que veux-tu dire ? Que quelqu'un...

Mais les mots sont à peine sortis de ma bouche quand je comprends ce qu'ils impliquent.

— Non, chuchoté-je, impossible.

— Tavia, après tout ce qui est arrivé, tu dois au moins prendre cette possibilité en considération.

Je suis déchirée par le désespoir.

— Non. Non ! Je ne suis *pas* assez importante pour qu'on provoque l'écrasement d'un *avion* ! Sais-tu combien de personnes se trouvaient à bord de ce vol ?

Je parviens à ne pas crier, mais à peine.

— Deux cent cinquante-six personnes, chuchote Benson.

Bien entendu, il a fait une recherche.

— C'était un accident.

Les mots tremblent quand je les souffle.

Benson demeure silencieux, mais ses yeux ne quittent pas les miens. Au moment où je pense ne plus pouvoir le regarder, il reprend la parole :

— Je ne pense pas que c'était un accident, Tave.

Je m'effondre sur le sol, vaincue. C'est déjà bien assez difficile d'avoir perdu mes parents dans un accident tragique... mais un meurtre ?

Un meurtre orchestré en raison de *moi* ?

— Benson ? fais-je, et, prononcé de ma gorge rauque, son nom devient un croassement. Je ne suis personne.

— Ce n'est pas vrai.

Il passe un bras autour de moi pour me tirer vers lui, et j'enfouis le visage dans sa poitrine. Il caresse mes cheveux courts.

– Songes-y. Quelqu'un a dû découvrir ton don quand tu vivais au Michigan. Ton avion a été saboté dans l'espoir de *te* tuer en raison de ce que tu es capable de faire. Tout s'imbrique.

Comme un mur de briques.

Le mur de briques le plus épouvantable au monde.

Je pense que je vais vomir.

– Dans ce cas, pourquoi suis-je en vie ?

– Peut-être... peut-être que quelque chose a changé.

– Ai-*je* changé ?

Ma voix est si sourde que je n'arrive même pas à l'entendre, et je suis incapable de lever les yeux vers lui.

– Que veux-tu dire ?

– Toute cette folie a débuté après la catastrophe aérienne. L'écrasement m'a-t-il transformée ? Ai-je toujours été comme cela ou est-ce que l'accident m'a transformée en quelque chose... quelque chose d'étrange ?

Je lève les yeux vers lui à présent.

– J'ai survécu à l'accident en raison de mes pouvoirs ou je possède des pouvoirs parce que j'ai survécu à l'écrasement d'avion ?

– Est-ce important ? murmure Benson.

Je baisse le regard sur mon dossier.

– Peut-être.

Tandis que je fixe ce nom (*Tavia Michaels* : est-ce même encore moi ?), une conviction prend une forme tangible dans ma poitrine.

– Je dois partir, Benson. Je dois m'éloigner d'ici. M'éloigner d'eux, de tout le monde.

— Tu ne peux pas partir, Tave.

Nos têtes se tournent brusquement vers Elizabeth qui se tient dans l'embrasure de la porte.

Et qui tient un revolver.

Pointé droit sur nous.

CHAPITRE 19

Je ne réfléchis pas.

Je n'en ai pas le temps.

Il y a une image dans ma tête (l'éclair d'une image), et, venues de nulle part, des bandes métalliques s'enroulent autour du corps et des mains d'Elizabeth et lui ôtent le revolver d'entre les doigts. Plus de bandes. Et encore plus. *Des bandes de fer. De fonte*, m'aperçois-je, et le tout me donne une vague impression familière, comme si j'ai déjà posé ce geste.

Mais à présent, je suis incapable d'arrêter. D'autres bandes de métal s'enroulent autour d'Elizabeth – ses bras, ses épaules. Bientôt, le poids la fait tomber sur le sol.

– Tavia, tu… merde, qu'as-tu fait ?

Benson fixe d'un regard horrifié le bidule inégal qui maintient Elizabeth sur le sol.

– Je ne sais pas. C'est seulement… C'est arrivé tout seul.

Encore une fois. Qu'est-ce qui cloche chez moi pour que je puisse blesser les gens sans même y songer de façon consciente ?

En secouant la tête pour chasser cette pensée, j'attrape les dossiers laissés par terre.

— Viens ! Nous n'avons que cinq minutes.

— Tavia ! Arrête ! Parle-moi ! s'écrie Elizabeth, mais je l'ignore en passant la porte à toute vitesse pour courir jusqu'à ma chambre, Benson sur les talons. Tu ne comprends pas ce que tout ça signifie. Il y a plus à savoir que tu ne pourrais l'imaginer.

— Tavia, arrête, tu dois ralentir pour réfléchir à tout cela.

Benson a le visage blême, et ses mots coulent comme des rapides.

— Que fais-tu au juste ?

Je l'entends à peine tandis que je fourre des chaussettes, des sous-vêtements et mon jeans préféré dans mon sac à dos.

— Il faut que je parte. J'ai besoin de réponses, marmonné-je, bien plus à moi qu'à lui.

Une culotte bikini rouge tombe sur la moquette, et je ne ressens même pas une pointe d'embarras lorsque Benson baisse les yeux et la regarde une seconde avant que je la ramasse et l'enfonce dans mon sac avec le reste de mes vêtements.

Nous sommes à des *kilomètres* d'un embarras de ce genre.

— Tavia, je parle sérieusement. Où iras-tu ?

— Je m'en fiche. Loin d'ici. C'est tout ce qui importe. Je dois partir tout de suite !

— Pour aller *où* ? demande Benson en agrippant mes épaules pour me forcer à le regarder.

Je ne veux pas le regarder. Mes yeux dardent vers le plafond, ses épaules, la fenêtre — n'importe où sauf dans ses yeux bleus et doux. Il me secoue gentiment, et je ne peux plus éviter de le regarder. Je laisse mon regard trouver le sien.

– Où ? répète-t-il. Et qu'allons-nous faire d'elle ?

Il incline la tête dans la direction d'où j'entends encore Elizabeth m'appeler et me supplier de revenir.

– Ils ont tué mes parents, Benson. Reese, Jay et Elizabeth : ils sont *tous* impliqués. Ils les ont assassinés. Ils ont *fait en sorte* que je sois à bord de cet avion ! Je *sais* que Reese et Elizabeth travaillent de pair. Elles tentent simplement d'obtenir quelque chose de moi, puis elles vont faire frire... mon... cerveau.

Un sanglot se gonfle dans ma gorge à mesure qu'un sentiment d'impuissance me parcourt.

– Si je ne pars pas d'ici, je suis aussi bien que morte.

Il ne dit rien, mais desserre sa poigne autour des mes épaules, et lorsque je me soustrais à ses bras pour continuer de remplir mon sac à dos, il n'essaie pas de me retenir.

– Puis-je rester chez toi quelques jours ? demandé-je sous l'effet d'une impulsion.

– Je suppose que oui, dit-il, mais...

Je ne suis pas certaine de pouvoir supporter ce qu'il veut me dire. Je suis déjà si accablée que mes doigts tremblent quand je les plonge dans une chaussette pour en tirer l'argent qui représente toute ma fortune.

Moins de quarante dollars.

Je suis foutue.

Peut-être que Benson m'en prêtera.

Non. Je ne peux pas. Je ne peux pas lui demander autre chose.

Peut-être vaudrait-il mieux que je ne reste pas avec lui. Et s'ils décidaient de l'assassiner lui aussi ?

— Je vais aller voir s'il y a de l'argent qui traîne dans la chambre de Reese et de Jay.

Je devrais prononcer à voix haute ce que je pense tout bas : « Je vais aller voir si je peux voler de l'argent à Reese et à Jay. »

Que puis-je faire d'autre ?

Je suppose qu'en cas extrême, je pourrais faire apparaître de l'argent par magie pour acheter ce dont j'ai besoin, mais lorsque l'argent disparaîtra cinq minutes plus tard, n'en demeurerais-je pas moins une voleuse ? Je peux blesser les autres et voler. Pourquoi tout ceci m'arrive-t-il à moi ?

Si je dois voler quelqu'un, au moins je sais que Reese et Jay font partie des méchants.

Alors pourquoi je me sens coupable ?

Peut-être parce que je sais que ma mère ne serait pas fière de moi en ce moment, et cette pensée me donne envie de mourir.

Après un coup d'œil rapide dans le couloir où j'entends toujours Elizabeth crier, je me dirige jusqu'à la porte de la chambre de Reese et de Jay. Lorsque je donne un tour à la poignée, la porte s'ouvre sans problème.

Ils ne l'ont pas verrouillée.

Ils ont confiance en moi.

C'est une pensée si discordante de mes gestes que je me fige, la main posée sur la poignée tandis que je tente de penser clairement. Pourquoi me *feraient*-ils confiance ? Me pensent-ils si ignorante ? Ou croient-ils que je suis si bien tapie sous leur botte que je ne saurais être dangereuse ?

Me manipulent-ils ? Même après tout ce qui est arrivé, le fait demeure : j'ignore ce que je suis.

Mais ils le savent.

La porte effleure la moquette quand je l'ouvre, comme un murmure dans la chambre à coucher silencieuse. Leur chambre est chic, de style déco, et dotée d'un très grand lit noir aux lignes pures et de tables de chevet carrées et argentées. En me demandant d'abord si je laisserai des empreintes sur la moquette (avant de décider que ça n'a pas d'importance), je me dirige à grands pas du côté du lit que Reese occupe, puis du côté de Jay.

Le dessus de la table de Reese est vide à l'exception de la lampe. Je ne suis pas étonnée. Une table de chevet tend à être le reflet de la personnalité d'une personne — beaucoup plus efficace qu'un test clinique, à mon avis. Dépouillée, élégante et organisée. Voilà bien Reese.

Malgré tout, un coup d'œil dans le mince tiroir de la table me gagne dix-sept dollars, pliés finement.

La table du côté de Jay est plus rentable (quarante-six dollars), mais la liasse est froissée et épaisse. Cela doit bien faire des semaines, voire des mois, qu'il n'a pas fait le tri dans les effets qu'il retire clairement de ses poches chaque soir.

Ce qui me donne environ cent dollars.

Ma réserve ne durera pas longtemps. Mais c'est un début.

Je me retourne et aperçois Benson qui m'attend dans l'embrasure de la porte. Son regard est inquiet.

Bien entendu. Je viens tout juste d'utiliser mes pouvoirs surnaturels pour mettre hors d'état de nuire une femme adulte et maintenant, je vole et m'apprête à fuir comme une personne démente.

Je passe à côté de lui sans le regarder et j'enfonce l'argent dans la petite poche de mon sac à dos. Je survole ma chambre du regard en me demandant quoi d'autre apporter. Est-ce un vol d'apporter l'ordinateur portable qu'ils m'ont donné ? Cela me paraît pire que l'argent que je viens de piquer. Mais dans les faits, l'ordinateur *m'appartient*.

Je marque une pause. Et s'il était sous écoute ?

Pas exactement sous écoute, mais s'ils pouvaient me retracer à l'aide de mon ordinateur ? On voit continuellement ce genre de truc dans les émissions de crime, et honnêtement, j'ignore s'il s'agit d'un de ces « faits » terriblement exagérés ou si c'est la vérité.

Tout de même.

Je prends une décision soudaine et enfonce l'ordi dans mon sac à dos, puis tire les fermetures à glissière avant de pouvoir changer d'idée.

Je suis incapable de regarder mon matériel d'artiste. Il a repris son importance. Il me semble nécessaire, comme s'il me sera impossible de trouver Quinn sans mon matériel.

Et je *dois* trouver Quinn si je veux obtenir des réponses.

Mais je ne peux pas apporter mon matériel : il n'y a plus de place.

Et maintenant, je dois prendre une décision : Phoenix ou Camden ?

Quinn m'a dit d'aller le rejoindre à Camden, mais Reese semble croire que Phoenix abrite quelque chose d'important. Quelque chose qui a à voir avec *moi*. Mais… Phoenix est une grande ville. Je ne saurais pas par où commencer. Je n'y suis jamais allée.

Je pousse un soupir. D'une manière ou de l'autre, je suis toujours obligée de faire confiance à Quinn. Quinn qui ne reste jamais près de moi, qui ne répond jamais à mes questions.

Qui fait bondir mon cœur et réchauffe mon sang.

Camden, donc.

— Je suis prête à partir, dis-je à Benson, et je déteste entendre ma voix trembler.

Je me sens faible, confuse. Je peux créer des choses par magie : je devrais me sentir forte et en pleine possession de mes moyens.

Mais ce n'est pas le cas.

— Tavia, nous..., commence Benson avant de s'interrompre et de se lécher les lèvres dans un mouvement de nervosité. Nous devrions sortir d'ici, conclut-il, même si je sais que ce n'est pas ce qu'il s'apprêtait à dire.

Nous sortons dans le couloir et entendons Elizabeth crier :

— Je pense qu'ils t'ont trouvée, Tave. Tu es en danger dehors. Le Réduciata mettra la main sur toi. Ils te désirent plus que n'importe lequel des autres Terraliens. Ils...

— Terraliens, murmuré-je, sans entendre le reste de la phrase prononcée par Elizabeth.

J'ai déjà entendu cette expression, lors de la conversation téléphonique entre Elizabeth et Reese. Mais elle a une autre portée. Elle se réverbère comme des murmures dans mon esprit. *Terraliens... Terraliens...*

Benson me tire doucement la main.

— Nous devons partir.

— Je t'en prie, ajoute Elizabeth d'une voix plus douce — mais une voix clairement destinée à mes oreilles, tu ne sais pas comment utiliser tes pouvoirs de façon à te protéger.

Je retiens mon souffle et pivote sur moi-même pour lui faire face. Elle *sait.*

Une phrase monte vers ma bouche et se glisse de ma langue avant que je puisse la retenir.

— *Sum Terrobligatus ; declarare fidem.*

Les yeux d'Elizabeth s'écarquillent jusqu'à ce que je voie le blanc autour de ses iris.

Mais elle ne dit rien.

La colère bout en moi, et je me penche pour prendre le revolver qu'elle a échappé pour le pointer vers elle.

— *Declarare fidem !*

Ma main tremble ; on dirait que ce n'est plus ma main. *Quels sont ces mots ? Qu'est-ce que je fais ?* Je ravale un sanglot alors que tout ce que je croyais savoir sur moi éclate en morceaux.

Je suis un monstre.

— *Curatoria,* halète-t-elle.

— Que viens-tu de dire ? chuchote Benson.

— Je n'en ai pas la moindre idée, murmuré-je en réponse.

Et c'est la vérité. Mais je devrais le savoir ! J'en suis persuadée ! De la même façon que je *devrais* connaître la signification de tous les mots qu'Elizabeth vient de prononcer. En repoussant ces pensées, j'arme le revolver, et le déclic sinistre remplit le bureau.

— Tu veux que je te fasse confiance ; pourquoi pointais-tu cette arme vers moi ?

— Parce que j'ignorais ce que tu savais au sujet de tes pouvoirs, répond immédiatement Elizabeth dont le cou est étiré dans une position inconfortable pour me regarder. J'ignorais quel est ton niveau de maîtrise.

Je n'aime pas entendre cela, mais que puis-je y faire? J'aurais *pu* être dangereuse. J'aurais probablement pu la tuer. Je me demande si elle gardait ce revolver dans son bureau, si elle devenait nerveuse chaque fois que j'entrais dans la salle d'attente.

Sa salle d'attente vide.

Elle était *toujours* vide.

Je suis une foutue idiote.

Comment est-ce possible que je voie toujours les choses clairement quand c'est trop *tard* ?

La salle d'attente était vide *chaque* fois que je suis allée la voir – à l'exception très occasionnelle de secrétaire Barbie. Chaque. Fois. Même quand je m'y présentais sans rendez-vous. Je suppose que j'en ai conclu que personne ne voulait être surpris dans le bureau d'un psy ?

Mais j'aurais dû voir la réalité plus tôt.

– Je veux des réponses ! m'exclamé-je avec ferveur. Et si tu me mens, tu ne me reverras *jamais*.

À mon étonnement, Elizabeth sourit. C'est un sourire ni moqueur ni cruel, mais doux ; de *soulagement*. Je ne comprends pas ce qu'il signifie et je suis déroutée pour un moment.

Mais je plante les orteils dans le sol pour garder l'équilibre – un vieux truc de yoga.

– Je ne mentirai pas, indique Elizabeth, immobile comme une statue, ce qui est probablement difficile à faire.

Je déglutis avec difficulté. Je ne peux pas me laisser aller à me sentir coupable maintenant.

– As-tu d'autres patients à part moi ?

Commençons par une question à laquelle j'ai déjà la réponse.

— Pas en ce moment.

Je tangue légèrement vers mes talons, estomaquée par sa franchise.

— Es-tu un vrai médecin ?

— Une psychiatre ? Oui, fait-elle avant d'éclater de rire, puis de grimacer au mouvement de son corps. Crois-moi, la fac de médecine n'était pas une mince affaire.

— Dans ce cas, pourquoi travailles-tu pour Reese ? Et n'essaie même pas de le nier, l'avertis-je. J'ai surpris votre conversation téléphonique hier.

— Génial, simplement génial, grommelle-t-elle avant de reporter son attention sur moi. Je ne nierai pas que je travaille *avec* Reese, dit-elle avec circonspection, mais dans un esprit de transparence, je ne travaille pas *pour* elle. Nous sommes au service de la Curatoria.

Encore ce mot inconnu. Je l'ignore, comme si je savais exactement ce qu'il signifiait.

— Pourquoi toute cette mise en scène ?

— Pour te donner la chance de guérir avant…

La porte d'entrée s'ouvre brusquement et l'interrompt.

— Ne tire pas ! crie Jay. Tavia, je t'en prie, tu ne veux pas faire une telle chose !

Le revolver emprunté pivote vers Jay pour revenir immédiatement sur Elizabeth. Je sens la présence de Benson derrière moi qui m'ordonne silencieusement d'être prudente. Ils sont deux maintenant, et j'ignore lequel représente la plus grande menace.

Jay, conclus-je ; Elizabeth est contenue, du moins pour le moment, même si les bandes métalliques disparaîtront sous peu. Je fais face à Jay au moment où il atteint le palier.

– Ne tire pas, souffle-t-il en levant une main ; l'autre empoigne son flanc. C'est seulement moi.

Comme si cela faisait la moindre différence.

– Mark, elle est au courant, fait Elizabeth.

« Mark ? »

– Liz, la réprimande-t-il, et l'expression de ses yeux annonce qu'il est sur ses gardes.

Et fatigué. À le regarder, on croirait qu'il n'a pas dormi depuis des jours. Je dois avoir un air semblable. Son regard passe d'Elizabeth à moi, et je vois bien qu'il essaie désespérément de comprendre ce qui s'est passé avant son arrivée.

Je n'ai pas l'intention de lui en donner l'occasion.

– Pourquoi es-tu ici ? demandé-je dans un chuchotement glacial en avant d'un demi-pas vers lui, le revolver tendu vers l'avant.

– Parce que tu es entrée par effraction dans le bureau de Reese, indique Jay, les mains levées devant lui.

– Comment sais-tu *cela* ?

– Cette maison est truffée d'alarmes, Tave. Voilà pourquoi nous sommes ici tous les deux.

Je serre les dents. Je me déteste de ne pas y avoir pensé.

– Mais *bon sang*, pourquoi une telle précaution ?

– Eh bien, songe…

– Tavia ? interrompt la voix pleine de panique de Benson.

Mes yeux quittent Jay une seconde, et je constate que les bandes qui ligotent Elizabeth commencent à disparaître.

Je ferme les yeux, puis de nouvelles bandes se forment en provoquant un petit cri de douleur chez Elizabeth.

– Tave, Jay !

Je pointe de nouveau le revolver sur Jay qui, manifestement, a tenté de profiter du moment où mon dos était tourné. Il a brandi un bras, mais dès que le canon pointe de nouveau vers lui, il marmonne un juron et laisse ses mains retomber.

Des chaînes prennent vie autour de ses chevilles et s'enroulent autour de la rampe pour y figer ses pieds.

— Allons, Tavia, c'est ridicule, lance Jay qui paraît plus agacé qu'effrayé par ses liens.

Je serre la mâchoire et pointe l'arme vers lui de nouveau. Je déteste agir de la sorte, mais que puis-je faire d'autre ?

— Ne nous suivez pas ou j'userai de cette arme… ou je ferai pire, ajouté-je en me sentant vraiment stupide, mais ils paraissent réellement effrayés par mes capacités. Allez, Benson, dis-je en hissant mon sac à dos sur mes épaules, partons *maintenant*.

— Ne pars pas avec *lui*, crie Elizabeth. Tu sais qui tu dois trouver, et ce n'est pas Benson !

— Je ne t'écoute plus, lui sifflé-je.

— Je t'en prie, Tavia, ne le laisse pas te confondre. Tu es destinée à quelqu'un d'autre. Je sais que tu le sens.

J'appuie les mains contre mes oreilles et descends l'escalier.

— Tavia, attends, ne pars pas, dit Jay, et je me retourne presque en décelant la panique dans sa voix. À mon travail, nous avons trouvé le lien entre la Réduciata et le virus, et si tu pars, je ne sais pas si je…

— Je ne peux pas… je ne peux plus vous écouter, crié-je en l'interrompant. Je ne peux pas croire un mot de ce que vous dites.

Et si je ne pars pas tout de suite, qui d'autre arrivera ? Combien de personnes puis-je ligoter à l'aide de ma magie éphémère ?

Je jette un dernier regard au salon et à la cuisine quand Benson et moi prenons la direction de la porte menant au garage. Tellement de souvenirs. De beaux souvenirs. Les moments maladroits, mais étrangement maternels passés avec Reese, les moments d'hilarité en compagnie de Jay où j'ai eu pour la première fois l'impression d'avoir un frère.

Rien de plus que des mensonges.

Avant que la colère ne m'étouffe, je tourne le dos à tout cela et me dirige vers le garage en claquant la porte sur mon ancienne vie.

Dès que je suis hors de la maison, je laisse le revolver d'Elizabeth tomber bruyamment sur le béton.

Benson ouvre la bouche (il est probablement d'avis que nous devrions apporter l'arme), mais je le réduis au silence d'un seul regard. Je ne peux pas. C'est impossible. Je déteste savoir que le simple fait d'être moi est dangereux ; je ne porterai pas une arme en plus.

En acceptant mon refus, il sort le porte-clés lourdement chargé de sa poche.

— Nous avons déjà commis une entrée par effraction ; que penses-tu du vol de voiture ?

— Tu crois que nous devrions prendre la BMW de Reese ? demandé-je, parfaitement consciente du ridicule de mes paroles, comme si c'était l'incident le plus horrible à survenir aujourd'hui.

Benson déglutit.

— Pas vraiment, mais ma voiture est garée à la bibliothèque, et je ne veux pas que tu sois exposée au danger dehors, peu importe ce qu'il est. Je suppose que tu pourrais essayer d'en faire apparaître une, mais...

– Elle disparaîtra dans cinq minutes, dis-je en l'interrompant avant même d'avoir songé à le faire réellement.

– Exact, acquiesce-t-il. Par ailleurs, sa voiture est noire et n'attire pas le regard. Ce sera parfait.

Je fixe des yeux la voiture chic et brillante.

– Elle va alerter la police.

– Elle n'en fera rien.

– Cette voiture vaut quatre-vingt mille dollars, Benson. Crois-moi : elle va alerter la police.

Il se tourne vers moi.

– Non, elle te pourchassera par elle-même. Et maintenant, il lui faudra d'abord trouver une voiture. Aucun policier : elle ne prendra pas le risque.

– C'est tout un pari que tu fais, dis-je à voix basse.

– Lançons les dés.

J'hésite : je ne veux pas blesser davantage Reese et Jay.

– Tavia, me presse Benson, ils sont peut-être complices du meurtre de tes parents.

– D'accord, dis-je en ravalant la douleur qui accompagne ce rappel. Mais je vais conduire.

Parce que si quelqu'un doit voler une voiture, ce sera moi.

CHAPITRE 20

Mes pensées et moi sommes silencieuses durant les premières minutes de conduite. Je choisis des rues de voisinage tranquilles et évite tout lieu où des gens pourraient être à notre recherche. À *ma* recherche.

Benson compose un texto.

— À ma mère, explique-t-il.

Je déborde déjà de culpabilité pour en prendre davantage.

Je ne sais pas où nous allons — j'ai éliminé assez vite l'idée précédente de rester chez Benson. Tout ce qui importe maintenant est de creuser une distance entre la maison de Jay et de Reese et nous. Ou plutôt la maison de *Mark* et de *Samantha*. Une distance suffisante pour me permettre de réfléchir, de planifier. De trouver un moyen de rester en vie.

Et d'éviter de tuer quiconque.

Nous traversons un quartier plus ancien et aucun signe de Jay, d'Elizabeth ou du type aux verres fumés. Je suis soulagée d'être occupée par la conduite, sans quoi je scruterais de façon obsessive chaque maison, à la recherche d'un triangle scintillant. Au moment où j'ai cette pensée, un panneau de rue attire mon regard, et je me rends compte que nous allons passer la 5e Rue. De manière impulsive, j'appuie brusquement sur les freins et je fais une embardée vers la droite, ce qui projette pratiquement Benson sur mes cuisses.

— Putain, un petit avertissement à l'avenir, grommelle Benson en se frottant le flanc là où il s'est buté à boîte de vitesse.

— Désolée, fais-je, et même si je le suis réellement, mon esprit est si concentré ailleurs que je sais que mes excuses n'ont pas l'air sincères.

Comme je soupçonne que l'époque de la subtilité est révolue, je me gare directement devant la vieille maison que je pointe du doigt.

— Le vois-tu ? demandé-je en réprimant ma nervosité, le doigt pointé vers la porte d'entrée de la maison.

Si je n'avais pas l'air louche auparavant, c'est réussi à présent.

— Quoi ? demande Benson avec méfiance.

— Le triangle. Il est pâle, mais il est bel et bien là. Le vois-tu ?

— Où ? lance Benson en plissant les yeux.

— Au-dessus de la porte. Il est gris, en quelque sorte.

Il se penche au-dessus de mes cuisses, puis s'avance et s'appuie un peu sur moi. Je retiens mon souffle.

— Je…, fait-il avant de s'interrompre, et l'espace d'une seconde, je laisse mon imagination croire qu'il voit lui aussi la forme mystérieuse. Je ne vois rien, Tave.

Je déglutis avec déception et je ramène la voiture sur la route, mais ne roule que pour un pâté avant de me garer à nouveau.

— Ça va ? demande Benson tandis que ses doigts effleurent ma main.

Des larmes me brûlent les yeux, mais je refuse de les laisser couler.

– Non... Non... Ça ne va pas.

– Qu'est-ce qu'il y a ? demande-t-il d'une voix douce.

Mon menton tremble, et je serre la mâchoire pour cesser le mouvement.

– Tu... tu dois sortir de la voiture. Tu peux marcher jusqu'à la maison d'ici.

Benson se carre dans son siège, les bras croisés sur la poitrine, et arque un sourcil.

– Oh, tu crois ?

– Benson, je parle sérieusement. Je dois quitter la ville, et tu ne viendras pas avec moi.

– De quoi parles-tu ? lance-t-il d'un ton presque glacial.

– Je fuis une sorte de *pègre* surnaturelle. Tu as été témoin de ce que j'ai fait subir à Elizabeth et à Jay ; et merde, ce que j'ai presque fait à ton compagnon de chambre. Je suis follement dangereusement, et tu ne devrais pas être près de *moi*, encore moins de gens qui cherchent à *me tuer*.

Il garde le silence un bon moment avant de tourner son visage vers le mien et de tendre avec hésitation les mains vers moi pour entourer ma cuisse de ses longs doigts.

– Regarde-moi.

Je ne veux pas le regarder. Je ne veux pas ressentir ce réconfort qui, lentement, aisément, coule de sa main pour se propager dans ma jambe. Je ne veux pas faire face à ce que cela signifie.

Ou à ce que cela ne signifie pas.

Mais il patiente, en silence.

Je lève le menton et tente de prendre une attitude forte et solide. Comme si j'étais capable de lui botter le derrière s'il essayait de me suivre. Mais j'ai bien peur que ma lèvre tremblante vienne ruiner l'effet.

— Je ne t'abandonnerai pas, murmure Benson. Je... je viens tout récemment de comprendre ce que tu signifies pour moi. Je sais que c'est dangereux, fait-il avant de marquer une pause, les lèvres serrées. Probablement encore plus dangereux que tu ne le crois. Mais je viens avec toi.

Son autre main touche mon visage maintenant, enveloppe ma joue et m'oblige à lever la tête. Je résiste en gardant les yeux fermés. Mais bientôt, je ne peux plus le supporter. Ses yeux bleus me transpercent avec une telle constance que les papillons déploient de nouveau leurs ailes dans mon ventre.

— Si tu me jettes hors de cette voiture et prends la poudre d'escampette, je vais marcher jusqu'à la bibliothèque — qui se trouve à plusieurs kilomètres d'ici, en passant — et je vais prendre *ma* voiture pour te chercher toute la journée, fait-il avec de m'adresser un demi-sourire. Épargne-nous cette misère à tous les deux, veux-tu ?

— Tu ne sais pas dans quoi tu t'embarques, protesté-je.

— Je sais *exactement* dans quoi je m'embarque.

Il m'embrasse si doucement — un baiser si bref qu'il serait facile de nier son existence ne serait-ce de ma bouche qui brûle comme si elle était en feu.

Je me soustrais à son baiser avant de perdre complètement la tête. C'est injuste.

— Mais... Ça ne t'ennuie pas que je passe la moitié de mon temps à penser à Quinn ? Tu sais, ajouté-je en marmonnant, quand je ne pense pas à toi.

Son visage est près du mien, et je sais que je devrais me détourner, le laisser partir, mais après le stress vécu aujourd'hui, je désire ardemment un contact. Je *le* désire ardemment. Sa bouche se pose sur la mienne, et un faible gémissement s'échappe de ma gorge tandis que j'appuie mes doigts sur sa nuque pour le tirer davantage vers moi.

– Tu crois que je crains une petite compétition ? me taquine-t-il malicieusement en s'éloignant légèrement.

– Je…

Mes pensées forment un méli-mélo de Benson et de Quinn ; cependant, je ferme les yeux et l'embrasse, le serre et m'abandonne à son goût sur ma langue.

Un bruit assourdissant vient nous séparer, et quelque chose fracasse la vitre arrière pour frapper derrière mon épaule dans un bruit mat qui se réverbère dans mon siège.

– Roule ! crie Benson, et pendant que j'accélère, j'entends d'autres coups ricocher sur la carrosserie, ce qui provoque des secousses.

Je tente de garder la maîtrise du véhicule et de rester du bon côté de la route.

Benson est agenouillé, le visage protégé par l'appui-tête par-dessus lequel il jette des coups d'œil tandis que je négocie follement la courbe.

– C'est le type de la bibliothèque ! crie Benson.

– Comment nous a-t-il trouvés ? demandé-je pendant que les pneus crissent dans le tournant d'un autre coin. Nous sommes à des *kilomètres* !

– Je ne sais pas. Il a dû… Je ne sais pas, suivre ma trace jusque chez toi ?

Il se rassoit sur son siège et boucle sa ceinture. Je le comprends.

Je tourne les deux prochains coins – le premier, à droite ; le deuxième, à gauche – en espérant ne pas me retrouver dans une impasse.

– Il est peut-être à pied, mais il passe par les arrière-cours. Nous devons sortir de ce voisinage.

Je hoche la tête et me mets à la recherche d'une sortie.

– Ce type doit s'inscrire à un marathon. Il est *rapide.*

– Je suis plus rapide, dis-je en gagnant enfin une rue achalandée où j'appuie à fond sur l'accélérateur.

Une minute plus tard, Benson jette de nouveau un regard par-dessus son épaule.

– Il est complètement hors de vue maintenant, dit-il en rebouclant sa ceinture de sécurité. Je suis certain qu'il a eu l'occasion de bien voir la satanée voiture, cependant.

– Donc, échapper du café sur lui n'a pas eu l'effet escompté ? plaisanté-je en lui lançant un regard faussement condescendant.

Quelque chose (peut-être l'adrénaline) m'a redonné courage et a ravivé mon sens de l'humour. Ou peut-être est-ce simplement ce qui arrive quand on est au volant d'une si belle voiture.

– Il semble que non, fait Benson avec l'ombre d'un sourire narquois, mais c'est lui qui paraît nerveux à présent.

Je vois maintenant où je me situe et je tourne à droite pour prendre la direction de l'autoroute.

– C'est ta dernière chance, dis-je quand je m'arrête à un feu rouge à moins d'un demi-kilomètre de l'entrée de l'autoroute. Nous ne sommes pas dans un film, Benson. Et si tu viens avec moi, il n'y a pas de point de retour.

– C'est déjà trop tard, répond-il en fixant le pare-brise d'un air studieux.

– Benson? demandé-je à l'entrée de l'autoroute 95. Sais-tu où se trouve Camden?

Un infime détail.

– Camden, au Maine?

– En existe-t-il un autre?

– Pas à ma connaissance. Pas dans le coin, en tout cas.

– Alors oui, Camden, au Maine.

– Ouais, c'est une vieille ville cool... Probablement à cinq ou six heures de route. À l'est. Enfin, au nord-est. Le long de la côte.

Parfait.

– Commençons par là, dis-je en enclenchant le clignoteur de droite.

– Pourquoi?

«N'en parle à personne.» Les mots vibrent dans ma tête comme si Quinn était assis sur le siège arrière et les criait dans la voiture.

– Simple intuition.

▲

— Ils se dirigent vers l'est, dit-il, debout devant mon bureau.

Celui que je déteste.

Je lève les yeux vers mon propre reflet, en panoramique dans le verre sombre.

— Enlève tes lunettes : je déteste te parler sans voir tes yeux, dis-je sèchement.

Aussi sèchement que possible puisque je chuchote.

Il retire ses verres fumés d'un air penaud.

« Un mouton, *songé-je de façon acerbe.* Voilà exactement ce qu'il est. »

Comme la plupart de ces humains. Non pas que ce soit réellement leur faute. C'est ce que nous avons toujours voulu d'eux.

— As-tu réussi à tirer quelques coups ? demandé-je une fois que ses yeux sont visibles.

— Un de plus, et je l'aurais peut-être touchée.

Je souris, un peu.

— Parfait, dis-je. Elle est effrayée et en fuite. Exactement comme je l'aime.

— Devrais-je envoyer mes hommes ?

— Pas tout de suite, dis-je en imaginant la fille dans mon esprit.

En panique. Posant mauvais geste après mauvais geste. Agissant comme l'humaine qu'elle croit toujours être.

— Reste près d'elle et observe-la, dis-je en arquant un sourcil. N'es-tu pas curieux de savoir ce qui arrivera ensuite ?

▲

CHAPITRE 21

Je ne suis pas certaine de savoir pourquoi je ne dis pas à Benson la vérité sur notre destination. *Pourquoi* c'est notre destination. L'aversion du drame, peut-être. Comme si j'avais besoin que le garçon que j'embrasse passe des *heures* dans ma voiture volée, en route vers le garçon que mon cœur ne semble pas vouloir laisser filer. Imaginez le malaise !

À la place, nous parlons de tout et de rien, excepté de la dernière semaine, et Benson est assez doué dans l'art de me distraire quand le silence s'installe trop longtemps. Quand je suis silencieuse, mon esprit s'emballe, et je ne peux m'empêcher de me demander qui — ou ce que — je suis réellement.

En vérité, une partie de moi est soulagée ; soulagée qu'Elizabeth se soit présentée avec un revolver, soulagée que le type aux verres fumés ait tenté de me tuer, parce que ça veut dire que je ne suis pas folle. Mais d'autre part, aujourd'hui, j'ai ligoté ma psychiatre et mon tuteur et volé une voiture pour les fuir. Il y a une partie de moi qui sait comment faire une telle chose. Une partie que je ne comprends pas ; une personne que je ne connais pas. Cela m'amène à tout remettre en question : moi, ma vie, mes souvenirs. Jusqu'à quel point ma vie est-elle un mensonge ? *Suis-je* un mensonge ?

Puis il suffit que les doigts de Benson effleurent ma main, qu'il fasse une blague idiote ou qu'il attire mon attention vers une pancarte comique, et je reviens à l'instant présent. Une fois que je sortirai de cette voiture, il me faudra réfléchir au désastre qu'est devenue ma vie. Mais d'ici là, Benson et moi rigolons, parlons et nous taquinons, enveloppés dans une petite berline de quatre portes devenue un monde bien à nous.

En raison de travaux et de la circulation sur la route, cinq ou six heures deviennent en réalité huit. Chaque fois que nous devons ralentir, mes doigts tambourinent le volant avec impatience. Benson fait le guet par la vitre arrière, et à ce que je sache, personne ne nous suit. Comme cette crainte est temporairement soulagée, je ne peux penser à rien d'autre qu'à l'arrivée.

Camden signifie Quinn.

Et Quinn signifie réponses.

J'ignore pour quoi je grouille le plus d'impatience. Je ne peux abandonner l'idée d'être avec Quinn malgré les deux derniers jours passés avec Benson. Quinn me donne l'impression d'être une vie d'une manière que je n'ai pas expérimentée depuis l'accident d'avion, comme si une partie de moi était dormante et qu'il était le seul à pouvoir la raviver.

Et il y a cette impression d'intimité. Je n'arrive pas à m'en défaire.

J'espère qu'après l'avoir rejoint à Camden, j'arriverai à tout démêler. Peut-être le connais-je au fond ? Peut-être l'ai-je *toujours* connu.

Quoi qu'il en soit, il aura les réponses. Je *dois* continuer de le croire.

Jay a essayé d'appeler quatre fois. Du moins, quatre fois avant que je n'éteigne le téléphone. Je me demande s'il vaudrait mieux que je m'en débarrasse. Je déteste cette impression de n'avoir aucun choix intéressant. Et je déteste ne pas pouvoir avoir confiance en Jay. Je suppose que je m'étais raccrochée au mince fil d'espoir qui voulait que seules Reese et Elizabeth soient impliquées ; que Jay était dans le noir comme moi.

Après ce qui a paru durer une éternité, Benson et moi roulons dans Camden au moment où à peu près tout le monde ferme boutique pour rentrer à la maison.

Les immeubles sont anciens et plutôt bas — deux étages, tout au plus — et pas l'ombre d'un grand magasin à la ronde. Mais il n'y a non plus aucune devanture de magasin aux couleurs éclatantes comme j'ai l'habitude d'en voir à Portsmouth. Tout est propre, mais assombri par une teinte rouge brique. C'est comme si toute la ville avait été transposée directement des années 1950. Des arbres projettent leurs ombres sur des trottoirs propres, et autour de nous, les marchands balaient leur entrée ou rentrent les tableaux-annonces dans la boutique afin de tout verrouiller. Les magasins fermés sont exempts de grilles de métal, ce qui donne l'impression que rien de mal n'arrive dans cette ville.

Peut-être est-ce le cas. Peut-être est-ce la raison pour laquelle Quinn m'a envoyée ici.

« Pittoresque, observé-je. Et classique. »

Si je me trouvais ici pour une raison différente, je commencerais probablement à fouiller la ville à la recherche de maisons intéressantes et de jalons historiques, comme je l'avais fait à Portsmouth. Cependant, si je devais remarquer quelque chose de spécial ici, nous ne sommes pas encore passés devant. Quinn avait eu l'air de croire que je devrais savoir exactement de quoi il parlait quand il m'avait dit de venir ici.

Suis-je déjà venue ici ?

L'endroit ne me semble pas familier. Je survole des yeux les magasins qui m'entourent, à la recherche de symboles, mais je n'aperçois rien de tel non plus. Toutefois, comme il fait déjà noir, il me faudra peut-être regarder de nouveau quand le soleil brillera.

– Il nous faut faire le plein encore une fois, dis-je en regardant l'indicateur.

– Je m'en occupe cette fois, dit Benson quand j'engage la voiture vers une station-service délavée.

Il sort de la voiture et en fait le tour jusqu'à la pompe.

– Que ferons-nous quand nous n'aurons plus d'argent pour du carburant ? demandé-je tandis que nous regardons le chiffrier de la somme à payer monter.

– J'ai une carte de crédit, fait Benson d'un air nonchalant, mais je sais qu'il s'inquiète, lui aussi.

– Il est possible de faire le suivi des achats, non ? soupiré-je en prenant appui sur la portière du conducteur.

– Nous avons une autre option, Tave…, commence Benson en hésitant, et je sais ce qu'il s'apprête à dire.

J'évite cette conversation depuis que j'ai compris le peu de fonds dont je disposais avant de quitter la maison de Reese et de Jay.

– Si la situation devient désespérée, ne pourrais-tu pas… tu sais ?

– Il disparaîtra en cinq minutes, Benson. Cela demeure un vol.

— J'ai parlé de situation désespérée. Je ne dis pas de le faire maintenant.

Je fixe mes chaussures du regard tandis que Benson remet le pistolet en place : le réservoir est plein. Rempli de carburant qu'il paye à l'aide de ses (probablement maigres) fonds d'étudiant. Pour moi.

— Ce n'est pas vraiment le vol qui me dérange, laissé-je tomber.

En tenant compte du statut du véhicule sur lequel nous sommes tous les deux accotés, je pense que la clarification s'avère nécessaire.

— Tout ceci a commencé quand je me suis mise à utiliser mes… pouvoirs, ou peu importe le nom que tu veux donner au phénomène. Même avant que je sache ce que je faisais. Comme avec le baume à lèvres, par exemple. Depuis, c'est la merde. Pas en ce qui te concerne, naturellement, mais tout le reste. Je ne crois pas que ce soit une bonne idée d'utiliser mes *talents* (je murmure le mot) à moins de n'avoir d'autres choix. Ils sont imprévisibles et dangereux.

— C'est ta décision, dit Benson en passant un bras autour de mes épaules. Je ne te pousserai à rien.

Il survole des yeux le stationnement de la station-service, puis se penche plus près.

— Partons, cependant. Je n'aime pas me trouver exposer alors qu'il est bien possible que nos noms et visages aient fait la manchette du bulletin de nouvelles de fin de soirée.

Je pousse un soupir. Je déteste l'idée qu'il soit fort probable que notre petite « aventure » se termine par notre ajout à la liste des criminels les plus recherchés.

— Veux-tu que je conduise un moment ? demande Benson, et les crampes dans mes jambes insistent pour que j'accepte son offre.

Il s'assoit dans le siège du conducteur et me regarde pendant une minute avant que je ne comprenne qu'il attend mes directives.

Mais je n'en ai aucune. Maintenant que nous sommes à Camden, son instinct vaut bien le mien. Au bout du compte, il reprend la route dans la direction où nous allions avant.

Après quelques minutes, je m'aperçois qu'une bonne distance séparait les deux dernières maisons dépassées et qu'il n'y a aucune autre habitation devant. Nous nous trouvions *dans* la ville, puis, plutôt brusquement, nous en sommes *sortis*.

– Euh, Benson ?

– Ouais ?

– Je pense que nous ne sommes plus à Camden.

Il regarde l'herbe touffue de part et d'autre de la route et la forêt dense devant, au-delà de la portée lumineuse des phares avant.

– Je suppose que c'est tout, fait-il d'une voix incertaine pour la première fois depuis qu'il a choisi de m'accompagner.

– Qu'allons-nous faire ?

Il me regarde.

– C'est toi qui voulais venir ici. Je croyais que tu avais un plan.

– Pas vraiment, dis-je, soudain très intéressée par le paysage à l'extérieur de ma vitre.

– Eh bien, nous ne pouvons pas exactement repartir, n'est-ce pas ?

– Je ne pense pas.

Il fronce les sourcils quelques secondes avant d'actionner le clignoteur pour s'avancer avec prudence dans une route de terre.

— Qu'est-ce qu'il y a par là ?

— Une cachette pour la nuit, fait Benson en jetant un coup d'œil au rétroviseur.

La voiture de Reese quitte la route de terre pour s'arrêter près d'un taillis.

— Il n'y avait personne en vue derrière nous, et les arbres nous cacheront des voitures sur la route.

— Penses-tu que le type qui a tiré sur nous nous suit toujours ?

Il demeure silencieux pendant de longues secondes qui font tic tac dans ma tête.

— Je pense que toute personne assez motivée pour tirer sur quelqu'un ne laissera pas tomber sans un satané combat, dit-il d'un ton ferme et égal qui fait déferler une vague de peur dans mon corps en entier. Mais après tout ce qui est arrivé aujourd'hui, je suis épuisé. Et si tu écoutes ton corps l'espace d'une minute, je parierais que tu verrais que tu es épuisée aussi.

Je n'ai pas l'énergie nécessaire pour débattre l'évidence.

— Si nous ne dormons pas, nous serons parfaitement inutiles demain, et ce n'est pas la façon d'échapper à une personne qui veut te tuer, dit-il d'une voix douce cette fois en avançant une main pour me caresser le visage.

Je baisse les yeux sur le sac à dos entre mes pieds pour me rendre compte des articles que j'ai oubliés : des oreillers, des couvertures. Je n'ai pas exactement eu beaucoup de temps pour planifier la fuite.

— Nous devons éteindre le moteur, n'est-ce pas ?

— Nous ne pouvons pas nous permettre de gaspiller le carburant.

— Il fera froid.

– Notre chaleur corporelle gardera l'habitacle assez chaud.

Je hoche la tête, hébétée. Je serais la première à admettre que je n'entrevoyais pas ma vie d'une façon très optimiste le matin même, mais jamais je n'aurais pu soupçonner que je passerais la nuit dans une voiture volée, au milieu de nulle part, sans savoir si je serai assez au chaud pour fermer l'œil.

Benson m'accorde le choix du siège du passager et j'abaisse le dossier au maximum tandis qu'il s'étend sur le siège arrière, son corps perpendiculaire au mien. Il a raison : même enveloppée par mon manteau, je commence à sentir la chaleur de son corps s'élever à quelques centimètres de mon visage.

Ce qui a plutôt l'effet de m'*éveiller*.

– Tout paraîtra plus clair demain matin, marmonne-t-il, déjà à moitié endormi.

– Les choses ne pourront certainement pas paraître pires, murmuré-je, mais assez bas pour qu'il ne m'entende pas.

Quand la respiration de Benson ralentit et s'approfondit, je laisse les larmes couler.

« Quinn ! crié-je dans mon esprit. Je suis là ; j'ai fait ce que tu m'as dit de faire. Où es-tu ? »

CHAPITRE 22

Je ne m'attends pas à m'endormir rapidement ; je m'imagine passer des heures à m'apitoyer sur mon sort de manière inutile. Sans parler de l'inconfort général d'une nuit passée dans une voiture. Une voiture *froide*. Cependant, lorsque mes cils s'écartent en douceur pour dévoiler une forêt recouverte d'un manteau de neige et éclairée d'une lumière surnaturelle, je sais que je dois rêver. Il suffit d'un regard sur la magnifique robe et ses remplis argentés et brillants qui enveloppent mes jambes pour le confirmer.

Je marche sans but dans la forêt clairsemée, et des flocons de neige tombent sur ma peau comme des éclats de fraîcheur sur mon corps chaud. La traîne large de la robe effleure la neige poudreuse derrière moi et laisse une trace superficielle autour des arbres que je contourne sans me presser, même si je suis à la recherche de quelque chose.

Son profil est la première chose que j'aperçois. Comme d'habitude, ses cheveux sont ramenés sur sa nuque, même si quelques mèches forment des traces fines sur ses joues bronzées. Ses épaules sont couvertes par une cape qui voile son corps qui semble s'estomper contre l'arbre sur lequel il prend appui. Il tourne la tête, et ses yeux vert feuille croisent les miens. Ma poitrine se contracte, et je retiens mon souffle quand je le vois. Ses yeux me transpercent et voient mon âme. Après un moment de contemplation (comme s'il découvrait en moi quelque chose qui l'étonnait), son visage se détend, et il sourit. Il tend une main gantée, et quand ses doigts se réunissent, une rose rouge sang y apparaît.

— Je savais que tu viendrais à moi.

Les paroles de Quinn font tomber une barrière invisible, et je cours, mes pieds nus ne faisant aucun bruit dans la neige molle. La rose tombe sur le sol quand il tend les bras ; le miroir de mes bras tendus.

Nous tendons les bras.

Nous tendons les bras.

Mon corps percute sa poitrine chaude, et ses mains se posent sur mes joues, me tirent vers lui, puis agrippent ma nuque. Je n'ai pas le temps de soulever les paupières avant que sa bouche ne trouve la mienne ; ses lèvres sont douces. C'est tout comme si un barrage a cédé en nous et que chaque désir, chaque moment, à souhaiter cet instant est relâché. Des doigts effleurent mes flancs avant de se réunir dans mon dos pour me tirer avec force, plus près. J'agrippe sa chemise, le mince tissu de lin sous sa cape, et je le tire vers le bas.

Ou peut-être que je m'étire vers le haut.

Tout ce qu'il faut pour me rapprocher. Aussi près que deux âmes peuvent l'être sans se fusionner. Ses lèvres quittent ma bouche, et avant que je ne puisse émettre un son de protestation, elles trouvent mes lèvres, le creux où mon pouls se fait sentir. Mes doigts parcourent ses cheveux, et je tire le ruban afin de libérer les mèches dans ma main.

Ses cheveux ont la texture de la soie contre ma peau ; les toucher est aussi agréable que je l'aurais cru.

En poussant un grognement à contrecœur, Quinn recule. Ses mains enveloppent mon visage, et ses yeux plongent dans les miens.

– J'ai des choses à te montrer, dit-il, et mon corps entier s'immobilise devant le ton sérieux de ses mots.

– Alors, montre-les-moi, murmuré-je, ce qui me demande plus d'effort que nécessaire.

Mes mots forment une bouffée brumeuse qui reste suspendue dans l'air entre nous de façon anormale pendant quelques secondes avant qu'une brise errante ne la souffle.

Quinn me serre de nouveau contre lui, et sa bouche se pose près de ma joue.

– J'ai des choses à te montrer, murmure-t-il de nouveau, et ses lèvres effleurent le haut de mon oreille, ce qui provoque un frisson le long de ma colonne vertébrale.

Puis il se retire, et j'aperçois une ombre étrange dans ses yeux. Ses bras quittent ma taille, et il recule de quelques pas.

Puis il se détourne.

Et s'éloigne.

– Quinn ?

Le mot est un murmure. C'est *mon* rêve ; il ne peut pas partir.

– Quinn ?

Ma voix est plus forte maintenant, fait écho parmi les arbres et agite les glaçons.

– Quinn !

Mon cri perçant secoue les arbres ; les glaçons percutent le sol. Je soulève mes jupes pour tenter de courir à sa poursuite, mais la forêt s'assombrit autour de moi, et bientôt, je ne vois plus rien.

J'avance les bras devant pour avancer à tâtons. Mes paumes sont éraflées par une écorce coupante comme une lame chaque fois que je touche un arbre. Bientôt, je sens du sang couler de mes bras ; chaud et épais.

Je crie son nom, encore et encore, en sachant que si j'arrive à le trouver, j'échapperai aux ténèbres. Le froid qui ne m'affectait pas quelques minutes plus tôt me transperce maintenant jusqu'aux os, puis je titube et je tombe.

La neige s'effondre sous moi, et le froid se multiplie de façon radicale. Je bats l'air des mains et soulève la tête vers le ciel pour m'apercevoir que je suis de retour dans le cauchemar où je me noie. L'eau glacée me fend les os tandis que l'obscurité se referme au-dessus de ma tête.

Quinn… Quinn… Mes pensées s'apaisent à mesure que la douleur m'enveloppe, et je cesse de résister.

J'étouffe un cri de la main en tentant de reconnaître mon environnement sombre et inconnu.

La BMW de Reese.

Je suis en sécurité.

Je suis *vivante.*

En me replaçant sur le siège, je reste couchée dans le noir tandis que des vagues d'émotions me parcourent, puis se transforment en tourbillons qui secouent mon corps depuis l'intérieur. La peur, le désir et le désespoir dans un seul mélange accablant.

Ce n'est pas le simple désespoir de retrouver Quinn, mais aussi celui d'obtenir des réponses, des explications. Je ne sais rien, et mon ignorance m'emprisonne comme une chaîne de fer.

À l'extérieur de la voiture, quelque chose voltige dans les ténèbres. Comme les vitres sont embrouillées par la chaleur générée par nos corps, je soulève une manche pour tracer un cercle dans la vitre embuée.

Il y a un mouvement.

« Ils m'ont trouvée ! »

Mon corps se contracte, et je m'apprête à réveiller Benson d'un coup de coude quand j'entrevois des cheveux dorés.

– Quinn.

Le vrai Quinn. Son nom s'échappe de mes lèvres dans un murmure à peine audible quand il approche de la voiture.

Il est près de la vitre maintenant, les yeux plongés dans les miens. D'un doigt, il me fait signe de venir le rejoindre avant d'échapper à ma vue.

J'ouvre la portière, et le bruit parait assourdissant dans l'habitacle silencieux. Heureusement, Benson ne remue pas. J'essaie de me glisser à l'extérieur sans le réveiller, mais dès que la portière s'ouvre, le plafonnier inonde la voiture de lumière.

– Qu'est-ce qui ne va pas ? demande-t-il d'une voix éreintée en se poussant sur ses coudes.

– Je dois faire pipi, mentis-je. Rendors-toi.

Les yeux de Benson se referment déjà quand je me glisse dehors où l'air froid me gifle après l'habitacle réchauffé par nos corps. Il neige abondamment, et le monde autour de moi semble réduit au silence, comme seule une chute de neige lourde et poudreuse peut le faire.

Je serre les bras autour de mon corps et scrute l'obscurité entre les gros flocons de neige, mais aucun signe de Quinn.

J'espère que je ne commets pas une erreur. Cependant, Quinn ne m'attirerait pas vers le danger ; je le *sais* ! Néanmoins, quand je scrute les ténèbres qui m'entourent, ma poitrine se serre quand je ne vois rien d'autre que l'immobilité.

Je jette un regard derrière vers la voiture. Benson s'inquiètera si je m'absente trop longtemps. Déterminée à obtenir des réponses aussi vite que possible, je prends la direction que je crois avoir vu Quinn prendre. Le sol est déjà couvert de presque cinq centimètres de neige, et je baisse les yeux sur la trace de mes pas. Je pourrai toujours la suivre pour regagner la voiture si je me dépêche.

Ma tête est baissée, et j'étudie le sol camouflé quand j'entends la voix.

— Mademoiselle. Mademoiselle ?

Mademoiselle ? Je tourne brusquement la tête et, pendant un instant, je ne vois rien. Puis l'ombre d'un mouvement près des arbres fait battre mon cœur très vite. Un visage émerge et, si c'est possible, les battements de mon cœur accélèrent.

Il est magnifique au clair de lune, enveloppé dans un long manteau sombre du cou aux chevilles ; son visage est doux et pratiquement sans expression.

— Je savais que tu viendrais à moi.

Le vent porte ses douces paroles jusqu'à mes oreilles, et l'espace d'un instant, je crois être de retour dans mon rêve. Il lève les bras comme s'il voulait me serrer contre lui (exactement comme il l'a fait dans mon rêve), et je dois me retenir de courir vers lui, de m'abandonner entre ses bras comme je l'ai fait dans cette forêt imaginaire.

Devant mon hésitation, il laisse ses bras retomber, et le moment se brise.

Pourquoi *n'ai-je pas* couru vers lui ? Je ne suis pas certaine d'en connaître la réponse.

Quinn tourne la tête avant que je puisse lire la déception dans ses yeux.

— J'ai... j'ai rêvé à toi.

Mes paroles sont un murmure, mais elles résonnent clairement dans l'immobilité autour de nous.

— Mais tu le sais déjà, n'est-ce pas ?

Il serre la mâchoire ; cette réponse suffit.

— Dans mon rêve, tu as créé une rose, dis-je, et ma poitrine se resserre sous l'effet de l'anticipation. Tu es comme moi. Tu... tu crées des objets.

Encore une fois, il ne répond pas, mais je suis certaine d'avoir raison.

— Quinn, je t'en prie, qui suis-je ? Qui sommes-*nous* ?

L'expression « Terralien » étincelle dans mon esprit de nouveau, mais elle apporte plus de questions que de réponses.

— J'ai des choses à te montrer, dit-il simplement. Par ici.

Il se retourne et s'enfonce dans la forêt sans attendre de voir si je le suis.

Les mêmes mots. Cette cadence étrange. « J'ai des choses à te montrer. » Non pas « j'ai quelque chose à te montrer ». J'hésite avant d'avancer vers les ombres en forme d'araignée projetées par les arbres sans feuilles. Un scénario qui ressemble à tous les films d'horreur que j'ai vus. Le genre de film où la fille idiote se fait tuer.

Mais n'est-ce pas là ce que je voulais ? N'ai-je pas franchi la longue route jusqu'ici afin de le trouver ?

Je fouille dans mes sentiments à la recherche de quelque chose (un signe, un présage, je ne sais pas quoi), mais même si ma tête tourne et le bout de mes doigts picote, c'est sous l'effet de l'anticipation et non de la peur.

En jetant un dernier coup d'œil à la voiture sombre dans laquelle Benson dort toujours, je sors mon téléphone de ma poche et l'allume. J'ai quatre nouveaux messages : trois de la part de Jay et l'un venant d'un numéro inconnu. Je ferme la notification et active la fonction de lampe de poche avant de plonger dans l'obscurité de la forêt à la poursuite de Quinn. Au souvenir des ténèbres de mon rêve, je me frotte les bras et frissonne.

Quinn est comme un feu follet, toujours quelques mètres devant moi peu importe si j'avance vite ou lentement. J'ai abandonné l'idée de le rattraper ; il ne fait qu'accélérer le pas. Il vaut mieux que je me concentre à ne pas foncer dans un buisson ni à me buter aux branches trop basses. Déjà, j'ai une éraflure cuisante sur la joue.

La peur que j'ai repoussée quand j'ai commencé à suivre Quinn est de retour. Même si Quinn ne me fera aucun mal, je suis complètement exposée. Sans oublier que j'ai laissé Benson sans aucune protection. Si quiconque trouvait la voiture (le type aux verres fumés, Elizabeth ; merde, qui *sait* combien de personnes sont à mes trousses ?), il serait facile d'abattre Benson, puis de me tirer dans le dos.

Pire que tout, dans cette forêt, mon corps pourrait ne jamais être retrouvé.

Cette pensée provoque un nouveau frisson le long de ma colonne vertébrale, et je me force à accélérer le pas. Il est trop tard pour rebrousser chemin : je dois affronter les conséquences de ma décision.

CHAPITRE 23

Nous marchons (Quinn a repris plus ou moins la direction de Camden, mais avance toujours profondément entre les arbres) pendant ce qui semble durer des heures. De mes doigts presque insensibles, je retourne mon téléphone pour voir l'heure qu'il est.

Je suis sortie de la voiture il y a presque une heure. J'ai si froid que j'arrive à peine à remuer les orteils, et il neige tellement fort que je distingue tout juste Quinn qui marche pourtant à peine quelques mètres devant moi.

— Quinn, l'appelé-je d'une voix douce en joggant pour tenter de le rattraper de nouveau. Je ne peux pas continuer à avancer encore bien longtemps, dis-je, étonnée qu'il me permette de l'approcher. C'est encore loin ?

Mais il est silencieux, immobile. Je regarde à la ronde, et la lampe de mon téléphone projette des faisceaux étroits de lumière dans la forêt dense. Nous sommes probablement à quelques kilomètres de la voiture, mais autrement, je n'ai *aucune* idée d'où je suis. J'essaie de ne pas penser à quel point j'aurai froid quand je regagnerai la voiture.

Ou la course que le soleil aura faite dans le ciel d'ici là.

— Il y a des gens…, commencé-je avant de trébucher et de mettre une seconde à me redresser. Des gens qui me suivent. Des gens qui *ouvrent le feu* sur moi. Je ne peux pas errer de la sorte. Mon… ami, Benson, est toujours dans la voiture. Quinn ! crié-je dans un murmure, mais ma voix est étouffée par la poudre blanche qui tombe du ciel.

Un monticule de terre couvert de neige où quelques brins d'herbe flétris jaillissent attire mon attention quand la lampe de mon téléphone ricoche de ce côté. Et au moment où je prends cette direction, Quinn se déplace avec moi.

— Par ici, chuchote-t-il.

Il esquisse un geste vers la petite colline, et je m'y dirige en écrasant des feuilles et de la neige sous mes pieds.

Soudain, mes pieds s'enfoncent sur une couverture herbeuse, et je tombe sur les fesses, les pieds enfoncés jusqu'aux genoux dans le feuillage.

— J'ai façonné ces marches tout spécialement pour qu'elles se fondent au décor, annonce la voix calme de Quinn au-dessus de moi.

— Eh bien, merci de l'avertissement, marmonné-je, mon attitude étant affectée pernicieusement par le froid.

Je sens déjà la neige molle fondre et s'infiltrer dans mon jeans pour mouiller mes sous-vêtements. Fabuleux. Cette marche au beau milieu de la nuit a intérêt à me mener à quelque chose de bon. Ma patience commence à être *bien plus qu'usée,* et l'hypothermie n'aura aucun effet positif sur mon humeur.

Quinn ne dit rien et se contente de regarder au loin tandis que je libère suffisamment la voie pour descendre les six marches de pierre menant à une porte usée par les intempéries, qui semble être posée directement contre la colline.

« Un abri, enfin. »

Je m'immobilise quand quelque chose s'éveille dans ma conscience. J'étudie la porte et les marches couvertes de vieilles feuilles et de brindilles. Même s'il connaît l'existence de ce lieu, il paraît évident que Quinn n'a pas franchi ces marches. Du moins, pas récemment. Impossible de feindre une telle végétation.

– Pourquoi n'es-tu jamais venu ici avant ? demandé-je, les yeux rivés sur le mécanisme de verrouillage complexe de la porte. Tu aurais peut-être pu libérer un peu le passage avant de venir me chercher ?

– Je t'attendais.

Je m'accorde un moment pour le fixer du regard, pour laisser la chaleur liquide de ses yeux se glisser en moi pour me réchauffer la poitrine. Seulement l'espace d'un moment (j'ai si froid), puis je me détourne à regret et essaie de tirer le loquet rond.

– C'est verrouillé.

En me demandant si toute cette randonnée n'aura au final servi à rien, j'essaie de réprimer ma frustration.

– Tu peux la déverrouiller. Quand tu le veux.

– Que dirais-tu de maintenant ? marmonné-je.

Mes orteils et mes doigts commencent à élancer, et j'aimerais me mettre à l'abri du vent, ne serait-ce que pour quelques minutes. Je me questionne mentalement s'il m'est possible de *créer* de la chaleur ou encore une source de chaleur, mais je répugne l'idée. Je ne suis pas encore désespérée ; par ailleurs, en considérant ma feuille de route, je réussirais probablement à brûler toute la forêt, Camden y compris. La voix de Quinn vient briser mes pensées moroses.

– Je te guiderai cette fois, Becca.

— Tavia ! le corrigé-je à travers mes dents qui claquent ; je voudrais le gifler.

J'ai mis ma *vie* (sans parler de celle de Benson) en danger pour le retrouver, et il prononce le mauvais nom. Je lutte contre l'envie de partir, simplement. Mais alors, toute cette fuite aura été une perte complète de temps. Je *dois* savoir ce qui se trouve derrière cette porte. Cependant, la frustration frémit dans mon esprit.

Non, elle fait plus que frémir : elle *bout.*

Peut-être qu'*elle* me tiendra au chaud.

— Tu vois les quatre chevilles ? demande-t-il.

Je baisse les yeux et remarque quatre chevilles de fer dans une mortaise profonde, située immédiatement au-dessus de l'étrange verrou. Je souffle sur mes mains pour les réchauffer, puis je tends les bras vers les chevilles. Elles ont toutes la même largeur, mais sont de longueurs différentes. Je m'accroupis devant la porte et y dirige la lumière. Le verrou comprend six trous dont la taille correspond parfaitement aux chevilles.

— La plus longue cheville s'insère dans le troisième trou depuis le haut, indique Quinn, et je tâtonne les chevilles pour glisser la plus longue cheville dans le petit trou.

Je dois la remuer légèrement avant qu'elle ne s'enclenche en place.

Quinn m'indique la marche à suivre pour les trois autres chevilles, et lorsqu'elles sont toutes insérées, j'agrippe un gros bouton de porte auquel je donne un tour dans le sens des aiguilles d'une montre jusqu'à ce que j'entende un déclic de métal. Mes mains effleurent la surface de la porte, mais elles sont si insensibilisées par le froid que je ne sens rien.

Je pousse la porte, mais rien ne bouge. Au final, je dois rabattre mon épaule contre la porte pour qu'elle s'ouvre de quelques centimètres dans un grincement qui perce la nuit silencieuse. J'essaie de ne pas penser à tous ceux qui auraient pu entendre le bruit et qui aimeraient bien me tuer.

Lorsque je jette un regard par-dessus mon épaule, je constate que Quinn paraît moins nerveux que moi, mais en vérité, *il* sait ce qui se passe. Libérée de son cadre réduit par le temps, la porte ancienne tangue sur ses ferrures grinçantes. Comme le bruit irrite mes tympans, je l'ouvre juste assez pour permettre à Quinn et à moi de nous glisser à l'intérieur.

L'odeur de la moisissure, du papier et de la terre humide frappe mes narines par vagues âcres. J'ai un haut-le-cœur et je tousse quand j'inspire à pleins poumons l'air qui sent le moisi, puis je me rappelle comme je suis soulagée d'être à l'abri de la neige qui tombe et du vent qui tourbillonne. Je promène la lampe dans la pièce, mais son faisceau est trop mince pour me permettre d'en voir beaucoup. J'aperçois des caisses, surtout. Ce qui ressemble à des livres couverts d'un papier brun et épais, mais déchirés aux coins. Mâchonnés peut-être.

« Ne pense même pas à cela. »

Je ne dois pas non plus penser au fait que la pile de mon téléphone mobile lâchera d'une minute à l'autre. Peut-être pourrais-je *créer* une lampe de poche ? Sais-je comment créer une lampe de poche ? Je serre les dents ; je traverserai ce pont quand j'y arriverai. Avec un peu de chance, ce ne sera pas nécessaire.

Il y a une longue table de bois couverte de ramassis de poussière granuleuse (venant probablement du plafond en racines tressées), jonchée de papiers et de plusieurs articles que je n'arrive pas à identifier à la distance où je me trouve, comme si celui qui avait construit ce lieu l'avait quitté à la hâte. J'avance vers la table ; mes pas sont silencieux dans le terrier chaud au sol souple.

Un livre, des morceaux de papier éparpillés, quelques bijoux d'argent ternis. Des pièces de monnaie.

Des pièces de monnaie ?

Je les regarde en plissant les yeux et en prends une. Le métal est lourd dans ma main. De l'or massif. Je ne crois pas qu'il s'agisse de monnaie véritable, pourtant, j'ai l'impression d'être une voleuse en les touchant simplement. La surface froide comme la glace de la pièce semble brûler ma paume.

Je repose la pièce sur la table et tourne plutôt mon attention vers le livre ouvert.

Il est couvert de la même couche de poussière que le reste de la table, et je me penche plus près pour chasser les débris à coups de chiquenaude en prenant bien soin de ne pas tacher le papier fragile. Si seulement j'avais une brosse ou un linge.

La lampe brille près de mes doigts, et mon esprit enregistre plusieurs mots avant que je n'essuie la page.

Je t'aime comme cela.

Je sens un picotement d'avertissement dans mon ventre et je retiens mon souffle. J'essaie de n'avoir aucune réaction tandis que j'essuie davantage de poussière et tente de décoder les entrelacs de l'écriture délavée.

Avant que je puisse l'arrêter, il toucha ma joue et murmura : « Tu es belle, le sais-tu ? Je t'aime comme cela. » Jamais un homme ne s'était adressé à moi de la sorte !

Mon souffle est crispé et irrégulier, mais mes yeux ont déjà filé plus loin sur la page.

Surtout pas monsieur Quinn Avery de qui toutes les filles de la ville se languissent, même s'il est nouvellement arrivé. J'aurais dû le gifler et m'éloigner afin de l'humilier. Mais je suis restée là, comme envoûtée. Peut-être l'étais-je. Ensorcelée par ces yeux verts.

Je refuse de regarder Quinn ; impossible que ce soit vraiment son nom, pas après tout cela. En faisant semblant de n'avoir rien vu, je tourne les pages avec précaution, à la recherche de la page titre.

Je sais ce que je vais y trouver, mais j'ai besoin d'une autre miette de preuve. Mes doigts tremblent quand j'atteins la page couverture et y lis le nom inscrit.

Rebecca Fielding.

« Becca. »

Je pivote pour confronter Quinn avant qu'il ne puisse mettre en action son plan sinistre, quel qu'il fût ; mon téléphone brandi comme une arme. Cependant, le faisceau éclaire le vide là où Quinn se tenait auparavant. Je n'ai pas encore décidé s'il est tout bêtement un traqueur ou un meurtrier, ou peut-être est-il de connivence avec le type aux verres fumés ou quiconque d'autre à ma poursuite, mais je n'attendrai *pas* qu'il revienne.

Après avoir ramassé précipitamment le journal, je cours vers la sortie sans prendre la peine de fermer la porte. Je dois retrouver Benson !

Je m'immobilise.

La trace de mes pas a complètement disparu.

Quelques bons centimètres de neige vierge ont tout recouvert durant ma brève visite dans la tanière, et je n'ai aucune piste à suivre. Je suis désorientée, mais j'ai une vague idée de la direction d'où nous sommes venus. Pourvu que je continue de courir dans la même direction, je devrais, au pis aller, aboutir sur la route principale.

J'arriverai à retrouver Benson de là. De préférence avant de mourir de froid. Et avant que les gens à nos trousses ne *me* retrouvent.

Je ne sais même plus qui est à mes trousses.

Je tends l'oreille pour détecter le bruit de pas derrière moi tandis que je me fraye un chemin dans la forêt sans prendre la peine d'être silencieuse. Ma jambe élance et mes poumons brûlent au contact de l'air givré, et j'arrive à courir de peine et de misère. Les flocons de neige giflent mon visage déjà gelé et embrouillent ma vision de la forêt qui m'entoure, si bien que j'ai bientôt l'impression de tourner en rond.

Peut-être est-ce bien le cas.

Je sens un élan de gratitude se répandre en moi quand j'aperçois des lumières entre les hauts troncs d'arbre, et en beaucoup moins de temps que je ne l'aurais cru, je suis de retour sur la route.

Mais je ne suis pas en sécurité.

Je me situe du mauvais côté de Camden ; voilà pourquoi j'ai atteint la route si vite. Pour retrouver Benson, il me faudra traverser la ville.

Je n'ai d'autre choix : je dois poursuivre ma course.

Il est passé deux heures et les rues sont hantées par un silence spectral et quelques personnes ayant trop bu, probablement en route vers leur gîte rustique. Je détonne, j'en suis certaine. Mais je crois bien que personne ne m'arrêtera à moins qu'un grand type vêtu d'un costume datant de la guerre civile ne se lance à ma poursuite. Mais alors, *il* sera pris.

Et il ne pourra plus m'ennuyer.

Je déteste que des larmes coulent sur mon visage en traçant des lignes glacées sur mes joues. J'étais si certaine… Chaque instinct en moi me disait que je pouvais avoir confiance en Quinn. C'est déjà assez terrible de ne pas pouvoir avoir confiance en sa famille et en sa psychiatre. À présent, je ne peux même pas me faire confiance.

Peut-être qu'il en a toujours été ainsi.

Mon corps est si exténué que j'arrive à peine à voir quand j'atteins l'autre côté de la ville. Le trottoir s'arrête pour laisser place à un accotement friable recouvert de monticules de nouvelle neige humide, et mes pieds glissent sous moi. Je n'arrive pas à réfléchir à un mot assez horrible pour exprimer mon agonie quand je tombe durement sur mon flanc, alors je serre plutôt les dents sur un faible geignement. Je mets une seconde (peut-être une demi-seconde) à regarder derrière moi, dans l'obscurité mouchetée de flocons de neige.

J'aperçois l'ombre d'un mouvement.

« Quinn ? »

Je l'ignore, mais je suis debout et je reprends ma course avant que mon esprit ne puisse démêler ce que j'ai vu ou non.

Enfin, j'arrive à la route où nous avons garé la voiture. Chaque muscle de mon corps est douloureux, et mes mains sont si gelées que je parviens difficilement à agripper les clés dans ma poche. J'ouvre grand la portière et m'effondre sur le siège du conducteur. Mon doigt se glisse tout de suite contre la portière pour la verrouiller. Je tente toujours d'insérer la clé dans l'allumage d'une main tremblante quand la voix de Benson se fait entendre à mes oreilles.

— Qu'est-ce qui ne va pas ? demande-t-il d'une voix qui n'est pas particulièrement endormie. Qu'est-il arrivé ?

— Quinn m'a trouvée ; déguerpissons d'ici.

— Quinn ? Mais tu..., fait-il d'une voix hésitante avant d'ajouter tout bas : tu es venue ici en raison de Quinn ; tu... tu l'aimes bien.

— Plus maintenant, dis-je, mais la douleur dans ma poitrine me traite de menteuse.

Mes poumons brûlent et les muscles de ma jambe protestent quand j'appuie sur l'accélérateur en m'efforçant de respecter la limite de vitesse. Je suis reconnaissante d'être en vie.

Jamais je n'aurais dû venir à Camden. Je suis si stupide. Quinn n'a jamais mérité ma confiance ; il ne m'a jamais rien dévoilé. Pourquoi ai-je cru que cette fois-ci serait différente ?

Tout mon corps est envahi par la tristesse la plus profonde et la plus mélancolique que j'ai ressentie de toute ma vie. Une tristesse plus intense que celle éprouvée quand j'ai compris que mes parents étaient morts. Le monde tourbillonne autour de moi, et je souhaiterais crier, maudire l'univers de m'enlever Quinn au moment où je pouvais enfin goûter sa présence.

Je veux pleurer, mais j'ai franchi un point de non-retour.

Il est parti.

Je suis seule.

Et une partie de mon cœur dont j'ignorais jusqu'à présent l'existence se fracasse en miettes.

CHAPITRE 24

Le lendemain matin, je me concentre sur le bulletin de nouvelles à la télévision. N'importe quoi pour éviter de regarder Benson. Il y a eu d'autres victimes du virus mystérieux – cette fois, dans une petite ville du Texas. Cette nouvelle me fait penser à Jay. Mark. Fichtre, quel que ce soit son nom. Je me demande brièvement s'il travaillait réellement sur ce virus ou si ce n'était qu'un mensonge de plus.

– Nous ne trouvons aucun lien entre les victimes ni leurs villes. Pas la moindre trace d'un fil conducteur, affirme la journaliste en fixant la caméra comme si elle rapportait la nouvelle la plus importante de l'histoire.

Qui sait : peut-être est-ce le cas ?

Je tressaille quand le carillon de la porte d'entrée résonne et j'essaie de me retourner pour regarder qui entre avec le plus de subtilité possible. Il ne s'agit que d'un type vêtu de denim. Il pose brièvement les yeux sur moi avant que son visage ne s'illumine tandis qu'il salue de la main une femme qui l'attend sur une banquette.

Je reprends mon souffle.

– OK. Ça suffit, dit Benson en frappant sa paume contre la table.

Je sursaute à ce bruit et renverse presque mon thé.

— Tave, enchaîne Benson d'une voix plus douce.

Probablement parce que tous les clients de ce charmant petit restaurant nous regardent. Y compris les serveuses. L'atmosphère du restaurant est beaucoup trop intime à mon goût ; un peu comme ces casse-croûte que l'on voit dans les vieux films dans lesquels les tables sont si rapprochées qu'il suffit de tourner la tête pour prendre part à la conversation de la table d'à côté.

Ce qui, je n'en doute pas, arrive fréquemment.

Je ne suis pas certaine du nom de la ville où nous sommes. La nuit dernière, j'ai continué de rouler jusqu'à ce que je me sente en sécurité. Pas *en sécurité* exactement, mais suffisamment en sécurité pour dormir.

Pendant un court moment. Dans la mesure où je pouvais dormir dans un jeans mouillé.

Benson n'a posé aucune question, mais j'ai eu le désagréable sentiment qu'il n'avait pas beaucoup dormi durant mon absence.

Et à en juger par le mouvement de nos corps une fois que j'ai trouvé un autre endroit où garer la voiture, ni lui ni moi n'avions fermé beaucoup l'œil au petit matin.

Au lever du soleil, j'ai vu que je nous avais conduits à une autre ville à l'air vieillot comme Camden ; un rappel des années 1950 avec l'ajout de téléphones intelligents. Je pense que l'effet est créé de façon volontaire : des vitrines de magasin aux couleurs éclatantes, des chaises berçantes devant les boutiques. J'ai même aperçu un type balayer son trottoir.

Les gens d'ici semblent être des créatures d'habitude, et je parierais qu'aucun d'entre eux n'a même à passer sa commande pour le petit déjeuner. « Même chose que d'habitude, Flo », puis-je les entendre dire dans ma tête. Et elle se contente de hocher la tête et de leur apporter ce que le cuistot a déjà préparé.

— Je t'en prie, parle-moi, fait Benson en me prenant la main.

Je tressaille avant que mon esprit las revienne au présent.

— Je n'ai pas mis de pression; j'ai essayé de te laisser respirer. Je ne t'ai posé aucune des *millions* de questions que j'ai au sujet de ce que nous avons appris hier. Mais *tu* nous as amenés à Camden, et n'essaie pas de me faire croire que c'était une décision au hasard, dit-il en interrompant ainsi une protestation que je n'avais pas l'énergie de formuler. Je sais que ta décision avait quelque chose à voir avec Quinn. Alors j'ai attendu en croyant que tu avais une raison de ne pas m'en parler. Puis tu es sortie en catimini au milieu de la nuit en prétextant devoir aller aux toilettes pour ne revenir que *deux heures plus tard* (oui, j'ai remarqué et je me suis inquiété pour toi chaque seconde, puisqu'à partir du moment où j'ai compris que tu n'étais pas en train d'uriner, il était trop tard pour te suivre), couverte de neige et à demi-gelée en affirmant que tu avais trouvé Quinn et que tu ne l'aimais plus — une décision, en passant, que j'appuie pleinement — avant de prendre le volant et de conduire comme une personne démente pendant deux heures pour finalement t'écrouler de fatigue sur le siège avant, dans le stationnement d'une gaufrerie au milieu de nulle part sans dire un mot. Crache le morceau, sucre d'orge.

Je ne peux m'empêcher de sourire faiblement à son surnom de confiserie.

— Nous y voilà, murmure-t-il en m'effleurant la lèvre inférieure. Allons. Tu te sentiras mieux si tu m'en parles.

Je sens ses doigts frotter la peau sous mes yeux et je m'aperçois pour la première fois que des larmes roulent sur mes joues.

Benson hésite un moment avant de se glisser hors de sa banquette pour venir s'assoir de mon côté de la table et me prendre dans ses bras tout en me serrant fort contre lui.

— Vas-y, pleure. Ma chemise a besoin d'être lavée de toute façon.

Je rigole et hoquète, ce qui me fait rire et pleurer à la fois. Nous restons assis comme ça quelques minutes, mon visage enfoui contre l'épaule de Benson, ses bras serrés autour de moi.

— Tu dois me trouver stupide.

— Nan, dit-il en essayant de loger une mèche de cheveux derrière mon oreille, mais la mèche est trop courte pour rester là. Les humains posent des gestes irrationnels pour ceux qu'ils aiment tous les jours.

Il se tait un moment avant d'ajouter dans un murmure :

— Des gestes vraiment stupides.

Je lève les yeux lorsqu'il cesse de parler, mais après quelques secondes, il me serre encore plus fort.

Je lui adresse l'ombre d'un sourire même si je n'en ai pas vraiment envie. À mon réveil ce matin, recourbée de façon anormale sur le siège avant, les genoux braqués contre le volant, chaque muscle de mon corps élançait. Comme si ce n'était pas assez, j'ai maintenant une longue croûte de sang sur mon visage en raison d'une branche d'arbre. Mes jambes sont endolories par la course, et mes bras sont douloureux en raison de ma terreur.

Mais c'est un contrepoids adéquat au vide qui m'enveloppe à l'intérieur.

— Tu avais raison, chuchoté-je de nouveau contre le tissu doux de son blouson. Au sujet de Quinn, je veux dire. Il est dangereux et obsédé et… et… Tu avais raison.

Ses mains serrent soudain mon bras avec force.

— T'a-t-il fait du mal ? demande-t-il avec un éclair de feu dans les yeux. A-t-il posé ne serait-ce qu'un doigt sur toi ? Je vais le tuer, ce salaud !

— Non, non, réponds-je avant qu'il ne lève le ton davantage. Je vais bien. Je te le promets. C'est seulement…

— Devrions-nous appeler les policiers ?

Je sens des larmes me monter aux yeux au moment où je suis balayée de nouveau par la trahison de Quinn, mais je les réprime — je ne verserai *pas* une autre larme pour lui.

— Non. En théorie, il n'a rien fait. Et je n'ai rien à déclarer même s'il avait fait quelque chose. Son nom n'est même pas Quinn. Tout ce qui est déjà sorti de sa bouche était un mensonge.

— Tavia, parle-moi franchement : t'a-t-il fait du mal ?

— Il ne m'a jamais touchée. Il m'a simplement menée vers ce… vieux cellier, je suppose. Caché, en quelque sorte.

— Un cellier caché ? demande Benson d'une voix qui, sans être tout à fait incrédule, semble douter.

J'ouvre mon sac à dos et après avoir jeté un regard rapide à la ronde, j'en sors le vieux journal.

Un sifflement impressionné s'échappe des lèvres de Benson tandis qu'il tend les mains vers le livre.

— Tu es douée, dit-il avec un sourire sincère, et je me sens rougir légèrement à ce compliment.

J'ai soif de son approbation, même si je ne sais pas exactement pourquoi. Peut-être ressens-je seulement le besoin que *quelqu'un* croie que je n'ai pas perdu l'esprit.

Je ne suis pas folle, mais télépathe.

Et magique.

Et quelque chose qui porte le nom de « Terralien ».

Je suis *vraiment* dépassée par les événements.

— C'est extrêmement impressionnant.

Benson feuillette les pages, et quelque chose tombe lourdement sur la table.

— Merde, lancé-je en prenant la pièce d'or. Je n'avais pas l'intention de prendre ceci.

— Est-ce… ? commence Benson en levant brusquement les yeux vers moi.

— Je pense que oui.

Il lève la pièce devant ses yeux et la retourne pour voir la lumière s'y refléter.

— Ça serait vraiment terrible si nous la gardions ? demande-t-il d'une voix tendue.

— Je ne la rapporterai certainement *pas*, dis-je. Je ne retournerai jamais là-bas.

— Dix pleins d'essence, fait Benson en empochant la pièce et en rapportant son attention sur le journal. Alors, ce journal avait été laissé là ?

— Holà ! Benson, regarde !

Je ferme le journal et sur sa couverture se trouve un triangle dont chaque côté fait au moins quinze centimètres.

— Tu *le* vois, n'est-ce pas ? demandé-je avec une vague sensation de paranoïa.

— Ouais, fait Benson rapidement. Le triangle : je le vois celui-là.

Je trace la fine découpure du doigt, le long des trois côtés. Un éclair étrange traverse ma vision, et j'aperçois une autre main qui suit mes doigts.

Cependant, elle disparaît quand je cligne des yeux.

En retenant un soupir devant une autre image qui disparaît, je reviens à la couverture du journal.

— Avant d'entrer dans le cellier, il m'a appelée « Becca ».

— Rebecca Fielding, dit Benson à voix basse, les yeux rivés sur l'écriture sinueuse. 1804.

Je feuillette le livre en silence, et Benson me laisse en paix. Les ténèbres se répandent dans ma poitrine quand je découvre de plus en plus de mots familiers.

— Tout est là, dis-je en tournant soigneusement les pages dont le contenu alourdit les gaufres que je viens de manger dans mon estomac. Toutes les paroles qu'il m'a dites. Regarde, ici, elle parle du fait qu'il a « des choses à lui montrer ». Ici, il lui demande de lui faire confiance. Il parle d'avoir tout gâché et de l'avoir effrayée. Et cette partie, ajouté-je en pointant le passage dans le livre, c'est la partie que j'ai lue hier soir. C'est un compte rendu mot à mot de ce qu'il m'a dit. Il est obsédé par cette Rebecca morte et il tente de recréer ses fantasmes morbides avec des filles modernes. Avec… Avec *moi*. Mais je ne suis peut-être pas la seule. Il pourrait tout aussi bien être un foutu meurtrier en série !

L'expression de Benson est dure lorsqu'il se penche sur le livre.

— C'est tellement bizarre, dit-il.

Je retourne au début du livre, et un nom retient mon regard.

— Benson !

Je sens mon visage devenir livide quand je lis ce passage.

— Quoi ? demande-t-il en regardant l'endroit que je lui pointe du doigt avec une expression vague qui m'indique qu'il ne comprend pas pourquoi je suis si bouleversée.

— Le journal indique qu'elle l'a aperçu la première fois en passant devant sa maison alors qu'il surveillait sa petite sœur.

Benson essaie très fort de me comprendre, mais son visage affiche une expression déroutée.

— Il y avait une petite fille avec Quinn la première fois que *je* l'ai vu ! À Portsmouth, il y a quelques jours. Penses-tu… penses-tu qu'il l'a kidnappée ?

Mon cœur bat la chamade tandis que je me demande quel genre de psychopathe s'est mis sur ma route.

— C'est impossible, affirme Benson. J'ignore comment il a amené cette fillette à jouer le rôle, mais le bulletin de nouvelles aurait certainement rapporté une fillette manquante.

Cette explication est logique, et j'essaie de me raccrocher à l'assurance de Benson afin de me calmer.

— Mais la maison avait disparu aussi, songé-je à voix haute. Quand j'y suis retournée, elle n'était plus là. Elle n'était pas *réelle*. Peut-être est-ce la même chose pour la fillette.

— Peut-être que ce type, Quinn, n'est pas réel non plus, fait Benson, et l'hostilité couve sous sa voix.

— Non, dis-je en rejetant l'idée du revers la main, toujours concentrée sur les mots du journal. Il me parle. Il a ouvert la porte de l'abri. *Il* est réel, j'en suis certaine.

— Le journal est réel aussi, indique Benson. Non seulement d'un point de vue physique, ajoute-t-il en tapant doucement une jointure contre la couverture. Il semble être authentique. Crois-tu que Quinn est tombé dessus, par hasard ?

— Je l'ignore, admets-je d'une petite voix. Honnêtement, je n'ai eu ni le temps ni l'énergie pour penser à quoi que ce soit d'autre qu'au fait que je suis une grande idiote.

— Non, fait Benson en me frottant un bras. Les gens comme lui sont toujours hyper charismatiques, aimables et tout le bazar. Allons, rappelle-toi ce qu'on entend toujours les voisins dire aux nouvelles quand un tueur en série est capturé : « Oh, il était si gentil ! »

— Tu es loin de me rassurer, marmonné-je en posant la tête sur la table.

— Ce que j'essaie de dire est que ce n'est pas ta faute s'il est un sale type, mais bien de la sienne.

Au fond de moi, je sais qu'il a raison, mais ce n'est pas ce que j'éprouve.

— Alors… On dirait bien que Quinn n'a peut-être rien à voir avec… euh… cette histoire de Terraliens ? demande-t-il d'une voix hésitante.

Je le regarde sans comprendre pendant un moment.

— Oh, c'est vrai, dis-je, encore plus défaite. Le fait que j'arrive à faire apparaître des objets par magie vient de prendre le second rang dans la liste des drames de ma vie. C'est fabuleux, fais-je en croisant les mains devant moi. Mais non. Je pense qu'il est comme moi, Benson. Je pense qu'il est capable de faire ce que je peux faire. À tout le moins, il est au courant de ce pouvoir.

— Tu lui en as parlé ?

— En quelque sorte. Crois-tu qu'il travaille de pair avec le type aux verres fumés ?

— Après qu'il t'ait entraînée seule, au milieu d'une nuit neigeuse pour t'abandonner dans un cellier ? Qu'il soit de connivence avec cet autre type ou non, je pense que nous pouvons présumer qu'il est une source sérieuse d'ennuis, Tave.

Je laisse ma tête tomber sur mes bras.

– Sans blague, marmonné-je.

Je me sens tellement idiote.

Benson se balance d'avant en arrière à quelques reprises.

– Peut-être devrions-nous faire une recherche sur Rebecca et le Quinn de l'époque. Sur des microfiches, ajoute Benson en arquant un sourcil. Cependant, en considérant l'époque, nous sommes plus susceptibles d'en découvrir davantage sur Quinn que sur Rebecca.

– Pourquoi ?

– Parce qu'il était un homme, répond sèchement Benson.

– C'est vrai.

Il rapproche sa tête de la mienne au-dessus de la table et me fait un grand sourire.

– L'attitude joyeuse et l'invasion de pantalons en polyester ne sont probablement pas les seules choses à voir ici. Il doit bien y avoir une bibliothèque dans les parages.

Je hoche la tête stoïquement.

– OK. Allons-y.

Il s'extirpe hors de la banquette et me tend une main. Je grimace en me levant, et les mains de Benson entourent ma taille.

– Es-tu certaine que ça va ? demande-t-il. Tu sembles avoir mal.

– Je guérirai, lui dis-je.

Et j'espère que c'est la vérité. Mes ecchymoses s'estomperont, mais je n'arrive pas à imaginer perdre cette terrible compulsion que je ressens par rapport à Quinn. Je jette un dernier coup d'œil au téléviseur dans lequel une journaliste continue de déblatérer sur le virus. Elle regarde droit vers la caméra avec un visage si sérieux qu'il est presque grave.

Puis, elle disparait et réapparait.

Je pousse un halètement, et Benson se retourne vers moi.

De même que tous les gens dans le restaurant.

– As-tu vu ? Elle a scintillé !

Une dizaine de têtes se tournent vers le téléviseur.

– Regardiez-vous la télé ? demandé-je à une femme d'un certain âge assise près de moi. L'avez-vous vue scintiller ?

– Eh bien, parfois, la transmission n'est pas parfaite. Mais Flo nous permet de regarder la télévision gratuitement, alors je ne pense pas que tu devrais te plaindre.

– Je ne parle pas de la télévision, mais de la femme. La journaliste.

Une voix dans ma tête me crie de me taire, d'éviter de paraître plus folle que je ne le suis ou, à tout le moins, de ne pas faire une scène. Mais à présent que j'ai pris la parole, je suis incapable de me taire.

– La femme, pas l'arrière-plan, seulement elle. Elle a disparu l'espace d'une seconde. Vous ne l'avez pas remarqué ?

Mon regard parcourt le restaurant. Ce n'est plus la moitié, mais *tous* les clients qui me fixent des yeux.

– Tave, nous devons partir.

La voix de Benson parvient finalement à mes oreilles, et je penche la tête et me tourne dans la direction vers laquelle il me mène. Il garde une main sur mon coude et m'accompagne jusqu'à la voiture.

– Qu'est-ce qui s'est passé ? me demande-t-il une fois que nous sommes seuls.

– La journaliste, elle a scintillé. Exactement comme la dame qui m'a remis un pansement et le type à la confiserie. Personne d'autre que moi ne le voit.

Benson fait la moue et m'étudie du regard pendant un long moment.

– Nous devons partir d'ici. Il faut présumer que si Quinn était au courant de notre présence à Camden la nuit dernière, d'autres gens le savent aussi. Nous devons nous remettre en mouvement.

Je hoche la tête sans trop savoir si Benson me croit ou s'il est aussi abasourdi que moi.

– Peux-tu conduire la voiture un moment ? demandé-je.

– Conduire la BMW de nouveau ? J'ai bien peur que tu vas devoir me tordre le bras, fait-il avec un grand sourire.

Je roule les yeux, et nous montons tous deux à bord. Je suppose que je ne devrais pas être surprise que, même devant la mort, la magie et le mystère, les garçons continuent d'avoir un faible pour les belles voitures.

CHAPITRE 25

— Hé, baklava, nous sommes arrivés, dit Benson en me donnant un petit coup dans les côtes.

J'ai dû m'assoupir.

— M'as-tu réellement appelée « baklava » ? grommellé-je en plaçant mon bras devant mes yeux tandis que je cligne des paupières dans le soleil de midi.

— Ne te préoccupe pas des détails : j'ai trouvé une bibliothèque.

Je grogne quelque chose qu'il est préférable de ne pas entendre.

— Ton téléphone a beaucoup sonné pendant la route, m'indique Benson en ignorant mes grommellements. Je n'arrivais pas à l'atteindre dans ta poche et à l'éteindre.

Et, manifestement, j'étais trop vannée pour l'entendre. Je sors mon téléphone de ma poche et en regarde l'écran.

Six appels manqués.

— Jay, marmonné-je en enfonçant le téléphone dans ma poche. Il est persistant.

Une fois à l'intérieur de la bibliothèque, nous nous dirigeons vers le laboratoire de microfiches, et je m'aperçois que je me sens déjà mieux. Benson m'a prouvé que je pouvais avoir confiance en lui, et une bibliothèque (même une bibliothèque inconnue) est pour moi un refuge. Tant que je serai ici, avec lui, je pourrai composer avec tout.

Comme Benson l'avait prédit, lors de la recherche de noms dans la base de données, nous ne trouvons qu'une référence pour Rebecca Fielding, mais sept pour Quinn Avery.

– Le *capitaine* Quinn Avery, précise Benson. On dirait bien qu'il possédait un navire.

Il inscrit certaines références avant de retirer des microfiches du classeur avec une efficacité apprise par la pratique.

– Tiens, dit-il en me tendant la première microfiche. Commence par celle-ci pendant que je cherche les autres.

Rien ne vaut un rat de bibliothèque.

– Il y a un reportage complet sur lui, dis-je en parcourant un article. Tu avais raison : il était le capitaine d'un cargo.

Je poursuis ma lecture tandis que Benson ouvre et ferme des tiroirs de classeur.

– Étrange, murmuré-je avant d'ajouter à voix haute afin que Benson m'entende : Donc, cet article indique qu'au moment où il commençait à se forger une réputation dans l'expédition de marchandises, il a disparu.

– Disparu ? demande Benson.

Il dépose une pile de microfiches à côté de moi sur le bureau avant de se tirer une chaise.

Je pointe vers l'écran en poursuivant ma lecture.

– Ouais. Il habitait en bordure de Camden – ce qui explique pleinement pourquoi ce psychopathe de Quinn m'a dit d'aller là-bas –, et une nuit, il y a eu une grande agitation : des coups de feu et un grand vacarme. Des voisins se sont présentés chez lui, et ses quatre murs étaient criblés de balles, l'intérieur était viré sens dessus dessous, les meubles détruits, mais la maison était vide.

Je me penche plus près pour continuer de parcourir l'article.

– On n'a jamais retrouvé de corps, mais plus personne n'a jamais vu signe de lui ni de la fille d'un banquier local.

Je me tourne vers Benson.

– Crois-tu qu'il s'agit de Rebecca ?

– C'est probable, répond Benson, les yeux rivés sur l'écran.

– Cette histoire aurait constitué un *énorme* scandale, n'est-ce pas ?

– Un meurtre et une liaison amoureuse interdite au début des années 1800 ? Tout à fait.

– Est-ce possible que ce soit une coïncidence ?

– Quoi ?

– Que le capitaine Avery original ait séduit des femmes et qu'il les ait assassinées ou ait été assassiné en raison de ses actes ? demandé-je en sentant la peur papillonner dans ma poitrine de nouveau.

– Une coïncidence ? J'ai de sérieux doutes. La question est de savoir si le Quinn d'aujourd'hui a choisi cette identité en raison de ce passé sordide ou s'il a simplement trouvé une figure du passé qui correspondait aux crimes qu'il affectionne.

Crimes. Je déteste utiliser ce mot pour décrire Quinn.

« Qu'est-ce qui ne va pas chez moi ? »

Même après les événements de la veille, j'essaie encore de trouver un moyen de justifier ses actes.

— Pourquoi moi ? demandé-je à voix basse. Je ne vois pas en quoi cette histoire me concerne.

Je lis un autre paragraphe avant de me tourner face à Benson.

— Penses-tu qu'il traque des gens capables de faire ce que je fais ? Crois-tu qu'il *existe* d'autres personnes comme moi ?

— C'est une possibilité, indique Benson avec hésitation.

Je me demande s'il a trouvé d'autres personnes. Et si elles sont toujours vivantes.

Avec une boule dans la gorge, je fais défiler le texte. Soudain, le monde tourbillonne autour de moi, et j'étouffe le halètement qui s'échappe de ma gorge.

C'est *lui*.

Il s'agit d'une esquisse et non d'une photo, probablement dessinée après sa disparition. Mais il ne fait aucun doute que c'est lui. Je suis incapable d'arracher mon regard de ces yeux. Des yeux verts et doux, magnifiquement reproduits par l'artiste, même en monochromie. Je tends la main pour effleurer ses pommettes osseuses, puis je suis stupéfiée de devoir retenir mon souffle pour réprimer un sanglot. Mes émotions forment un ouragan intérieur qui lutte pour sortir de moi.

— C'est *lui*, Benson !

— Quinn ? Tu veux dire, le type que tu as vu hier soir ?

Incapable de parler, je me contente de hocher la tête. Avant de comprendre ce que je fais, j'appuie sur le bouton d'impression.

— C'est extrêmement étrange, affirme Benson. En es-tu certaine ?

— Voilà *exactement* ce à quoi il ressemble, dis-je d'une voix mal assurée.

— Ce type est un vrai maniaque, fait Benson en se penchant vers la photo.

La musique du Zac Brown Band se fait entendre, et je mets environ cinq secondes avant de me rendre compte qu'il s'agit de la sonnerie de mon téléphone. De manière instinctive et sans même y penser, j'appuie sur le bouton de réponse et pose le téléphone contre mon oreille, les yeux toujours fixés sur l'écran du lecteur.

— Allô ?

— Tavia, Dieu merci. Je t'en prie, ne raccroche pas.

Je me fige quand j'entends la voix de Reese à mon oreille ; une voix qui propage une vague glaciale et irrégulière le long de ma colonne vertébrale.

— Je viens tout juste de rentrer, et Jay m'a raconté ce qui est arrivé. Je t'en prie, laisse-nous la chance de te parler. Tu encours un si grand danger. Où es-tu ? Dis-le-nous…

D'un doigt tremblant, j'appuie sur le bouton pour mettre fin à la conversation et je sens que mon visage est livide.

« J'ai répondu à mon téléphone ? Mais bon sang, à quoi pensais-je ? »

C'est le genre d'erreur qui pourrait m'être fatale. Qui pourrait entraîner ma mort *et* celle de Benson.

— Je dois me débarrasser de mon téléphone, dis-je sans trop savoir si je parle à Benson ou à moi.

Depuis notre départ de Portsmouth, il m'a été facile de repousser Reese et Jay loin dans mon esprit — ma tête étant remplie par Quinn.

Cependant, mon téléphone me rattache à eux, et je ne peux plus le garder.

Je me dirige vers l'imprimante et recueille la petite pile de papier que je sers contre ma poitrine.

— Je dois partir, marmonné-je sans savoir à qui je parle ni ce que je fais.

« Le téléphone. Je dois me débarrasser du téléphone. »

Complètement distraite, je me retourne pour sortir et je pousse presque un cri quand je sens la main de Benson sur mon bras. Mon premier instinct est de le repousser, mais une pensée rationnelle se faufile dans ma conscience, et je me souviens de qui il est.

C'est Benson. Il m'aide.

Il est le seul qui puisse m'aider.

— Tavia ?

Sa main est toujours posée sur mon bras.

Je ralentis mon souffle et je m'oblige à retrouver ma stabilité. Je ressens une vague impression de calme me gagner de nouveau.

— Ouais ?

— Attends-moi, dit-il d'une voix douce. Laisse-moi ramasser mes affaires.

Toutes les émotions que je ressens au sujet de Quinn, de Reese, de Jay et d'Elizabeth sont trop énormes en ce moment. Elles emplissent mon esprit et mon cœur jusqu'à ce qu'ils soient trop pleins pour laisser de la place pour Benson. Et je ne peux être auprès de lui quand je me sens ainsi.

Prends la fuite ! me crie mon esprit, et mon souffle est court et superficiel. L'envie désespérée de me débarrasser de mon téléphone — de couper tout contact avec Reese — est semblable à une compulsion. Et la résistance fait presque mal.

Dès qu'il me tourne le dos, je me remets à marcher, en direction des portes.

– Mademoiselle, mademoiselle ?

Ce n'est pas la voix de Quinn, mais le souvenir des mots qu'il a prononcés la nuit dernière qui me recouvre et m'étouffe de désespoir. Je baisse la tête et j'avance plus vite.

– Tave !

Benson parle d'une voix trop haute pour une bibliothèque, mais ça ne m'arrête pas. Je sais que je fuis, mais les émotions sont trop fortes. Je ne peux pas rester là, pas pour une seconde de plus.

– Vous devez payer vos photocopies, me réprimande la bibliothécaire.

Tandis que je tire les portes, je risque un regard vers Benson, debout près du comptoir de référence avec une expression désespérée dans les yeux pendant qu'il sort son portefeuille dans une hâte paniquée.

Maintenant ou jamais.

Une bourrasque me frappe en plein visage quand je me retrouve dans la rue. Comme j'ignore tout de cette ville, je prends une direction au hasard et avance d'un pas rapide, tête baissée, la main serrée autour de mon téléphone.

J'aimerais pouvoir fermer les doigts et l'écraser en miettes.

Dès que la bibliothèque n'est plus en vue, je m'arrête pour reprendre mon souffle et prendre appui contre le mur de briques rouges d'un édifice à bureaux. Je baisse les yeux sur les copies imprimées, froissées maintenant après avoir été serrées contre ma poitrine. Lorsque je les approche de mes yeux pour mieux les voir, une grosse goutte de pluie tombe et laisse une traînée d'encre sur une partie du texte. Je halète de consternation avant de jogger à l'abri d'un auvent où je m'accroupis contre le mur. Au moins, il ne neige pas. Pas encore.

Mes pensées tourbillonnent tandis que je fixe l'esquisse du regard. C'est le portrait *exact* de Quinn. Je veux dire, comme il ne s'agit pas d'une photographie, il peut y avoir quelques différences subtiles, mais il faudrait qu'elles soient fichtrement subtiles. Les visages sont pareils, jusqu'à la structure osseuse. J'ai dessiné les ombres sous ces sourcils proéminents, la montée de ces pommettes, cette mâchoire carrée et droite. Impossible de feindre ce genre de traits avec un costume et une teinture.

Je ne crois même pas qu'il serait possible de les reproduire à l'aide de la chirurgie.

Qui diable *est* Quinn Avery ?

Comme s'il entendait son nom dans mes pensées, Quinn surgit du coin d'un immeuble, situé en diagonale depuis l'endroit où je suis accroupie. Ma tête se tourne vers lui, et je comprends alors que je n'ai pas à voir sa silhouette haute et dégingandée pour savoir qu'il est là : je *sens* sa présence. Il marche dans ma direction, et mes yeux se lèvent vers son visage. Son regard est fixé directement sur moi, et la détermination dans ses yeux me terrifie.

Me paralyse. Mes membres sont faits de pierre. Il continue d'avancer d'un pas lent, sans se presser. J'effectue enfin un mouvement saccadé lorsque moins de six mètres nous séparent. Le fracas de mon téléphone se brisant contre le trottoir ne signifie rien quand je pivote sur moi pour prendre la fuite à la course.

J'ignore où je vais, mais je sais que je m'éloigne de *lui*.

Mais alors, des cris s'élèvent.

Mes yeux s'écarquillent, et le temps semble ralentir quand je me retourne pour voir une voiture bleu sombre foncer sur Quinn et l'écraser contre un mur un instant. Un instant infini et pénible. Puis un craquement aigu retentit à mes oreilles, envahit mon monde – le mur s'effondre et enterre Quinn sous une montagne de briques brisées.

La dernière chose que je vois avant que tout devienne un tourbillon est un visage familier. Le visage qui m'annonce qu'ils nous ont retrouvés.

CHAPITRE 26

Je m'éveille dans une obscurité confortable où je flotte lentement hors du brouillard vers la vue d'un rayon de soleil orange qui perce la canopée d'arbres dépourvus de feuilles à proximité. Je mets quelques secondes à me souvenir où je suis.

La voiture de Reese. Quinn. Benson.

« Quinn ! »

Dans la confusion du sommeil qui s'attarde, j'essaie de me remémorer ce qui est arrivé. Ce qui est arrivé après...

Après que la voiture ait frappé Quinn.

Après que la voiture ait *tué* Quinn.

Il aurait été impossible pour quiconque de survivre à un tel accident.

La scène repasse dans mon esprit même si j'essaie de la chasser : la voiture mutilée couverte de briques brisées ; son capot avalé par un trou béant dans le mur de briques.

« Ne me laissez pas revoir cette image. Le revoir, lui. Le sang. »

Je ferme les yeux avec force et essaie de repousser le souvenir. Je tente d'oublier la dernière fois où j'ai été entourée par le sang et la mort. Mais fermer les yeux ne fait qu'empirer les choses. Je dois sortir de la voiture. Je pousse la portière avec le désir désespéré de respirer l'air frais et je lutte contre l'envie de vomir sur le siège.

Heureusement, lorsque la portière s'ouvre et que mes jambes se balancent dehors, ma tête n'élance pas comme lorsque j'étais sortie du coma après l'accident d'avion.

Cette fois, je ne faisais que dormir ; aucun coma.

J'arrive à me lever, mais ça me demande plus d'effort qu'il ne le faudrait. Mon corps est épuisé, comme si j'escaladais une montagne depuis trois jours. J'ai l'impression d'être revenue aux premières semaines après l'accident d'avion, alors que chaque mouvement ressemblait à une épreuve herculéenne.

Je n'aime pas songer à ces jours-là.

Je passe les bras autour de ma taille et je jette un regard à la ronde. Où est-il ? Est-il ici ? Manifestement, ce n'est pas moi qui ai conduit la voiture jusqu'ici.

Il me faut quelques secondes de plus, mais alors je me souviens de ce qui est arrivé. Benson m'a aidée à me lever et m'a tirée loin de la scène avant l'arrivée de la police.

Et j'ai vu autre chose… Quelqu'un. Quelqu'un que je connaissais.

Puis est venue l'hystérie. Une perte totale de contrôle, comme si quelqu'un tirait sur mes ficelles. Des larmes, des mots désespérés alors que je parlais de Quinn à Benson. La mâchoire serrée de Benson. Benson qui me pousse dans la voiture en me couvrant de son manteau.

Puis le néant.

Je frissonne à ce souvenir terrible. Je suis encore fatiguée, mais au moins, j'ai l'impression d'être redevenue moi. Je ne veux plus jamais être quiconque d'autre que moi.

Un bruit me tire de mes pensées. J'entends Benson, mais je ne le vois pas. Nous sommes garés en bordure d'une route que je ne reconnais pas et, enfin, je trouve Benson ; il est derrière un arbre et il parle au téléphone.

Il se querelle au téléphone.

Je me rapproche dans l'espoir de surprendre quelques mots, mais il cesse continuellement de parler, comme si quelqu'un l'interrompait.

– … ce n'était pas notre entente. Mais…

J'aperçois sa main former un poing contre sa hanche.

– Je comprends, dit-il quelques secondes plus tard avant de raccrocher sans dire au revoir.

– Qui était-ce ? demandé-je d'une voix grinçante.

Benson pivote vers moi et pousse un halètement et un soupir en m'apercevant.

– Fais du bruit la prochaine fois, tu veux ? lance-t-il avec un demi-sourire.

– Désolée.

Le mot paraît ridicule, mais que puis-je dire d'autre ?

– Est-ce que ça va ?

– Ouais, des trucs de colocataire, fait-il en pointant son téléphone du doigt.

Je hoche la tête. J'ignore de quoi il parle, mais mon cerveau est trop embrumé pour que je m'en soucie.

– Comment te sens-tu ? demande-t-il.

Je ris.

– J'ai l'impression que je n'arriverai jamais à dormir ce soir.

Benson hausse les épaules d'un air d'impuissance.

– Désolé. Je ne supportais pas l'idée de te réveiller.

Il marque une pause avant de glisser les doigts sous mon menton.

— Je m'inquiète pour toi. Tu es si fatiguée.

— Hé ! riposté-je. Les cernes sont le dernier cri.

Mais ma blague tombe à plat.

— Je ne parle pas d'une fatigue physique.

Il m'étudie du regard pendant un autre long moment, comme s'il voulait ajouter autre chose, mais je ne relâche pas mon air de défi, si bien qu'après quelques secondes, il laisse sa main retomber.

L'expression sur son visage est si étrange ; elle contient plus d'émotions que ce qui m'est possible d'interpréter, et je me surprends à regretter de ne pas avoir apporté mes fusains pour le reproduire sur papier. Peut-être alors arriverais-je à le comprendre. Je tends la main vers son visage et il y enfouit sa joue pour retenir ma main entre son visage et son épaule. J'avance vers lui pour approfondir notre contact, mais il se racle la gorge et brandit son téléphone, ce qui freine mes pas.

— J'ai trouvé un bref article en ligne sur les événements d'aujourd'hui, dit-il.

— Ah oui ? fais-je avec une curiosité instantanée.

— Ça ne dit pas grand-chose ; seulement qu'une voiture inoccupée avait été garée en pente sans que le frein à main soit enclenché.

Il lève les yeux de l'écran pour ajouter :

— L'article dit que personne n'a été blessé.

— Personne n'a été blessé ? Mais…

Je ferme la bouche pour bloquer les mots.

— En es-tu certain ?

Je dois le demander. Je *sais* ce que j'ai vu. Les images sont gravées dans mon cerveau.

– C'est ce que l'article indique. On mentionne que le personnel avait quitté l'édifice pour aller déjeuner, alors l'immeuble était vide.

– Et il n'y a aucune mention de… de…

– Aucune mention de Quinn, termine Benson pour moi.

Je demeure immobile un long moment sous l'ombre piquetée des arbres. Je n'ai pas la moindre idée de ce qui advient de ma vie. J'ai l'impression qu'elle se fissure lentement. Elle n'est pas encore fracturée, mais lézardée, et les pièces tiennent à peine.

Et maintenant, ceci.

C'est tout comme si toute la guérison émotionnelle par laquelle je suis passée depuis l'accident d'avion n'était jamais arrivée.

– Je l'ai vu, dis-je.

– Je te crois.

– Je ne parle pas de Quinn… Je veux dire, j'ai vu Quinn aussi, de toute évidence, mais…

Je prends une respiration pour me calmer tandis que l'ombre de mes souvenirs prend enfin une forme réelle.

– J'ai vu le type aux verres fumés. Celui de Portsmouth. Du coin de l'œil, une seconde avant l'accident, mais je *sais* que c'était lui, affirmé-je rapidement avant que Benson ne puisse m'interrompre.

Il n'essaie pas de m'interrompre. C'est comme s'il le savait déjà. Après tout, il était là. Il a probablement aperçu le type lui aussi, mais il ne veut pas que je le sache.

Je lève le regard vers Benson et m'oblige à le regarder dans les yeux.

— Est-ce que *tout le monde* est impliqué dans le complot ? Tu m'as demandé hier quelle était la portée de tout ceci et je l'ignorais. Est-ce qu'on tente d'étouffer l'affaire, Benson ?

Benson est silencieux. Il croise les bras sur sa poitrine avant de changer d'idée et d'enfoncer les mains dans ses poches. Même si mon esprit a envie de lui crier de parler, je l'observe en silence. Je pense qu'une de mes paupières sautille.

— Et si Quinn était un fantôme ? suggère Benson d'une voix douce.

J'aboie de rire avant de pouvoir m'arrêter.

— Tu es sérieux ? Non. Les fantômes n'existent pas.

— Les gens capables de faire apparaître des tubes de baume à lèvres, des crayons et des balles antistress n'existent pas non plus. Songes-y, Tave, cela expliquerait tout : les vêtements à la mode ancienne, son obsession avec Rebecca Fielding, le fait qu'il ait été frappé par une voiture sans que personne le remarque.

— Les fantômes n'existent pas, répété-je, mais ma voix est si basse qu'elle est presque un murmure.

Mon esprit s'emballe. Je l'ai vu mourir. Mais ai-je vraiment aperçu du sang ou était-ce l'œuvre de mon esprit ? Je repousse cette pensée pour essayer d'analyser ce que je *sais*. Quinn *est* toujours vêtu d'habits anciens ; il se déplace si rapidement qu'il donne l'impression de disparaître ; *jamais* il ne me laisse la chance de parler — c'est tout comme s'il ne pouvait pas m'entendre. Et ce lieu étrange où il m'a menée la nuit dernière : on aurait dit que personne n'y avait mis le pied depuis…

Depuis…

« Deux cents ans. »

Mon esprit m'oblige à conclure cette pensée.

— Il ne me touche jamais, dis-je en regardant Benson, les yeux écarquillés.

Benson ne dit rien, mais il me scrute avec une expression sombre qui annonce que son hypothèse est logique.

— Toutes les fois où je l'ai vu — même quand nous nous parlions — jamais il ne m'a touchée.

Je lève brusquement le menton.

— Suis-je télépathe à présent ?

— Comme un médium ? Peut-être.

— Benson, la vérité est que j'arrive à voir des choses *invisibles aux autres*. Continuellement. Je ne peux plus le nier.

Benson opine sans dire un mot.

— Crois-tu que c'est un effet secondaire de ma chirurgie ?

— La chirurgie au cerveau ?

— Ouais. Durant mon hospitalisation, j'ai découvert ce site Web dément qui suggérait qu'un traumatisme crânien pouvait entraîner des aptitudes paranormales. Quand je l'ai lu, je pensais que c'était stupide, mais maintenant ?

J'étends les bras dans un geste d'impuissance.

Benson pousse ses lunettes sur l'arête de son nez.

— Cela me semble plutôt improbable, mais qu'est-ce que j'en sais ? Rien, manifestement.

Quelque chose cloche.

— Excepté…, commencé-je alors que l'idée prend forme dans mon esprit. Cette capacité ne peut pas avoir été *totalement* provoquée par ma lésion au cerveau. Reese et Elizabeth ont fait en sorte que je monte à bord de cet avion. Elles *s'attendaient* à ce qu'un tel accident arrive. Il est impossible de prédire qu'une personne qui subit un traumatisme crânien se transformera en… Je ne sais pas trop comment dire : un X-man ou un truc du genre.

— J'aimerais tant savoir ce qu'elles savent, soupire Benson.

— Moi aussi.

Je m'affaisse sur une souche couverte de mousse.

Il y a deux semaines, j'étais tout bonnement une orpheline et l'unique survivante d'un accident d'avion qui se cachait des médias. Aujourd'hui ? Je ne sais plus qui je suis.

— Elizabeth m'a donné le nom de « Terralienne », dis-je après un moment. Qu'est-ce que ça signifie, selon toi ?

Benson me fixe d'un regard vide.

— Je ne sais pas, dit-il.

— Tout nous ramène à Quinn Avery, dis-je enfin. Au Quinn Avery de l'époque, je veux dire. Tout nous ramène à lui. Je pense…

Je ne veux même pas le dire.

— Je pense que je dois retourner là où Quinn m'a amenée.

— Tu as dit que jamais tu n'y retournerais…, répond Benson, mais son regard pétillant trahit son intérêt.

— Je sais, mais je pense qu'il nous faudra peut-être le faire afin de démêler tout cela.

Benson hoche pensivement la tête.

— Si Quinn a des réponses, il serait logique qu'elles se trouvent là-bas.

— Je ne veux pas y aller seule. Veux-tu venir avec moi ?

— Bien sûr, dit Benson avec un frisson d'excitation dans la voix.

L'endroit me fout les jetons, mais pour lui, c'est comme un voyage d'exploration.

— Le soleil se couchera dans environ une heure, mais je peux dénicher une lampe de poche à Camden, dit-il avant de rougir. Je me suis arrêté dans une ville au passage pendant que tu dormais pour vendre la pièce d'or. J'espère que ça ne te dérange pas ; nous n'avions plus d'argent pour le carburant.

Je rejette son inquiétude.

— Voilà à quoi ça sert.

Il hoche la tête et enroule doucement un bras autour de moi pendant que nous retournons vers la voiture. Je n'ai pas la moindre idée comment un type mort depuis deux cents ans (je grimace à cette pensée) pourra nous aider, mais tout s'axe autour de lui. Il *doit* y avoir un lien.

Par ailleurs, une part irrationnelle de moi est désespérée d'en savoir plus sur Quinn. Qu'il soit mort ou qu'il ait été un fantôme tout ce temps n'a aucune importance ; il demeure le seul à avoir des réponses.

Je fais rouler la voiture hors de la clairière ombragée, et Benson m'aide à prendre la direction de la bonne autoroute. Une fois que j'enclenche le régulateur de vitesse, il me serre la main avant de la relâcher pour ouvrir le journal de Rebecca et feuilleter les pages à l'écriture magnifique.

— As-tu eu l'occasion d'en lire davantage ? me demande-t-il.

— Depuis ce matin ? Quand aurais-je eu l'occasion de le faire ? réponds-je d'une voix traînante. Avant ou après avoir échappé à mon assassin ?

Benson tourne les pages — lentement, mais pas assez lentement pour pouvoir en lire le contenu attentivement.

— Regarde ce passage, dit-il en penchant le journal vers moi.

— Benson, je conduis. Lis-le-moi.

— Je ne peux pas. C'est un code.

— Un code ? Vraiment ?

Je risque un regard, mais l'écriture en lettres attachées parfaitement tracée est trop petite pour que je puisse la déchiffrer.

— Ce n'est pas tout à fait un code, je pense. Ça ressemble davantage à une autre langue, mais je ne la reconnais pas. Du latin, en quelque sorte, mais pas tout à fait. Peut-être une ancienne forme de langage romantique ?

— Super, lancé-je en sentant mon cœur se serrer. Une autre langue, comme si les expressions du XIXe siècle ne suffisaient pas.

— C'est la même langue qui est utilisée pour le reste des entrées, à ce que je vois, enchaîne-t-il en tournant les pages jusqu'à ce qu'il atteigne des pages blanches. Cette langue étrange et une tonne de dessins.

— Qu'arrive-t-il juste avant ce changement ? demandé-je tout en me forçant à me concentrer sur la route.

Benson retourne derrière en tournant les pages plus lentement.

— Les pages sont remplies de Quinn. À quel point elle est amoureuse. Qu'il a des choses à lui montrer, comme il t'a dit.

Ce souvenir me fait grincer des dents, surtout maintenant que Benson et moi sommes… Que sommes-nous exactement, puisque Quinn n'est plus dans le décor ?

Il n'est plus dans le décor d'un point de vue physique, à tout le moins.

Malheureusement, il continue de nous hanter.

– Voyons voir : elle est censée aller à sa rencontre. C'est un secret. Elle croit qu'il va lui demander sa main.

Il tourne la page.

– Puis cette langue étrange apparaît. Je me demande…

– Quoi ? demandé-je quand il sort son téléphone de sa poche plutôt que de terminer sa phrase.

– J'entre les mots dans Google traduction pour voir si j'obtiens quoi que ce soit.

– Que Dieu bénisse Google, murmuré-je d'un ton sardonique.

– Voilà qui est bizarre, dit-il après quelques minutes.

– Quoi ?

– Eh bien, il *s'agit* de latin. En quelque sorte. Cela *ressemble* au latin. Google n'arrive pas à tout traduire, car la plupart des mots sont mal épelés.

– Crois-tu qu'il est possible de tout traduire ?

– Peut-être. Je peux déterminer la racine des mots mal épelés, mais, fait-il avant de lever les yeux vers moi, il me faudra beaucoup de temps pour en comprendre l'essentiel.

– Il ne nous manque certainement pas de temps, réponds-je à voix basse.

Ce qui est un mensonge éhonté.

Depuis que j'ai passé à deux doigts d'être frappée par une voiture, j'ai l'impression d'entendre le tic-tac d'un compte à rebours dans ma tête.

Et je ne suis pas certaine de ce qui arrivera quand le décompte atteindra zéro.

CHAPITRE 27

La porte est toujours entrouverte, exactement comme je l'ai laissée.

— Tu vois ? lance Benson quand je le lui fais remarquer. C'est manifestement un fantôme. Il ne peut rien toucher.

— Si tu le dis, fais-je, sans trop vouloir l'encourager.

Benson est insupportable quand il sait avoir raison.

Et il lui arrive souvent d'avoir raison.

Mais j'aime ce côté de lui.

Aime ? J'essaie de ne pas m'attarder sur ce sujet.

— Penses-tu que quelqu'un d'autre est venu ici ? demandé-je dans un murmure étouffé, comme si nous pénétrions dans un lieu sacré.

— Il n'y aucune trace de pas, fait remarquer Benson. Et il a cessé de neiger au milieu de la nuit dernière. Donc, à moins que quelqu'un soit entré juste après ton départ, je pense que nous sommes saufs.

— Nous ne resterons pas longtemps, dis-je en resserrant mon manteau.

— Aucune opposition de ma part, répond sèchement Benson.

Je commence à me glisser par la porte entrouverte, mais Benson m'arrête et examine plutôt le mécanisme de verrouillage.

– C'est un mécanisme vraiment brillant, affirme-t-il quand je lui explique comment le verrou fonctionne. C'est comme une serrure à combinaison. Ce type, Quinn, est – était – intelligent.

Je rougis. Pourquoi ai-je l'impression qu'il me complimente, moi ?

Benson plonge les mains dans une besace qui pend de mon épaule pour en sortir la grosse lampe de poche Mag que nous avons achetée il y a une demi-heure. *Tellement* mieux que la piètre lampe de mon téléphone cellulaire.

Le téléphone cellulaire brisé en morceaux sur le trottoir, à plus de cent kilomètres d'ici. Probablement écrasé par une brique aussi. Cette pensée toute simple diminue ma peur, ne serait-ce qu'un peu.

L'odeur d'humidité froide parvient à mes narines dès que nous pénétrons dans le petit terrier. Elle porte aussi les souvenirs de la nuit dernière avec une clarté alarmante : le visage de Quinn près du mien ; un visage qui n'avait rien de spectral.

– Hé, les fantômes ne sont-ils pas supposés être transparents ? demandé-je tandis que Benson promène le faisceau de la lampe de poche dans les lieux.

– Je pense que personne ne le sait avec certitude.

– Il paraissait si réel, dis-je, un peu embarrassée par la nostalgie dans ma voix.

– Viens par ici, fait Benson en agitant la main pour me faire signe de le rejoindre à la table où j'ai découvert le journal.

– Des peintures, soufflé-je pendant qu'il retourne quelques rouleaux de papier. Je n'ai pas vraiment exploré l'endroit la nuit dernière.

Ce sont de petites peintures, de simples aquarelles mettant en vedette un Quinn comme je ne l'ai jamais vu ; il sourit à l'artiste, ses cheveux sont détachés et ébouriffés, et il contemple un feu de foyer douillet. Je retiens mon souffle quand Benson retourne le dernier portrait.

Quinn en compagnie d'une femme.

La peinture les représente de dos, marchant main dans la main. Je ne peux pas voir son visage – seulement une silhouette élancée et mince aux cheveux bruns coiffés dans une tresse. Une sensation bouillante de possessivité qui n'a absolument aucun sens me parcourt et m'emplit d'un sentiment étrange d'hostilité qui me donne la nausée.

– Rebecca ? suggère Benson par-dessus mon épaule.

Je déglutis difficilement avant de répondre d'une voix faible :

– Probablement.

Avant ce jour, je n'ai jamais compris ce que ça signifiait d'éprouver une haine réelle pour quelqu'un, mais alors que je fixe le regard sur cette toile, mes doigts agrippant les coins avec une telle force que mes jointures deviennent blanches, je présume que voilà la sensation de la haine.

– Sapristi ! lance Benson en soulevant une pièce de monnaie sale et en soufflant dessus pour chasser la poussière. Il y en a tout plein.

– Prends-les, dis-je. Je pense que Quinn me doit bien cela après avoir fait voler ma vie en éclats.

Pendant que Benson tente de déterminer la valeur de cette caverne, je commence ma propre exploration.

– Penses-tu que la lampe de poche pourrait nous permettre de briser ces caisses ? demandé-je.

– Pourquoi ne fabriques-tu pas un pied de biche ? suggère Benson.

Je retiens mon souffle. Je ne veux pas le faire. Cela peut paraître superstitieux, mais chaque fois que j'utilise mes pouvoirs, il arrive quelque chose de mal. Mais que puis-je faire d'autre ? Demander à Benson d'arracher le couvercle de ses mains nues ?

Mes doigts tremblent quand je lève la main en imaginant l'outil dans mon esprit. L'instant d'après, je tiens un pied de biche plutôt court. Je détourne les yeux quand Benson me le prend des mains. Ensuite, il ne met que quelques secondes à retirer le couvercle de la caisse.

Nous nous mettons tous deux à genoux pour regarder dans la caisse.

– Super, fait Benson en soulevant une pochette lourde qui tinte dans un bruit métallique.

Après avoir jeté un bref coup d'œil à l'intérieur, il pousse un sifflement.

– Bon sang, ce Quinn était plein aux as.

– Donne-moi ça, le réprimandé-je en lui arrachant la pochette. Nous ne sommes pas des brigands de tombeaux.

– Nous ne sommes pas dans un tombeau, indique Benson. Et la valeur du contenu de cette pochette doit se situer dans les cinq chiffres. Au minimum, ajoute-t-il avec un rictus. Songe aux pleins d'essence et aux sacs de noix et de fruits secs mélangés que ça permettra d'acheter.

Je lui jette un regard noir et dépose la pochette sur le sol à mes côtés.

Quoiqu'en vérité, je raffole des mélanges de noix et de fruits secs…

– Oh, regarde ça, dis-je en sortant un livre dont la couverture de cuir est marquée du triangle familier. Un autre journal.

Je l'ouvre en m'attendant à y trouver la calligraphie fleurie de Rebecca, mais je suis plutôt accueillie par une écriture assurée et masculine.

– Je pense que ce journal appartenait à Quinn.

Aucun nom ne figure sur la couverture, mais la deuxième page contient une liste de noms et de dates, et le nom de Quinn apparaît en premier. Aucun nom de famille ne se répète, et je ne distingue aucune structure – même si les dates remontent jusqu'en 1568. D'autres noms suivent, mais sans date.

Je tourne la page et tiens le livre à bout de bras pour être reçue par des mots de trois fois la taille de la liste de noms précise de la page précédente.

Si vous n'êtes pas un ami, que les dieux soient cléments pour votre âme damnée si vous poursuivez votre lecture.

J'écarquille les yeux et je relis les mots.

– Benson ?

– La caisse contient aussi une peinture et une montre de poche. Étrange.

– Benson ?

– Hé, il y a une maison dans cette peinture. Comment veux-tu parier que…

– Benson !

Il lève les yeux, et je tourne le livre vers lui.

– Suis-je une amie ?

L'amie d'un fantôme ?

Benson arque un sourcil.

– Crois-tu que ce soit réellement important ? Il est mort.

– Il me hante déjà depuis une semaine! rétorqué-je d'une voix stridente, même si «hanter» n'est pas exactement le terme exact.

Malgré tout, Benson se fige.

– Tu n'as pas tort, fait-il en pinçant les lèvres. Il t'a montré la combinaison pour entrer. Je crois que c'est un bon signe qu'il te permettrait de lire ce journal.

Je hoche la tête, mais l'adrénaline fait trembler mes doigts quand je tourne la page pour y trouver une écriture de taille normale.

Je suis Quinn Avery. Je suis Terralien. Je suis un Créateur. Si vous lisez ces mots, je prie que vous soyez un ami de confiance ou l'un des miens, né de nouveau. Dans cette boîte, vous trouverez les outils nécessaires pour me restaurer. Mais lorsque ce sera fait, allez à la recherche de Rebecca. Rien au monde entier ne revêt une plus grande importance. Trouvez-la. Donnez-lui le collier.

– Rebecca.

Je murmure son nom doucement et sens sa brûlure sur ma langue.

Il veut que je la retrouve? Son fantôme, je suppose. Pourquoi? Afin qu'ils puissent vivre heureux, en fantômes, pour le reste de leurs jours? J'oblige mes doigts à se détendre quand je m'aperçois que j'agrippe le journal avec une telle force que la couverture commence à se recourber.

– Donc…, hésite Benson. Donc, tu avais raison. Il est un Terralien lui aussi. Ou il l'était. Tu comprends ce que je veux dire.

J'ignore la déclaration implicite que cela signifie que *je* suis aussi une Terralienne. J'ignore ce que cela signifie, mais je ne crois pas être prête à le découvrir.

– Je me demande si ce qu'il crée disparaît aussi, médité-je à voix basse.

– Eh bien, la prochaine fois que tu apercevras le fantôme de Quinn, tu devrais lui poser la question, indique Benson en regardant dans la caisse.

– Il ne répond pas aux questions, réponds-je en feuilletant le journal pour découvrir qu'à l'exception des dix premières pages, le livre est vide.

– Tu as affirmé avoir eu des conversations avec lui.

– Je *croyais* qu'il s'agissait de conversations, mais chacune de ses paroles se trouve dans le journal de Rebecca. C'est comme si…

Je pose le journal sur mes genoux.

– C'est comme s'il n'était pas un fantôme, mais un *écho* du passé. Je pense que c'est la raison pour laquelle il m'a appelée Becca, même si je lui ai dit que mon nom était Tavia.

Je me souviens à quel point cela m'avait mise en colère. À présent, je me sens étrangement apathique.

Je m'interroge brièvement à ce que cela signifie en ce qui me concerne, mais il y a tant d'autres questions à résoudre d'abord. Des questions plus importantes. *Beaucoup* plus importantes.

Je reporte mon attention sur le journal.

– Hé, regarde !

Benson se tourne pour inspecter les pages avec moi lorsque je pointe du doigt des symboles dessinés avec soin.

– Voici le symbole que j'ai vu dans les dossiers de Reese, indiqué-je en lui montrant le dessin de la plume et de la flamme sous lequel le mot « Curatoria » est inscrit. C'est le mot qu'Elizabeth a employé. Je suppose qu'il s'agit d'un nom et non d'un mot.

— C'est logique, fait Benson à voix basse.

— Je me demande. Je n'ai plus mon téléphone, mais il y a quelques jours, j'ai pris en photo l'image d'un symbole usé par les intempéries sur un immeuble de Portsmouth. L'image était si décolorée que je ne discernais qu'une forme arrondie avec, en arrière-plan, des lignes sinueuses. Mais il est définitivement *possible* qu'il s'agissait de ce symbole.

Je déplace mon doigt sur la page opposée.

— Mais ce n'était pas celui-là. Les formes ne correspondent pas du tout.

Cet autre symbole représente une croix ansée, mais plutôt que de former un cercle, la ligne du haut courbe vers l'extérieur pour former une crosse de berger.

— Réduciata, lis-je. Jay et Elizabeth ont mentionné ce mot tous les deux.

J'essaie de lire, mais Benson dirige continuellement la lumière vers la caisse qu'il a ouverte.

— Regarde ça, dit-il en penchant une petite toile encadrée dans ma direction.

La peinture est clairement l'œuvre du même artiste responsable de celles trouvées sur la table, mais celle-ci est plus petite, en plus d'être la seule à être encadrée. Elle dépeint une maison jaune nichée près d'un bosquet dont les feuilles annoncent la mi-automne.

— Je parie que c'est la maison où il a été assassiné.

— Ce n'est pas l'endroit où il a été assassiné.

Les mots sont sortis de ma bouche avant que je ne puisse y réfléchir.

Je pose un regard ébahi sur Benson (comment le savais-je ?) et je tends les mains vers la peinture. Dès que mes doigts touchent les côtés fragiles de la toile à l'huile, je suis bombardée par une avalanche d'images déformées et de sensations amalgamées.

— C'était une ruse, parviens-je à dire tandis que le déluge de sensations brise ma concentration.

Mes doigts s'enroulent autour du cadre pour le serrer plus fort pendant que les mots coulent de mes lèvres et que je *sens* pratiquement la présence de Quinn au milieu de la distorsion et du bruit. Cependant, je suis presque assourdie par un bourdonnement grinçant et aveuglée par des volutes de brouillard.

— Leur vie n'a jamais réellement été en danger — du moins, pas par les balles de fusil, mais ils devaient… ils devaient… Je ne peux pas ! Aide-moi, Benson !

Je tends la toile vers lui, mais je n'arrive pas à la relâcher, et la sensation de flammes léchant ma peau grandit sur mes bras, et une vibration statique envahit mes oreilles.

Benson m'arrache la peinture des mains et la jette sur le sol avant d'enrouler ses mains autour du haut de mes bras. Je m'effondre presque contre lui, mais je réussis à faire appel aux derniers vestiges de force dans mes muscles las pour me stabiliser.

— Qu'est-il arrivé ?

— Je… je ne sais pas. J'ai touché la peinture et c'était comme si… comme si je savais ce qui est arrivé à Quinn. Ou plutôt, ce qui ne lui est pas arrivé, je suppose.

Des points noirs voguent dans ma vision, et j'ai peur de m'évanouir. J'ai l'impression d'avoir couru un marathon le ventre creux.

— Je ne peux pas rester ici plus longtemps, dis-je en me couvrant les yeux des mains.

— Pas de souci. Nous pouvons toujours revenir un autre jour.

J'opine sans dire un mot (je ne veux *jamais* revenir ici), et Benson ramasse la peinture pour la jeter dans la caisse et repousser celle-ci dans l'obscurité. Il recueille plusieurs objets qu'il dépose dans le sac de cuir que nous avons apporté. Je prends appui contre le mur de terre friable et détourne les yeux pour éviter de revoir la toile. Le simple fait d'y penser me donne légèrement la nausée, comme si je faisais un tour dans une montagne russe instable.

« Les choses ne sont pas supposées se passer comme cela. »

Cette pensée se manifeste de son propre chef dans mon esprit.

Le journal commence à glisser de mes genoux, et je le retiens brusquement des deux mains.

— Ce n'est que moi, fait Benson.

— Je veux apporter le journal.

— Comme tu veux. Pourvu qu'il ne te bouleverse pas comme cette peinture.

— Ça n'arrivera pas, insisté-je.

Je n'ai aucune raison de le présumer, mais d'une manière ou l'autre, je sais que j'affirme la vérité.

— J'en ai besoin.

C'est moi qui ai prononcé les paroles, mais les mots semblent venir de quelqu'un d'autre.

CHAPITRE 28

– Je ne pense pas être capable de conduire, dis-je quand la voiture de Reese est enfin en vue après une demi-heure de marche dans les bourrasques de vent vif et glacial.

Des points brillants flottent de nouveau devant mes yeux tandis que j'aide faiblement Benson à enlever la mince couche de neige sur le pare-brise.

– Je… manger…

Je peine à articuler mes mots et à me tenir droite, la main enfoncée dans ma poche pour en sortir les clés. Je suis trop fatiguée pour même m'inquiéter au sujet des gens à nos trousses, même si, après l'incident avec la voiture, je devrais être encore plus sur mes gardes.

D'autant plus que je suis parfaitement inutile en ce moment. Mais étant donné notre périple dans la forêt et le fait qu'il a dû me supporter à moitié tout en transportant la besace remplie des trucs ramassés dans la tanière, j'imagine que Benson est loin de se sentir d'attaque lui-même.

Après m'avoir aidée à m'asseoir dans la voiture et à boucler ma ceinture, Benson me demande :

– As-tu envie de vomir ? Tu as l'air malade.

Je secoue la tête, et le mouvement me donne la nausée.

— J'ai besoin de nourriture. Suis affamée.

— Je pense que tu devrais faire apparaître quelque chose à manger.

— Ça n'aidera pas, argumenté-je en posant le front contre la vitre tout en fermant les yeux. Va disparaître dans cinq minutes. Même la partie déjà mangée.

— Ouais, mais si tu continues à en faire apparaître plus durant le dix minutes que je mettrai à te trouver de la *vraie* nourriture, tu te rassasieras. Cela devrait t'aider un tout petit peu, dit Benson, et ses yeux me supplient de ne pas lutter à ce sujet.

Je mets quelques minutes à enregistrer les mots, puis je conclus que l'idée est plutôt brillante. Je la combats malgré tout. L'idée d'ingérer quelque chose que j'ai créé à l'aide de ma magie bizarroïde me donne la nausée. Ou plutôt, *encore plus* la nausée.

Je peux résister; il doit bien y avoir un restaurant à service rapide dans les environs. Des frites. Je peux rester consciente assez longtemps pour déguster de bonnes frites salées. L'image dans mon esprit est si réelle que je dois résister à l'envie de me lécher les lèvres.

C'est seulement lorsque je sens la chaleur transpercer mon jeans que j'aperçois le casseau de frites parfaites sur ma cuisse. Mes mains les agrippent tandis que mon esprit me crie qu'elles ne sont pas réelles, que je ne devrais pas les toucher. Toutefois, Benson a raison : il faut que je mange *maintenant*. Je me brûle presque la langue en les poussant dans ma bouche et je dois me souvenir de mâcher. En moins de deux minutes, le casseau a disparu.

— Fais-en apparaître d'autre, dit Benson d'un ton grave pendant que la voiture passe de la route de terre à celle asphaltée et qu'il prend la direction de Camden.

Je ne m'y oppose pas cette fois, et bientôt, je fais apparaître un autre casseau de frites. Elles me réchauffent et rétablissent ma glycémie plus rapidement que je ne l'aurais cru possible. Lorsque le deuxième casseau disparaît, je prends quelques respirations profondes avant d'en faire apparaitre un autre. Bientôt, le contenu du premier casseau se désintégrera, et je comprends que je n'ai d'autre choix : je dois continuer de manger pour maintenir mon taux de glycémie, sans quoi, il chutera. Plus abruptement cette fois-ci.

Je crée un autre casseau de frites, mais j'y ajoute une tasse de chocolat chaud. De façon régulière, mais moins frénétique, je mange les frites et je bois le liquide à petites gorgées et je recommence à me sentir normale.

– Hamburgers ou tacos? demande Benson d'un air dubitatif pendant que son regard se promène entre deux casse-croutes qui ne font pas partie de grandes chaînes et dont l'aspect est douteux, pour parler poliment.

Au moins, les restos sont ouverts.

– Oh, des hamburgers, je t'en prie. Quelque chose comme un format double et des frites – de vraies frites – et un cola. Pas de boisson diète.

Je fourre une autre poignée de frites dans ma bouche qui commence à saliver à l'idée d'un hamburger.

Comme il n'y a pas de service au volant, Benson se tourne vers moi, la main posée fermement sur la poignée de la portière.

– Continue de manger. Je reviens dès que possible.

– Dépêche-toi, fais-je avec un sourire. Je joue un tour à mon corps et j'ignore pendant combien de temps l'astuce marchera avant qu'il ne se rebelle.

Une poignée de frites s'immobilise à mi-chemin entre le casseau et ma bouche quand je me rends compte que les derniers jours ont été exactement comme ceux après que je me sois éveillée de mon coma. Je mangeais et dormais à longueur de journée. On m'a dit que c'était dû au fait que mon cerveau avait besoin d'une quantité immense de ressources pour guérir. Ce qui m'amène à me demander ce que mon cerveau fiche en ce moment, ce que cette image a provoqué dans mon corps pour que celui-ci ait tant besoin d'aide pour récupérer.

Les paroles de Reese au sujet d'être consumée par tout ceci me reviennent à l'esprit, et j'ai un haut-le-cœur. Mais par quelle sorte de métamorphose horrible suis-je en train de passer ? J'essaie de repousser cette idée pour faire apparaître un deuxième chocolat chaud. Nausée ou non, je dois continuer de manger, sans quoi, je serai dans un sérieux pétrin.

Douze minutes passent avant que Benson ne se glisse sur le siège du conducteur. Pendant ce temps, j'ai dévoré cinq casseaux de frites et bu les deux tasses de chocolat chaud. L'odeur de burgers remplit l'air et, dans ma hâte de saisir le sac de commande pour emporter, je pousse les frites magiques sur le plancher.

— Attention, Tave ! halète Benson tandis que les frites se répandent sur le plancher. Nous sommes à bord d'une BMW !

Une réaction typique de mec.

— Elles disparaîtront dans cinq minutes, lui rappelé-je. Y compris les taches d'huile.

— Eh bien, celles-ci sont réelles, indique Benson à contrecœur. Alors, fais attention.

Je prends une seconde pour étaler des serviettes sur mes cuisses avant de déballer mon énorme hamburger duquel je prends une grosse bouchée. Nous mâchons en silence, et je sens que, progressivement, mon système se stabilise.

— Tu as eu une très bonne idée, dis-je quand j'ai un moment pour reprendre mon souffle. Je me serais évanouie avant notre arrivée ici.

— Et je ne veux même pas songer à comment j'aurais essayé d'expliquer *ça* à un étranger croisé sur la route, fait Benson avec une mine sombre.

— Sans blague, murmuré-je.

Nous continuons de manger un moment.

— Merci.

— Ce n'est que de la bouffe, répond-il avec un grand sourire.

— Non, je parle sérieusement, fais-je en me tournant afin d'être face à lui. Merci pour *tout*. De ne pas avoir paniqué, de m'avoir crue même quand je devais sembler folle ; merci pour tout, Benson.

— De rien, je suppose, dit-il, et je ne peux m'empêcher de remarquer la trace de moutarde au-dessus de sa lèvre supérieure.

Je souris en tendant un doigt pour l'essuyer.

— Tu en as manqué un bout, chuchoté-je quand ses yeux s'assombrissent — non, s'approfondissent — et me plaquent contre mon siège dans un frissonnement nerveux et délicieux.

Il prend ma main et porte mes doigts à ses lèvres ; il pose un bref baiser sur chacun.

— Merci à *toi*, murmure-t-il avec une intensité que je savoure sans comprendre.

Je cache mon sourire niais derrière mon sandwich, et nous terminons notre repas en silence.

Lorsque je finis de manger, j'ai le ventre si plein que j'en ressens presque un inconfort. J'essuie mes mains graisseuses et je prends le journal de Quinn pendant que Benson prend ses dernières bouchées.

— Écoute ceci, dis-je en pointant du doigt un court passage. « La confrérie de la Curatoria mérite votre confiance, mais de manière ténue ; la Réduciata ne la mérite point. Ne confiez aucun de vos secrets ni à l'une ni à l'autre. Surtout, ne soufflez pas un mot au sujet de Rebecca à la Réduciata. Si vous savez où elle se trouve, dupez la Réduciata. »

Je songe à Elizabeth qui a débité ce nom : Réduciata.

— De qui se compose la Réduciata, tu crois ?

— Aucune idée, fait-il en s'attaquant à une grosse bouchée.

— Ce doit être des méchants, dis-je en passant à une autre page. Reese et Elizabeth craignaient que Quinn soit un… Réducteur ? Ce doit être le nom donné aux membres, dis-je en pointant du doigt ce paragraphe. J'ai l'impression que Quinn n'était pas un Réducteur.

— Cette fille, Rebecca, semblait avoir de sérieux ennuis, affirme Benson en regardant le livre par-dessus mon épaule.

— Quinn aussi. Ce passage contient tant de mots démodés, je vais devoir le lire avec attention, mais il parle d'entreposer l'or pour se « fortifier contre le désastre », et ici, de « se terrer comme un lièvre pris en chasse ».

Je marque une pause alors qu'une émotion brûlante me frappe en plein cœur.

— Cela nous ressemble, pas vrai ?

— Oui, malheureusement.

— Il dit de ne pas faire confiance à la Curatoria, mais selon ce que je lis, c'est la Réduciata qu'il fuit.

J'interromps ma lecture pour ressasser le nom dans mon esprit.

– Réduciata : cela ressemble un peu à Illuminati. Peut-être qu'il s'agit de deux sociétés secrètes qui essaient de… je ne sais pas : diriger le gouvernement ?

– Il n'y avait pas vraiment de gouvernement à cette époque, affirme Benson. Du moins, les États-Unis n'existaient pas, à proprement parler. Pas encore.

– C'est vrai. Mais je ne pense pas qu'ils étaient seulement établis aux États-Unis. Regarde, fais-je en penchant le livre vers lui. Tu peux voir le dessin d'une pyramide ici, et la croix ansée est un symbole de l'Égypte ancienne.

Je lis cette section en tentant de décoder les mots anciens de Quinn.

– Il semblerait que la Réduciata et la Curatoria se cachaient derrière les pharaons de l'Égypte ancienne – les deux sociétés luttaient pour gagner le pouvoir. Le texte dit que les pyramides ont été construites pour stocker leurs biens, un peu comme la tanière de Rebecca et de Quinn.

– Cela me paraît un peu tiré par les cheveux. Les gens prenaient les mythes un peu trop au sérieux à cette époque, tu sais.

– Eh bien, voilà *exactement* ce qu'on a fait des pyramides, non ? On les a remplies des biens des pharaons ? On y emmurait même des serviteurs en vie.

– Ouais, mais… les pyramides, vraiment ?

Mes doigts hésitent au bas de la page.

– Les pyramides. Benson, les pyramides sont des triangles. Des triangles qui font face aux quatre directions.

– Je… je ne te suis pas, fait Benson d'un ton presque prudent.

— La Curatoria et la Réduciata ont leurs symboles ; cela semble logique de croire qu'il en va de même pour les Terraliens, non ? Il doit s'agir du triangle. Voilà pourquoi Reese a affirmé que le triangle changeait tout. Songes-y. Si tu étais un habitant de l'Égypte ancienne et que tu voyais une personne accomplir le genre de choses que j'arrive à faire, comment réagirais-tu ?

— Je lui lancerais des pierres ? suggère Benson.

Je lui frappe l'épaule.

— Ou tu lui donnerais la position de *chef*. En fait, ajouté-je en souriant à mesure que l'idée se forme dans mon esprit, tu conclurais peut-être que tes pharaons sont des *dieux*. Même s'ils ne le sont pas réellement, précisé-je rapidement. Je pense que c'est parfaitement logique.

Cette fois, Benson hoche la tête.

— Je peux l'imaginer. Dit-il quoi que ce soit d'autre dans ce journal ?

— C'est difficile à décoder, dis-je sans prendre la peine de cacher ma déception. J'ai seulement réussi à comprendre ce passage sur les deux groupes, ricané-je d'un air morose. Le reste vient de mon imagination.

— Et tu es bien certaine que Quinn n'est pas mort dans cette cabane ? demande Benson en froissant nos déchets.

— Non. Ils devaient être tués, dis-je en arrachant mon attention du journal, aussi mince en soit le contenu, mais… ils se sont évadés.

Je ressens une douleur en y songeant, mais elle n'est plus aussi accablante à présent que j'ai mangé.

— Comment le sais-tu ?

— C'est un peu comme se souvenir d'un film que j'ai vu il y a longtemps. Je me souviens de la base, mais j'ai oublié les détails. Et plus j'essaie de m'en souvenir, plus c'est ardu.

– Peut-être que Quinn essaie de parler par toi et que cette peinture était une sorte de porte surnaturelle.

Je le regarde en arquant un sourcil.

– Il a choisi une adolescente totalement au hasard afin de communiquer ?

– Pas au hasard, insiste Benson. Une autre Terralienne. Comme lui. Peut-être est-ce la seule façon pour que la communication fonctionne.

J'y réfléchis et comprends que c'est horriblement logique. Je l'admets : je ne veux pas être une Terralienne – peu importe ce que ça signifie réellement. Je ne veux pas être spéciale. Mais puisque Quinn m'a choisie, je dois pouvoir faire *quelque chose* pour lui.

– Je crois que nous devons nous rendre à la maison, la maison de Quinn, celle dont l'article de journal parle.

– Nous avons un problème : nous ne savons pas où…

– Je le sais, chuchoté-je quand cette vérité me vient, je sais où elle est.

Benson pose l'œil sur l'horloge du tableau de bord sans cacher son scepticisme.

– Il est trop tard pour y aller maintenant, puis, honnêtement, je ne pense pas que tu sois en état de faire *quoi que ce soit*.

Je hoche la tête d'un air las.

– Demain, peut-être ?

Il fronce les sourcils, concentré.

– Si tu veux.

Une somnolence satisfaite s'abat sur moi.

– Je le veux. Il le faut bien si je veux… démêler tout cela.

— Je sais, fait Benson en poussant un soupir sonore, ce qui me paraît étrange comme réponse, mais il est probablement épuisé lui aussi.

— Nous ferions mieux de trouver un endroit où dormir. Je suis en train de m'endormir comme une masse.

Un sourire traverse son visage à présent.

— Tes désirs sont mes ordres.

Il jette un coup d'œil dans le rétroviseur avant de sortir du stationnement.

— Dors, me dit-il en observant la circulation plutôt calme. Nous arriverons dans environ vingt minutes.

— Où allons-nous ?

— Dors. C'est une surprise.

J'ai l'impression d'avoir à peine fermé l'œil quand Benson me secoue doucement.

— Nous sommes arrivés.

Je ne comprends pas pourquoi il me réveille simplement pour m'indiquer que c'est l'heure de dormir jusqu'à ce que mes yeux aux paupières alourdies par la fatigue voient la lumière.

Je n'ai jamais été aussi heureuse de voir un hôtel *Holiday Inn*.

— Nous allons passer la nuit ici ? demandé-je, le nez appuyé pratiquement contre la vitre.

— Non, affirme Benson. Je t'ai amenée ici pour faire pendre la tentation d'une vraie douche sous ton nez. Maintenant que c'est fait, nous pouvons repartir.

Cette fois, je lui balance un coup de poing sur l'épaule, mais mon cerveau a pris en étau les mots « vraie douche ».

J'empoigne mon sac à dos (en me sentant un peu coupable d'être la seule à avoir des vêtements de rechange) et je parcours des yeux les articles dans le coffre en essayant d'établir ceux qui sont les plus importants.

— Les journaux, décidé-je enfin. Je dois les apporter pour les lire.

Mon cerveau est toujours embrumé, et c'est tout ce que j'arrive à dire avant que Benson ne les ramasse.

— Hâtons-nous d'entrer. Je ne veux pas que quiconque te voit.

— Tout ira bien, dis-je comme si les mots deviendront réalité. Où sommes-nous ?

— Freeport. C'est à environ cent kilomètres de Camden, mais c'est la première fois que nous venons ici. J'essaie de nous protéger, marmonne-t-il pour conclure.

— Tu fais un excellent boulot, dis-je, soulagée par sa prudence.

Ceux qui nous suivent sont intelligents et persistants, et si normalement, j'admire ces qualités, je les aime beaucoup moins lorsqu'elles sont mises en œuvre pour… me tuer. Quand nous traversons le stationnement, je me rapproche de Benson et laisse mon épaule se frotter contre la sienne.

— Tu es mon Superman, fais-je en levant la main pour tapoter ses lunettes. Tu as même les lunettes.

— Je n'ai rien d'un héros, rétorque-t-il d'une voix douce.

Dans un geste hardi, je glisse ma main dans la sienne, et nos doigts s'enlacent.

— Tu es *mon* héros.

Il me serre la main et ouvre la porte tandis que j'essaie de calmer les papillons dans mon estomac à l'idée d'entrer dans une chambre d'hôtel. Seule. Avec Benson.

— Pourquoi ne vas-tu pas sous la douche, fait Benson en s'attardant dans l'embrasure de la porte, probablement parce qu'il vient de prendre conscience de notre situation, comme moi. Je dois aller vendre d'autres pièces d'or.

— Maintenant ? demandé-je, plus paniquée à l'idée de son départ qu'à l'idée qu'il reste avec moi.

— J'aime mieux le faire la nuit. Moins de risque que la voiture soit reconnue, dit-il, les yeux rivés sur la moquette. J'ai vu un prêteur sur gages en entrant dans la ville. L'un de ces endroits qui affichent « nous achetons l'or ». Si je m'en occupe ce soir, nous pourrons partir rapidement demain.

Sa timidité exacerbe étrangement ma hardiesse, et je m'avance vers lui pour poser les mains sur ses hanches.

— J'aimerais que nous puissions partir maintenant.

— Moi aussi, murmure-t-il à peine assez fort pour que je l'entende.

Il hésite avant de rapprocher sa tête de la mienne.

— Ça ira, toute seule environ une heure ? chuchote-t-il.

« Ça ira » veut dire quoi exactement ? La définition a changé depuis hier, depuis la semaine passée, depuis le mois dernier. Pour le moment, ça veut dire que je suis encore en vie.

— Bien sûr, dis-je, consciente que mon ton n'est pas très convaincant.

Benson me tire vers lui. Nos fronts se touchent, et pendant un moment, je pense qu'il ne posera pas un geste de plus. Mais ensuite, il glisse un doigt le long de ma mâchoire et lève mon menton. Nos lèvres s'effleurent à peine, mais ce contact fait couler un filet de réconfort dans mon ventre, qui se disperse dans mes membres.

— Va sous la douche. Et ne t'en fais pas si tu t'endors avant mon retour — je ne sais pas combien de temps je serai parti.

J'opine, mais je sais que je n'arriverais pas à dormir avant qu'il soit de retour et que je le sache en sécurité.

– Sois prudent.

– N'ouvre la porte à personne, me met-il en garde, même s'il sait que je n'ai pas besoin de l'avertissement.

– Seulement à toi, lui promets-je en continuant de le regarder dans les yeux jusqu'à ce que la porte se ferme entre nous. Seulement à toi, répété-je en relâchant les mots dans un murmure.

CHAPITRE 29

Cinq minutes plus tard, je me glisse sous une douche bouillante et soupire de pur plaisir. Après m'être savonnée deux fois, je pétris mon cou endolori avant de baisser les yeux pour faire le point sur mon corps meurtri et triste. Les cicatrices roses sur mon flanc droit, conséquences de l'accident d'avion (de petites lignes qui indiquent là où des côtes brisées ont transpercé ma peau, une cicatrice en forme d'agrafe sur ma cuisse où on a rapiécé les os fracturés le plus durement à l'aide d'une plaque de métal et même les petites cicatrices – par comparaison – qui dénotent l'endroit où le tube respiratoire et la sonde alimentaire ont été introduits) ; elles me sont toutes si familières à présent qu'il m'est difficile de me souvenir de mon corps avant leur présence.

Je secoue la tête en songeant à la déclaration d'Elizabeth voulant que je sois une Terralienne. Ce corps, criblé de cicatrices et de douleurs, devrait suffire à prouver qu'elle a tort. Qu'elle s'est trompée. Un être surnaturel ne pourrait être brisé de la sorte. Si ce n'était de mon *don*, je ne le croirais pas du tout.

Et à présent, de nouvelles marques se sont ajoutées sur mon corps.

Une énorme contusion prend une teinte pourpre sur ma hanche gauche, là où je suis tombée quand j'ai fui Quinn la nuit dernière. La bordure commence à virer au jaune, et la teinte en son cœur rappelle la pelure d'une aubergine. Mes genoux et mes mains portent les éraflures du trottoir sur lequel je suis tombée plus tôt aujourd'hui et piquent encore un peu après le frottement rigoureux que je leur ai servi il y a quelques minutes.

Je cherche des yeux un vague élancement sur le haut de mon bras et j'aperçois l'ombre d'ecchymoses là où Benson a enfoncé les doigts pour me tirer loin de l'accident de voiture.

Quand il m'a sauvé la vie.

Cette contusion qui prend forme me fait rigoler et secouer la tête. Je ne lui en parlerai pas. Il se sentirait horriblement mal. Jamais Benson ne me ferait de mal. Intentionnellement, du moins.

J'ai parfois l'impression qu'il est le seul dans ce camp.

Sauf maman.

Et papa.

Mais ils ne sont plus là.

J'éprouve un petit élan de culpabilité quand je me rends compte que j'ai à peine pensé à mes parents au cours des derniers jours. Lentement, si lentement que je ne l'ai compris qu'il y a un moment, Benson a pris leur place. À titre de personne en qui je peux avoir confiance, peu importe le propos. Pas seulement en ce qui concerne des secrets qui changent une vie comme mes pouvoirs et les gens qui essaient de me tuer, mais aussi des secrets ridicules. La fois en quatrième année où j'ai ri si fort que j'ai mouillé ma culotte, l'oisillon tombé de son nid que j'ai tenté de sauver…

pour ensuite pleurer quand il est mort de façon inévitable. Le genre d'histoire qu'on ne raconte qu'à ses proches.

À sa famille.

Je me raidis de surprise quand le mot «famille» file dans mon esprit et s'y installe.

Et pourquoi ne *devrais*-je pas considérer Benson comme ma famille?

Je repense aux avertissements d'Elizabeth à son sujet, et une pointe de colère vient réchauffer mon visage. Personne – *personne* – ne m'a prouvé sa loyauté comme Benson. Je le choisirais avant tous les autres réunis.

Je reste sous le jet d'eau chaude jusqu'à ce que tout mon corps soit rose, puis je prends mon temps pour m'habiller. Je commence par sécher mes cheveux courts à l'aide du séchoir bruyant de l'hôtel, puis j'enfile un simple t-shirt et un pantalon trois quarts de yoga et, enfin, j'enduis mes bras et mes mains éraflés de la lotion fournie par l'hôtel. Toute l'expérience me paraît si luxueuse.

Je suis trop fébrile pour dormir. J'essaie de regarder la télé, mais tous les postes parlent d'un autre foyer du virus mystérieux – cette fois, dans une petite ville près de la frontière canadienne.

Un taux de fatalité de cent pour cent. Mon estomac bouillonne.

Les paroles de Jay font écho dans mon esprit : «À mon travail, nous avons trouvé le lien entre la Réduciata et le virus, et si tu pars, je ne sais pas si je…»

Qu'allait-il dire ensuite? Pour la première fois, je souhaite presque être restée. J'aurais aimé l'écouter. Est-ce possible qu'un virus si dévastateur, si aléatoire, soit l'œuvre d'une organisation qui n'a rien de mieux à faire que de pourchasser une fille de dix-huit ans? Cela me semble impossible.

Un médecin est interviewé aux infos à présent et il détaille les symptômes du virus, de même que les vecteurs possibles de l'infection. Je ferme les yeux, je ne veux pas entendre.

J'en ai tellement marre des mauvaises nouvelles.

J'éteins le téléviseur et me tourne plutôt vers les deux journaux anciens. Je n'ai pas encore eu la chance de feuilleter celui de Rebecca depuis ce matin, alors je l'ouvre pour étudier de plus près cette langue mystérieuse.

L'écriture est la même que dans les pages précédentes, mais Benson a raison : c'est indéchiffrable.

Je me penche plutôt sur le journal beaucoup plus court de Quinn.

Son journal ne s'attarde pas sur les détails, mais les brèves descriptions suffisent. S'il faut en croire Quinn, ces deux groupes (ces «confréries», comme il les appelle) ont trempé le doigt dans à peu près tout, de la Révolution française aux chevaliers du Temple, en passant par le concile de Nicée. Ils ont changé l'histoire.

Ils ont *façonné* l'histoire.

Et j'aurais dû me rendre compte de l'omniprésence du symbole du triangle au fil du temps. Les templiers, les francs-maçons, les Égyptiens : merde, il y a même un triangle sur nos dollars[1]. La trace des Terraliens – et à travers eux, ces confréries – est gravée dans l'histoire de la civilisation.

Si j'avais peur avant, me voilà *terrifiée* à présent.

1. N.d.T.: Sur les billets américains.

Pas étonnant qu'ils semblaient toujours avoir une longueur d'avance sur nous. Ils s'y exerçaient depuis des *milliers* d'années.

Mon cœur bondit et bat fort quand j'entends le verrou de la porte. Benson y passe la tête timidement, probablement pour voir si je suis assoupie, avant d'entrer.

Je jette un regard à l'horloge et suis étonnée de constater que deux heures ont passé depuis son départ. Je n'ai guère remarqué le temps.

Il entre et referme la porte sans dire un mot. Il me fait dos un bon moment et quand il se retourne enfin, je porte les deux mains à la bouche, le souffle coupé. Son œil prend une teinte violacée et laisse envisager un sérieux coquard pour demain, et une éraflure au haut de sa joue est barbouillée de sang. Ses cheveux sont ébouriffés, et du sang suinte de serviettes de papier enroulées autour des jointures de sa main droite.

– Bon sang, Benson, que t'est-il arrivé ?

Je me précipite vers lui, mais il lève une main pour me faire signe d'arrêter, et je m'immobilise.

– Je t'en prie, ne me touche pas, dit-il d'une voix fragile, presque brisée. Je pense que mes côtes sont fêlées.

– Qu'est-ce qui t'est arrivé ?

– Ramasse tes affaires, nous devons partir.

– Que veux-tu dire par « partir » ?

– Nous n'irons pas loin, mais nous ne sommes pas en sécurité ici. Il y a un autre hôtel de l'autre côté de la rue.

– Mais…

– Je t'en prie, Tavia, nous n'avons pas le *temps* !

Le désespoir dans sa voix me met en branle. Je fais le tour de la pièce et je jette tout ce que je vois dans mon sac à dos. Je sers mon sac rempli contre ma poitrine et je me blottis dans mon manteau tandis que Benson ouvre de nouveau la porte. De l'air frais s'engouffre dans la pièce et s'enroule autour de mes chevilles nues et de mes pieds enfoncés sans chaussettes dans mes tennis. Pourtant, quand Benson se tourne vers moi pour me demander si je suis prête, je hoche la tête.

Nous courons dans la neige en nous efforçant de ne pas glisser sur l'asphalte givré du stationnement des deux hôtels. Benson se dirige au bout d'une longue aile de chambres et plonge la main dans la poche arrière de son pantalon.

— Tiens-toi là, devant moi, dit-il en pointant l'endroit où je dois me placer.

Je suis ses ordres, confuse, mais je comprends lorsque je vois Benson manipuler la veille serrure à pêne dormant à l'aide de son petit crochet à serrure.

— Tu n'as pas *réservé* une chambre ? murmuré-je.

— *Souhaites*-tu être morte avant demain matin ? rétorque-t-il en faisant montre d'une impatience qui ne lui ressemble pas.

C'est alors que je comprends à quel point il a peur.

— Non, fais-je doucement. Merci.

La porte s'ouvre peu après, et Benson me fait signe d'entrer. Il dépose mon sac à dos et allume la lumière pour dévoiler une chambre qui pourrait être la jumelle de celle que nous venons de quitter. Les couleurs sont différentes, il y a une lampe en moins, mais elles sont complètement interchangeables.

Un silence lourd s'est installé entre nous.

— Que t'est-il arrivé ? demandé-je finalement en détestant le soupçon en moi qui me dit qu'il a affronté *mes* problèmes.

Mon esprit revient au type aux verres fumés qui, manifestement, est parvenu à nous retracer jusqu'à la bibliothèque. Et nous n'avons pas été vraiment prudents ce soir. Pas assez prudents.

— Pouvons-nous éviter le sujet ? lance Benson d'un ton si las que je cède presque, mais impossible pour moi de ne *pas* savoir.

— Tiens-t'en à l'essentiel, dis-je.

— Je suis allé chez le prêteur sur gages, comme je t'avais dit, pour échanger les pièces d'or contre de l'argent comptant et j'étais si concentré sur la somme reçue que j'ai manqué de rigueur. Je n'ai pas été prudent. Il faisait noir et… et c'était facile de me surprendre.

— Oh non, dis-je en sachant la suite.

Benson se détourne et entreprend de vider le contenu de ses poches sur la table de chevet, y compris une liasse épaisse de billets de vingt dollars. Ou s'agit-il de billets de cent dollars ? Il poursuit son récit avec lassitude.

— Alors, un type a bondi en pointant une arme sur ma tempe et m'a demandé où tu étais.

— Où *j*'étais ?

J'avais raison ; j'en ai mal au ventre.

— Qu'as-tu dit ?

Sans se tourner, il lève son poing enveloppé de serviettes de papier.

— Je l'ai frappé droit sur la gueule, rigole-t-il sans joie. Il n'a pas trop aimé ça, ajoute-t-il en pointant vers son coquard.

J'avale difficilement en me demandant s'il s'est fracturé des os ou si seulement sa peau a écopé.

— Comment as-tu réussi à t'échapper ?

— J'ai réussi à lui balancer quelques bons coups, son revolver est tombé dans la neige, et j'ai regagné la voiture. Il n'a pas tiré. Il ne voulait probablement pas me tuer avant de découvrir où tu es.

— Benson.

Mes doigts effleurent son dos vers ses épaules, par-dessus son manteau humide.

— Ne me touche pas, dit-il. Je t'en prie.

— OK, chuchoté-je sans comprendre.

— Tu es propre, marmonne-t-il pour s'expliquer à moitié. Et j'empeste. Tu ne veux pas me toucher.

— Je…

Mais que suis-je censée dire ? La vérité est que je veux tant le toucher que j'arrive à peine à m'en empêcher. Mais le toucher n'aidera en rien.

— Je devrais passer sous la douche, dit-il, et je me retourne pour lui donner l'intimité qu'il réclame si ouvertement, mais quelques secondes plus tard, j'entends des jurons étouffés.

Je me retourne et vois qu'il a réussi à retirer son blouson, mais éprouve de la difficulté à déboutonner sa chemise avec sa main blessée.

— Laisse-moi t'aider.

Je me précipite vers lui, mais Benson sursaute comme un lapin effrayé. Il semble presque aussi las que moi, comme s'il avait vieilli de cinq ans au cours de la dernière semaine.

Je m'arrête et l'étudie un moment d'un œil d'artiste. Je me demande si j'ai le même aspect, si c'est ce qui inquiétait tant Reese. Ma lassitude est-elle dépeinte sur mon visage comme c'est le cas pour Benson ? Si c'est bien le cas, je ne *peux pas* la cacher.

— Benson, chuchoté-je doucement, mais fermement.

Il se calme, mais je lis toujours l'affolement dans ses yeux. Je bouge mes mains lentement en défaisant d'abord les boutons à l'avant de sa chemise pour dévoiler le t-shirt blanc dessous. Puis je déroule sa manche gauche ; la manche droite est déjà déchirée jusqu'au coude.

— Je peux m'occuper du reste, dit-il, mais je lui jette un regard noir et ferme, et il reste docile pendant que je décolle doucement le tissu collé contre sa peau et soulève l'arrière de son t-shirt pour regarder sa peau.

— Oh, Benson, murmuré-je.

Son torse est couvert de contusions pourpres qui ont aussi mauvaise allure que celles sur ma hanche.

— Tourne-toi, dis-je, mais il agrippe le bas de son t-shirt et pose fermement les pieds sans dire un mot.

J'abandonne la partie. Ça n'a pas d'importance. Si son dos ressemble un tant soit peu à sa poitrine, je ne *veux* pas le voir.

— Es-tu certain que tu n'as aucune côte fracturée ? demandé-je, bouleversée par la raclée qu'il a subie.

Parce qu'il a refusé de me trahir.

— Je ne suis certain de rien, fait-il d'une voix basse et râpeuse.

Je tends lentement la main vers son menton et fais pivoter sa tête de chaque côté pour examiner son visage. Il ferme les yeux, et je me mords la lèvre en voyant la peau déchirée sur sa joue, de même qu'une égratignure que je n'avais pas vue à premier abord qui remonte jusqu'à la racine de ses cheveux – probablement provoquée par la branche de ses lunettes.

– Ben, murmuré-je, et une larme coule de sous sa paupière fermée et laisse une trace sur sa joue.

Je me juche sur la pointe des pieds et, sans prendre appui sur lui, je pose un baiser sur sa joue. Le goût du sel est amer sur mes lèvres, et je bous de colère à l'intérieur contre la personne qui a fait subir ceci à mon Benson.

Je m'accroupis et comprends à quel point cette expérience a brisé l'esprit de Benson quand il s'assoit sur le lit sans que je le lui demande et me laisse délacer ses chaussures. Il proteste brièvement quand je tire sur ses chaussettes, mais il n'y oppose pas un grand combat.

Il retient son souffle quand mes mains se posent sur son pantalon.

– Je vais seulement défaire le bouton, dis-je de là où je suis penchée, près de son épaule, puis tu pourras prendre une douche.

Il hoche la tête, et après avoir défait la braguette, je lui prends son coude exempt d'ecchymoses et l'aide à se lever. Il réprime un grognement et se traîne les pieds jusqu'à la salle de bain.

Je fixe des yeux la porte close un long moment. La culpabilité bout en moi et me remplit d'une honte acerbe. Benson ne serait pas ici et n'aurait pas mal si ce n'était de moi. Aucun moyen de m'en convaincre autrement, ceci est ma faute.

Je m'étends, impuissante, sur le lit en écoutant le bruit qui transperce le mince mur ; Benson qui entre et sort de la douche. Le séchoir de l'hôtel est allumé et souffle et souffle encore, et je me demande s'il l'utilise ou s'il essaie d'étouffer ses faibles cris de douleur. Presque une demi-heure passe avant que Benson n'ouvre la porte, fraîchement lavé et affichant une mine légèrement meilleure.

Il paraît moins vaincu.

— Toujours éveillée ? demande-t-il en évitant mon regard et se cachant derrière la porte, si bien que seules sa tête et une épaule sont visibles.

Ses cheveux rendus plus foncés par l'eau sont fraîchement peignés sans être coiffés, ce qui lui donne l'air plus jeune que d'habitude.

— Je t'attendais, dis-je depuis le lit en me demandant où j'ai trouvé le courage.

Je tords les doigts sans savoir si je suis soulée par la peur ou l'anticipation.

Le visage de Benson prend une teinte rouge tandis qu'il éteint la lumière de la salle de bain et s'éloigne de la porte. Maintenant je comprends et je dois réprimer un petit sourire. Contrairement à moi, il n'a pas de vêtements propres — il est vêtu de son t-shirt et d'un caleçon, probablement séchés à l'aide du séchoir.

— Je suis désolé que la chambre ne contienne qu'un lit, marmonne-t-il en évitant toujours mon regard. Je n'ai pas eu le temps de regarder de quoi ça avait l'air. Je... Je... Je vais dormir sur le divan.

— Ce n'est pas nécessaire, laissé-je échapper. Je veux dire, tu sais, il y a bien assez de place.

— Je... Je ne pense pas que ce soit une bonne idée.

J'opine en essayant de dissimuler ma déception. Je tire les couvertures lourdes et chaudes qui me font penser à un nuage après avoir essayé de dormir, trempée et humide, dans la voiture. Cependant, mes yeux pourraient tout aussi bien être collés en position ouverte.

Benson sort une couverture du placard, la secoue et l'étale sur le divan qui rappelle davantage une causeuse. En raison de sa grandeur, je sais que ses pieds pendront au bout et j'ignore si cette image mentale est hilarante ou dévastatrice. Quand il se penche, son t-shirt blanc s'étire sur ses épaules et sous celui-ci, j'entrevois l'ombre de quelque chose de noir. J'étouffe un petit sourire quand je comprends que c'est un tatouage. Voilà ce qu'il ne voulait pas que je voie quand j'essayais de lui ôter son t-shirt. Je me demande quel genre de tatouage un type comme Benson a choisi.

Je me demande s'il regrette son choix.

Quand il a terminé de faire son « lit », Benson pose les yeux sur le divan vide. Je pourrais *créer* quelque chose de mieux. Même si je répugne l'idée d'utiliser mes pouvoirs, je n'hésiterais pas à le faire pour lui. Pas même une seconde.

Mais à quoi bon servirait un lit qui disparaît ? Je me sens si impuissante.

Je m'aperçois que Benson a les yeux rivés sur mon lit, là où un deuxième oreiller duveteux attend près de celui où ma tête est posée.

Je le vois hésiter, mais cette mince part de confort l'emporte, et il s'avance et esquisse un geste vers l'oreiller.

— Je peux ?

— Bien sûr.

Je me sens si *convenable*.

Son long bras se tend vers l'oreiller, et je lui agrippe le poignet.

— Reste ici ? dis-je.

Deux mots.

Il m'adresse un sourire crispé.

— Non, vraiment, nous dormirons mieux tous les deux si…

Il ne termine pas sa phrase, mais pointe le sofa quand les mots lui échappent. Il éteint la lumière, et j'entends le bruissement des couvertures tandis qu'il s'installe.

J'essaie de dormir, mais le lit semble trop grand et je me sens étrangement en danger.

— Benson ? chuchoté-je après vingt minutes durant lesquelles j'essaie de calmer mon cerveau qui s'emballe.

Il se redresse brusquement au son de ma voix.

— Est-ce que ça va ? demande-t-il, paniqué.

Un élan de culpabilité me traverse ; il venait probablement tout juste de s'endormir.

— J'ai froid.

— Je vais allumer le chauffage, dit-il sans la moindre trace de répugnance dans la voix — il a déjà repoussé sa couverture.

— Pas comme ça, dis-je, et j'entends mon cœur battre dans mes oreilles.

— Quoi ?

— Pas comme ça, répété-je. Ben, je t'en prie, serre-moi dans tes bras.

Ma voix est solide d'abord, puis à peine audible quand je me tais.

— Tave, je… je ne devrais pas. Tu ne…

Quelque chose qui sonne bizarrement comme un sanglot lui coupe la voix, puis avant que je ne sache ce qui se passe, les couvertures sont repoussées du côté vide du lit, et les bras de Benson me tirent presque sauvagement contre lui. Il grogne quand ses bras m'écrasent contre ses côtes.

— Fais attention ! l'avertis-je. Je te fais mal.

— Je m'en fiche, halète-t-il, et ses lèvres effleurent mon cou pendant que ses doigts plongent dans mes cheveux doux et propres. Je te désire tant que je m'en fiche.

Il me serre avec force contre lui, ses doigts s'enfoncent dans mon dos et provoquent une douleur proche du plaisir, et je comprends mieux Benson à présent.

Ensuite, ses lèvres sont sur les miennes, à demi sauvages et à demi douces comme des pétales de fleur, et j'agrippe son t-shirt pour le tirer vers moi. Nos jambes s'emmêlent, nos hanches se rencontrent, se fusionnent, et ses doigts effleurent la peau entre mon pantalon et mon t-shirt.

Chacun des nerfs de mon corps est en feu et chante des refrains angéliques qui se réverbèrent dans ma tête et bloquent tous les mots, tous les doutes, toutes les peurs. Je l'embrasse avec abandon sans me soucier que je ne sais pas trop ce que je fais. Ça n'a pas d'importance ; avec Benson, tout est parfait. Je ne cesse de l'embrasser que lorsque nous sommes tous deux hors d'haleine. Ses mains repoussent mes cheveux courts de mon front avant de tirer mon visage contre sa peau chaude, juste au-dessus du col de son t-shirt. Je blottis la tête sous son menton.

Nous ne disons aucun mot, couchés ensemble, nos cœurs battant vite d'abord pour ensuite ralentir comme s'ils formaient un tandem. Je pousse un long soupir et laisse mon corps se détendre pour la première fois depuis des semaines. Je veux rester éveillée pour savourer la sensation d'être étendue dans les bras de Benson. Pour une fois, l'un de nos rapprochements un tant soit peu romantiques n'est pas accompagné par un sentiment de désespoir frénétique. Toutefois, ma conscience s'envole trop vite et quand j'ouvre de nouveau les yeux, c'est le matin.

CHAPITRE 30

Il est splendide dans le soleil matinal.

« Splendide » semble être un mot si étrange à utiliser pour un garçon, mais c'est le bon mot. Le rayon de soleil qui pénètre par la fenêtre fait briller le bout de ses cils, et malgré la contusion pourpre sous son œil, il a un air gamin sans ses lunettes.

Il se réveille lentement et sourit quand il me voit le regarder.

– Je craignais un peu que ce soit un rêve, dit-il d'une voix grave.

Nous devions être complètement épuisés tous les deux, car il est presque onze heures. J'aimerais m'attarder – même que nous passions la journée enfermés avec une douche et un lit –, mais le fait que nous ayons échappé à mes assaillants douze heures nous rend tous deux impatients de reprendre la route et de *garder* une longueur d'avance sur eux.

Surtout que nous devons retourner à Camden aujourd'hui.

J'enfile mon sac à dos et Benson ramasse les journaux, mais quand nous sortons de la chambre, Benson prend la droite plutôt que la gauche, ce qui nous éloigne de l'hôtel où nous nous sommes enregistrés la veille. Dans le stationnement duquel la voiture de Reese est encore garée.

— Où vas-tu ? demandé-je.

— Je vais nous chercher une voiture, dit-il avec la même mine sombre qu'il affichait après avoir été attaqué.

Comme si quelque chose de mal venait de se produire et qu'un événement bien pire se dessinait.

Je ne comprends pas pourquoi il paraît si hésitant jusqu'à ce qu'il regarde des deux côtés et se penche près d'une Honda vert foncé pour tripoter la serrure.

— Vas-tu *voler* cette voiture ? demandé-je, horrifiée.

Il s'arrête avant de lever les yeux vers moi.

— Je commettrais bien des actes illégaux pour assurer ta sécurité, Tave, fait-il avec une intensité qui me réchauffe les orteils. Sois seulement heureuse que cet acte ne blesse pas vraiment personne.

J'essaie de prétendre que je n'approuve ni n'encourage un crime (un *autre*) quand je me glisse sur le siège du passager. Benson hésite avant de donner un tour au volant et de faire le tour de l'immeuble en direction du Holiday Inn.

— Je veux seulement jeter un œil.

La scène est impossible à manquer.

Quatre voitures de patrouille policière et un camion de pompier sont garés près de notre ancienne chambre d'hôtel, gyrophares actionnés. Mes yeux cherchent d'eux-mêmes la fumée noire qui s'échappe de l'amas de métal carbonisé qui constituait autrefois la BMW. Un pompier y fait gicler un mince filet d'eau, et je mets un moment à m'apercevoir que la voiture est revirée.

J'arrache mes yeux de la scène et me tourne sur le siège pour voir la chambre d'hôtel où nous avons presque dormi.

La porte est brisée en quelques morceaux qui gisent sur le trottoir, et les éclats de la grande fenêtre couvrent le sol. Les rideaux déchirés pendent de l'autre côté du cadre de la fenêtre, et j'entrevois le matelas appuyé contre le mur et le meuble à télé renversé.

– Ne regarde plus la chambre, dit Benson, et je tourne la tête devant.

– Fichons le camp d'ici, dis-je sans ressentir la moindre honte par rapport au tremblement de ma voix.

Je lui prends la main, mais desserre mon étau quand je me souviens qu'il s'agit de sa main blessée. Il m'adresse un sourire de douleur en réponse.

– Alors, où allons-nous ? demande-t-il à l'approche de l'entrée d'autoroute.

– La maison se trouvait juste en dehors des limites de Camden, dis-je après avoir dégluti avec difficulté. Prends cette direction.

Je sais qui est Quinn à présent : il n'est pas comme les gens à mes trousses – la Réduciata, le type aux verres fumés ou Reese et Jay, peu importe qui ils sont –, il est comme moi : un Terralien.

Il est également un fantôme qui ne peut me faire de mal. Mais il peut faire *quelque chose.* Depuis notre première rencontre, il a une sorte de contrôle sur moi, sur mes émotions. Je n'irais pas jusqu'à dire qu'il peut m'amener à *faire des choses,* exactement, mais c'est très gênant de penser que j'ai quitté Benson en douce pour suivre Quinn dans la forêt.

Dans le noir.

Il aurait pu m'arriver n'importe quoi. Bien pire encore, je le *savais.* Et je l'ai suivi quand même.

Mais cette chambre d'hôtel. Cette voiture. Je pense qu'avant ce moment, je ne comprenais pas l'ampleur de la brutalité des gens à nos trousses. La nuit où j'ai suivi Quinn, Benson aurait tout aussi bien pu être carbonisé.

Il aurait pu mourir parce que je l'ai laissé seul.

Tandis que j'encaisse cette pensée, lui tenir la main ne suffit plus. Je glisse mon bras autour du sien pour le serrer contre ma poitrine et pose doucement la tête sur son épaule pendant qu'il conduit la voiture. J'ai besoin de sentir la chaleur de sa peau, le son de sa respiration, le battement de son cœur. Tant de signes qu'il est toujours en vie.

Qu'il m'appartient toujours.

Et dans mon esprit, je me promets de ne jamais laisser ces gens me l'enlever.

J'aimerais seulement mieux comprendre qui sont *ces gens*. Ou, du moins, qui précisément est responsable de l'attentat à hôtel. Tristement, plusieurs options s'offrent à moi. Reese et Jay, même si je ne crois pas qu'ils feraient une telle chose. Une telle violence semble plus être la spécialité du type aux verres fumés. Mais pour qui travaille-t-il ? La Réduciata ? Toute cette histoire serait drôlement moins compliquée si je savais exactement *qui* je fuyais.

Nous sommes à une dizaine de kilomètres de Camden quand mon ventre se serre. Revenir à une ville que nous avons déjà visitée deux fois me semble plus qu'un peu dangereux, même si notre destination n'est pas exactement la même. Dans une ville aussi petite que Camden, se rendre à la maison de Quinn ou à sa tanière ne fait pas une grande différence. Ceux qui nous traquent doivent bien savoir que nous sommes arrêtés ici la veille avant de nous rendre au *Holiday Inn*. Il est probable qu'ils soient aussi au courant de notre première visite. J'ai des visions d'une bande qui attend, arme à la main, et l'idée ne paraît pas si fantastique.

— Tu es prête ? demande Benson quand la pancarte nous souhaitant la bienvenue à Camden est en vue.

J'ignore si j'ai peur de ce qui nous attend peut-être… ou que rien ne nous attende. Ni maison ni réponse ni même un indice. Si je ne trouve aucune réponse ici, je ne sais pas si nous aurons les ressources nécessaires pour survivre jusqu'à demain.

— Aussi prête que je puisse l'être.

Quelques minutes plus tard, nous nous engageons dans une rue juste après la limite de Camden, et je sens enfin ma poitrine se détendre quand les habitations se font plus rares. Moins de cachettes pour un assassin. J'aimerais seulement qu'*une* journée passe sans qu'on essaie de me tuer. Je n'en demande pas beaucoup.

Nous roulons sur une route de campagne granuleuse, bordée de la forêt des deux côtés.

— Nous devrions croiser une route sous peu, dis-je en me penchant devant pour la discerner.

Benson pointe vers une petite route de terre qui annonce des années d'abandon, et la voiture quitte l'asphalte. Il fait un grand sourire.

— Je suis content que tu ne sois pas une meurtrière en série, lance-t-il en me donnant un coup d'épaule, car voici un endroit idéal pour jeter un cadavre.

« Merci pour l'image mentale », songé-je en sachant que son commentaire visait à alléger l'atmosphère.

D'une certaine manière, la blague n'a réussi qu'à donner à la situation un air plus sérieux. Plus dangereux.

— Au moins, nous n'avons vu personne nous suivre, parviens-je à répondre.

Je *sens* la maison approcher de nous, et non le contraire.

— Nous approchons, dis-je en fouillant des yeux la forêt.

J'aperçois un sentier à peine visible qui est trop étroit, même pour une voiture compacte, et le pointe du doigt.

— Le temps est venu de marcher ? demande Benson, et j'opine sans dire un mot — ma gorge est figée.

Contrairement à la veille, le soleil brille de tous ses feux aujourd'hui et fait fondre toute la neige tombée depuis deux jours. J'aimerais le voir comme un bon signe, mais en vérité, ce n'est qu'un signe qui annonce comme le monde est foutu.

Le sentier est boueux et rendu glissant par l'herbe humide. Des bourgeons font tomber des gouttelettes sur nos têtes lorsque nous perturbons les branches. Mais nous n'avons pas à marcher longtemps ; le sentier s'arrête là où autrefois se dressait une clôture de piquets blanche — je le sais. Il n'en reste aucune trace, cependant.

Ni de la clôture ni de la maison.

Une vague de déception déferle en moi. C'était idiot de penser que la maison de Quinn se dresserait encore ici, comme dans la toile. Je me fraye un chemin parmi un tapis de feuilles formé par des années d'automne en me rappelant que deux siècles représentent beaucoup de temps. Mes yeux suivent le sentier vers la maison invisible sauf dans un souvenir qui semble autant être le mien que celui de Quinn.

Je me rapproche de l'endroit où la maison se tenait.

Il ne reste presque plus rien maintenant ; la délimitation brisée de ce qui a *peut-être* déjà été des fondations, couverte d'une mousse verte. Il y a une pile de vieilles pierres qui laisse présager l'emplacement de la cheminée, du côté nord, mais cela pourrait tout aussi bien être un amas de pierres réuni par des enfants il y a une vingtaine d'années. Mes orteils se butent contre une barrière de pierre plus ou moins droite, et je la suis avec attention en espérant qu'elle me donnera une idée de la structure qui s'élevait ici il y a si longtemps. C'est seulement lorsque la barrière tourne un troisième coin droit que je suis certaine qu'il s'agit bien des fondations.

— Wow, murmure Benson qui parvient à la même conclusion quand je reviens à ses côtés. Nous sommes vraiment là.

Nous le sommes.

Je peux le *sentir.*

Voilà la sensation familière que je comptais trouver à Camden. Et maintenant je comprends que ce n'est pas lié à la ville, mais à *ce lieu*. Ici. *Voilà* l'endroit où Quinn souhaitait me voir venir.

Comme s'il entendait son nom dans mes pensées, la présence de Quinn se réverbère en moi et remplit mon âme d'une musique silencieuse, comme les vibrations d'une cloche énorme. Mon sac à dos glisse de mes épaules alors que je me tiens là où devait se situer l'avant de la maison. Ce n'était pas une grande maison (la plupart des maisons de l'époque étaient petites), mais assez grande pour une personne.

« Deux », chuchote mon esprit, et je crache presque de jalousie en repoussant cette pensée.

Pourquoi suis-je jalouse ? Je ne veux pas de Quinn ! Il n'est même pas réel !

Et Benson est là. Benson, qui a pris une raclée pour moi. Benson, qui m'a tenue au chaud la nuit dernière.

J'oblige mes yeux à retrouver la trace des ruines et je m'imagine à quoi ressemblait la maison d'après le bref aperçu que j'en ai eu depuis la peinture trouvée dans la cachette de Quinn. Jaune et faite d'ardoises de bois lisse. Une fenêtre de chaque côté de la porte.

« Et des rideaux. »

La pensée se manifeste d'elle-même.

« Des rideaux de vichy rouges. »

L'image qui scintille dans mon esprit est si réelle que je recule et lève les yeux

Pour voir une maison.

Une vraie maison.

« Pas tout à fait vraie », me rappelé-je tandis que je halète devant la vision qui est apparue devant moi.

Comme Quinn, la maison paraît réelle sans l'être.

Je me tiens sur ce qui devait être le porche avant. Il s'étend sur toute la largeur de la maison, et de minces piliers blancs supportent le toit. Des carillons scintillants se balancent dans la douce brise.

Des carillons.

Exactement comme ceux que j'ai suspendus au porche de la maison de Reese et de Jay.

Je les ai accrochés à la véranda avant moi-même. Je les avais dénichés à un marché aux puces au centre-ville. Reese avait ri et m'avait dit que je pouvais en accrocher une dizaine si je voulais.

C'est ce que j'ai fait.

La maison de Quinn était munie de carillons aussi.

« Là, je vois des liens où il n'y en a pas, m'admonesté-je. Tout plein de gens collectionnent les carillons. »

Bien entendu, je vois *beaucoup* de choses dernièrement, alors ce n'est peut-être pas l'argument le mieux choisi.

Cependant, quand je regarde la porte d'entrée, je ne peux retenir un halètement.

Un triangle doré brille avec un tel éclat au-dessus de la porte qu'il en est aveuglant. Il s'annonce hardiment aux yeux de tous ; les mots « Voici la maison d'un Terralien » pourraient tout aussi bien être inscrits au-dessus de la porte.

La porte m'appelle, me séduit, et même si une partie de mon esprit sait qu'elle n'est pas réelle, je suis incapable d'y résister. J'avance en tendant la main.

Elle passe directement à travers la poignée. Bien sûr, je ne peux y toucher, mais…

Je serre la mâchoire et avance. Un picotement crépite sur ma peau quand je passe à travers la porte opaque et me retrouve dans la maison. Bouche béante, je survole la pièce du regard et aperçois un poêle à bois dans un coin et un manteau de cheminée en pierre grise au-dessus de l'âtre.

Je laisse mes yeux dériver vers l'autre coin et sursaute quand j'aperçois une femme se tenir là. Elle me fait dos, et je la sens fredonner même si je ne peux pas l'entendre. C'est comme si tous mes sens étaient étouffés, à l'exception de la vue.

Elle tire un édredon sur un lit à baldaquin finement gravé. Une fois la couverture en place, elle lance un oreiller dans les airs et le fait bouffer à l'aide de ses mains avant de le placer à la tête du lit.

Je ne vois pas son visage, mais je reconnais la tresse brune et épaisse de la peinture. *Rebecca.* Rebecca et Quinn devaient avoir vécu ensemble ici.

Encore une fois, cette sensation d'envie irrationnelle et déplacée déferle en moi, et je pousse un halètement. Comme si elle m'avait entendue, Rebecca se tourne.

Je titube en arrière quand j'aperçois son visage.

Elle est moi.

Ou une personne identique à moi.

Ça n'a aucun sens. À moins que mon cerveau dément me projette dans cette scène… ?

Ses yeux fixent le vide (son esprit errant clairement), et elle porte les mains à sa gorge pour toucher quelque chose.

J'aperçois un collier, et une bouffée de possessivité me brûle. Je veux tendre les bras et lui arracher le bijou argenté et brillant des doigts. Je pousse mes jointures contre mes dents et m'oblige à rester où je suis.

Toujours en silence, Rebecca se tourne vers la porte, et ses yeux bruns doux s'allument.

Je tremble et me force à ne pas regarder l'avant de la maison pour voir qui est entré.

Je sais qui c'est.

Quinn.

Un chapeau fend l'air près de moi et atterrit sur le lit, puis des fourmillements explosent dans mon bras quand je le sens passer à travers moi et me balayer. Ensuite, il est dans mon angle de vision, et mes jambes tremblent et cèdent sous moi tandis que toutes les émotions que j'essaie de nier depuis les derniers jours se libèrent en moi, me remplissent et débordent — trop fortes pour permettre à ma peau de les retenir.

Son manteau suit, et je serre les poings contre les lattes du plancher pendant que le manteau est glissé hors de ses longs et minces bras pour retrouver le chapeau sur le lit.

Quinn tend les bras vers Rebecca, et elle s'avance vers lui ; leurs corps se mêlent d'une manière juste et impossible à nier. Un cri de désarroi se forme dans ma gorge, et je serre les dents pour le réprimer.

J'entends Benson derrière moi, mais de manière vague, comme un écho d'un autre monde. Une personne que j'ai connue dans le passé.

Je devrais me retourner, je devrais écouter, mais mes yeux sont rivés sur la douleur atroce et douce de voir Quinn tenir quelqu'un d'autre dans ses bras. Sa main enveloppe la joue de Rebecca, son pouce trace la ligne de sa mâchoire. Je porte ma main sur mon propre visage comme si, par ma seule volonté, je peux faire en sorte que les mains de Quinn touchent mon visage plutôt que celui de Rebecca.

Mon cœur s'emballe, puis ralentit immédiatement, et chaque souffle demande un effort. Je me demande alors ce qui me tuera en premier – l'agonie ou l'extase –, car je suis certaine que l'une des émotions aura raison de moi. Je ne pourrai supporter tout ceci encore longtemps.

Au moment où je comprends que l'agonie l'emportera, j'ai l'impression que mon âme est arrachée à mon corps et que je me regarde de l'extérieur.

Mais seulement l'espace d'un moment.

Je retombe.

Retombe dans un lieu familier.

Je suis à la maison.

L'endroit auquel j'appartiens.

Je sens le poids d'un métal froid autour de ma gorge, et mes paupières s'ouvrent pour me laisser voir une poitrine vêtue d'une chemise blanche. Des doigts insistants relèvent mon menton afin que ma bouche croise des lèvres chaudes tandis qu'un bras me tire plus près.

Bien sûr. Mon esprit voit la réalité avant moi, et mon cœur se hâte d'emboîter le pas.

Il tient cette femme dans ses bras.

Il caresse Rebecca.

C'est *moi* qu'il embrasse.

CHAPITRE 31

Les lèvres de Quinn sont d'une douceur indescriptible sur les miennes, et je crains à demi de mourir des suites de cette poussée d'extase qui monte en moi. Si je tremble à l'intérieur, les mains de Rebecca (*mes* mains) sont solides quand elles trouvent les bouts de sa cravate et les tirent doucement. Un désir cru déferle en moi quand ce bout de tissu se relâche et le nœud est défait par des doigts agiles.

Je lève les yeux vers son visage.

Et tout s'imbrique dans un éclair intuitif : mes doigts, mes yeux, ma bouche.

Mon Quinn.

Les pensées de Rebecca circulent dans mon cerveau. *Mes* pensées. Pas dans le présent; elles *étaient* mes pensées. J'essaie de les combattre, de bloquer cette invasion de mon cerveau, mais les pensées sont trop exactes, trop familières, si bien que je me détends et me laisser aller à *être* Rebecca.

De nouveau.

Je suis incapable de résister lorsque mes mains (les mains de Rebecca) tirent le visage de Quinn vers moi. Les poils râpeux sur son menton sont comme du velours sous mes doigts. Sa tête se redresse, et j'essaie de la forcer à se pencher vers moi, mais mes doigts ne m'obéissent pas. Je ne suis pas en contrôle de la situation – cette scène s'est déroulée déjà, il y a deux cents ans. Je ne peux rien y changer ; je ne peux que jouer mon rôle et avoir les pensées qu'elle a eues.

Une fois que je le comprends, nos consciences fusionnent, et plutôt que d'avoir l'impression de regarder un film, je suis plongée dans la scène. *Je cours à la fenêtre pour me tenir à ses côtés et je halète de peur tandis que son bras resserre sa poigne autour de moi. Un demi-cercle composé d'au moins cinquante cavaliers sur leur monture nous entoure, portant des torches enflammées. Chaque homme tient une carabine sur l'épaule – plusieurs en ont deux. J'ignore s'ils sont des chasseurs de sorcières ou des Réducteurs, car nous avons affronté les deux.*

Le problème est que s'il s'agit des membres de la Réduciata, ils savent exactement quoi faire pour nous tuer.

Je me cramponne à Quinn et observe par la fenêtre les cavaliers se disperser afin d'entourer toute la maison.

Aucune fuite ne sera possible.

Des larmes me brûlent les yeux, et je dois prendre des respirations profondes et branchiales pour les réprimer. Non pas que je sois effrayée (nous sommes loin d'être sans défense), mais parce que l'assaut signifie que nous devrons partir. Nous avons vécu ici, dans le secret, depuis plus d'un an. Cette maison a été un refuge.

Un paradis.

Les Terraliens doivent toujours lutter pour être ensemble, mais en ce lieu, nous avons gagné cette bataille. Nous nous sommes retrouvés et avons libéré un amour que la plupart des humains ne peuvent comprendre que dans leurs doux rêves divins.

Et cet amour a été notre réalité.

Ces hommes – ces bêtes – nous le dérobent.

Les mains de Quinn se glissent dans mes cheveux, et ses lèvres murmurent :

– Sois forte.

Son nez effleure mon lobe d'oreille.

– Donne-moi trente secondes.

Mes doigts empoignent sa chemise pour nourrir ma force à l'aide de la sienne. Une autre respiration et je lève le regard vers ses yeux.

Il faut agir maintenant.

Je m'arrache à lui et file vers la porte pour surgir dans l'air froid de la nuit. Le vent glacial me gifle les joues et j'aspire de l'air gelé dans mes poumons avant de tousser dans la fraîcheur de l'hiver.

Les bras enroulés autour de ma poitrine douloureuse, je lève la tête devant les chevaux qui s'ébrouent autour de moi.

Et les canons noirs des carabines.

Des dizaines de carabines pointées vers moi ; les chevaux côte à côte dans un arc si serré que je n'ai aucune chance de m'évader.

Mon regard court au-delà des carabines pour s'arrêter sur le visage des cavaliers. Leurs visages sont couverts, mais même un masque ne peut cacher leurs yeux. Ces yeux – tous ces yeux – qui brûlent de haine.

D'un désir meurtrier.

Aucune trace de pitié.

« Vingt-huit, vingt-neuf, trente. Je vous en prie, dieux, faites en sorte qu'il soit prêt. »

Je pivote vers la maison – ma tresse flotte dans l'obscurité, la pointe figée par le froid. Sans la moindre hésitation, je me retourne vers les hommes en priant qu'ils me laisseront les trois secondes nécessaires pour fermer la porte.

J'entends des ricanements amusés, et même si la colère déchire mon ventre, je sais qu'au bout du compte, leur manque de cœur me sauvera la vie.

Je claque la porte, mais le claquement est enseveli sous l'explosion de balles de fusil venant de toutes les directions. Ma bouche s'ouvre pour laisser passer un cri perçant, puis une main inflexible agrippe mon poignet et me tire brusquement vers le sol. Un doux tissu me couvre la bouche afin d'étouffer le son, et les yeux vert feuille de Quinn croisent les miens et me calment en un instant même sous le rugissement des coups de feu qui se poursuivent au-dessus de ma tête.

Soudain, les yeux de Quinn roulent vers le ciel, et nous sommes enfermés dans des ténèbres opaques.

— Non, chuchoté-je, et le mot se réverbère dans mon esprit plutôt que de sortir de la bouche de Rebecca.

Je n'arrive pas à le voir. Il a disparu !

— Non ! hurlé-je plus fort, mais le cri ne réussit qu'à me donner mal à la tête alors que mon crâne se remplit des échos d'un cri qui ne peut s'échapper par ma bouche.

Mon âme se déchire de nouveau, et je suis de retour dans le corps de Tavia (dans *mon* corps brisé), entourée des ruines de ma maison (la maison de Rebecca). Quelque chose me retient, et je me débats pour y échapper, pour me libérer.

Pour essayer de le retrouver.

Quinn !

— Arrête ! Tavia, c'est moi.

— Non, ce n'est pas… ce n'est pas toi, sangloté-je. Tu as disparu ! Reviens.

La mélopée résonne à mes oreilles à présent plutôt que d'être prisonnière de mon crâne, ce qui me permet de comprendre que je suis de retour au présent.

Je suis moi. Je ne suis plus Rebecca.

Jamais je n'ai tant détesté l'idée d'être moi.

Ma poitrine tremble et je m'aperçois – avec une lenteur agonisante – que ce sont les bras de Benson qui me retiennent.

– Tave, regarde-moi, dit Benson, et je sens des doigts sur mon menton qui relèvent mon visage.

Des yeux bleus plongent dans les miens.

Des yeux bleus.

Pas verts.

Bleus.

Benson.

Tavia.

Mon esprit ne peut le supporter ; j'ai l'impression d'être déchirée en deux par Tavia et Rebecca qui luttent pour prendre le contrôle.

– Tavia, parle-moi !

Il a peur.

Pourquoi a-t-il peur ? C'est *moi* qui me meurs.

Le craquement des feuilles que mon dos écrase quand je tombe sur le sol est ce qui me secoue finalement et me ramène à la réalité. Je prends de grandes respirations tandis que ma tête tourne.

Ai-je retenu mon souffle tout ce temps ?

Je respire de nouveau et soulage mes poumons douloureux. J'ai dû cesser complètement de respirer.

– Je vais bien, murmuré-je.

J'essaie autant de me convaincre que de convaincre Benson.

– En es-tu certaine ?

Son visage est prêt du mien, et je lis la terreur dans ses yeux.

Même si mes os sont mous comme de la gélatine, j'arrive à opiner.

– Qu'est-il arrivé ?

– Nous nous sommes évadés.

Les mots sont sortis de ma bouche avant que je comprenne ce qui est arrivé.

– Nous nous sommes évadés !

Je me lève avec difficulté et repousse Benson pour courir jusqu'au milieu des fondations en ruines et entreprendre de creuser. Des pierres et des brindilles déchirent le bout de mes doigts, mais je ne ressens aucune douleur.

– Aide-moi, supplié-je Benson, et le désespoir me serre la poitrine.

– T'aider à quoi ? demande-t-il, debout à mes côtés.

– À creuser.

Il marque une pause, et je crois d'abord qu'il ne m'aidera pas, mais quelques secondes plus tard, il apporte deux bâtons solides. Il m'en tend un et garde l'autre.

Nous devons creuser vingt minutes et à une profondeur d'une dizaine de centimètres avant de toucher quelque chose de solide.

– Je l'ai trouvé, dis-je en poussant un soupir de soulagement.

Je ne suis pas folle.

Et, pour *une* fois, peut-être ai-je raison.

Le temps file pendant que nous déterrons un carré de fer. Nous sommes sales tous les deux au moment où nous essayons de l'ouvrir, et nous devons réunir nos efforts et tirer sur la poignée en fonte ensemble de toutes nos forces avant que la porte se déloge du sol.

Je pousse un cri de désarroi quand plusieurs bestioles rampent hors de la trappe, mais bientôt, je suis à genoux et je regarde à l'intérieur.

– Y a-t-il des squelettes ? demande Benson en scrutant le trou sombre.

– Non, nous nous sommes *évadés*, répété-je.

La panique s'est envolée, et je me sens étrangement assurée quand je bondis dans la caverne, qui ne doit pas faire plus d'un mètre et demi sur un mètre et demi.

– Je les ai distraits pendant que Quinn ouvrait cette trappe. Je suis revenue dans la maison, nous nous sommes cachés. Il a fabriqué un bouclier – d'abord en laine pour se fondre au sol, puis en fonte pour nous protéger des balles. Nous avons emprunté le tunnel. J'ai créé de la terre pour remplir le chemin derrière nous. Aucun humain ne pouvait nous suivre. Voilà comment nous sommes parvenus à la tanière !

Benson me fixe d'un regard horrifié, et je le suis moi-même un peu. Qu'est-ce que je viens de dire ? J'ai créé de la terre ? Mais dans mon esprit, je le vois – je le *sens* ! Ramper dans le tunnel, laisser enfin le bruit horrible des coups de feu derrière nous. Songer à de la terre, l'imaginer, la voir, comme tous les autres objets que j'ai créés.

Et puis la terre est là (aussi clairement que si elle apparaissait dans le moment présent), et elle bloque le tunnel et assourdit tous les sons pour envelopper Quinn et moi dans le silence et l'obscurité.

L'obscurité.

Le souvenir d'être Rebecca m'échappe et laisse un vide, mais je la repousse aussi, car je veux me réapproprier mon corps.

« Le collier », dit sa voix dans mon esprit, juste avant de relâcher sa poigne.

— Le collier, répété-je à voix haute, presque contre ma volonté. Je dois trouver le collier. Le collier… il aura les réponses.

Mes paroles n'ont aucun sens, mais elles résonnent de vérité dans mon corps. Je tends la main, et Benson m'aide à ramper par-dessus le bord peu profond du trou crasseux où je m'immobilise, à genoux sur le sol, pour essayer de me comprendre.

Qui suis-je ?

Cette question était simple autrefois.

— Tave, je t'en prie, tes mots n'ont aucun sens. Bon sang, qu'est-ce qui vient d'arriver ?

Le son de mon nom (mon nom *aujourd'hui*) me ramène brusquement au présent, et je lève les yeux vers Benson.

— Benson.

Ses yeux effrayés rencontrent les miens. J'ai à peine enregistré sa présence, mais je revois son visage maintenant, barbouillé de boue. Et soudain, je me souviens. Je me souviens de lui. Je me souviens qu'il est la personne la plus importante dans mon monde. Je balance les bras autour de son cou et m'y raccroche tandis qu'il s'agenouille devant moi. Si je m'agrippe à lui, cet ouragan émotionnel n'arrivera pas à me balayer.

— Tavia, tu dois…

Je l'interromps en couvrant sa bouche de la mienne. J'empoigne violemment son blouson pour le tirer plus près de moi. Je jette une jambe par-dessus ses genoux et m'assois sur lui ; mes cuisses enserrent son torse, mon visage est au-dessus du sien et le supplie de me rappeler qui je suis.

Que je suis Tavia.

Que j'aime Benson.

Cette pensée me fait tressaillir. Je plonge le regard dans ses yeux bleus – inquiets, confus ; le miroir des miens – et je me rends compte que je veux voir ces yeux chaque jour, pour le restant de mes jours. Au diable, Elizabeth, au diable ses avertissements : ceci est mon choix. *Il* est mon choix.

– Benson.

Le mot est un murmure avant que je l'embrasse de nouveau. *Je l'aime.* Cette vérité me comble, me revitalise, me donne une force que je ne possédais pas dix secondes plus tôt.

Il essaie de se dégager, de dire quelque chose, mais je ne lui en donne pas la chance. Ma bouche s'écrase sur la sienne, assez fort pour faire mal, mais je ne recule pas, et lui non plus. *Ça ne suffit pas.* Des mains se glissent sous les blousons pour tâtonner la peau. Sa peau. La mienne. Je le sens sous mes jambes, contre mes hanches, et une avidité primitive se faufile dans mon corps.

J'en veux plus.

Il grogne, et je me souviens vaguement à quel point son corps est meurtri, mais je m'en fiche pour l'heure. J'ai besoin de sentir la solidité de son poids contre moi, la sensation de son cœur emballé battre dans son cou tandis que mes doigts caressent sa peau chaude.

J'ai besoin de me sentir *ancrée.*

La bouche de Benson quitte la mienne, et de faibles halètements s'échappent de mes lèvres quand les siennes courent le long de mon cou pour savourer ma peau, l'aimer ; il a autant besoin de moi que j'ai besoin de lui. Nous sommes effrénés, comme si nous ne vivions qu'un bref sursis.

Ce qui semble probable.

Non.

– Ne me quitte pas, parviens-je à dire avant de revendiquer sa bouche de nouveau.

– Jamais, grogne-t-il.

Nos corps sont si proches qu'ils semblent ne faire qu'un, et j'enroule les bras autour de lui pour le serrer aussi fort que possible contre moi, prise d'une peur irrationnelle qu'il disparaîtra si je ne le retiens pas.

J'entends presque Rebecca gémir dans mon esprit, mais je repousse toutes ses pensées. Toutes pensées de Quinn.

Je ne permettrai pas à Rebecca de m'ôter Benson. Je connais le lien qu'elle partageait avec Quinn. Que *je* partageais avec Quinn. La profondeur de cette dévotion, la joie d'être une amante, d'avoir une personne qui sait tout de soi.

Elle avait ce lien avec Quinn.

À présent, je désire ce lien avec Benson.

CHAPITRE 32

Des sanglots secouent mon corps avant que je ne me rende compte que je pleure. Et presque aussitôt, je ris, je ris du pouvoir que Rebecca essaie d'exercer sur moi dès que je désire une personne qui n'est pas Quinn.

— Sors de ma tête ! hurlé-je au ciel, et elle se replie, mais sa présence demeure, se mêle lentement à la mienne, et je sais que ce n'est qu'une question de temps avant qu'elle et moi ne disparaissions pour devenir *nous*.

— Tave, fait Benson, les mains toujours posées sur mon visage.

Je prends une respiration apaisante et m'ancre dans le moment en étudiant son visage — ses lunettes à monture d'acier légèrement de travers, la trace de boue sur son front, ses lèvres. Elles sont rouges en raison de mon affection brutale, mais tout ce que je désire est de les embrasser de nouveau.

J'essaie de parler, mais mes dents tremblent en raison du froid et de la nervosité, et j'arrive à ne rien dire d'intelligible.

— Viens ici, dit Benson en m'ouvrant son blouson.

Je me blottis contre sa poitrine, et il m'enveloppe du mieux qu'il le peut en me serrant fort quand le tremblement se transforme en frissons qui parcourent tout mon corps pour enfin s'apaiser.

— Peux-tu en parler maintenant ? chuchote Benson.

Je ne lève pas la tête ; je ne suis pas certaine de pouvoir faire cette confession en le regardant.

— J'ai tout vu. La nuit où ils étaient censés mourir.

— Tu veux dire que tu as vu la scène par les yeux de Quinn ?

Je secoue violemment la tête.

— Non, j'avais complètement tort sur ce point. Tout ceci n'avait rien à voir avec Quinn, mais avec moi ! Quinn n'essaie pas de me posséder ; il essaie simplement de m'amener à me souvenir de qui je suis.

— Et qui es-tu ?

— Je suis Rebecca Fielding.

Le dire à voix haute menace mon emprise sur la réalité. Il y a moins d'une semaine, je croyais qu'*aimer un étranger* était dément. Ça me laisse où maintenant ?

— *J'étais* Rebecca. Il y a deux cents ans, j'étais elle et j'étais ici. Avec Quinn. Nous sommes…

Nous sommes des « Terraliens ». Ce mot est dans l'esprit de Rebecca. Le mot qu'Elizabeth a prononcé. Celui que j'ai lu dans le journal de Quinn.

Mais il existe un autre mot. Un mot qui me terrifie jusqu'à la moelle.

Dieux. Je suis une déesse. Mais je ne le prononce pas à voix haute. J'ose à peine y penser, mais la vérité du mot résonne en moi. Même si je ne suis pas tout à fait certaine de sa signification.

Durant des mois, j'ai accepté mes limites, j'ai accepté que des parties de moi n'allaient jamais guérir. J'ai accepté d'être une version réduite de ce que j'avais déjà été.

Mais à présent, ce n'est plus vrai.

Je suis *plus* que cela. Tellement plus.

Je suis toujours. Je suis éternelle. Je possède une puissance qui dépasse l'imagination. Voilà pourquoi j'arrive à créer des objets. Rebecca le pouvait. Quinn le pouvait. Et maintenant, je le peux. La couche de fonte que Benson et moi avons déterrée, similaire aux tentacules de fonte que j'ai créés pour retenir Elizabeth. Je comprends à présent pourquoi ils m'avaient paru si familiers.

Et ce n'est là qu'une fraction de mes pouvoirs.

Rebecca et Quinn étaient meilleurs que je ne le suis à présent. Mes créations disparaissent – deux cents ans plus tard, les leurs sont encore là.

Je détiens le potentiel de faire de même.

Mais je dois *faire quelque chose.* Et ce n'est pas une chose *anodine,* mais la chose la plus importante au monde.

Elle permettra de libérer mes capacités… si seulement j'arrive à me souvenir de quoi il s'agit.

Mon corps se remet à trembler. Ce type de pouvoir rend tout plus dangereux, plus sinistre. Peut-être puis-je le maîtriser, sans quoi, il pourrait nous détruire tous.

– Je ne comprends pas, fait Benson d'une voix mal assurée. Tu parles d'une vie antérieure ?

– Oui. Et pas seulement une vie. Une centaine de vies. Un millier. D'abord, j'ai vu de la même façon que j'ai toujours aperçu Quinn. Mais ensuite, c'était comme si… mon âme, je suppose, est sortie de moi, et je me suis retrouvée *à l'intérieur* de Rebecca, à regarder la scène avec ses yeux et à ressentir toutes ses émotions durant la nuit où on a essayé de la tuer.

Benson est silencieux, mais ses sourcils sont froncés dans un air pensif.

– Et la sensation était… familière. Je savais que j'avais déjà été dans ce corps auparavant.

« C'était comme rentrer à la maison », songé-je sans le dire à voix haute.

– Donc, tu... te souviens-tu des événements à présent ?

– En quelque sorte. Des bribes. C'est bien peu, je l'admets. Mais elle… J'avais si peur. Ils sont à ses trousses, Benson.

– Qui ?

– La Réduciata.

Le simple fait de prononcer le mot provoque une tempête de crainte dans ma poitrine.

Benson déglutit péniblement.

– Et voilà pourquoi ils me poursuivent. Parce qu'elle *est* moi. Je ne peux pas les laisser m'attraper. Ils… Ils…

J'ignore de quelle façon terminer la phrase. Cependant, la terreur qui noue mes organes suffit à me faire comprendre que je préfèrerais mourir plutôt que d'être prisonnière de la Réduciata.

Encore une fois.

« Encore une fois ? »

– Tu ne peux même pas imaginer ce qu'ils me feront, affirmé-je enfin d'une voix douce.

Je secoue la tête pour chasser les souvenirs atroces.

Pas tout à fait des souvenirs – des ombres, des traces de souvenirs.

– Nous ne pouvons pas chercher refuge auprès de la Curatoria non plus. Je dois me débrouiller seule.

La panique frémit en moi, et je pivote vers Benson.

— Pas *seule*, insisté-je quand je vois l'expression désespérée sur son visage. Je t'en prie, aide-moi ?

Il tend les mains vers mes épaules avant de changer d'idée et de les laisser tomber contre ses flancs.

— De quoi as-tu besoin ?

— J'ai besoin…

« Du collier. » C'est la voix de Rebecca, je crois. Elle ressemble tant à ma voix.

— Du collier, répété-je comme un perroquet. Celui dont Quinn parle dans son journal. Alors, je me souviendrai du reste.

Je ne veux pas admettre Rebecca davantage dans mon esprit — dans mon cœur —, mais d'une certaine façon, je sais qu'en trouvant ce collier, je lui donnerai plus de pouvoirs et non pas le contraire. J'ai *besoin* de détenir ce pouvoir.

— Crois-tu qu'il se trouve à la tanière ? demande-t-il.

— Ça doit.

— Retournons à la voiture.

Il m'aide à me relever, mais mes doigts et mes orteils sont engourdis, si bien que je titube.

— Attention, fait Benson en enroulant un bras autour de moi pour m'éloigner des ruines de la maison où j'ai vécu, il y a quelques vies de cela.

Je pose la tête contre son épaule en souhaitant pouvoir tout oublier de cette histoire durant quelques heures et rentrer à l'hôtel. N'importe quel hôtel. Le plus loin d'ici sera le mieux.

Mais c'est impossible. Je dois me souvenir du passé, puis déguerpir d'ici avant qu'ils ne me rattrapent. J'arriverai à me protéger et à protéger Benson, mais pour cela, je dois recouvrir la mémoire.

La mémoire.

Quelques gouttes de neige fondante coulent des arbres pour perler sur mon visage, et une bourrasque de vent se prend dans les branches qui trônent au-dessus de nos têtes. Le froid soudain me pique la peau, et je redeviens moi-même. Entièrement. Même si je sais (avec la même certitude que je sais que le ciel est bleu et que l'herbe est verte) que j'étais Rebecca Fielding dans une autre vie.

– Je vais prendre le volant, dit Benson. Nous ne devrions pas rester au même endroit trop longtemps tant que des gens sont sur ta trace – surtout pas aux abords de cette maison. Ou des ruines de ce qui a été cette maison. S'ils sont au courant au sujet de Quinn, ils connaissent peut-être déjà l'existence de cet endroit.

– Attends un instant, dis-je en tendant les bras vers le siège du passager. Le collier se trouve peut-être dans les trucs que tu as déjà ramassés.

J'ouvre la besace de Benson et fouille son contenu.

Une bague, une petite pochette qui renferme surtout de l'or et une boule emballée dans un mouchoir.

Le voilà.

Une énergie que je suis la seule à pouvoir sentir vibre du mouchoir, et je sais ce qui se trouve à l'intérieur avant même que mes doigts tirent sur les quelques coutures qui tiennent le mouchoir jauni refermé.

Le collier.

Il est là.

Il est à moi.

Mes mains tremblent trop pour me permettre de défaire les cordons.

– Benson ? Peux-tu le faire ?

Il prend le tissu délicat et le tient dans sa main quelques secondes avant de défaire les petits cordons pour dévoiler un pendentif lourd fait d'argent et de pierres rouges brillantes.

C'est le collier de ma vision.

Il baisse les yeux sur le collier avec une expression crispée.

– Donc, ceci ramènera tous les souvenirs ?

– Je pense que oui.

Il essaie de parler, mais sa voix se brise et il garde le silence quelques secondes.

– Et alors quoi ? demande-t-il enfin sans croiser mon regard.

Je m'avance vers lui, et il rapproche le collier de lui, comme s'il cherche à le tenir hors de ma portée, mais ce n'est pas vers le collier que je tends les mains. Je lui caresse les bras doucement dans un mouvement de va-et-vient comme il l'a fait si souvent pour moi.

Doucement.

Calmement.

Je dois trouver un moyen d'aider Benson à gérer tout cela. De l'aider à voir que j'ai encore besoin de lui – du garçon qui m'a accompagnée dans un enfer absolu au cours de la dernière semaine. Il n'a rien demandé de tout cela, il n'aurait rien eu à voir dans tout ceci si je n'étais pas apparue dans sa vie. Si je n'étais pas venue à la bibliothèque pour obtenir de l'aide.

De l'aide. Si seulement il avait su alors dans quoi il s'embarquait.

Mes mains se figent, et les mots s'échappent de ma bouche avant que je n'y puisse quoi que ce soit.

— Benson, si tu pouvais retourner en arrière, à la journée où nous nous sommes rencontrés, en sachant tout ce qui allait arriver, te serais-tu récusé ?

Il baisse le regard sur moi, et ses yeux sont vides.

Et il réfléchit.

Réfléchit profondément.

Je ressens un picotement de mécontentement devant son hésitation, mais je le refoule. Il s'agit d'une question importante à ne pas prendre à la légère.

— Non, murmure-t-il enfin.

— Moi non plus. Et ceci, fais-je en pointant du doigt son poing toujours refermé autour du collier dont la mince chaîne coule entre ses doigts comme du sable, ne changera rien. Je me fiche de ce que Rebecca croit vouloir, Benson. *Je* te veux, toi. Tout ce que le collier nous apportera, ce sont des réponses.

— Tu ne comprends pas, chuchote-t-il. Tes sentiments ne seront plus les mêmes.

— Benson Ryder, lâche ce collier ! m'emporté-je.

Il relâche lourdement le collier dans le coffre de la voiture d'un air las et confus. Dès que sa main est vide, je passe les bras à l'intérieur de son blouson, directement sous sa chemise. Il frémit quand mes doigts touchent sa peau nue.

— Benson ?

Mon cœur s'affole.

Il se contente de me regarder, et je pourrais me noyer dans la douleur que je vois dans ses yeux.

— Je t'aime. *Toi.*

Je pose un baiser sur sa lèvre inférieure ; un baiser qui se rapproche davantage d'un doux effleurement de peau que d'un baiser. Des frissons parcourent mon corps, et je réprime un sourire.

Je l'ai dit.

Je le pensais.

Je me hisse sur la pointe des pieds pour embrasser les éraflures sur son visage, son nez, ses joues. Je laisse mes mains se glisser jusqu'à sa nuque et je tire son visage vers le mien pour l'embrasser doucement et l'amadouer avec ma bouche.

— Elle ne peut rien changer à ce que je ressens, murmuré-je contre ses lèvres.

— Tu n'as aucun moyen de le savoir, chuchote-t-il, et sa voix est une agonie que je souhaite désespérément guérir.

J'enlace nos doigts et tiens nos mains contre mon cœur.

— Je le *sais*. Tu es la meilleure chose qui me soit jamais arrivée, et je pense que tu as prouvé des millions de fois tout ce que tu es prêt à faire pour moi.

Je pose un baiser sur chacune de ses jointures en évitant la peau rouge et déchirée sur sa main droite.

— Maintenant, mon tour est venu de *te* prouver la même chose.

Je lève les yeux vers lui et son visage entier est crispé par une émotion que je n'arrive pas tout à fait à lire. Il prend une inspiration frissonnante et retire sa main. Il se détourne légèrement et ramasse la boule de tissu contenant le collier.

— Puis-je ? chuchote-t-il d'un ton de quasi-révérence.

— Je… je t'en prie, bégayé-je.

Il soulève le collier, et ses rubis rouges scintillent dans un rayon de soleil. La chaîne est longue, et Benson la relève en me faisant signe de me retourner. Puis le pendentif est tendu devant mon visage, toujours suspendu aux doigts de Benson. Il hésite, et je sens son souffle siffler avec force près de mon oreille.

— Peu importe ce qui arrivera, murmure-t-il, je t'aime aussi.

Il relâche le collier autour de mon cou.

CHAPITRE 33

Dès l'instant où le métal touche ma peau, je me trouve au milieu d'un tourbillon de lumière et de couleur qui clignote devant mes yeux ; un rayonnement brillant, insoutenable et aveuglant. Mes doigts s'enfoncent dans le bras de Benson alors que j'essaie de trouver quelque chose à agripper pour éviter d'être emportée.

Cependant, la tempête fait seulement rage dans mon esprit, et bientôt je dois fermer les yeux au monde pour tenter de forcer l'agitation en moi à s'apaiser, à s'assourdir jusqu'à un volume raisonnable. À mesure que la douleur augmente, j'essaie de trouver une source de soulagement.

« Rebecca est déjà passée par ceci ; elle sait comment le gérer. »

En désespoir de cause, je lui cède mon esprit, et, d'une manière ou l'autre, elle me *prend* la rafale envahissante de souvenirs.

Les souvenirs prennent une forme solide en quelque sorte, même si je continue d'avoir l'impression de regarder un film en mode lecture rapide. Des scènes d'un montage qui passent devant mes yeux durant le plus bref des instants avant de disparaître, bien avant que je puisse les décoder. Mais bientôt, ils redeviennent éclatants et délirants ; Rebecca n'arrive pas non plus à les maîtriser.

— Benson, je n'arrive pas à les arrêter !

La pression monte toujours dans ma tête, et j'étreins mes tempes pour ordonner aux images de ralentir, de me donner un moment de repos. Un moment pour reprendre mon souffle. Je sens Rebecca tenter d'imiter mon geste, mais rien n'y fait, et la pression monte et pousse contre mon crâne jusqu'à ce que je craigne que les os éclatent.

« Elle ne nous servira à rien si son cerveau est détruit. » Les mots ricochent dans mon esprit et je comprends enfin ce qui les inquiétait.

Quelqu'un pousse un cri, et je crois que c'est moi.

Des mains se posent sur moi, des bras me serrent, et même si mes yeux sont de nouveau ouverts, je ne vois rien de plus que l'obscurité. Les images s'emballent, et au moment où je suis prête à céder, j'aperçois un éclat doré dans les scènes barbouillées.

— Quinn, aide-moi, murmuré-je à travers mes dents serrées qui claquent quand je parle.

Alors, ces yeux sont là ; immobiles et verts au milieu de cette mer houleuse de souvenirs. Je me concentre sur ces yeux, et la turbulence affolée décline très légèrement.

Mais c'est suffisant.

Je tente de prendre le contrôle, mais j'ai l'impression de nager dans une mare de goudron, en direction d'une lumière très faible. Toutefois, la lumière est bien là. Les yeux de Quinn nourrissent mon équilibre, et l'esprit de Rebecca se fusionne au mien — nous formons une seule personne, *nous deux* —, et je sais ce que je dois faire. Réunies, nos pensées se tendent comme un filet pour réfréner l'énergie qui coule à flot et elles parviennent à la retenir. L'énergie remplit chaque parcelle de moi jusqu'à ce que je jure que ma peau est tendue et prête à éclater, mais cette fois, j'arrive à contenir la pression.

Ma respiration ralentit et quand je cligne de nouveau les yeux, je suis accueillie par une vision verte et embrouillée. Je dois patienter un court moment avant de voir clairement les feuilles imprégnées du soleil, mais au bout du compte, j'arrive à focaliser. Ma tête est posée sur les cuisses de Benson, et je suis couchée sur le gazon clairsemé derrière la Honda. J'essaie de bouger, mais chaque partie de moi est douloureuse. Après quelques secondes, j'abandonne la partie et ne tourne que les yeux vers Benson.

La forêt est une clairière de silence jusqu'à ce que Benson le brise dans un chuchotement assourdissant.

– Ça va ?

Je hoche la tête. Mon corps est douloureux comme si j'avais été frappée par la foudre, mais je vais bien. Mieux que bien.

Je me sens *complète.*

Mais je ne trouve aucun mot pour l'exprimer ; aucun mot qu'il arriverait à comprendre. Auparavant, je n'aurais pas compris non plus. Cela dépasse l'entendement humain.

Je dois dépasser l'entendement humain.

Je suis autre chose. Ma tête élance et je ferme les yeux – le soleil submerge mes sens. Mais je sais ce que je suis à présent.

– As-tu encore mal ?

Je ne tente pas de le nier.

– Moins qu'avant.

Le simple fait de parler me donne envie de gémir.

— J'ai l'impression que le contenu entier d'une bibliothèque s'est déversé dans mon cerveau et il n'y a plus de place, dis-je d'une voix étouffée.

— Est-ce la raison pour laquelle tu as crié ?

Je lève les yeux vers lui et pour la première fois depuis que j'ai touché le collier, je le vois clairement, avec les yeux de Tavia. Il est pâle, et une mince couche de sueur recouvre ses sourcils.

« Qu'est-ce que j'ai fait ? »

— Je suis si désolée, Benson.

Cependant, je ne sais pas exactement pourquoi. De l'avoir effrayé ? De l'avoir placé dans cette position en premier lieu ?

Désolée pour tout ?

— Tu as crié encore et encore, murmure-t-il d'une voix tremblante, et il refuse de croiser mon regard. J'ai cru que tu allais te briser de l'intérieur et mourir. Vraiment.

— Moi aussi, indiqué-je en lui prenant la main.

Il retire son bras et passe une main dans ses cheveux ; un éclair de dureté brille dans ses yeux.

Mais je n'ai pas la capacité de l'analyser.

Je reste couchée, la tête sur ses cuisses, les genoux ramenés contre ma poitrine, pendant des minutes qui semblent durer des heures tandis que la douleur s'apaise — lentement, si lentement — comme la marée qui redescend. Je fixe les yeux sur les feuilles vertes, la terre brune et friable, les brins d'herbe hirsutes, ce qui me distrait suffisamment pour laisser mon esprit laisser de la place à tout ce que je viens d'apprendre.

Sur qui je suis.

— Je suis exactement comme ils m'ont décrite, chuchoté-je en libérant ainsi ma confession dans la réalité.

— *Ils* ? demande Benson — sa voix tremblante est à peine audible dans le vent.

— Elizabeth. Jay. Ils ne mentaient pas. Je suis une Terralienne ; je suis une déesse.

Les mots passent mes lèvres pour la première fois, et la sensation n'est pas aussi effrayante que je l'aurais cru. Presque, toutefois.

— Comme… Dieu avec un « D » majuscule ?

— Non. Quelque chose d'autre. Quelque chose de différent.

Des idées filent dans ma tête, ce qui me rend la tâche plus ardue pour trouver les mots.

— Je suis une déesse de création. Mais… je suis maudite. J'ai… j'ai fait quelque chose de mal. Il y a longtemps.

Benson demeure silencieux, mais je dois parler. Je découvre mon savoir à mesure que les mots passent mes lèvres, et d'une certaine manière, en parler soulage la pression dans ma tête.

— Je crée des objets à partir de rien. Je suis une Créatrice, comme Quinn. Ensemble, nous sommes des Créateurs. Nous avons passé des vies et des vies ensemble. Je peux façonner n'importe quoi. N'importe quoi, fais-je d'une voix émerveillée.

— Une déesse, lâche Benson, et sa voix est si basse que je ne pense pas que je l'aurais entendue si mon oreille n'était pas appuyée contre son ventre.

Je sens un petit ricanement se former dans ma gorge.

— Comme un arbre, dis-je au milieu d'un rire hystérique. Ou une montagne. Ou un édifice. *Pouf* ! Comme par magie. N'importe quoi.

— Comme une pyramide, indique Benson en suivant mes pensées effrénées.

J'opine.

– J'étais une Terracréatrice. Nous étions nombreux. Nous avons dessiné le monde entier. Il… il nous appartenait. Il nous avait été donné par… Je ne sais pas. Un être plus grand. Un être plus fort. Mais nous sommes devenus cupides.

Extraire des souvenirs précis est semblable à tenter de tordre une brique d'acier de mes mains nues, et mon corps se met à trembler en raison de l'effort nécessaire.

– Nous avons créé les humains. Pour… qu'ils soient à notre service. Nous avons dépassé les limites. Nous avons été maudits.

– Maudits par qui ?

Je secoue la tête.

– Je l'ignore.

– Tu te souviens de tout ceci ?

– Non. Mais les souvenirs de Rebecca me le remémorent.

« Quinn le lui a dit. »

– Nous avons échoué dans notre intendance.

Les mots font partie d'une proclamation – une phrase – gravée dans mes souvenirs.

– On nous a enlevé notre immortalité. D'une certaine manière. Nous sommes devenus mortels, mais nos âmes sont attachées – liées – à la terre. Nous vivons une vie après l'autre parmi les êtres que nous avons créés. En quête, constamment en quête.

– En quête de quoi ?

– De notre *diligo*, dis-je pour tester l'effet du mot inconnu sur ma langue.

– Qu'est-ce que ça signifie ?

— Amant, dis-je sans croiser son regard. Nous sommes liés à la terre et liés l'un à l'autre, chuchoté-je. *Reus ut terra, reus una.*

Quinn.

Mais…

Non.

— La Réduciata essaie de tuer les Terraliens afin qu'ils ne puissent retrouver leur amant.

— Voilà pourquoi ils essaient de te tuer ? murmure Benson.

Mais je secoue la tête.

— C'est plus que ça en ce qui me concerne. Je… je suis au courant de quelque chose. D'un secret. Un secret qui pourrait tout détruire.

— Quel secret ? demande Benson, et sa respiration est haletante à présent.

Mais je secoue encore la tête.

— Je ne m'en souviens pas. Quelque chose, quelque chose que je n'ai même pas confié à Quinn parce que c'est trop dangereux. Voilà ce dont les hommes qui se sont présentés à notre maison voulaient se débarrasser. Ce savoir. Quelque chose… quelque chose qui concerne la Réduciata et la Curatoria. Argh ! grogné-je. Ça me fait mal d'y penser.

Je force une respiration dans mes poumons et enfouis mon visage dans la chemise de Benson.

— Ces noms ont une origine latine, explique Benson, et je lève vers lui une expression confuse. Quoi ? demande-t-il d'un air penaud. J'ai fait une recherche sur mon téléphone après les avoir lus dans le journal de Quinn. *Curator* signifie « garder et préserver ». *Reduco* signifie…

— « Réduire », l'interromps-je avec amertume. « Tuer ».

— Non, fait Benson d'une voix douce. Cela signifie « diriger ».

Je garde le silence en tentant de coller une signification à cette nouvelle information, mais mon cerveau est trop épuisé.

— Je suppose que c'est la raison pour laquelle la croix ansée est leur symbole. La croix ansée représente l'éternité, et la crosse du berger représente l'action de diriger.

— Et l'autre symbole ?

— L'autre symbole ?

Réfléchir est si douloureux.

— La plume et la flamme.

Benson se mord la lèvre et lève les yeux vers le ciel quelques secondes.

— Peut-être un *phénix* ? Tu sais, le phénix renaît de ses cendres, comme les Terraliens.

— Et ils sont plus forts à chaque renaissance, dis-je sans savoir de qui viennent ces mots. Si la Curatoria fait bien son travail, le Terralien devient plus fort.

Je ne sais même pas ce que cela signifie, mais l'effort requis pour le dire me réduit de nouveau au silence.

— Es-tu capable de t'assoir ? demande Benson après un moment.

— Peut-être.

Il m'aide à me redresser et me laisse prendre appui contre lui. Mes muscles élancent, et j'ai faim encore. Je me raidis quand je me rends compte que chaque fois que je pose quelque geste qui soit qui ait à voir avec le fait d'être une Terralienne, je suis affamée.

— J'ai faim, j'ai tout le temps faim, dis-je d'une voix égale.

— Quoi ? demande Benson.

— Depuis l'accident d'avion, j'ai tout le temps faim. Mais surtout depuis j'ai commencé à utiliser mes pouvoirs.

Je regarde Benson.

— Et Reese et Jay essayaient continuellement de m'amener à manger davantage. Même Elizabeth m'a dit que je devais passer outre la culpabilité que je ressens et me remettre à manger. Ils le savaient : mon corps de Terralienne avait besoin de se nourrir davantage.

— Je suppose que c'est logique, dit Benson lentement. Tu crées des objets par magie, et je soupçonne ton cerveau de fonctionner en vitesse surmultipliée. Ce genre de chose exige plus de carburant.

— Mais c'est le cas seulement depuis l'accident d'avion. J'ai toujours été une Terralienne — on ne *devient* pas Terralien. Tout a commencé après l'accident. En quoi l'écrasement d'avion a… réveillé cette partie de moi ?

Benson soupire.

— Je n'en ai aucune idée, Tave. Je découvre à quel point je suis ignorant de tout, marmonne-t-il.

Est-il fâché ? Ou simplement confus et frustré comme je le suis ?

Je ne suis plus capable de réfléchir.

— Nous devrions partir, dis-je. J'ai besoin de nourriture, et nous devons nous éloigner d'ici.

— Je pense que tu as besoin de quelques minutes de plus, indique Benson en me soutenant alors que je titube.

— Nous ne disposons peut-être pas de quelques minutes. Quelqu'un doit être au courant de l'existence de cet endroit.

J'éprouve de la difficulté à articuler et je prends une profonde respiration en me concentrant davantage.

— Ne sous-estime pas les confréries. Cela te mènera à ta perte.

Les souvenirs de Rebecca voltigent dans ma tête comme des lucioles dont la lumière brillerait et faiblirait de façon quasi aléatoire. Ma rencontre avec Quinn, notre vie, notre fuite, la tanière, la rédaction du journal.

Le journal.

— J'ai besoin du journal, dis-je. Celui de Rebecca.

Je me dirige vers la portière de la voiture tandis que Benson peine à me soutenir debout.

— Je dois m'assurer…

Je saisis le journal et feuillette les pages jusqu'à ce que j'atteigne celles contenant la langue étrange, et un sourire se dessine sur mon visage. Un grand sourire. Un gloussement. Puis je jette la tête derrière et éclate de rire ; le son remplit la forêt.

— J'arrive à le lire ! Oh, Benson, elle était brillante ! C'est du latin – pas exactement du latin, comme tu l'as dit. Du latin courant. C'est…

Je réfléchis pour tenter de récupérer les détails dans une banque de mémoire qui ressemble à un placard que je ne pourrais qu'entrouvrir.

— Du latin romain, de la Rome antique.

Ma tête élance sous le poids de l'effort nécessaire pour obtenir ce fait minuscule.

Je lève les yeux, surprise, quand j'entends Benson ronchonner.

— Le latin vulgaire ? demande-t-il. Tu arrives à lire le latin vulgaire ?

— Ce n'est pas vulgaire, riposté-je.

— Non, voilà comment on appelle le latin courant ; j'ai lu à ce sujet lors du dernier semestre. Cette langue remonte à 800 après J.-C. Les Romains tentaient de créer une langue universelle qui serait utilisée dans l'ensemble de l'empire. En gros, c'est une langue parente à *toutes* les langues romantiques. Et tu arrives à le lire, sourit-il. C'est génial.

Je me calme en regardant le journal.

— Voilà où se trouvent mes réponses. Elle a laissé ce journal dans la tanière à mon intention. La tanière est notre pyramide personnelle, exactement comme le disait le journal de Quinn. Un lieu où nous avons caché tous nos articles afin de pouvoir nous en souvenir un beau jour. Nous avons créé l'endroit en vue d'une situation comme celle-ci. Afin de pouvoir compter l'un sur l'autre, et non sur l'une ou l'autre des confréries. Après cette nuit-là, nous sommes partis. Nous ne sommes jamais revenus.

— Mais tu t'es évadée. Tu n'es pas morte. Qu'est-il arrivé ?

— Je suis morte au bout du compte, dis-je, et quelque chose éclate en moi et laisse le souvenir s'écouler à petite goutte, et je voudrais vomir et serrer les poings contre le souvenir pour le repousser.

« Je t'en prie, ne me le demande pas, ne me le demande pas. »

S'il pose la question, elle rallumera les sensations, et il me faudra tout ressentir à nouveau. Je ne crois pas avoir la force nécessaire de le faire.

— Comment es-tu morte ?

Je lève les yeux vers lui, et le frisson trop familier qui engourdit mon corps déferle en moi.

— Je…

Je me blottis contre lui tandis que le froid qui n'existe que dans mon esprit me paralyse.

— Je me suis noyée. Dans un lac.

Le cauchemar des derniers moments de mon existence dans la peau de Rebecca rejoue dans mon esprit jusqu'à ce que mon corps entier tremble de froid. Je ne peux capter aucun détail — ni le pourquoi ni le quand ni le comment. Tout ce que je sais est qu'*ils* en sont responsables : les membres de la Réduciata. Ce fait brûle dans mon esprit comme un brasier et fait fondre une mince couche de glace.

— Ils me pourchassent. Depuis plus de deux cents ans. Moi, en particulier. Ils m'ont tuée tant de fois. Je… Je pense que ce sont eux qui ont provoqué l'accident d'avion.

Les mains de Benson se resserrent autour de moi.

Mon corps déborde d'énergie maintenant.

— Bien entendu, Benson, c'est tout à fait logique.

— Tout à fait, répond Benson sèchement.

— Je suis née de nouveau. Pas seulement dans cette vie, des centaines de fois. Des milliers de fois.

Je prends appui sur lui en poussant un grognement tandis que l'ampleur de cette pensée lance un signal de douleur dans mon cerveau. Puis j'ouvre les yeux brusquement.

— Et ils me pourchassent dans toutes les vies pour essayer d'étouffer leur secret — peu importe ce qu'il est. La Curatoria m'a repérée et appâtée avec la promesse d'une chic école de beaux-arts afin de me protéger jusqu'à ce que je sois éveillée, comme l'a dit Elizabeth. Cependant, la Réduciata a découvert le plan et a provoqué l'écrasement de l'avion. Tout ça pour garder son secret.

Mes yeux s'écarquillent quand l'implication de tout cela s'imprègne.

— Ils tueront n'importe qui pour me prendre. *Quiconque* se dressera dans leur chemin.

Comme Benson.

CHAPITRE 34

– Tu dois le trouver, n'est-ce pas ? demande Benson après un moment, et son visage est le portrait du supplice.

– Qui ?

Ses mains sont glaciales au toucher.

– Quinn. Peu importe qui il est maintenant.

– Quinn ?

Je ne suis pas certaine comment nous sommes arrivés à ce sujet. L'idée me semble étrange. Mal. Je n'ai pas besoin de Quinn, j'ai besoin de Benson.

N'est-ce pas ?

À quel moment le moindre doute à ce sujet s'est-il infiltré dans mon esprit ?

Et comment m'en débarrasser ?

– Si tu es née de nouveau, il en va de même pour lui, non ?

– Oui, bien entendu, dis-je comme s'il s'agissait de l'énoncé le plus évident au monde, ce qui est le cas en ce moment. Un Terralien ne meurt jamais – son âme se déplace tout simplement d'un corps à un autre.

Ses mains serrent mes doigts, et je sens le pouls de son cœur.

Il ne bat pas, il s'emballe.

Il cogne.

– Tu dois le trouver. C'est... c'est la seule façon de te mettre à l'abri.

Je lève vers lui une expression où se mêlent l'horreur et l'émerveillement. Je ne quitterai pas Benson, même si mon esprit me hurle que je *serai* plus en sécurité avec Quinn. Comment Benson le sait-il ?

– Et... et je ne me dresserai pas sur ton chemin, enchaîne-t-il dans un murmure. Je savais que la situation changerait quand ta mémoire reviendrait. Et même si je...

– Non, l'interromps-je. Non, Benson, ce n'est pas ce que je veux.

Je repousse ces sentiments, ce doute. Je suis maîtresse de moi. J'ai beau être une déesse, et les confréries sont peut-être d'avis qu'il me faut suivre un chemin duquel je n'ai pas le droit de m'écarter, mais elles ont tort. Je peux faire un *choix*, ce que je ferai.

– Ces gens te pourchassent en raison d'un secret que tu savais il y a deux cents ans ; crois-tu qu'ils vont simplement abandonner la partie ? fait Benson en secouant la tête comme s'il était agacé par lui-même. Vous devez être ensemble, et moi...

Sa voix se brise, et ses mains se resserrent davantage. Les prochaines paroles qu'il prononce semblent exiger de lui un effort physique.

– Je vais t'aider.

Même si elle me semble trop lourde pour mon cou, j'oblige ma tête à se relever afin de pouvoir croiser son regard.

– Non, Benson, non. Ce n'est pas lui que je veux, mais *toi*.

– Mais… mais tu es Rebecca maintenant.

Je porte les mains sur son visage.

– Je ne suis *pas* Rebecca. Je l'ai *été*, tout à fait. Mais je ne le suis plus. Je suis Tavia, et c'est *toi* que j'aime, Benson.

Il garde le silence un long moment avant de murmurer :

– Ce n'est pas aussi simple que cela.

– Ça peut l'être.

– Des gens veulent te tuer, Tave. Voilà qui est plus important.

Mon pouce effleure sa joue, directement sous la coupure.

– *Rien* n'est plus important que ceci.

Sa voix semble affolée, et une peur glaciale empoigne mon cœur.

– Mais à la maison, après ta vision, tu as dit…

– *Je* n'ai rien dit, rétorqué-je, légèrement irritée qu'il croie que je lui tournerai le dos si facilement. *Rebecca* a dit bien des choses avant que je ne reprenne le dessus. C'est ce qu'*elle* veut, Benson, mais elle ne commande pas maintenant. *Je* tiens les rênes.

Les yeux de Benson sont écarquillés, puis il ferme la bouche et serre les dents – je vois les muscles de ses joues se tendre.

– J'ai seulement… présumé. Je veux dire, tu as partagé des vies avec lui, non ?

– Je suppose que oui, mais…

– Chacun de tes gestes des derniers jours était axé sur l'idée de trouver Quinn, de le comprendre, de remplir cette mission mystérieuse que Quinn t'avait affectée. Je ne parle pas de Rebecca, mais de toi.

Même si ses mains sont serrées autour de mes bras, il ne me retient pas. J'ai davantage l'impression qu'il garde ses distances de moi. Je desserre sa poigne, et il affiche une expression de châtié jusqu'à ce que je m'avance et pose la tête sur son épaule et l'enlace avec le moins de force possible pour ne pas lui faire mal.

– J'ai cru peut-être être amoureuse de lui, c'est vrai. J'ai cru que cette obsession désespérée que j'éprouvais était de l'amour. Et peut-être est-ce une *forme* d'amour. Mais ce n'est pas la forme d'amour qui m'intéresse.

Je recule légèrement pour le regarder.

– Rebecca sera toujours en moi. Et il y en a d'autres – filles – qui pourraient se manifester avec le temps. Mais je ne les laisserai pas faire de choix pour moi.

Je penche la tête derrière afin de voir le visage de Benson et de croiser son regard.

– Ce n'est pas lui que je veux, Benson, mais toi. Je ne suis pas amoureuse de lui, fais-je avant de prendre une profonde respiration. C'est *toi* que j'aime.

Le moment s'étire dans le temps, et rien ne bouge. Benson fouille mon regard à la recherche de la vérité. Peut-être à la recherche de mensonges.

Cependant, il n'y a aucun mensonge. Les sentiments que j'éprouve pour Quinn seront toujours là (je le comprends maintenant ; je ne peux expier une partie entière de moi, surtout une partie aussi importante que des vies antérieures), mais si j'ai appris une chose de ma longue guérison est qu'il faut vivre chaque jour comme si c'était le dernier.

Et si aujourd'hui est mon dernier jour, je veux le passer avec Benson.

Il paraît abasourdi, alors je glisse une main sur sa nuque pour approcher ses lèvres des miennes. Benson revient en vie, ses bras m'entourent et me serrent contre lui. Des grognements de douleur vibrent contre ma bouche, mais il ne me relâche pas. Il m'embrasse avec force, comme s'il voulait me marquer physiquement, car les mots ne suffisent pas.

Ses doigts effleurent ma cicatrice, puis passent de l'autre côté. Je me fige dans l'attente de… Je ne suis pas certaine de quoi. Qu'il retire sa main ? Qu'il pousse contre ma cicatrice ? À tout le moins, qu'il pose des questions. Mais il frotte la joue contre mon front tandis que ses mains poursuivent leur douce exploration comme si Benson n'avait rien remarqué. Il glisse les mains de part et d'autre de mon visage et réchauffe ma peau moite.

– Tave, chuchote-t-il de ses lèvres légères comme une plume.

– Quoi ? murmuré-je en réponse pendant que mes doigts trouvent une courbe sensible de sa nuque qui le fait frissonner.

Il penche la tête afin que sa bouche se trouve immédiatement à côté de mon oreille.

– Prends la fuite avec moi.

– Que veux-tu dire ?

– Passons au monde clandestin, dit-il en prenant ma main entre ses poings serrés ; une de ses coupures s'ouvre et laisse suinter une petite goutte de sang. Ces gens qui te pourchassent – la Réduciata, la Curatoria, peu importe – si tu restes ici, ils te retrouveront. Et quand ils te trouveront, ils te *tueront*.

Il baisse les yeux et remue d'un pied à l'autre à quelques reprises.

— J'allais te suggérer de prendre l'argent et de partir seule à la recherche de celui que Quinn est aujourd'hui, mais si… si c'est vraiment moi que tu veux…

— C'est toi que je veux, Benson, l'interromps-je pour ne pas lui permettre d'en douter, ne serait-ce qu'une seconde.

— Dans ce cas, eh bien, je viendrai avec toi. Mais nous devons agir vite et ne rien laisser au hasard. Ces gens, ils nous ont retrouvés encore et encore, et je ne peux pas les laisser te faire du mal. Pas maintenant. Nous devons vraiment devenir clandestins, Tave. De manière pure et dure. Nous devons nous débarrasser de mon téléphone, abandonner la voiture, changer d'identité : *tout le bazar.*

La peur dans ses yeux terrifie la joie en moi.

— Et ta famille dans tout cela ? demandé-je. Ce n'est pas comme lorsque tu as quitté Portsmouth pour venir avec moi. Si nous fuyons ce soir, je ne sais pas si nous reviendrons. Un jour.

— Nous ne reviendrons pas, dit-il d'un ton déterminé.

— Tu as déjà pris ta décision.

— Je l'ai prise hier — avec ou sans toi, je vais fuir. Je suis enfoncé dans cette histoire jusqu'à la taille déjà. Ce serait probablement plus sécuritaire de passer sous le radar dans des directions différentes.

Il soupire et porte les poings contre ses hanches.

— Mais pour parler franchement, je suis prêt à risquer à peu près tout pour être avec toi.

— Je n'ai plus de famille, Benson, mais je ne peux pas prétendre qu'il en va de même pour toi. Tu ne pourras jamais revoir ta mère ou ton frère.

Il baisse le regard, et ses émotions brûlent dans ses yeux.

– Je ne peux pas… je ne peux plus vivre ma vie pour eux. Certains liens sont plus forts que ceux du sang : *tu es* ma famille maintenant.

Les mêmes mots qui ont envahi mon esprit la veille. C'est la dernière confirmation dont j'ai besoin.

Moi et Benson.

Benson et moi.

Nous affronterons le monde et vaincrons.

Benson me serre la main.

– Nous devons partir. Maintenant.

Je hoche la tête, soudain confiante en notre plan.

– Comment partir ? demandé-je. Je veux dire, puisque nous devons abandonner la voiture.

La voiture *volée*. Peut-être qu'elle sera retrouvée par la police et rendue à son propriétaire.

– En autobus ? suggère Benson. Ce n'est pas vraiment luxueux, mais un autobus nous amènera assez loin pour songer à d'autres options. Nous pouvons stationner la Honda à quelques pâtés d'une gare et la laisser là. Choisis la ville, dit-il en approchant son visage du mien. Où tu voudras.

– Pourvu que nous soyons ensemble, cela n'a pas d'importance.

Il pose un baiser sur mon front avant de sortir son téléphone de sa poche. À ce moment-là, il ressemble encore plus au Superman que j'ai toujours vu en lui.

– Je vais chercher la gare la plus près, puis je le jetterai dans une benne à ordures.

— Tu as piqué cette réplique dans un film.

Il rit.

— Peut-être, mais les bons gagnent toujours dans les films, non ?

Je me tourne pour regagner la voiture, mais Benson me prend les mains.

— Quand nous serons à bord du bus, dit-il d'une voix hésitante, il nous faudra parler. Parler… sérieusement.

— Tout à fait, dis-je, mais mon cœur bat un peu plus vite quand je vois l'expression sur son visage.

— Je pense que nous devons parler maintenant.

Nous pivotons tous les deux vers cette voix intruse pour n'apercevoir que la clairière vide. Puis nous attendons le bruit reconnaissable entre tous de revolvers qu'on arme ; le bruit forme un cercle autour de nous. Je me raccroche à Benson pendant que mes yeux fouillent les arbres. Au moment où je suis persuadée que personne ne se montrera avant que l'on commence à tirer sur nous, Jay surgit de l'arrière d'un arbre.

CHAPITRE 35

– Gardons tous notre calme, fait Jay d'un ton doux et égal qui me donne l'envie de me jeter sur lui et de le gifler.

Mon esprit est étourdi par les plans défensifs qui y mijotent.

Encore plus de fonte, ou des coups de feu instantanés, du verre blindé… En présumant que je suis capable de créer des articles de si haute technologie, car je suis soudain loin d'être convaincue d'avoir ce pouvoir.

Mais Benson est là.

Je ne mettrai pas sa vie en risque.

Je ne *peux pas* mettre sa vie en risque.

Voilà l'ennui avec l'amour.

– Une offrande de paix, dit Jay, ce qui ramène mon attention sur lui.

Il tient à la main ce que je reconnais être ces barres protéinées biologiques et cent pour cent naturelles que Reese conserve dans la maison.

Une nostalgie étrange me prend. Plus jamais ce ne sera ma vie.

– Personne n'est ici pour te tuer, Tave, m'indique Jay comme s'il lisait mes pensées. Tout ceci…

De sa main, il désigne les revolvers invisibles qui nous entourent, cachés de notre vue par les arbres aux feuilles touffues.

— ... n'est qu'une précaution. Après ce que tu as fait subir à Elizabeth et à moi, je pense que c'est compréhensible.

Il se rapproche doucement comme si j'étais un poulain nerveux. Malgré ce qu'il vient de dire, il ne semble pas avoir peur de *moi* ; il semble craindre que j'aie peur de *lui*.

Ce qui est vrai. Je suis terrifiée. Mais je ne veux pas qu'il le sache.

Le soleil brille au milieu de la clairière avec une force qui défie le froid mordant des derniers jours, mais malgré tout, de la glace circule dans mes veines.

— Je sais que tu as besoin de te nourrir, dit Jay en me tendant toujours les barres. Je ne sais pas trop ce que tu as fait dernièrement, mais j'ai vu suffisamment de Terraliens en fuite pour reconnaître la mine que tu affiches ; dans environ cinq minutes, tu perdras connaissance.

Même si chaque nerf de mon corps est prêt à filer, je m'oblige à croiser son regard, puis à effectuer deux pas lents vers lui pour lui arracher les barres protéinées et reculer immédiatement et retrouver Benson dès que je tiens la nourriture à la main. Je déchire l'emballage et prends une bouchée en gardant toujours les yeux sur Jay.

Pour parler franchement, il a une mine horrible. Les cernes sous ses yeux — ils ne sont pas uniquement le produit d'un manque de sommeil. Sa peau a un drôle d'air, comme si elle avait grandi d'une taille de trop et pendait maintenant de lui. Comme si elle fondait.

— Est-ce que ça va, Jay ? demandé-je, la bouche remplie de la barre protéinée à moitié mâchée.

Jay ne répond pas ; il esquisse un petit geste, puis Reese et Elizabeth sortent des buissons pour le rejoindre avec la même lenteur incertaine. J'ai déjà déchiré l'emballage d'une deuxième barre dont j'ai pris une grande bouchée, mais à la vue de ces deux-là, ma bouche devient sèche.

Même si je sais qu'elles disaient la vérité.

Même si c'était probablement une erreur de les quitter en premier lieu.

Cependant, Jay, Reese et Elizabeth sont ceux qui pointent des armes vers moi — et vers le garçon que j'aime. C'est difficile de ne pas les voir comme des ennemis quand ils pointent des revolvers sur nous.

— Nous voulons simplement te parler, précise Reese avant que je ne puisse ouvrir la bouche.

— Pourquoi faites-vous ceci ? demandé-je quand j'ai englouti la deuxième barre, en un temps étonnamment court, et déjà je déballe une troisième barre. Je croyais que vous faisiez partie de la Curatoria. N'êtes-vous pas supposés aider les Terraliens ?

« Les aident-ils vraiment ? »

Supposément. Du moins, c'est ce qu'ils disent.

Rebecca considère qu'ils sont *plus* dignes de confiance que les membres de la Réduciata, mais est-ce vraiment là un gage de confiance ?

— C'est ce que nous faisons, affirme Reese. Et nous faisons tout notre possible pour te garder en vie, mais tu ne nous rends pas la tâche facile.

Le choc ressenti devant toute cette situation se dissipe, et je n'ai plus peur.

Je suis en colère.

– Si vous m'aviez confié *la moindre* parcelle d'information, peut-être n'aurais-je pas réagi de la sorte. Avez-vous une petite idée de ce que j'ai éprouvé au cours de la dernière semaine ? m'emporté-je.

– Si tu *nous* avais confié la moindre information sur ce que tu vivais, peut-être aurions-nous pu t'aider, rétorque-t-elle sans émotion.

Je ferme la bouche. Je ne prendrai pas part à cet échange de reproches.

– Vous n'êtes pas ma tante et mon oncle, n'est-ce pas ? demandé-je sans prendre la peine de masquer l'accusation dans ma voix.

La question demeure suspendue dans l'air ; une question à laquelle ils ne veulent manifestement pas répondre.

– Non, répond enfin Reese. Mon nom est Samantha. Sammi.

J'éclate presque de rire au surnom. Il correspond si bien à sa chevelure blonde et coquine et à sa taille de poupée. Cependant, le nom ne cadre pas vraiment avec sa personnalité officielle et sérieuse.

– Et toi ? lancé-je en tournant la tête vers Jay, qui a pris appui contre un arbre, comme si se tenir debout exigeait trop d'effort.

– Mark. Mark, tout court, ajoute-t-il maladroitement.

– Pourquoi la mise en scène ? demandé-je, mes mots comme des balles.

– Pour te placer en garde protectrice sans te bouleverser avec toute l'histoire d'un seul coup. C'était déjà assez difficile pour toi de gérer la mort de tes parents – sans parler du traumatisme physique – sans en plus te bombarder d'éléments surnaturels. Nous essayions de nous montrer aimables tout en te cachant en sécurité.

– Avez-vous tué ma tante et mon oncle pour leur prendre leur identité ?

– Nous n'opérons *pas* de la sorte, Tavia, s'emporte Sammi, manifestement offusquée. Ils sont vivants et croient que tu es morte dans l'accident. Et crois-moi quand je te dis que la falsification de documents du bureau de la sécurité des transports n'est pas une mince affaire.

– Tavia, fait Elizabeth en prenant la parole pour la première fois, si tu as déjà cru en la *moindre* de mes paroles, crois-moi : Sammi et Mark ont dévoué chacune de leurs heures diurnes depuis plus d'un *an* à veiller sur ta sécurité.

– Sans parler de ce que nous avons fait il y a dix-huit ans, ajoute Reese en marmonnant.

Elizabeth lui jette un regard dur, puis enchaîne :

– Nous avons failli te perdre dans l'accident d'avion, et cet échec nous hante chaque jour. Je te promets que tu ne peux pas être plus en sécurité qu'en présence de nous trois.

« Plus en sécurité qu'avec Benson ? songé-je avec ironie. Impossible. »

Mais je ne dis rien ; je me contente de prendre Benson par les mains. Il garde le silence et laisse libre cours à mes paroles, mes frustrations, mes accusations. Toutefois, il n'a pas bougé d'un centimètre, et sa poitrine chaude offre un appui solide à mon dos. Il est aussi immuable que ces vieux arbres. Il me donne l'impression d'être forte. Hardie. Meilleure.

– Je t'en prie, dit Elizabeth, permets-nous de t'amener en un lieu sécuritaire. Nous parlerons de tout ce que tu veux alors, mais nous tentons le destin en restant ici, visibles comme cela.

— Nous sommes plutôt loin de la route, réponds-je d'un ton sarcastique en désignant la végétation touffue qui nous entoure.

— À moins d'être sous verre blindé, n'importe où est un endroit où nous sommes *visibles* selon moi, tranche Reese. Je t'en prie, laisse-nous t'amener dans un lieu sécuritaire.

— Je n'irai nulle part avec vous, rétorqué-je. Je ne veux rien avoir à faire avec la Curatoria ou la Réduciata.

— Pour parler franchement, je ne pense pas que tu survivras longtemps seule. Je n'ai jamais vu la Réduciata pourchasser quelqu'un avec un tel sérieux. Provoquer l'écrasement d'un avion ? affirme Mark en confirmant ainsi mes soupçons. C'est un acte mercenaire, même pour eux. Nous sommes arrivés sur les lieux de l'accident de voiture à Bath environ une heure après qu'il soit survenu et, pour dire la vérité, nous étions persuadés qu'ils avaient réussi à avoir ta peau à Freeport.

Je serre la mâchoire. Ils n'étaient *jamais* loin derrière. Malgré tout, ils avaient du retard sur la Réduciata dont les membres se sont rapprochés de nous progressivement. J'aimerais prendre la main de Benson et courir (je désire tant fuir), mais serait-ce là la mort assurée pour nous deux ?

— Ils veulent mettre la main sur *toi*, enchaîne Mark. Précisément, et très sérieusement. Après l'écrasement de l'avion, nous avons dû te cacher, car lorsque la nouvelle s'est propagée voulant que tu sois la seule survivante, les membres de la Réduciata ont su tout de suite qu'ils avaient échoué dans leur tentative d'assassinat. Seul un Terralien aurait pu survivre à cet accident.

Mes doigts se serrent sur la peau glacée de Benson.

– En quoi l'écrasement a déclenché tout ceci ? Je ne comprends pas. Je ne savais rien de toute cette histoire à cette époque.

– L'instinct de préservation d'un Terralien est extrêmement fort, annonce simplement Reese – Sammi – comme si nous discutions le parcours migratoire des papillons. Un Terralien possède une conscience qui frôle la préconnaissance ; une autodéfense impulsive dans des domaines qu'il n'a jamais appris dans sa mémoire consciente – voilà de quoi nous parlons. Un éveil soudain des pouvoirs dans une situation de danger mortel est bien pâle en comparaison de ce dont j'ai été témoin dans ma vie. Le simple fait de vouloir rester en vie a ramené tes capacités en premier plan. Nous ne savons pas exactement *ce* que tu as fait, mais tes instincts ont pris le relais d'une manière ou l'autre, et tu as créé quelque chose pour te sauver la vie.

Ma gorge est resserrée alors qu'une question évidente me frappe comme un boulet.

– C'est moi qui ai agi ? Je me suis sauvée la vie ? murmuré-je, et je peux lire dans les yeux d'Elizabeth qu'elle sait la question qui suivra.

Je cligne des yeux, mais cela ne réussit qu'à faire rouler les larmes sur mes joues ; des traces brûlantes de douleur sur ma peau.

– Dans ce cas, pourquoi ne pouvais-je les sauver aussi ?

– Je crois que tes instincts inconscients ne pouvaient rien faire au-delà de ta propre préservation, fait Mark d'un ton lourd d'empathie – réelle ou feinte. Tu ne peux pas te sentir coupable à ce sujet, Tavia.

Mais je me sens coupable.

Si j'ai réussi à me sauver la vie (même sans comprendre consciemment mes pouvoirs), alors j'aurais pu les secourir aussi.

Et je ne l'ai pas fait.

Benson enroule un bras autour de ma taille, et je m'agrippe à lui en forçant mes poumons à se remplir plusieurs fois, même si j'ai l'impression que de petits poignards s'enfoncent dans ma poitrine.

La vérité devrait être simple. Et ceci n'a rien de simple. Je suis dans un conte de fées. Et je ne parle pas d'un conte de fées du type où le prince charmant embrasse la princesse, mais d'une histoire où le loup mange la grand-mère, la sirène se transforme en écume de mer, et la danseuse se fait trancher les pieds.

– Comment avez-vous même su qui j'étais ? demandé-je d'une voix étouffée.

– Oh, Tave, nous avons fait tellement de recherche, indique Sammi en affichant une mine fatiguée à cette pensée. Des recherches sur des *générations*. Ma famille est formée de Curadeurs depuis plus de dix générations ; l'appartenance dans les deux confréries est souvent une affaire de famille.

– Comme la mafia, fait sèchement Benson en parlant pour la première fois.

Reese lui jette un regard agacé, mais continue son récit comme s'il n'avait pas pris la parole.

– Je suis formée par mon père depuis l'âge de seize ans et j'ai passé ma vie à chercher des Terraliens. Nous disposons de nombreuses méthodes, mais aucune d'entre elles n'est simple ni infaillible. Honnêtement, si votre apparence n'était pas semblable d'une vie à l'autre, nous n'aurions pas le moindre espoir de vous trouver.

Je me souviens de ma vision de Rebecca. Ses cheveux étaient plus longs, mais autrement, nous étions identiques.

– En fait, j'ai… j'ai un lien avec toi, en quelque sorte, dit Sammi.

– Quel genre de lien ? demandé-je, incapable de masquer la suspicion dans ma voix.

Elle plonge les mains dans un grand sac posé contre sa hanche, et je recule en brandissant les bras devant Benson, mais Sammi ressort un dossier portant le symbole de la plume et de la flamme de son sac. Elle avance vers moi en soulevant le dossier comme s'il s'agissait d'un drapeau blanc.

C'est étrange d'échanger des documents dans la forêt, debout sur un tapis de feuilles mortes, mais quelle partie de toute cette expérience n'a pas été étrange ? Je prends le dossier et l'ouvre tout en tentant de garder un œil sur Sammi.

C'est bizarre de voir mon visage dans une photographie dont je ne me souviens pas. L'image a la teinte sépia que prennent les vieilles photos, et je me vois porter un pull à grand col et un jeans à taille haute. Je suis couchée sur le ventre, occupée à lire un livre.

– Quand cette photo a-t-elle été prise ? demandé-je en étudiant les petits détails faciaux devenus si intimement familiers au fil des ans.

C'est bizarre comme ils me semblent étrangers à présent.

— Il y a dix-huit ans, fait Sammi, et je me souviens alors de l'énoncé énigmatique qu'elle a prononcé quelques minutes plus tôt.

Je fronce les sourcils.

— Je suis morte jeune.

— C'est vrai.

Je glisse un doigt sur l'autre visage dans la photographie — le menton pointu de l'adolescente que Samantha a été. Ses cheveux sont plus courts, et elle est un peu plus mince, mais c'est bel et bien elle.

— C'est toi.

— Oui, quand j'étais adolescente, et c'est toi dans la peau de Sonya. Et malgré tout, ajoute-t-elle avec un rire, tu es *beaucoup* plus facile à vivre dans cette vie.

— « Belliqueuse », récité-je en lisant le texte de la prochaine page du dossier, mais il n'y a aucun humour dans mon ton.

Je ne suis pas prête à voir *quoi que ce soit* d'amusant dans tout cela.

— Cela te résume assez bien. Tu n'avais aucune confiance en nous, même après que nous ayons réussi à raviver tes souvenirs. Et tu refusais de nous dire *quoi que ce soit.*

J'atteins la fin du dossier, et chaque parcelle de moi se replie dans le déni.

— Il est indiqué ici que je me suis suicidée. Si vous, les membres de la Curatoria, êtes si obligeants et dignes de confiance, pourquoi me suis-je ôté la vie ?

Sammi demeure silencieuse un bon moment en faisant tourner encore et encore son alliance autour de son doigt. Quand elle reprend la parole, sa voix est basse et grave.

– Le lien entre les partenaires est si fort qu'il devient souvent la raison de vivre d'un Terralien. Juste avant de te trouver, nous avions trouvé ton partenaire. Son nom était Darius alors. Cependant, nous n'avons pas été les seuls à le retracer. Malheureusement, sa piste était trop claire, et la Réduciata l'a repéré… et…

Elle étend les mains devant elle.

– Tu dois comprendre une chose, Tavia. Pour un Terralien, la mort n'est pas ce qu'elle est pour le reste d'entre nous. Ce n'est pas la fin, mais plutôt un bouton de réinitialisation. Ce n'est pas que tu as cessé de vouloir vivre, mais tu voulais être dans la même époque que Darius. Ou Quinn. Peu importe le nom que tu lui donnes. Tu ne voulais pas être âgée de vingt-trois ans de plus que lui lorsque tu retrouverais sa prochaine incarnation. Tu souhaitais que vous soyez tous deux au même stade afin d'avoir la chance de passer une longue vie ensemble.

– Alors je me suis *ôté la vie* ? demandé-je.

La logique froide du geste n'enlève rien à son côté horrible.

– Ce fut un dur moment pour moi aussi, admet Sammi, même si je comprenais sa signification. Depuis, j'ai dédié en grande partie mon travail à titre de Curadrice à repérer Darius et toi afin de vous réunir. Pour réparer cette injustice. C'est là l'œuvre de ma vie. Donc, quand j'ai reconnu ton style de peintre en le comparant aux quelques œuvres créées par Rebecca que nous détenons, j'ai enfin pu conclure la première étape de ma mission.

— Eh bien, tu peux y mettre fin maintenant. Je ne veux pas être avec lui.

Je prends de nouveau la main de Benson, entortille nos doigts et je souris.

— Je veux être avec Benson. Nous n'avons pas besoin de toi et nous n'avons certainement pas besoin de ce type — Darius, Quinn, peu importe. Nous avons seulement besoin l'un de l'autre.

Benson répond à mon sourire, mais il semble nerveux, crispé. Sa main agrippe la mienne comme s'il craignait me voir prendre la fuite à tout moment.

— Ne veux-tu même pas te donner la peine de le rencontrer ? demande Sammi.

— Rencontrer qui ?

— Ton partenaire, Quinn Avery. Le garçon qu'il est actuellement ?

Elle brandit un autre fichier.

J'essaie de ne pas en être affectée. J'ai un garçon qui m'aime ; je n'en ai certainement pas besoin d'un autre. Cependant, Sammi continue de tendre le dossier, et enfin, je laisse tomber mon attitude nonchalante pour le prendre et en lire l'étiquette.

— Logan Sikes, lis-je.

Je tiens le dossier, compte jusqu'à trois, puis je l'ouvre.

Et le voilà.

Un type dans une photo de vingt centimètres par vingt-cinq — un adolescent, comme moi. Quelque part au fond de mon esprit, une voix que je reconnais vaguement comme étant celle de Sonya jubile. « Ça a fonctionné ! » Et même en la repoussant, je comprends qu'elle a raison. Nous avons le même âge. Nous pourrions être ensemble et passer toute une vie ensemble.

Sauf que.

Je ne le veux pas.

Tavia ne le veut pas.

Elles le veulent. Elles le désirent avec une telle force que je ne suis pas certaine si mon cerveau peut gérer ces opinions diamétralement opposées sans se déchirer.

Pour gagner du temps, je tends le bout des doigts pour toucher le visage familier de Quinn qui a pris un air moderne sous les traits de ce type, Logan. Ses cheveux sont plus courts, ébouriffés et recouvrent presque ses yeux verts plutôt que d'être noués à l'aide d'un ruban. Le voir vêtu d'un jeans et d'un t-shirt paraît si étrange, mais pourtant, il semble bien à l'aise, le regard jeté par-dessus une épaule.

Je peux nier le désir de mon cœur, me raccrocher à Benson, ignorer l'avertissement d'Elizabeth, faire fi des voix de Rebecca et de Sonya.

Mais je ne peux échapper à ces yeux.

Je connais ces yeux. J'ai aimé ces yeux. J'y ai plongé le regard tandis qu'ils me regardaient amoureusement. Des centaines de fois. Des milliers de fois. Mon souffle est dru tandis que je fixe ses yeux, hypnotisée.

En désespoir de cause, je traîne le regard vers la date au bas de la photo.

— Ce cliché a été pris hier ? haleté-je, et Sammi hoche la tête en prenant mon désarroi pour de la joie.

— Alors qu'il marchait pour se rendre à l'école. Je l'ai vu de mes yeux. En chair et en os, et non pas cette vision de Quinn Avery que tu aperçois depuis une semaine. Il est réel. Il est la raison pour laquelle j'ai dû partir pour Phoenix si soudainement. Voilà *où il habite.*

Phoenix. J'y suis presque allée. Ma rencontre avec le *fantôme* de Quinn a bien failli me déchirer le cœur et l'âme ; qu'est-ce que ce serait de faire la rencontre du vrai Logan ?

Sammi se penche vers moi.

– Je suis désolée de ne pas t'avoir dit plus tôt que j'avais cru l'avoir trouvé – je vois bien maintenant que j'aurais dû, mais... Tavia, j'ai presque été détruite par ta décision de t'ôter la vie alors que tu étais ma responsabilité. J'étais là quand mon père t'a annoncé que Darius était mort. Tu... tu ne peux même pas imaginer la dévastation que j'ai lue dans tes yeux. Ou peut-être que oui, fait-elle d'un ton ironique. Tu te souviens sûrement de cela.

J'hésite.

– En fait, non. Il y a bien des choses dont je ne me souviens pas. Je me rappelle surtout ma vie dans la peau de Rebecca, mais même ce souvenir est vague. Je... je *sens*, décidé-je spontanément sans trop savoir comment mieux le décrire, que ce n'est pas *supposé* se produire de la sorte. Qu'il devrait m'être plus facile de me souvenir de tout.

Je laisse la question non posée flotter dans l'air.

– Tu ne te souviens de rien au sujet de Sonya ? Rien du tout ? demande Sammi.

– Seulement... une impression de familiarité, admets-je. Un filet de voix dans mon esprit.

– Te souviens-tu..., commence-t-elle avant de s'interrompre. Le temps est mal choisi ; nous pourrons reparler de Sonya plus tard. Liz a effectué une tonne de recherche après l'accident d'avion, et sa théorie est que ton traumatisme crânien rend le processus plus difficile. De la même façon qu'il t'a été si difficile de recommencer à dessiner.

– Voilà pourquoi nous craignions de causer encore plus de dommages, précise Elizabeth.

– Le processus sera-t-il toujours douloureux ? demandé-je d'une voix faible, et mon corps entier est crispé au souvenir de la douleur provoquée par le collier.

Sammi relève le menton.

– C'est…

– Le cerveau des Terraliens ne fonctionne pas tout à fait comme le nôtre – même celui de ceux parmi nous qui avons des Terraliens dans notre famille, interrompt Elizabeth. C'est la raison pour laquelle tu vois des choses invisibles au reste d'entre nous.

Elle marque une pause.

– Comme les triangles brillants.

Mes yeux s'écarquillent, et je tente de l'interroger à ce sujet, mais Elizabeth me coupe la parole.

– Selon ce que nous en savons, les synapses se joignent et s'alimentent différemment. Ce que nous ne savons pas est dans quelle mesure ton traumatisme crânien affectera tes synapses. Mais non, en temps normal, les souvenirs *ne devraient pas* te faire de mal.

Elle hésite et semble comprendre à quel point le processus a été douloureux, même si je n'en ai pas parlé.

– J'ignore si le processus continuera d'être douloureux, mais à présent que tu as retrouvé ta mémoire initiale, tirée d'une de tes créations, le *pire* devrait être passé. Dorénavant, nous espérons qu'il s'agira simplement pour toi de fouiller dans les souvenirs depuis le changement que tu as déjà évoqué.

— J'avais espéré ramener Logan avec moi et effectuer la traction de ses souvenirs en vous réunissant.

Sammi parle d'une voix douce et égale, mais j'ai vécu avec elle assez longtemps pour déceler la frustration sous-jacente dans son ton.

— Mais quand tu as pris la fuite, tu as saboté cette possibilité.

— Si tu attends mes excuses à ce sujet, la nuit sera longue, dis-je en me blottissant contre Benson, les bras toujours enroulés autour des dossiers que je serre contre moi.

Je ne les lui rendrai pas.

— Je n'attends rien. Nous savons où se trouve Logan ; nous t'amènerons à lui ce soir.

Elle lève la tête et croise mon regard.

— De force, si cela est nécessaire.

— Que veux-tu dire, « de force » ? m'emporté-je. Je pense que tu te laisses aller au mélodrame.

Sammi regarde Mark, et ensemble, ils ont un échange silencieux. Je pose une main sur ma hanche en attendant de les voir décider s'ils continueront de me mentir. Cependant, Mark hoche brièvement la tête, et Sammi repose sur moi des yeux clairement hantés.

— Mark est atteint du virus.

CHAPITRE 36

— Le virus ? Celui dont on parle aux nouvelles ? demandé-je en prenant la main de Benson.

Je lui serre les doigts avec une telle force que je suis persuadée de lui faire mal, mais il ne se plaint pas.

— Selon mon estimation, il dispose de douze à dix-huit heures, fait Sammi d'une voix étouffée.

Je regarde du côté de Mark en comprenant maintenant pourquoi sa peau est flasque, ses yeux sont si cernés — même les signes de fatigue détectés avant ma fugue : il se meurt.

Et alors, au moment où j'allais détourner les yeux, il scintille. J'inspire bruyamment.

Je comprends tout maintenant. Je vois le scintillement que les autres ne voient pas parce que je suis une Terralienne. La journaliste à la télévision : elle est probablement morte ou mourante. La dame qui m'a donné un pansement : il y a fort à parier qu'elle est décédée. Qu'en est-il de l'homme devant la confiserie ? Si le fait de scintiller indique la présence du virus, que signifie une disparition complète ? Je secoue la tête pour chasser cette pensée ; je n'ai pas le temps d'y réfléchir.

— Qu'est-ce que le virus a à voir avec moi ? demandé-je d'une voix mal assurée.

— Quelque chose a changé quand tu as survécu à l'écrasement de l'avion, Tave. À cette époque, ils voulaient te tuer — ils le souhaitaient ardemment. Maintenant ? Ils veulent te *prendre*.

— Ce n'est pas l'impression qu'ils donnent, grommellé-je en songeant au type aux verres fumés qui a ouvert le feu sur moi, à la voiture qui m'a presque frappée, à la BMW carbonisée devant l'hôtel.

— Crois-moi, indique Sammi, si la Réduciata souhaitait réellement ta mort, cette voiture à Bath *n'aurait pas manqué sa cible*. Les Réducteurs ne sont pas des amateurs : il ne s'agissait pas d'une tentative d'assassinat ratée, mais bien d'un message, d'un avertissement. J'aimerais seulement savoir à qui il s'adressait. Ils *veulent* que tu recouvres la mémoire, et alors, ils tenteront de t'enlever. Et nos sources affirment que la Réduciata te veut, car tu sais quelque chose à propos du virus.

— Mais je ne sais rien ! protesté-je.

— Tavia, l'unique chance de survie de Mark réside dans ta réunion avec Quinn, ou plutôt Logan. Il faut vous lier afin que tu refasses surface. Nous espérons que par ce processus, tu te souviendras de ce pour quoi la Réduciata a besoin de toi.

— Mais je ne peux pas... Je ne...

— Tavia, je t'offre la chance d'être réunie avec Logan. À l'âge de *dix-huit ans*, ajoute-t-elle, et je décèle une pointe désespérée dans sa voix. De passer toute une vie avec lui. C'est ce que tu as toujours voulu alors pourquoi cette opposition ?

Sa patience s'étiole – elle n'a aucunement conscience que j'ai promis ma vie à Benson à peine quinze minutes plus tôt.

Je vais respecter cette promesse.

D'une manière ou l'autre.

Sammi prend une profonde respiration et passe les doigts dans ses cheveux courts pour regagner une meilleure maîtrise d'elle-même.

– Un jet privé nous attend ; tu pourras dormir en chemin, et nous te servirons de la meilleure nourriture.

– Non.

Ma voix semble rugir dans la clairière, et je jure entendre des gens remuer dans les arbres derrière moi.

Sammi se fige.

– Que veux-tu dire par « non » ? Tu *dois* nous accompagner. Et le temps presse ! Pas seulement pour Mark, mais pour nous tous. Soixante-quatre personnes sont mortes en raison du virus aujourd'hui, et ce nombre ne fera qu'augmenter.

Elle étale la main pour pointer vers le néant, vers le monde, vers tout le monde.

– J'ignore ce que la Réduciata veut de toi exactement, mais cela doit être lié au virus, sans quoi, les Réducteurs se contenteraient de t'abattre. Tu ne comprends pas : ils ont un plan, quelque chose se trame. Au cours des dernières années, ils ont *changé* leurs méthodes. Ils se préparent à…

– Je m'en fiche ! hurlé-je en coupant net le flot de paroles qui coule de sa bouche. Peu importe ce qu'ils planifient, ce n'est qu'un moment parmi des *milliers* d'années d'histoire de sang et de complots, et je ne veux *plus* en faire partie !

Je me tourne vers Mark.

— Je suis profondément désolée, Mark, mais je… je ne peux pas t'aider… J'ignore tout du virus.

Je me retourne vers Sammi et Elizabeth.

— Je ne veux rien avoir à faire avec la Curatoria ni la Réduciata, et si vous voulez vraiment m'aider, comme vous le dites, vous respecterez ma décision.

Mes jambes tremblent, mais je m'oblige à rester calme, à paraître en contrôle.

— Songes-y, Tavia, fait Sammi en évitant soigneusement de regarder Benson et en modifiant sa tactique. Voilà l'occasion pour toi d'être une vraie déesse et de *sauver l'humanité.* Après ton châtiment, ne crois-tu pas qu'il s'agit là de la rédemption ultime ? Par-dessus tout, voilà ta chance de passer une *vie entière* avec ton partenaire. Tu y renoncerais pour passer quelques années avec un type que tu viens tout juste de rencontrer ?

— Sans vouloir t'insulter, marmonne Mark avec ironie.

— Peser mes mots n'aidera personne, rétorque Sammi sans me quitter des yeux. Crois-tu pouvoir lutter contre des milliers d'années de désir et d'amour dont tu te souviendras de plus en plus chaque jour ? Et pourquoi le voudrais-tu quand tu peux être avec lui *et* agir pour stopper la Réduciata ?

— Tu ne peux pas m'amener à tomber amoureuse de quelqu'un simplement parce que c'est « censé arriver », argumenté-je, et mon estomac est creux quand j'essaie de réprimer mon sentiment de culpabilité.

Cependant, je ne peux être l'héroïne qu'ils voient en moi ! Je ne sais rien de ce virus !

– Non, fait Sammi d'une voix douce. Je ne le peux pas, dit-elle avant de pointer vers ma tête, mais *elles* le peuvent. Les centaines de femmes en toi, les centaines de femmes amoureuses de lui. Et elles ne feront que grandir en force et en résonance jusqu'à ce que tu regrettes amèrement le jour où tu as refusé d'accourir entre les bras de Logan quand tu en avais la chance. Je ne fais qu'énoncer la réalité. Crois-tu être la seule Terralienne à avoir eu une vie avant que ses souvenirs ne soient ravivés ? J'en ai vu des gens et j'en ai lu des journaux : tu ne peux pas lutter contre ceci, Tave. Et quand tu le comprendras, tu seras morte, la majorité de l'humanité aura disparu et il sera trop tard. Songe sérieusement à cela.

Je la fixe d'un regard plein de défi, mais elle soutient mon regard ; ses yeux sont cinglants de colère et de peur.

Elle ne ment pas ; à tout le moins, elle croit dire la vérité.

Mais la vérité, comme la beauté, appartient à celui qui la voit.

– Tavia, fait Benson d'une voix basse et faible, mais elle vibre jusqu'au milieu de ma poitrine. Peut-être a-t-elle raison.

– Non, Benson, elle a tort !

Je me tourne vers lui, et il me prend le visage entre les mains ; mes joues sont blotties dans ses paumes, son visage est à quelques centimètres du mien.

– Je resterai près de toi tant que tu le voudras, dit-il dans un murmure réservé uniquement à mes oreilles. Mais ce virus va ravager le monde. Et si tu es la clé pour le stopper, tu dois courir le risque. Si elle dit vrai, tu regretteras peut-être un jour avoir pris cette décision. Je connais ce sentiment et… je ne sais pas si je pourrais le supporter.

— Je ne sais pas si elle *dit* vrai, répliqué-je. Je ne sais rien ! Et je crois que Rebecca ne sait rien non plus.

— Le jeu en vaut-il la chandelle ?

— Oui, insisté-je sans me prendre la peine de chuchoter — je me fiche de qui peut m'entendre. Benson, chaque personne que j'ai aimée m'a été arrachée par la mort ou la trahison, dis-je en brandissant la main en direction de ceux que j'ai appris à aimer sous l'identité de Reese et de Jay. L'occasion de choisir le désir de mon cœur et d'être avec celui que je veux *vaut le risque.*

Voilà ma vérité ; *il* est ma vérité.

Sammi cille, imperturbable pour une fois.

— Tavia, je ne voulais pas aborder ce point, mais tu *dois* être réunie avec ton partenaire, dit-elle d'une voix égale. Sans quoi, vous mourrez tous les deux. Pour toujours.

— De quoi parles-tu ? demandé-je en m'avançant, le menton relevé. Je suis une Terralienne. Mon âme est immortelle et liée à la terre pour l'éternité.

C'est la voix de Rebecca qui s'exprime de nouveau. Je n'essaie pas de la repousser ; elle sait de quoi elle parle.

— Voilà ce que nous avons cru durant des milliers d'années, répond Sammi, mais grâce aux renseignements d'un Terralien de la Réduciata venu à nous il y a quelques décennies, nous avons découvert que ce n'est pas tout à fait vrai. Nous avons essayé de garder cette information secrète, mais tu dois connaître la vérité maintenant.

Je me sens chancelante et je prends appui contre la poitrine de Benson pour essayer de rester droite. Bien que je n'arrive pas à me souvenir de toutes mes vies (d'aucune d'entre elles, pour parler franchement), je pressens une base de vérité qui remonte à des milliers d'années, voire des millions : il existe *toujours* un autre jour, une autre vie, une autre chance de mieux faire, d'être meilleur. Même l'ombre d'une menace contre ce fait m'ébranle jusqu'au cœur.

– Mon existence dépend du petit ami que je choisis, lancé-je, la voix lourde d'incrédulité.

Sammi me jette un regard étrange tandis qu'Elizabeth s'avance.

– Tu ne te souviens pas pourquoi tu dois le retrouver, n'est-ce pas ?

J'ai peur de répondre. D'avoir l'air stupide et de dépendre d'eux.

– Ceci n'a rien à voir avec la romance, Tave. Nous parlons de vie ou de mort – de ton châtiment.

– Celui pour avoir créé les humains ? demandé-je d'une voix tremblante.

Elizabeth hoche la tête.

– Tu sais que les objets que tu crées disparaissent environ cinq minutes plus tard ? Quand tu rétabliras ton lien avec Quinn, ces objets deviendront permanents.

– Ce qui, en fait, est la partie la *moins* importante, ajoute Sammi. Les pouvoirs d'un Terralien sont comme…

Elle marque une pause.

– Voyons, comment te l'expliquer le mieux possible ? Les Terraliens sont comme des piles. Chaque vie où les partenaires se retrouvent est comme une recharge de cette pile. Non seulement vos pouvoirs deviennent permanents, mais aussi plus forts. Et lors de chaque vie où vous établissez ce lien, vos pouvoirs faiblissent.

Elle jette un regard à la dérobée vers Mark, et je n'aime pas la peur que je lis dans ses yeux. Ce n'est pas une peur *pour* moi, mais *de* moi. Elle craint de me dire ce qui vient. Elle craint ma réaction.

— Et comme des piles, les Terraliens meurent au bout du compte.

— Non, fais-je en rejetant ses paroles. Nous existons depuis le début des temps. Nous ne *mourrons pas.*

— Les Terraliens meurent après un nombre suffisant de vies.

Je ne dis rien.

C'est *impossible.*

— Durant des siècles, nous avons cru que la Réduciata était motivée par la cupidité ; principalement par une soif de pouvoir. Et bien qu'il *s'agisse* de la vérité, la réalité est pire que ce que nous imaginions. Les deux confréries conservent des dossiers méticuleux. La Réduciata a été la première à découvrir ce fait, mais quand nous en avons eu vent, il nous a été facile de le confirmer. Les Terraliens détiennent une source de pouvoir limitée, et la réincarnation nécessite une grande dose de pouvoir. S'ils ne retrouvent pas leur partenaire pour une période suffisante — afin de réapprovisionner cette source —, ils épuisent l'énergie requise pour permettre à leur âme de… migrer.

Je lève les mains comme si je peux l'empêcher de parler. Comme si la vérité n'existera plus si elle ne la prononce pas à voix haute.

— Donc, au final, lors de ta mort, tu disparaîtras. Comme le reste d'entre nous.

Quand je demeure silencieuse, elle enchaîne comme pour remplir le silence inconfortable.

— Voilà l'objectif de la Réduciata. Les Réducteurs croient que s'ils arrivent à tuer de façon permanente un nombre suffisant de paires de Terraliens, leurs pouvoirs seront remis aux dieux restants. Ils essaient de recouvrir le niveau de force que possédaient à l'origine les Terracréateurs ; ce que les Terraliens étaient avant la chute. Et ils ont fait du bon boulot en ce sens jusqu'à présent.

– Combien ? chuchoté-je.

– Combien de quoi ?

– Combien de vies ?

Sammi hésite.

– Sept.

Le calcul s'effectue instantanément dans mon esprit. Deux cents ans ont passé depuis la dernière fois où j'ai été avec Quinn.

– Je suis dans ma septième vie, n'est-ce pas ?

Sammi opine.

– Et Logan ?

Dans mon esprit, il est déjà devenu cette nouvelle personne, ce nouveau nom.

– Selon nos informations, il s'agit de sa septième vie aussi, confirme Sammi.

Le message est d'une clarté brutale : si je fuis avec Benson, Logan et moi cesseront d'exister dès notre mort.

Et peut-être que le monde périra avec nous.

Il y a cinq minutes, je croyais être prête à tout abandonner pour l'amour, mais maintenant, il me faudra renoncer à l'amour afin de sauver le monde ?

Je laisse mon menton tomber contre ma poitrine, ce que Sammi interprète comme un signe de défaite.

– Tu ne le regretteras pas, affirme-t-elle avec une pointe d'excitation dans la voix.

Avant que je ne puisse la contredire, elle fouille dans son porte-documents un moment avant de s'avancer pour déposer quelque chose dans ma paume.

— Quand je t'ai rencontrée pour la première fois, dans la peau de Sonya, tu avais si peur de nous. Tu craignais surtout d'être découverte par la Réduciata. Puis quand tu as appris la mort de Darius, tu... Tu ne voulais plus jamais te remémorer cette vie. Du tout. Tu refusais de nous donner la moindre information qui nous aurait permis d'effectuer une traction de ta mémoire ; tu ne nous communiquais que le strict nécessaire. Cependant, un jour, je suis rentrée pour découvrir qu'en te couchant sur le sol pour lire, tu avais tressé le coin du tapis sans t'en apercevoir. Ce n'était pas grand-chose, mais, techniquement, c'est ta création.

— Veux-tu dire que je l'ai créé à l'aide de mes pouvoirs ? demandé-je, sans comprendre.

Elle secoue la tête.

— Je te dis depuis des mois que ton côté artistique est une partie intégrante de qui tu es. Tu n'as pas à effectuer un geste surnaturel pour créer un objet qui t'aidera à raviver tes souvenirs, sans quoi, que resterait-il aux Destructeurs ? Il te suffit simplement de *créer*. En règle générale, la création se fait de façon artistique : les arts, la peinture, la sculpture ou, fait-elle en désignant mon collier, la confection de bijoux. Malgré sa simplicité, je suis presque certaine que ce bout de tapis compte. J'ai noué les bouts et coupé ce qui dépassait. Il ne devrait pas avoir une grande importance ; une traction de mémoire à l'aide d'une création faite lors de n'importe quelle vie devrait permettre de restaurer tous tes souvenirs. Mais je l'ai gardé au cas où. Et maintenant ?

Ses cils se relèvent et dévoilent des yeux d'un bleu intense.

— J'ignore si tu veux te souvenir de cette vie ou non. Tu ne nous as jamais dit ce qui t'était arrivé pour te rendre si paranoïaque. Peut-être est-il préférable que ce passé demeure enfoui, mais je pense que le choix *t'appartient.*

J'ai peur de tendre la main, mais je n'ai pas à le faire; Sammi secoue déjà la tête.

— N'y touche pas, dit-elle. Ne le regarde même pas. Pas tant que *tu* n'auras pas décidé si tu le veux ou non. Ces souvenirs se trouvent *peut-être* déjà dans ton esprit, mais si Elizabeth a raison, tu auras peut-être besoin de *ceci* pour récupérer les souvenirs de Sonya. Je vais le mettre ici.

Elle glisse un sac refermable dans une pochette de mon sac à dos et le tend vers moi.

— Le reste t'appartient.

Alors, sans me donner la chance d'encaisser sa confession, elle s'éloigne.

— Je vais appeler le pilote afin qu'il prépare le départ. Ramasse tout ce que tu veux apporter de la voiture que tu as *empruntée,* lance-t-elle par-dessus son épaule. Nous la laisserons ici. Peut-être retrouvera-t-elle son propriétaire.

Je me tourne vers Benson et appuie mon front contre son épaule pour puiser sa force pendant que ses bras m'entourent pour me serrer contre lui. J'ai l'impression que mon corps entier est dépourvu d'énergie après tout ce que j'ai appris aujourd'hui.

Merde, au cours des derniers jours.

Il est mon point d'ancrage dans la réalité. Non, bien plus que cela : il est ma raison, ma santé mentale.

— Je ne sais pas quoi faire, admets-je, mes lèvres près de son oreille.

— Commençons par récupérer nos affaires, chuchote-t-il. Ainsi, si tu décides de prendre la fuite, tu seras prête. Mais, fait-il avant de marquer une pause, si tu le *veux* toujours, peut-être vaudrait-il mieux les accompagner ce soir et fuir demain. Au moins, nous serons à des milliers de kilomètres d'ici.

— Pardonne-moi si je ne partage pas ton assurance que l'avion nous amènera quelque part en toute sécurité, indiqué-je d'un ton sombre.

Il me serre la main en signe de compassion avant de prendre son téléphone de la console centrale de la voiture. Il le tient à la main et le regarde un moment avant d'afficher une expression dure et de le lancer le plus loin possible du côté de la forêt.

Je tends l'oreille vers Sammi pendant que je remplis mon sac jusqu'à rebord de tous les articles pris dans la tanière et des journaux laissés sur le siège avant. Je lève les yeux quand Mark pousse un juron. Il fixe du regard son téléphone qui sonne sans y répondre.

— C'est encore Daniel. Il me faudra bien répondre un jour. Que suis-je censé lui dire ?

— Tout sauf la vérité, lance Sammi avec ironie.

— Qui est Daniel ? demandé-je en reconnaissant le nom prononcé lors d'une conversation que j'ai surprise dans leur chambre à coucher.

Une autre conversation qui parlait de cacher la vérité à ce Daniel.

— Un gros bonnet de la Curatoria, répond Elizabeth à la place de Sammi.

Mon cœur cogne en signe d'avertissement.

– Alors, pourquoi n'avez-vous pas confiance en lui ?

Les trois adultes échangent des regards sans dire un mot.

– Oh, je vous en prie, lancé-je d'un ton si amer que les trois têtes se lèvent brusquement. Nous sommes dans ce pétrin parce que vous refusiez de me parler. N'avez-vous rien appris de l'expérience ?

Sammi opine et me fait signe de venir vers elle.

– Nous avons constaté certains signes de... corruption, pour ainsi dire... parmi les autorités supérieures de la Curatoria. Au sujet de ton cas, en particulier.

Je songe au type aux verres fumés, sans parler de tout ce qui est arrivé depuis. J'étais persuadée qu'il s'agissait d'assassins au solde de la Réduciata, ce que Sammi a confirmé. Avons-nous tort toutes les deux ? Je carre les dents en souhaitant pouvoir me souvenir de ce que la Réduciata croit que je sais.

– Donc, par mesure de précaution, nous essayons de leur cacher nos plans autant que possible. Même les six tireurs que j'ai amenés, indique-t-elle en pointant vers les arbres, sont de vieux amis de mon père qui savent ce qu'ils ne doivent pas rapporter à leur supérieur. Nous pourrions fort bien avoir tort sur toute l'affaire, se hâte d'ajouter Sammi, mais nous voulons te garder en sécurité.

Je déglutis difficilement alors que les mots de Quinn se réverbèrent dans mon esprit. « La confrérie de la Curatoria mérite votre confiance, mais de manière ténue. » De manière ténue, il n'y a pas de doute. Manifestement, voilà le degré de confiance qu'ils s'accordent, même entre eux.

— Partons d'ici, dit Sammi en faisant signe à ses gardes du corps cachés avant d'ouvrir la marche.

— Non.

Je prononce le mot d'une voix douce, presque inaudible, mais Sammi l'entend.

— Tavia…

— Non, dis-je plus fort en soulevant les dossiers. Merci de me les avoir donnés, mais je refuse d'être votre pion.

— Les choses ne sont pas ainsi.

— Cela n'a pas d'importance. Je dois prendre cette décision seule. Et cela signifie ne pas partir avec vous ce soir. Cela ne veut pas dire que je ne vous aiderai pas au sujet du virus, ajouté-je avant qu'elle puisse parler, mais le fait demeure : je n'ai pas confiance en la Curatoria.

— Tavia, commence Sammi, ne m'oblige pas à t'amener de force. Je ne…

— Laisse-moi partir, et je te promets de te redonner des nouvelles, et bientôt. Pour montrer ma bonne volonté, dis-je avec un air de défi. Mais si tu essaies de…

Mes yeux surprennent un mouvement au-dessus de son épaule, et je halète presque quand je m'aperçois que c'est Quinn.

Le Quinn de mes visions, et non pas le vrai Quinn.

Il porte le même manteau et le même chapeau dont il était revêtu la première fois que je l'ai vu et il ne semble pas à sa place, debout près de la Honda.

Ce n'est pas *moi* qu'il regarde ; il fixe d'un regard noir le sentier où nous avons roulé il y a quelques heures.

J'ai l'impression d'être figée dans du béton. Benson recule et murmure quelque chose, mais je suis sourde à ses paroles tandis que je reste immobile, les yeux rivés sur Quinn.

Quinn avance d'un demi-pas en pointant du menton le chemin, le regard studieux. Puis, sans crier gare, il tourne la tête et pose les yeux sur moi durant une fraction de seconde avant de disparaître.

Et je comprends.

Nous sommes restés là trop longtemps.

— Ils sont ici, murmuré-je tandis que ma tête se tourne dans la direction vers laquelle Quinn regardait.

Tout mouvement cesse — tout le monde est silencieux.

— Ils sont ici ! hurlé-je, et un instinct oublié prend le dessus sur moi.

Je n'entends qu'un craquement aigu, puis je vois une lumière aveuglante avant d'être enveloppée dans une chaleur cuisante et des flammes torrides.

CHAPITRE 37

Une partie de moi arrache violemment l'emprise de mon esprit, et je tombe sur un genou. Mes mains tombent d'un côté, par-dessus ma tête, et les pages des dossiers s'éparpillent sur le sol autour de moi.

L'espace autour de moi vibre d'un son qui me perce les tympans tout en étant étrangement étouffé. De l'air chaud remplit mes poumons, et je réprime l'envie de tousser.

Puis le silence s'installe.

Non, ce n'est pas le silence ; le feu crépite et rugit, mais l'explosion est terminée.

Je me touche les bras.

Je ne suis pas brûlée.

Des flammes orange et dansantes lèchent les arbres et dévorent les feuilles craquantes. Je lève les yeux, mais ne vois que l'obscurité. Je me trouve dans l'ombre.

— Aïe ! Merde ! jure Benson à mes côtés après s'être levé péniblement pour au final se frapper la tête sur quelque chose au-dessus de nous et s'effondrer sur le sol de nouveau.

Nous nous trouvons sous une cloche noire. Je lève mes mains, et le bout de mes doigts en touche la surface presque assez chaude pour me brûler.

— De la fonte, murmuré-je en reconnaissant la matière.

Exactement comme le bouclier que j'ai créé pour protéger Quinn et Rebecca des balles de fusil il y a deux cents ans.

Eh bien, au moins, je sais qui remercier.

— Tavia, Benson, lance Elizabeth.

Je me tourne vers elle et la regarde de mes yeux écarquillés quand je comprends ce qui est arrivé.

— J'ai créé cette cloche !

Les mots sortent de ma bouche dans un cri.

— Bon sang, Elizabeth, je l'ai créée ! J'ai…

« J'ai réussi à sauver d'autres personnes cette fois. »

— Nous devons déguerpir, affirme Benson en serrant ma main si fort qu'il me fait mal. Je ne peux pas… Pourquoi… *Tout ça est ma faute.*

Il relâche ma main et passe les deux mains dans ses cheveux en poussant des souffles drus dans l'espace minuscule.

— Ben, ne t'en fais pas, dis-je en essayant de lui prendre les mains, mais elles m'échappent et flottent dans les airs.

Ses yeux croisent les miens, et il semble se rendre compte soudain de ma présence. Il jette ses bras autour de moi, et ses doigts agrippent mon dos.

— Je suis désolé, murmure-t-il contre mon cou. Je n'avais pas l'intention de causer ceci. J'essayais de partir.

— Benson, de quoi…

Benson se met à genoux et tire sur son manteau pour le glisser de ses bras. Il m'agrippe la jambe pour attirer mon attention.

— Des ciseaux, Tave.

— Quoi ?

– Crée des ciseaux pour moi. Je t'en prie, ajoute-t-il.

Le moment est mal choisi pour les dilemmes éthiques. Pas quand il y a trois vies à préserver. Je peux y arriver ! *Des ciseaux.* Je ferme les yeux et oblige mon esprit à se concentrer. Un poids pèse dans ma paume, et je remets des ciseaux de couture à Benson.

Ils sont identiques à ceux que ma mère gardait dans son panier de couture. Ils sont d'une similitude envoûtante. Ils me rappellent le médaillon que j'ai créé. Quelque part en périphérie de ma conscience, un souvenir brille comme une luciole.

« Je crée ce que je connais. »

Benson les prend et commence à découper son blouson. Je ne comprends toujours pas ce qu'il fait, mais je suis prête à lui confier ma vie. Et celle d'Elizabeth.

– De l'eau, dit-il avant de tousser.

Mais je suis prête cette fois.

Du liquide se déverse de mes paumes levées vers le haut, et Benson y trempe les morceaux de son blouson avant d'en tendre un à chacune de nous.

– Ne devrais-je pas simplement utiliser de l'eau pour éteindre le feu ? demandé-je en me rappelant la cascade d'eau que j'ai réussi à créer quand le colocataire de Benson s'était comporté comme un tel abruti.

Cependant, Benson secoue la tête.

– Si nous arrivons à déguerpir, le feu pourrait nous cacher. Si tu l'éteins, nous devenons des cibles faciles.

Je hoche la tête, et nous appuyons tous le tissu trempé contre notre bouche en nous accroupissant. La température de l'air grimpe rapidement.

— Par là, crie Elizabeth par-dessus le rugissement des flammes qui dévorent les arbres, le doigt pointé dans une direction. Nos voitures sont au bout de cette route. Peut-être pourrions-nous en atteindre une ? Peu importe ce qui arrive, n'arrêtez pas de courir.

Benson hoche la tête avec un calme que je ne peux l'imaginer ressentir.

— Qu'en est-il de Sammi et de…, essayé-je de demander, mais Elizabeth me coupe la parole.

— Ne songe pas à eux. Nous devons fuir. Cette cloche n'est pas permanente ; elle se dissoudra d'une seconde à l'autre.

Sammi et Mark. Reese et Jay. Ils n'étaient pas assez proches pour me permettre de les sauver.

J'ai échoué encore une fois.

Mes pieds glissent sur une distance de quelques centimètres quand je les pose sur quelque chose.

Les dossiers !

Dans les quelques secondes dont je dispose, je recueille les feuilles que j'arrive à voir. Plusieurs sont légèrement roussies, et ça me rend malade de songer au nombre de feuilles perdues pour toujours. Je n'ai pas le temps de les placer dans mon sac à dos alors je les serre contre ma poitrine d'un bras et agrippe la main de Benson de l'autre.

Elizabeth nous regarde en opinant.

— Allons-y !

Nous passons sous la cloche, et je retiens mon souffle quand un mur quasi tangible de chaleur me frappe le visage et me paralyse un moment avant que des points de fraîcheur perlent sur mon front et rendent la chaleur supportable.

Il pleut.

C'est plus qu'une simple pluie, mais une averse soudaine. Cependant, elle n'a aucun effet sur le brasier.

La main de Benson se ferme autour de la mienne, et il me tire vers l'avant.

Mon cœur se fige quand je les vois.

Leurs corps sont à demi carbonisés, et je ne reconnaîtrais même pas Mark si ce n'était de la présence de Sammi, blottie dans ses bras protecteurs et noircis. Il s'est jeté sur elle, mais la chair humaine n'était pas un bouclier suffisant. L'explosion a dû roussir son côté gauche pour la tuer instantanément tout en laissant son côté droit étrangement préservé. Heureusement, ses paupières sont fermées, mais d'un rouge cinglant, et je détache mon regard quand je sens un haut-le-cœur dans ma gorge.

Elizabeth ouvre la marche en évitant les flammes, et Benson et moi la suivons.

Elle se trouve presque en bordure de la clairière quand quelqu'un lui saisit le pied et elle trébuche vers la voiture en flammes. Elle hurle quand elle tombe contre le métal brûlant, mais le son est presque étouffé par le brasier.

Puis, tout à coup, les flammes disparaissent.

Elles sont disparues.

La destruction demeure, mais le feu orange a disparu. Comme s'il avait été zappé par magie.

Par magie.

« Bien sûr. »

Je me souviens maintenant. Ils sont égaux et contraires. Ce sont des Créateurs tout comme moi.

Mais aussi des Destructeurs. Le terme employé par Sammi. Je ne l'ai pas remis en question quand elle l'a prononcé, car je savais qu'elle avait raison de façon intrinsèque.

Il y a un autre Terralien ici.

Benson me tire le bras et me guide vers la bordure de la clairière.

— Nous devons fuir *maintenant* !

Au moment où nous nous retournons, j'entends un autre bruit ; celui-ci est si discordant, je pense que je l'aurais entendu même au beau milieu d'un ouragan.

Un ricanement.

Une longue ombre s'approche, mais le crépuscule est trop sombre pour me permettre de discerner son visage jusqu'à ce qu'elle lève la tête.

— Marie ? chuchoté-je, complètement déconcertée.

Ses cheveux sont tirés avec raideur loin de son visage plutôt que de retomber sur ses épaules en vagues comme d'habitude, et son tailleur-pantalon chic et le grand pendentif argent qu'elle porte sont aux antipodes des robes et des cardigans qu'elle revêtait à la bibliothèque. Elle est grande et se tient droite en affichant un air souverain qui annonce la fierté et le pouvoir. Malgré les petits ruisseaux de pluie qui coulent sur son visage, elle a *l'apparence* d'une déesse.

Le bras de Benson se resserre sur le mien et me tire vers lui avec une telle force que j'arrive à peine à respirer.

— Cours, m'ordonne-t-il avant de me pousser.

J'oblige mes jambes à bouger et je me précipite avec une vitesse soudaine, mais avant d'avoir parcouru un mètre, un bras large est brandi pour s'enrouler autour de ma gorge. Tout à coup, des mains agrippent ma taille et mes jambes et me tirent loin de Benson. Le canon glacé d'un revolver est appuyé contre ma tempe, et je me fige quand j'entends les mots :

– Un seul mouvement et tu es morte. Pour toujours.

Je me contrains à m'immobiliser, mais mes yeux cherchent Benson qui lutte contre ses ravisseurs.

– Arrêtez ! Non ! Laissez-la tranquille. Je vous ai dit…

Ses paroles sont interrompues par un craquement sec, et je suis incapable de réprimer un cri quand la tête de Benson tombe d'un côté sous la force du coup contre sa tempe.

Je survole des yeux la dizaine de visages. Je n'aperçois pas le type aux verres fumés, mais sans ses lunettes caractéristiques, sans parler des ombres projetées par les branches des arbres sur leurs visages, il pourrait être n'importe lequel d'entre eux.

– Ben, ça va, me risqué-je à dire sans bouger un muscle. Je vais bien.

– Ah, comme c'est adorable, fait Marie d'un ton si différent de sa voix douce de bibliothécaire que j'en suis figée. Il a réussi à amener la Terralienne à avoir le béguin pour lui. Voilà qui démontre un zèle incroyable, même pour un Réducteur, Benson.

– Ça n'a rien à voir, dit Benson qui tente toujours de venir vers moi.

Du sang coule sur sa joue et se mêle à la pluie, ce qui donne l'impression qu'il pleure des larmes macabres.

– Lâchez-moi !

– En temps utile, répond Marie – l'image même du calme – qui me toise du regard tandis que le monde entier semble tourner à toute vitesse, sens dessus dessous. Tu sais, quand nous avons découvert la chambre d'hôtel vide ce matin, j'étais quasi certaine que tu avais réussi à nous échapper, mais je constate que tu as pris ta petite *leçon* à cœur, dit-elle en effleurant l'ecchymose pourpre sous l'œil de Benson.

Il a un mouvement de recul devant son toucher.

Le temps semble tourner au ralenti autour de moi quand je tourne la tête.

— Benson ?

Ai-je dit son nom à voix haute ?

Son visage est un masque de désespoir.

— Tavia. Je n'ai pas voulu. Je croyais… Tu n'as aucune idée.

— Tu es responsable de ceci ? chuchoté-je.

Je n'arrive pas à y croire. Je *refuse* d'y croire.

— Non, crié-je à l'intention de Marie. Tu mens !

— Crois-tu ? fait-elle d'une voix si basse que je l'entends à peine. Montrez-lui sa marque.

L'homme qui retient Benson le retourne brutalement, et Benson gémit quand l'homme resserre un bras autour de ses côtes meurtries et relève son t-shirt pour me permettre de voir la peau de son épaule gauche.

L'ombre du tatouage que j'ai aperçu à travers son t-shirt blanc la veille.

Une croix ansée en partie.

Et aussi une crosse de berger.

Non.

C'est la vérité.

Tout ce temps.

Mon estomac se tord, et je souhaiterais pouvoir me recroqueviller et me serrer contre mon ventre. Je dois lutter pour demeurer droite. Un éclair choisit ce moment pour lézarder le ciel, et je halète dans la lumière soudaine.

Tout le monde est immobile. *Un, deux, trois, quatre.* Puis le bruit assourdissant du tonnerre comble l'espace autour de nous et résonne aux oreilles de tous. C'est seulement lorsque le silence se réinstalle que le chaos se remue de nouveau.

L'homme derrière Benson le relâche, mais d'un coup de pied, il fait tomber le garçon que j'ai cru aimer à genoux. Il lève les yeux vers moi, et ses blessures gagnent soudain en logique. « Un message, avait dit Reese quelques minutes plus tôt. J'aimerais seulement savoir à qui il s'adressait. » Elle le saurait à présent. Si elle était toujours en vie.

— Je ne le voulais pas, dit Benson en me suppliant du regard. Je n'avais pas le choix ! La nuit dernière, j'ai tenté de fuir.

Je parcours les souvenirs des derniers jours : il savait que je devais manger les friandises et les frites ; sa façon d'accepter mes pouvoirs si facilement ; le fait qu'il a accepté de fuir avec moi ; même le stupide crochet à serrure assez petit pour être rangé dans son portefeuille. La réalité de tous ses mensonges (l'étendue de sa trahison) me dessoule et propage en moi une clarté qui me fait frémir de dégoût.

— Tout ce temps, tu…

C'est tout ce que j'arrive à dire avant que l'envie de vomir me frappe, et je suis prise de haut-le-cœur. Je porte une main contre ma bouche, et le bourdonnement de la pluie emplit mes oreilles — et ma tête ; le bourdonnement bloque mes pensées.

— Tave, je t'en prie, supplie Benson, mais Marie l'interrompt d'un mouvement quasi désinvolte de la main.

— Amenez-le au camion.

Un autre type agrippe les bras de Benson et commencer à le traîner.

— Tavia ! Ne les écoute pas. Ne leur dis pas… Ah !

Benson suffoque tandis que le type lui assène un coup dans les côtes déjà meurtries. Je suis incapable de détourner le regard. Mon cœur saigne devant la façon dont on le traite même si j'ai l'impression qu'il ne reste que des cendres en moi ; des cendres qui se désagrègent en néant. Me transforment en néant.

Je suis incapable de bouger.

Incapable de respirer.

Benson, qui est passé par toutes ces épreuves avec moi. Qui m'a dit qu'il m'aimait.

Et je l'ai cru.

Cependant, mon esprit s'emballe et découvre d'autres preuves que je refusais de voir auparavant : il connaissait la signification des noms latins des confréries ; il savait que je devais retrouver Logan ; son insistance à avoir une vraie conversation avec moi dans l'autobus ; ses excuses sibyllines ; même sa réaction rapide quand il m'a encouragée à utiliser mes pouvoirs pour nous sortir du brasier tandis que j'en avais oublié l'existence.

Parce que tout ce temps, il était un Réducteur.

Il connaissait l'existence des Terraliens depuis le tout début.

Mon cœur bat à un rythme trop lent qui me rappelle un chant funèbre. Si seulement il s'agissait de mes funérailles.

— La vérité blesse, n'est-ce pas, Tavia ? lance Marie qui, pour la première fois, prononce mon nom correctement.

Je me demande si elle a tiré un plaisir torturé en m'agaçant de la sorte durant tous ces mois.

— Mais voilà la pierre d'assise de la Réduciata : la vérité. La dure vérité que personne d'autre ne veut confronter.

Sa voix est un poison à mes oreilles.

Elle regarde du côté de la portière de camion qui se referme sur Benson dont les protestations sont étouffées.

— Tu devrais éprouver un peu de sympathie pour lui, je présume, dit-elle d'un ton presque trop aimable. Il a fallu beaucoup d'efforts pour le convaincre de suivre le plan. Le type que nous avons embauché pour te prendre en filature, la voiture qui a presque mis fin à tes jours : ce n'était que des rappels à l'intention de Benson sur ce qui arriverait s'il échouait à sa mission.

— Ça n'a pas d'importance, dis-je en tentant de libérer mes bras des deux personnes qui me retiennent. Il a accepté le travail.

— Oui, c'est vrai, fait Marie avec un faible sourire sur les lèvres.

— La Réduciata tue les Terraliens, dis-je, les dents serrées. Pourquoi acceptes-tu de l'aider ?

Elle éclate de rire ; un rire que j'ai déjà entendu. Un rire qui ressemble au roucoulement d'un oiseau. Un rire que je me souviens d'avoir entendu quand elle était Marie, la gentille bibliothécaire toujours dans les parages. À présent, il fait vibrer mon corps jusqu'à la moelle et trépider mes tendons. Un autre éclair traverse le ciel ; cette fois, le bruit du tonnerre est plus rapproché.

— Je n'*aide* pas la Réduciata, Tavia Michaels ; je la *dirige.* Et de *nombreux* Terraliens font partie de nos rangs. Les Terraliens de l'élite — nous souhaitons restaurer la vie que nous devrions mener. Tu pourrais te joindre à nous. Volontairement, je veux dire. Je pense qu'il est évident que nous voulons t'avoir ; nous avons besoin de cette jolie tête endommagée sur tes épaules. Tu pourrais accepter ton rôle et faire partie des privilégiés. La vie te serait certainement plus facile. Il n'y a aucune raison réelle de poursuivre cette animosité.

Un grognement s'échappe de mes dents serrées, et Marie rit de nouveau.

— C'est ce que je croyais, mais tu ne pourras pas dire que je ne t'ai pas donné le choix.

Mon esprit s'emballe et tente de songer à ce que je pourrais créer pour me sortir de ce pétrin.

Comme si elle lisait mes pensées, elle fait claquer sa langue.

— Je ne tenterais rien si j'étais toi. Je suis beaucoup plus puissante qu'une pitoyable demi-déesse à deux doigts d'une mort permanente.

— Dans ce cas, pourquoi ne pas me tuer ? sifflé-je entre mes dents.

— Parce qu'il semblerait que tu ne sois pas celle que nous croyions que tu étais. Ou, de façon plus claire, tu es *plus* que ce nous croyions. Quand nous avons vu ce que tu as fait de cet avion, soupire-t-elle en secouant la tête. Et dire que nous avons failli te perdre.

Elle s'avance vers moi et même si j'essaie de me libérer, je n'ai nulle part où aller. En serrant les dents, je la laisse glisser les doigts sur le côté de mon visage.

— Ne te souviens-tu pas ? Une nuit au froid mordant en Angleterre, sur le sol inhospitalier et dur, sous un banc de parc ? Une nuit où personne n'aurait dû mettre le nez dehors. Là où ce jeu de poursuite a commencé ?

Elle glousse de nouveau, et je suis étonnée par l'impulsion irrépressible de serrer sa gorge entre mes mains.

– Benson nous a dit que tes souvenirs étaient flous, mais je n'étais pas convaincue qu'il disait la vérité. Peut-être que oui. Mais tu dois certainement te souvenir de *moi*.

Son expression s'adoucit, et elle me regarde droit dans les yeux. Ma poitrine se comprime, et une douleur irradie derrière ma tête. Même si j'essaie de combattre, pour la deuxième fois lors de la même journée, mon âme est déchirée.

CHAPITRE 38

Je suis couchée sur quelque chose de dur et de bosselé, et mes vêtements sont légèrement humides, ce qui rend ce vent glacial encore plus mordant. Mon nez est si froid que j'ai l'impression que des aiguilles y sont enfoncées, et j'ai peur d'ouvrir les yeux.

Mais je dois les ouvrir.

Parce que chaque fois que ce moment est venu, j'ai ouvert les yeux. Je ne peux rien faire de plus que de rester couchée là et faire jouer le souvenir exactement comme je l'ai déjà vécu. Je cède et laisse la vision prendre le contrôle.

Des voix se rapprochent de moi, et bientôt, ma vue d'un parc couvert de neige est bloquée par une jupe noire et volumineuse aux brocarts argentés. Des bottines de cuir et le rebord d'un pardessus suivent, et je réprime un petit soupir de soulagement quand les lourds tissus bloquent en partie le vent exténuant. J'essaie de me rendormir, de profiter de cette chaleur passagère avant qu'ils repartent, mais leurs paroles ne cessent de me réveiller.

– Cela les détruira presque tous. Et la moitié des Terraliens. Nous pourrons tout recommencer à zéro. Ce sera le plus beau moment de la Réduciata. Notre *plus beau moment.*

– Il n'est pas encore prêt. Tu ne peux pas le relâcher sans un antidote.

— Combien d'autres époques ? Trois ? Dix ? Je manque de patience, et la Curatoria… Elle est devenue encombrante.

— Ne crois-tu pas que je le sais mieux que toi ?

Terraliens… Réduciata… Curatoria.

J'ignore ce que ces mots veulent dire, mais mon esprit s'y raccroche et s'agrippe en forçant mes yeux à s'ouvrir ; mes pensées forment un tourbillon.

Qui tourne.

Puis il y a autre chose.

Une sensation que je n'ai jamais ressentie. Des images défilent devant mes yeux, et j'ai l'impression que quelqu'un m'a ouvert la tête et y a versé un bouillon chaud. Un bouillon qui me remplit de chaleur, de savoir et de voix.

De voix qui m'intiment de garder le silence.

J'essaie de demeurer silencieuse, mais aussi agréable soit la chaleur, c'est aussi un ouragan de… Je n'ai pas de mots pour le décrire. C'est comme si soudain, j'étais cent personnes à la fois.

Je halète, et des perles de sueur se forment sur mes sourcils, et ce, même si j'avais désespérément froid il y a à peine un moment.

Un moment ?

Oui, seulement un moment est passé.

Tout à coup, une main enroule mon bras, et l'homme me tire de sous le banc. Son visage se trouve à quelques centimètres du mien, et il me secoue avec une force suffisante pour faire trembler mes dents. J'ai la tête encore trop pleine de ces sentiments étranges pour entendre un seul de ses mots, mais je parviens à murmurer, encore et encore :

— Je n'ai rien entendu, monsieur. Je n'ai rien entendu !

Il cesse de me secouer, et je dois lutter pour garder la tête haute. Je fixe des yeux ce visage escarpé muni d'une courte barbe et d'une cicatrice le long d'une joue. Je n'arrive pas à déterminer s'il est un gentilhomme ou un voyou.

Mais ses yeux sont d'une couleur ambre-brun, et je les fixe durant de longues secondes silencieuses.

Je connais ce visage.

Je suis certaine de n'avoir jamais rencontré cet homme auparavant, mais je connais ce visage.

— Ce n'est qu'une enfant humaine, affirme la voix d'une femme hors de ma vue.

Je tourne le regard vers elle. Elle va me venir en aide !

Mais je suis accueillie par le petit canon d'un pistolet à silex qui touche presque la peau de mon front et qui est tenu par une main gantée et délicate.

— Elle ne manquera à personne, conclut la femme.

J'écarquille les yeux en regardant son visage. Elle semble aimable, souveraine, presque belle.

Mais elle n'éprouve ni remord ni hésitation quand elle tire sur le chien du fusil, et mon dernier moment est inondé par la détonation assourdissante d'un coup de feu tandis que ma tête tombe vers l'arrière, rayonnante de douleur.

Puis mon âme est déchirée de nouveau.

Je halète pour tenter de respirer ; mes poumons supplient d'avoir de l'air. Je me touche le front pour découvrir une peau pleine, sans trou. De la sueur mêlée aux éclaboussures de la pluie, mais je ne suis pas blessée.

Je suis vivante.

Ce n'était qu'un souvenir.

Je lève les yeux vers elle ; elle ne tient aucun pistolet cette fois, mais je vois sur son visage la même expression exempte d'émotions.

— C'est si dommage, dit-elle d'un ton égal. Toi et moi étions amies à une époque, avant que tu ne te ranges du côté de la Curatoria. C'était à des éternités d'aujourd'hui, mais je me souviens encore des époques que nous avons passées à créer une rivière, un canyon dont les falaises et le paysage deviendraient légendaires — tout ça, simplement parce que nous en étions *capables*. Tu créais de hautes montagnes, pendant que je creusais les ravins profonds. Nous y mettions tous deux du nôtre, en équilibre, exactement comme les Terracréateurs devaient se conduire. Nous fabriquions ensemble des choses splendides pendant que nos amants se querellaient et se battaient. J'éprouve toujours une petite pointe de regret quand j'entends parler du Grand Canyon.

J'essaie encore de trouver le sens de ses mots lorsqu'une gifle mordante projette ma tête d'un côté.

— Tiens, pour m'avoir laissée derrière, dit-elle doucement.

La colère bouillonne en moi et m'emplit d'une rage qui atténue toute douleur provoquée par la gifle. Ma vie, mes parents, mon amoureux : elle est responsable de toutes ces pertes.

— Tu m'as *tout* pris, crié-je, et un éclair vient accentuer mes mots.

— Oui, je suppose que c'est vrai, dit-elle avec un calme plat.

Mais au moment où je suis persuadée que la rage me submergera, quelque chose remue en moi, et une quiétude sombre s'installe dans mon esprit.

« Ça suffit. » Des voix que je ne reconnais pas font écho dans mon esprit tandis qu'une fureur acerbe se tapit dans mon estomac ; une colère noire contre des torts dont je ne me souviens pas, et pourtant, la douleur, la perte agonisante — je m'en souviens avec une clarté parfaite. « Plus. Un. Seul. Satané. Geste. »

Je pousse les mains devant moi pour déverser ma rage et, tout de suite, je suis amenée debout devant une montagne : une énorme masse rouge cendré de rochers escarpés et de pierres affilées qui se dresse de manière imposante à une centaine de mètres de ma tête ; le visage abrupt de la falaise à bout de bras. La forêt qui existait ici n'est rien de plus qu'un souvenir détruit, balayé par les pierres.

L'espace d'un instant.

La falaise disparaît. Pas après le cinq minutes de rigueur — non, la falaise est *poussée* hors du réel et laisse derrière elle une Marie qui se tient devant moi en affichant un air presque ennuyé, entourée d'arbres brisés en éclats d'aussi loin que je peux le voir dans le crépuscule blafard.

Marie la Destructrice.

Mais je n'en ai pas terminé. Ce n'était qu'un essai.

De la lave, de l'acier, des balles. Ils arrivent de toutes les directions tandis que les femmes dans mon esprit choisissent leurs armes de souvenirs qui échappent à ma portée. Et je les laisse faire. Je leur cède mon esprit et laisse les « Tavia » du passé relâcher chaque goutte de colère et de douleur accumulée depuis des millénaires.

Une voix, un souvenir, lutte pour atteindre la surface.

La nuit où j'étais dans l'eau, quand j'étais Rebecca ; le visage que j'ai aperçu au-dessus de moi, immédiatement au-delà de la surface glacée.

C'était elle.

Combien de fois ce visage a-t-il été ma dernière vision ?

Ma concentration chancelle. Elle m'a tuée auparavant; elle me tuera de nouveau.

Non.

Je ne me noierai pas; je ne mourrai pas. Pas cette fois.

Le pouvoir afflue en moi et remplit mon corps jusqu'à la limite; il émet un bruit si fort dans ma tête que je suis persuadée que je serai sourde si je survis à ce moment.

Si.

Ça n'a même pas d'importance.

Encore plus de rage, de chaleur chauffée à blanc et d'angoisse en fusion coulent de moi. Je ne vois plus rien quand ce trop-plein décline, me laissant vidée de toute énergie. Je titube sans trop savoir si j'arriverai à me tenir debout encore longtemps. De la pluie ruisselle doucement sur mon visage; de la pluie presque chaude.

– Tavia, viens!

La voix et les mains d'Elizabeth me tirent. Je suis aveuglée et je trébuche en essayant de la suivre, comme si je courais dans le noir, guidée uniquement par la main d'Elizabeth serrée autour de mon bras. J'entends le bruit d'une portière de voiture, et je suis poussée sur le siège.

Je bats les paupières, et des étoiles nagent devant mes yeux. Ma tête retombe d'un côté tandis qu'Elizabeth prend place sur le siège du conducteur. Que les dieux soient loués, la voiture n'a pas été écrasée par ma montagne. J'ai déjà causé bien assez de pétrin comme ça.

Et je ne suis même pas certaine de ce que j'ai fait.

Je regarde ce qu'il reste de la forêt et ne vois qu'une pile énorme de décombres, dont la silhouette est définie par la lueur de la lave. Toutes sortes de matières que j'ai pu imaginer forment une pile fumante là où Marie se tenait, à peine visible entre les arbres.

Les décombres ne resteront pas là longtemps ; elle est trop douée. Déjà, ils disparaissent, morceau par morceau, comme si jamais je ne les avais créés. Aussi irréels que la montagne qui s'était déjà dressée là. Des gens accourent vers nous. Je reconnais le type qui a traîné Benson au camion. Ils atteignent presque la voiture.

Le moteur rugit, et Elizabeth fait marche arrière à toute vitesse et percute un arbre. Le craquement de l'arbre contre le pare-chocs crée une harmonie macabre avec le crissement des pneus.

Des silhouettes sombres tourbillonnent autour de nous, et je sens les coups sourds de la peau contre le métal à l'arrière de la voiture d'Elizabeth. J'essaie de ne pas trop y penser même si mon cœur remonte dans ma gorge. Elizabeth a déjà poussé le levier de vitesse pour avancer, ce que nous faisons, en gagnant de la vitesse.

Je ne regarde pas derrière moi ; je ne veux rien voir de plus. J'ai déjà la vision des corps décimés de Sammi et de Mark pour hanter mes rêves.

Sans parler de la trahison de Benson.

Je ne peux même pas songer à lui sans qu'une sensation infecte ne me torde l'estomac.

Dans le désir désespéré de me distraire l'esprit, je boucle ma ceinture de sécurité juste avant de tomber pratiquement sur les cuisses d'Elizabeth quand elle négocie un tournant brusque.

— Nous n'avons pas le temps de nous rendre à l'avion, si nous présumons que la Réduciata n'en a pas encore pris la possession, crie Elizabeth pour me forcer à lui prêter mon attention. Je vais te déposer dans une ruelle à deux pâtés au sud d'une gare d'autobus, enchaîne-t-elle, les yeux rivés à la route. Prends ceci.

Mes doigts s'enroulent autour du téléphone cellulaire qu'elle me tend au moment où elle prend une autre courbe. Dès que je prends le téléphone, ses mains brûlées agrippent de nouveau le volant et quand nous passons sous un lampadaire, je remarque que le volant brille comme s'il était trempé.

De sang.

Je me souviens qu'Elizabeth est tombée contre la voiture carbonisée ; du cri qu'elle a poussé.

Conduire doit être un supplice.

– Prends un bus – le prochain, m'ordonne Elizabeth, les yeux toujours rivés sur la route. Peu importe sa destination. *Grimpe dans un* autobus peu importe où il t'amènera. Tu as compris ?

– Ouais, poussé-je faiblement en braquant les bras contre la portière quand nous prenons une autre courbe dans un crissement de pneus.

Un autre éclair de lampadaire ; ses mains sont rouges et suintantes.

– Elizabeth, tes mains…

– Guériront, dit-elle, la mâchoire serrée. *Je* t'appellerai quand ce sera sécuritaire. *N'appelle* personne. Surtout pas Benson. Tu dois accepter les faits : tu ne pourras *jamais* communiquer de nouveau avec lui.

Benson. Je hoche la tête tout en détestant la vérité qu'elle énonce. C'est pire que s'il était mort. C'était peut-être même pire que *ma* mort. Elizabeth percute le bord du trottoir, ce qui projette ma tête contre la vitre. Je ressens la douleur comme si elle était lointaine, mais ça ne semble plus avoir d'importance.

– Ouvre mon sac à main, me commande Elizabeth.

Je regarde autour de mes pieds et trouve le sac à main noir qui culbute avec les mouvements de la voiture.

– Prends mon portefeuille.

– Mais j'ai…

– Prends-le, Tave ! m'ordonne-t-elle.

J'ouvre la fermeture à glissière et fouille à l'intérieur pour trouver le portefeuille et le transférer dans mon sac à dos.

– Il contient aussi de la nourriture, pas beaucoup, mais tu en as besoin.

Je fouille encore et trouve une barre de friandise de même qu'un grand sac de noix et de fruits secs mélangés. Avec gratitude, je glisse le mélange dans mon sac à dos et j'avale tout rond la barre de friandise pour combattre le néant qui tente de se refermer aux limites de ma vision.

Des secondes de silence passent tandis que mon esprit tente d'encaisser tout ce qui vient d'arriver.

Dès que j'ai avalé pratiquement de force la friandise, je souffle :

– Je l'ai battue.

Elles l'ont battue. *Cette fois-ci.*

– Oui, c'est vrai.

Les mots d'Elizabeth sont doux, et je crois y déceler un « merci ».

Mais les paroles sont creuses. Je n'ai pas sauvé Sammi et Mark.

J'ai plutôt sauvé Benson.

Et il m'a trahie.

Elizabeth me lance un bref regard tout en poursuivant sa conduite effrénée.

— Tu as fait du bon boulot.

Pas assez bon. Marie est toujours libre. Elle n'est probablement même pas blessée. J'ai réussi à fuir sans véritablement l'arrêter.

— Quinn était là. Je l'ai vu, dis-je en essayant de repousser mon sentiment de désespoir à l'idée d'être *encore* en cavale en raison de cette femme.

Elizabeth garde le silence, une lèvre coincée entre ses dents.

— Il m'a avertie. Comment a-t-il pu faire cela ? Il n'est pas réel. Je veux dire, chaque fois que je l'ai vu, il n'était qu'une illusion, n'est-ce pas ? Il n'est pas… réel.

Mon esprit n'a pas cessé de vrombir depuis que je l'ai aperçu ce soir. Je n'ai aucune idée comment le justifier ; ce geste qu'il a posé.

— Son âme n'est pas ici, elle est avec Logan. Elle *est* Logan.

Elizabeth suit une autre courbe, les yeux collés au rétroviseur. Je suis complètement perdue.

— L'esprit est un instrument extrêmement puissant, Tave, mais aussi très fragile. Ta mémoire a été déverrouillée lorsque tu t'es sauvé la vie dans l'écrasement de l'avion, mais ton cerveau était trop traumatisé pour survivre à un changement si net. Donc, quand les souvenirs ne pouvaient plus être réprimés, ton esprit semble avoir trouvé un moyen de se protéger. Il a créé un être pour personnifier tes souvenirs ; une personne réconfortante que tu accepterais. Une personne avec qui tu te sens en sécurité. Il s'agit en quelque sorte d'un mécanisme de défense pour permettre une prise de conscience en douceur sans brûler tes synapses.

Elle me décoche un regard à la dérobée.

– Tu ne serais pas la première à qui ceci est arrivé.

– Alors, il ne m'a pas sauvé la vie ? demandé-je à voix basse.

Si je ne souhaite pas tout à fait qu'il m'ait sauvé la vie, j'aurais aimé que *quelqu'un* soit de mon côté.

Elizabeth se tourne vers moi, et nos regards se croisent l'espace d'une seconde.

– Non, dit-elle d'un ton très assuré. Tu *t*'es sauvé la vie.

– Elizabeth ? hésité-je. Sammi avait raison, n'est-ce pas ? La Réduciata désire si fortement mettre la main sur moi qu'elle a envoyé son *chef* à mes trousses. Tout ça, en raison d'un secret dont je ne me souviens pas en raison de mon traumatisme ?

Elle ne me regarde pas, mais je la vois déglutir difficilement.

– Les membres de la Réduciata te *veulent,* Tave. Quelque chose ne tourne pas rond. Je pense qu'ils ont relâché le virus trop rapidement. Son effet est trop ravageur. La mort qui survient trop vite pour passer inaperçue, les conditions météorologiques que les gens commencent à soupçonner de ne pas être naturelles, dit-elle en esquissant un geste vers l'averse qui semble vouloir virer à la grêle ou à la neige. Tout ça est lié à leur bourbier. Ils ont fait une erreur dans leur calcul, et maintenant, le tourbillon leur échappe. La situation ne fera que s'envenimer.

Elle pose les yeux sur moi.

– Ils voulaient provoquer ta mort dans cet accident d'avion, mais en raison du geste que tu as posé…

maintenant, ils *te* croient capable de réparer leur erreur avant qu'elle ne nous détruise tous – eux compris. C'est tout ce que nous savons.

Une peur visqueuse se répand dans mon estomac.

– Ils doivent se tromper. Elizabeth, je ne peux pas les aider. Je ne peux *rien* faire. Je n'ai aucun souvenir du savoir qu'ils croient que je possède.

Elle plisse les yeux.

– Si j'ai appris une chose au cours de mes années de Curadrice, c'est que la Réduciata a *rarement* tort. Tavia, *ne meurs pas*. D'une manière ou l'autre, tu es le dernier espoir de l'humanité. Tu dois découvrir pourquoi, puis tu dois les arrêter.

Je m'affaisse dans mon siège sans dire un mot. Jamais je ne me suis sentie si petite et inadaptée. Si je suis le dernier espoir de l'humanité, l'humanité est condamnée.

Elizabeth jette un autre coup d'œil dans le rétroviseur quand nous circulons dans une section presque obscure de la ville où la moitié des lampadaires sont éteints. L'endroit a un air louche et plutôt effrayant.

– J'ignore si j'ai réussi à les semer, mais ils sont à tout le moins assez loin pour échapper à ma vue. Quand je m'approcherai du bord de la route, bondis de la voiture et cache-toi. Attends environ trente secondes pour me laisser le temps de m'éloigner. Puis cours dans cette direction, fait-elle en pointant vers une ruelle flanquée des deux côtés d'une clôture à piquets de bois délabrée. Tu atteindras la gare d'autobus dans moins de deux pâtés. Tu ne peux pas la rater : elle sera tout illuminée.

– Elizabeth ? dis-je d'un ton désespéré.

– Quoi ?

Je veux lui dire que je ne suis pas prête, que je ne comprends pas réellement comment j'ai réussi à me sauver la vie dans l'accident d'avion ou dans l'incendie et encore moins de mon affrontement avec Marie. Et je suis loin d'être convaincue de pouvoir y arriver de nouveau.

Pas seule.

Pas sans Benson.

« Non, ne pense pas à lui. »

— Merci, finis-je par murmurer au lieu.

— Remercie-moi si nous survivons à tout ceci, dit-elle d'une voix si basse que je me demande si elle voulait que je l'entende. Prête ?

Je tire mon sac à dos sur une épaule et déboucle ma ceinture de sécurité. Mes doigts sont posés sur la poignée de la portière lorsque je crache :

— Prête.

C'est là le plus gros mensonge de ma vie.

Les pneus de la voiture crissent quand Elizabeth freine, et dès que nous nous immobilisons, ses mains me poussent le dos, et j'ouvre brusquement la portière. Je trébuche dehors, tombe sur un genou quand mes chaussures glissent sur l'asphalte huileuse sous mes pieds. La voiture est déjà repartie. Je suis enveloppée d'ombres sombres, mais je force mon genou à se déplier pour plonger derrière une benne de déchets sans oser jeter un coup d'œil pour voir les phares arrière de la voiture disparaître. La pluie glaciale inonde mon visage quand je commence à compter.

Un.

Deux.

Trois.

Quatre.

À dix-huit, la terre tremble sous mes pieds, et la lumière des flammes est visible avant que le son, qui voyage plus lentement, se répercute dans mes oreilles.

Une explosion.

À l'est.

La direction qu'Elizabeth a prise.

Et l'explosion parvient exactement de la distance qu'une voiture de course atteindrait en dix-huit secondes.

CHAPITRE 39

Personne n'aurait pu survivre à une explosion de cette ampleur.

L'agonie fait pression contre ma poitrine et pousse l'air hors de mes poumons. Pendant quelques secondes, je perds le fil de mon décompte. Je perds ma volonté de me battre, de courir, de vivre. Toutefois, je m'oblige à compter jusqu'à trente, les dents tremblantes de terreur. Puis je quitte l'abri de la benne pour courir à toutes jambes dans la ruelle sans regarder derrière et en tentant de chercher l'ombre même quand ma jambe menace de plier sous moi.

Je n'ai aucune idée où se trouve la gare d'autobus ; j'espère seulement qu'elle sera aussi facile à trouver qu'Elizabeth l'a dit.

Elizabeth.

« Ne pense pas à elle, ne pense pas à elle. Ne pense à aucun d'entre eux. Songe uniquement à ta survie. »

Je fonds pratiquement en larmes de soulagement lorsque j'aperçois les lumières brillantes indiquant la gare devant moi. J'ai mal aux poumons, mais j'y suis presque.

Puis je l'entends.

Le claquement de pas derrière moi.

Quelque chose siffle près de mon oreille, et je frémis quand des blocs de béton près de moi éclatent en morceaux et projettent de petites pierres sur moi.

Ils m'ont retracée.

Les lumières de la gare d'autobus sont si près, mais je ne suis pas certaine de pouvoir les atteindre à temps.

Et même si j'y arrive – alors, quoi ? Je ne dispose pas des minutes nécessaires pour attendre en file – des secondes nécessaires pour acheter un billet – encore moins des heures où il me faudra peut-être attendre le prochain car.

Je serai morte avant, le corps criblé de balles.

Et ensuite, le monde mourra lentement, car j'ai été trop aveugle pour m'apercevoir qui était réellement Benson.

Ça en est trop : je ne peux pas voir les choses d'un angle aussi large.

Un visage gamin et des cheveux dorés brillent dans mon esprit – l'image est probablement une gracieuseté de Rebecca.

Logan. Je peux me concentrer sur Logan.

Il ne sait pas la vérité.

Je dois parvenir à lui.

Je serre les dents et relève mon sac à dos. Si je meurs ce soir, jamais je ne retrouverai Logan. Plus jamais. Ce sera la fin pour nous deux. Dans un moment soudain de compréhension, je m'aperçois que je ne veux pas cesser d'exister sans d'abord l'avoir rencontré – même si ce n'est que pour une dernière fois.

Avec l'image de ses yeux verts toujours vive dans mon esprit, je puise une dernière source d'énergie et de force pour ignorer la douleur lancinante dans ma jambe et courir en élargissant mes pas ; mes pieds percutent l'asphalte, mes poumons brûlent à la recherche d'air.

Une fois que j'aurai atteint les lumières, ces gens (fort probablement des Réducteurs) à ma poursuite devront reculer pour éviter d'être découverts. Ou à tout le moins, il leur faudra adopter une approche plus subtile. Mais je ne dois pas oublier que les vies humaines ne se classent pas très haut dans la liste de leurs priorités. Ils tueront tout simplement tous les témoins. D'autres morts dont je serai responsable.

« Contente-toi de courir ! »

J'entends le doux grondement d'un autobus avant de le voir. C'est le seul qui ne soit ni silencieux ni garé derrière la clôture.

Il est prêt à partir.

Je *dois* grimper à bord de ce bus.

Mais je me trouve toujours à un bon quinze mètres lorsque le dernier passager monte à bord. Le conducteur sourit avant de jeter un regard à la ronde dans la gare d'autobus peu occupée.

– Pittsburgh ? crie-t-il. D'autres passagers pour Pittsburgh ?

Pittsburgh. Une destination comme une autre.

Je n'ai pas de billet.

Pas encore.

Encore dix mètres.

Dix secondes.

Je ferme les yeux un instant et essaie de me souvenir la dernière fois que j'ai pris un autobus. J'avais seize ans et je visitais une amie qui était déménagée dans un autre État.

Le billet. À quoi ressemblait-il ?

Ma tête tourne alors que j'essaie de me remémorer les détails, la sensation du carton dans ma main, le logo vert, les mots sans signification.

Le code à barres.

Et si le chauffeur essayait de passer le code à barres au lecteur optique ? Mon cœur se démène si fort que j'ai l'impression que des colibris battent des ailes dans ma poitrine.

Je ne peux pas faire ça.

Je vais mourir.

Je sens presque déjà les balles transpercer la peau de mon dos.

Le chauffeur établit le contact visuel avec moi et sourit. Je ralentis le pas en chancelant et je refuse de jeter un œil à la ronde. Je franchis les derniers pas, et de la sueur perle dans mon cou ; pourtant, je frissonne.

Je m'immobilise devant lui.

Il tend la main.

Je lève le bras, mais c'est seulement lorsque ma main atteint ma taille que je sens les coins pointus d'un carré de carton piquer ma peau.

L'homme en uniforme jette un bref coup d'œil au miracle blanc et vert avant de me faire signe de monter dans le car en lançant d'un ton jovial :

— Juste à temps.

J'agrippe la rampe de mes mains moites, mes paumes glissent quand j'essaie de me hisser à bord pour compenser la jambe qui n'a plus assez de force pour me tenir ou se lever vers une autre marche. L'adrénaline a chuté, et j'ai l'impression que tout mon corps est fait de spaghettis.

Le chauffeur semble sentir mon désespoir, et je sens une main large et chaude sur mon coude pour m'aider à monter les deux dernières marches.

— J'ai remarqué que vous boitiez quand vous approchiez, chuchote le chauffeur. Vous pouvez vous reposer maintenant.

« Que Dieu vous bénisse, monsieur. »

Mais je ne prononce pas les mots à voix haute. Si j'ouvre la bouche, je vais perdre la boule. Je me contente donc de hocher la tête et je tente de lui montrer mon appréciation par mon regard.

Quand je dépose mon sac à dos, je laisse tomber mon billet par accident. Mes doigts tâtonnent péniblement à la recherche du bout de carton qui m'a sauvé la vie. Un des coins est replié, et je le redresse presque avec vénération.

Pour parler franchement, je n'ai pas fait du bon boulot. Des lettres embrouillées sont alignées au bas, et je pense que le seul mot que j'ai bien épelé est *Pittsburgh*. Il y *a* un code à barres, mais quand je le regarde de plus près dans l'obscurité, je m'aperçois que les barres sont de la même longueur et de la même largeur. Jamais le lecteur optique ne l'aurait capté.

Cependant, le logo est là et ressemble drôlement à mon souvenir. Ma respiration s'emballe de nouveau quand je me rends compte comme mon billet a un aspect minable — et comme je suis chanceuse que le chauffeur ne l'ait pas regardé de plus près.

Mais il ne l'a pas fait.

Alors je suis vivante.

La porte pliante se referme, et le chauffeur tire la ceinture de sécurité sur son gros ventre. Je regarde par la fenêtre et aperçois deux hommes vêtus d'un pantalon et d'un polo noirs courir à petites foulées dans le stationnement.

« Pars, pars, pars ! » pressé-je le chauffeur en silence, et celui-ci s'installe et commence à pousser le levier hors de la position de stationnement.

Je garde les yeux rivés sur les deux hommes en sachant qu'ils ne peuvent pas me voir par la fenêtre à la vitre teintée. Ils lancent un bref regard vers l'autobus, mais seules trente secondes se sont écoulées entre ma course dans le stationnement et le départ de l'autobus.

Je ne devrais pas me trouver dans ce bus.

Malgré tout, ils doivent avoir leurs soupçons.

Un coup dans la porte me fait sursauter, et je me penche pour voir les deux hommes faire signe au chauffeur d'ouvrir la porte.

— Je dois partir ! hurle-t-il.

Ils lui montrent des badges brillants qui sont sans aucun doute faux, et le chauffeur soupire et immobilise le car.

« Oh, je vous en prie, non ! »

Je suis prisonnière maintenant. Un rat dans une cage. Après tout cela — après tout ce que Reese, Jay et Elizabeth ont fait pour moi —, la Réduciata va tout de même mettre la main sur moi. J'ai envie de sangloter, de hurler au ciel que tout cela est injuste.

« La vie n'est pas toujours juste. » J'ai dû entendre ma mère dire cela une centaine de fois.

Ma mère.

Une idée folle fait irruption dans mon esprit et je panique, en sachant que je ne dispose que de quelques secondes.

J'entends la porte s'ouvrir et je ferme les yeux en songeant à ma mère. Seulement à ma mère. Ses cheveux brun clair, ses longs bras potelés, son sourire contagieux. Je réunis toute mon énergie mentale à se remémorer chaque détail de sa personne. Son sourire, ses doigts courts, ses longs cheveux bruns si semblables aux miens avant l'accident.

— Pardon, madame ? Madame ?

Je lève les yeux vers l'homme hors d'haleine qui tirait sur moi il n'y a pas deux minutes. Il me fixe dans les yeux, et je me démène pour garder une expression neutre. Il carre la mâchoire et passe au prochain passager en secouant la tête.

— ... n'est pas ici... perte de temps... examinez les environs...

Ils n'essaient même pas d'étouffer leur voix en sortant du car sans dire un mot au chauffeur.

Celui-ci marmonne quelque chose au sujet de leur impolitesse, mais enfin, la porte se referme, et je peux respirer de nouveau tandis que l'autobus sort de la station et roule en grondant vers l'autoroute.

J'ai besoin d'un miroir.

Je fouille dans mon sac à dos et trouve un petit miroir dans ma pochette de toilette. J'ouvre la pochette et lorsque le bus passe sous un lampadaire à la lumière orange, une lumière m'illumine. Et le miroir me renvoie l'image de ma mère.

Je halète doucement et je tends la main pour toucher le miroir.

Non, je dois toucher *mon* visage.

C'est moi.

C'est elle.

Je lui touche les lèvres, les joues, les cils ; je regarde ses yeux verts. Puis je souris.

Et c'est *son* sourire.

Une sensation étrange me distrait et chatouille ma paume, et je baisse les yeux sur le billet de carton qui commence à disparaître. Cela me rappelle la sensation du sable qui glisse sous les pieds lorsqu'une vague retourne vers l'océan.

En quelques secondes, il a disparu.

Mes yeux reviennent au miroir. Le billet est déjà disparu ; il ne me reste qu'une minute, peut-être deux, pour regarder ce visage familier. En théorie, je pourrais le recréer, mais je sais qu'après ce soir, cela paraîtra faux, et voilà donc ma seule chance de voir ma mère.

Je fixe le reflet en ordonnant mentalement aux secondes de durer, mais le temps ne fonctionne pas comme ça, et bientôt, le long nez se transforme en mon petit nez, les yeux d'un vert terreux deviennent bruns, mes cheveux raccourcissent.

Et je suis de nouveau moi.

Et ma mère est toujours morte.

Mes doigts se resserrent autour du miroir qui ne reflète plus que mon image.

Tous ceux que j'ai aimés sont morts. Ou pire encore.

« Sauf Quinn », me rappelle la voix de Rebecca, mais je la repousse. Je ne peux me laisser aller à espérer pour l'instant. J'éprouve trop d'angoisse pour laisser la place à d'autres émotions.

Je blottis mes genoux contre ma poitrine et y pose la joue. En regardant par mes paupières mi-closes, je peux observer les passagers du car à moitié plein.

Une mère berce un tout-petit sur son genou. Son visage est pelotonné contre l'épaule de sa mère, mais je l'entends quand même sangloter doucement. Je ne veux pas les fixer du regard, mais je vois au tremblement de la poitrine de la mère qu'elle pleure aussi. Quelques sièges plus loin, un homme pose la tête contre la vitre en silence, mais je perçois des larmes rouler sur ses joues. Une adolescente est assise dans le siège de l'autre côté de l'allée, son capuchon tiré sur son visage, le fil d'écouteurs branché dans un iPod qu'elle tient dans ses mains. Qu'elle *serre* dans ses mains. Je me demande si elle dort jusqu'à ce qu'un reniflement se fasse entendre.

Et donc, comme je ne suis pas la seule, je laisse les larmes couler aussi. Dans cet autobus roulant dans la nuit sous un ciel noir d'encre, personne ne le remarquera.

▲

— Je suis venu dès que j'ai su.

— J'aurais préféré que tu t'abstiennes.

Je me trouve dans mon bureau – mon vrai bureau, le bureau secret – le regard tourné vers la fenêtre pour fixer des yeux l'obscurité.

— Tu es certaine que ça va ?

— Je vais assez bien.

Ma gorge est serrée, et je donne voix à la sensation inconnue qui pique mon estomac.

— J'ai échoué, murmuré-je.

— Non.

— Oui, sifflé-je. Elle était… elle était si forte. Elle ne devrait pas être aussi forte !

Mon ton lève, et je déteste perdre le contrôle, mais je n'arrive pas à tirer les rênes.

— Elle devrait être faible ; à peine capable de fonctionner. Cela aurait dû être un jeu d'enfant de la prendre une fois que Benson l'a aidée à éveiller ses souvenirs.

Je serre les dents. Je refuse qu'il me voie pleurer.

— Je ne comprends pas ce qui est arrivé.

Il garde le silence trop longtemps, alors je me tourne enfin pour le regarder en m'attendant à lire la désapprobation sur son visage. Il affiche plutôt une expression de lassitude.

— Et si… Et si elle ne s'était pas contentée de se transformer. Si elle avait aussi… réussi à redémarrer, faute d'une meilleure expression.

— Pour reprendre sa force originale ?

Cette pensée serre ma gorge de peur et me coupe l'air.

— Les dieux ne se montreraient certainement pas aussi cruels.

— Mais c'est possible.

— Je pense que nous avons établi que rien n'est impossible à ce stade, dis-je en me détournant.

— Au moins, nous savons où elle va.

— Vers lui, *lâché-je amèrement. Comme si la situation ne pouvait pas être pire.*

Je lui fais face ; fais face à l'homme que j'ai connu et aimé au-delà de ma mémoire.

— C'est à ton tour de jouer au chasseur.

Il opine, mais ne dit rien. Il le savait déjà. Voilà pourquoi il est venu ce soir. Pour m'ôter cette responsabilité.

Il peut bien l'avoir.

Nous nous fixons du regard un très long moment ; parfois, je me dis que les mots sont proprement inutiles entre nous maintenant.

Puis sans parler ou dire au revoir, il se retourne et part en actionnant de ses mains habiles le mécanisme de la porte secrète. Je regarde la porte qui ressemble de nouveau à un mur et entends les minutes s'écouler au rythme du tic-tac de l'horloge grand-père.

— Fais du meilleur boulot que moi, murmuré-je.

▲

CHAPITRE 40

— Phoenix !

L'appel me réveille, et je passe un bras sur mon visage. À mon dernier éveil, je bavais.

Je me déplie de mon siège, à demi effrayée de constater que mon squelette a fusionné parfaitement avec la forme du siège de l'autobus. Huit autobus, près de cinq cents kilomètres et quatre nuits passées sur le sol. En théorie, j'aurais pu dormir dans les gares, protégée des intempéries. Ou même dans un hôtel — j'ai de l'argent, une petite fortune en pièces d'or, sans parler de la capacité d'en créer davantage si c'était vraiment nécessaire. Mais tous ces choix étaient rattachés au risque de me faire prendre et, fort probablement, de me faire tuer. Si bien que des buissons sertis de toiles d'araignée et le gazon humide et froid ont été mes hôtes pour les dernières nuits.

Ce fut un supplice pour ma colonne vertébrale — sans parler de ma jambe —, et chaque muscle de mon corps élance alors que je me traîne les pieds jusqu'à la porte de l'autobus. Les derniers pas sont un peu trop exigeants, et je titube dans le soleil en portant brusquement une main sur mes yeux, comme un ours émergeant de son hibernation.

Et je retrouve une sensation subtile qui me semble si peu familière que je mets quelques secondes à la reconnaître.

La chaleur. Les rayons du soleil qui propagent une douce chaleur dans mon corps, réchauffent ma peau, adoucissent l'air que je respire. Je me tiens là quelques secondes et me laisse pénétrer par ces rayons revitalisants. Je crois que la dernière fois où j'ai été entièrement au chaud remonte à la nuit où j'ai quitté Portsmouth. Nous avons roulé dans la neige, la grêle et avons même dû retarder un départ en raison d'une tornade inattendue au Montana. Les gens autour de moi avancent leurs théories sur le réchauffement climatique et les éruptions solaires, mais je me tais. Je ne saisis pas encore le lien entre les conditions météorologiques extrêmes et le virus, mais Elizabeth a affirmé que le lien existait, et je sais maintenant que je peux la croire.

Il me faut quelques minutes pour m'orienter, pour m'habituer à marcher sur une surface qui ne bouge ni ne tangue. Ne pas être en mouvement ne me semble plus naturel.

Merde, je pue. Les séances rapides de lavage que j'ai faites dans des toilettes un peu partout au pays n'ont pas suffi.

« Mais ça vaut mieux que d'être prisonnière de la Réduciata », me rappelé-je.

Je n'ai presque plus l'impression d'être moi. Non, ce n'est pas tout à fait cela. Je n'ai plus l'impression d'être *Tavia.* Au cours des cinq derniers jours, j'ai laissé les voix qui se sont manifestées quand je luttais contre Marie devenir une partie de moi. J'ai noirci la moitié des pages d'un cahier des détails dont je me suis souvenue à leur sujet. Shihon, la reine guerrière remontant à une époque qui précède la signifiance du temps; Embeth, la fille de cuisine sans visage qui n'arrivait pas à comprendre ses rêves; Kahonda, une chasseresse indienne morte jeune lors d'une quête pour une chose qu'elle n'arrivait pas à formuler.

Et Sonya. Et Rebecca.

Elles sont moi maintenant, et je suis elles.

Et nous avons toutes besoin de la même chose. *Le* trouver.

Car, à présent que j'ai eu le loisir de lire la partie secrète du journal de Rebecca (deux fois), nous savons toutes ce que nous fuyons. J'ignore quel genre d'avenir j'aurai ou non avec Logan, mais je dois le retrouver et le protéger de ces gens. C'est très terrifiant de comprendre le nombre de désastres historiques attribuables aux Terraliens – normalement, en lien avec la Réduciata, mais pas toujours. L'invasion mongole de la Chine; la grande famine en Inde; le Déluge en Pologne-Lituanie, et même (si on en croit la Curatoria) la peste noire, qui serait, en fait, un essai du virus qui dévaste à présent le monde. La peste a ravagé l'Europe il y a sept cents ans, mais manifestement, cela n'a pas suffi pour la Réduciata. Ce nouveau virus est censé être dix fois plus virulent. Dix fois plus mortel.

Que ce soit considéré comme une *réussite* aux yeux de la Réduciata me lève le cœur.

Et m'amène à me demander à quoi d'autre ils se sont affairés depuis le récit de Rebecca. La Grande Dépression? Les guerres mondiales? Même des catastrophes naturelles comme les tsunamis de la dernière décennie pourraient très bien être leur œuvre.

Je repousse ces pensées pour l'instant. Je dois me concentrer sur la première étape : trouver Logan. La deuxième étape est trop imposante pour y songer maintenant.

Trop impossible.

Je regarde le bout de papier sur lequel j'ai inscrit l'adresse de Logan, même si je l'ai mémorisée.

Un taxi. Il me faut un taxi.

Je dois le trouver et m'assurer qu'il est encore en vie.

Et s'il est vivant, tout ça aura valu la peine.

Non. Ça n'aura pas *valu la peine*. Mais ça justifiera la peine d'une certaine manière. Il faut que ce Logan soit le bon. Qu'il soit Quinn. Parce que je ne pourrai sauver personne sans mon partenaire ; de cela, j'en suis certaine. Et je dois donner un *sens* à leur mort : Sammi, Mark, Elizabeth.

« Benson », ajoute mon esprit, mais j'étouffe cette pensée.

Il n'est pas mort.

Une partie de moi voudrait qu'il le soit.

Malgré tout, trop nombreux sont ceux qui sont morts pour moi, pour nous. Et pas seulement dans cette existence.

Je regarde à la ronde. Je ne sais pas comment trouver un taxi. Je me tiens dans le stationnement durant plusieurs minutes, perdue, avant de m'apercevoir que les voitures vert fluo au fond du stationnement sont des taxis. Vert fluo ?

Ça n'a pas d'importance.

Je me dirige vers un taxi et tends mon bout de papier déchiré au chauffeur.

— Pouvez-vous m'amener à cette adresse ? demandé-je.

Le type tend la main pour le prendre, mais je le tire vers moi dans un geste possessif. C'est la preuve de ma destination ; ma trace écrite. J'ai appris la valeur de la paranoïa.

Il opine en signe de compréhension (il doit prendre à bord son lot de personnes démentes) et se penche pour étudier l'adresse.

— Facile, fait-il avec une voix fortement accentuée. C't'à environ seize kilomètres.

Je hoche la tête avec raideur tandis qu'une poussée d'adrénaline monte en moi. Seize kilomètres. Je pourrais marcher si c'était nécessaire. Mon corps se raidit à cette pensée, et je suis reconnaissante que ce ne soit pas nécessaire.

— Des bagages ? demande le chauffeur en pointant vers le car.

Je secoue la tête. Je n'ai rien d'autre que mon sac à dos et j'en resserre les ganses avec plus de force quand le chauffeur m'offre de le prendre. Il contient les journaux — le mien et celui de Quinn —, les quelques feuilles des dossiers que je suis parvenue à récupérer, l'or, l'argent, le collier. Personne ne m'enlèvera mon lien avec mon passé, pas même pour une seconde.

Il m'ouvre la portière du siège arrière, et je me glisse dans le véhicule frais. Il démarre la voiture et de l'air frais s'échappe des évents du plafond, me frappe le visage et me donne la chair de poule. Lorsqu'il sort du stationnement, l'air frais assèche la sueur nerveuse qui suinte sur mon corps, et je frissonne.

Le chauffeur le remarque et diminue la climatisation, ce que j'apprécie, mais ça n'a pas d'importance. C'est la nervosité.

Chaque minute, chaque instant qui passe me rapproche de lui. J'ai épousé les sentiments contre lesquels je me suis battue. J'ai laissé l'attirance — l'amour — qu'éprouve

Rebecca se manifester. Je me fiche maintenant de ne pas avoir le choix. Qui peut se battre contre le destin, au fond ?

J'ai été stupide d'essayer de le faire. Je voudrais tant avoir écouté Elizabeth. À propos de tout. Peut-être que Sammi, Mark et elle seraient toujours en vie si je les avais écoutés.

Même sans les paroles d'Elizabeth, j'aurais dû le savoir.

Les humains et les déesses. Ces histoires se terminent toujours mal ; je les ai lues. J'appartiens à ma race.

Ma place est avec Logan. Il a besoin de moi.

Peut-être… Peut-être est-ce ce que je veux.

J'aimerais ne pas avoir à lutter si fort pour m'en convaincre. C'est le dilemme Benson et Quinn qui revient — seulement, cette fois, ce sont mes sentiments persistants pour Benson dont j'aimerais me défaire.

« Concentre-toi. Concentre-toi sur l'amour qu'elles éprouvent pour Quinn. »

En me penchant devant aussi loin que la ceinture de sécurité me le permet, j'étudie le compteur. Le chauffeur me jette un coup d'œil furtif. Il constate à quel point mon attention est rivée sur les chiffres rouges et pense probablement que je m'inquiète du tarif final. Le voilà maintenant inquiet que je sois incapable de le payer.

Il ignore à quel point il a tort. En vérité, j'intime mentalement aux chiffres rouges de grimper *plus haut*, plus vite. J'aimerais que le chauffeur enfonce la pédale.

J'entends le bruit du clignotant et me rassois droit, les yeux tournés vers le pare-brise. Le chauffeur quitte la route principale pour s'engager dans un voisinage tranquille. Ce n'est pas un quartier chic, mais agréable.

Malheureusement, c'est aussi le genre de voisinage où on remarque un taxi.

— Hé, fais-je en me penchant devant. Pouvez-vous me déposer à un pâté de l'adresse ?

— Bien sûr, dit-il avant d'ajouter en marmonnant : Vous êtes la patronne.

Environ dix secondes plus tard, il se gare devant une maison à deux étages faite de briques et de stuc, et quand il fait le tour du taxi pour venir m'ouvrir la portière, je me fige de terreur. Terreur ? Non, ce n'est pas tout à fait cela. C'est un mélange de peur, de nervosité et de vertiges qui collent mes pieds au plancher. Mais alors la portière s'ouvre, et les chauds rayons du soleil m'illuminent, réchauffent ma peau et font fondre ma paralysie. Je me déplace lentement, mais au moins, je bouge.

Le chauffeur me regarde avec une inquiétude réelle à présent.

— Ça fera vingt-neuf et quatre-vingts, dit-il en présumant de toute évidence que je serai incapable de payer.

Je ne peux lui en tenir rigueur : je n'ai pas l'*air* d'une personne pouvant payer la course. Cependant, je sors deux billets de vingt dollars d'une petite liasse dans ma poche et je les tends au chauffeur pendant que, déjà, mes yeux voyagent au bout de la rue ; ma destination ultime. Il prononce des mots que je n'entends pas. Je réponds en faisant un bruit qui n'engage à rien et m'éloigne de la voiture.

Le chauffeur regagne pratiquement son siège à la course (il craint probablement que je lui demande de la monnaie), mais je n'ai pas l'énergie nécessaire pour lui prêter attention. J'arrive à peine à respirer. Je sens déjà des convulsions dans ma poitrine et je dois m'obliger à inspirer et retenir mon souffle trois secondes pour éviter l'hyperventilation.

Une autre inspiration.

Et une autre.

Mon cœur bat toujours la chamade (les battements sont assourdissants), mais au moins je ne suis pas étourdie. Mes pieds bougent et me font avancer dans la rue.

Je n'ai aucun plan. Quatre jours à penser à Logan, et je n'ai toujours pas de plan.

C'est samedi. Il devrait être dans les parages. Nous sommes encore en début d'après-midi : trop tôt pour les rancards ou les fêtes.

Et s'il avait une petite amie ? Ma bouche devient sèche. Je n'y avais même pas songé.

Un sourire replie légèrement le coin de mes lèvres. *Un autre obstacle de plus.* Si la dernière semaine m'a appris quelque chose, c'est que je peux sauter par-dessus les obstacles.

Je suis arrivée.

Maintenant, quoi ?

Actionner la sonnette ? Cela me semble un peu maladroit. Le suivre comme une désaxée ? Probablement pas la meilleure idée non plus, mais je n'ai nulle part où aller.

J'hésite là devant sa maison en ayant probablement l'air d'une idiote, puis comme s'il avait senti ma présence, la porte d'entrée s'ouvre, se referme, et un grand gaillard en sort. Mon souffle est irrégulier tandis que mes yeux absorbent sa présence. Cependant, il se tient la tête baissée, il regarde son téléphone cellulaire. Je ne vois que ses cheveux dorés.

Les cheveux de Quinn.

Ce *doit* être lui.

Ma gorge est trop sèche pour que je puisse émettre un son quand je m'aperçois qu'il ne m'a pas vue et qu'il s'apprête à me foncer dessus.

Il marche pratiquement sur moi avant de lever la tête et de sauter de côté.

— Holà ! fait une voix douce et basse. Je suis vraiment désolé — quel abruti : j'envoyais un texto. Ça va ?

Ses yeux croisent les miens, et tout doute qui persistait s'envole.

C'est Quinn. Mon Quinn, aux cheveux plus courts, aux bras et aux épaules plus musclés et au sourire facile.

Et à ce moment-là, je comprends que je suis impatiente de découvrir cette personne, qui elle est à présent — ce que les deux cents dernières années ont apporté dans sa transformation. Une chaleur envahit mon corps, et la réalisation que je l'ai trouvé me remplit jusqu'à trop plein. Un sourire se dessine sur mes lèvres, et je ne peux rien faire pour le stopper.

— Tu... tu habites ici ? demandé-je en retrouvant enfin la voix.

— Ici ? fait Logan en pointant la maison bleue d'un pouce. Ouais.

— Je... je... je, fais-je en cherchant mes mots, mais alors le plan s'imbrique.

J'enfonce la main dans la pochette sur le côté de mon sac à dos.

— J'ai trouvé ceci sur le trottoir, dis-je en obligeant mes doigts à s'ouvrir. Il me semble avoir de la valeur. Peut-être... peut-être appartient-il à ta mère ? conclus-je sans conviction.

Ma paume est moite, et je sais que le pendentif de Rebecca sera légèrement mouillé, mais je ne suis pas embarrassée. Dès qu'il le touchera, rien de tout ça n'aura d'importance.

Il tend la main, et je retourne la mienne en effleurant volontairement sa peau. Je halète presque à la sensation électrisante qui circule en moi à ce contact. C'est encore mieux que tous les rêves que j'ai eus de lui, que les souvenirs vifs que le collier m'a donnés.

Parce que cette fois, c'est réel.

Réel d'une manière que le contact avec Benson n'a jamais été.

Je repousse cette pensée et relâche le collier.

Il se déverse de ma paume à la sienne comme un liquide.

Il l'étudie.

Ses yeux y demeurent rivés.

Je voudrais lui crier de lever les yeux vers moi, mais peut-être que cette incarnation de lui est gênée.

C'est bon ; je peux attendre.

Pour une seconde.

Il hausse les épaules.

– Je peux aller le lui demander si tu veux, dit-il d'un ton désinvolte, mais je ne l'ai jamais vue porter un tel bijou.

Ma bouche est béante. Il joue avec moi. Ça doit être ça. Les choses ne sont pas supposées se dérouler comme ça.

– Veux-tu que je t'accompagne pour aller cogner aux portes des voisins ?

Ses yeux verts se tournent vers moi.

Ils sont neutres.

Mon cœur meurt. Je ne sais pas comment mes jambes arriveront à me soutenir.

Ça n'a pas fonctionné ; ni mon toucher ni le collier. Il n'est encore que Logan, il n'est pas mon Quinn.

« Pas encore », me rappelle Rebecca. Et quelque part au fond de moi, dans une réserve dont j'ignorais l'existence, je découvre une nouvelle force. Une nouvelle détermination.

Quand Quinn m'a rencontrée dans la peau Rebecca, *j'étais* celle qui ne *le* reconnaissait pas. Peut-être n'est-ce que justice que les rôles soient inversés à présent ?

Tout ce qui importe est de l'avoir trouvé. Au bout du compte, il se souviendra de nous. J'ai les vieux journaux en ma possession pour m'aider, et le dossier plutôt mince de Logan dont j'ai pratiquement mémorisé chaque détail. Les réponses s'y trouvent, quelque part, et je les trouverai.

D'ici là, je resterai auprès de Logan. Je ne suis pas seulement sa partenaire, je suis aussi sa protectrice. La Réduciata est à ma recherche. À notre recherche. Ses membres finiront par nous trouver.

Encore une fois.

Bon sang, Benson leur a probablement déjà dit que nous étions à Phoenix.

Et si je n'éveille pas les souvenirs de Logan avant qu'ils ne me tuent – ou le tuent – et que nous ne faisons pas le nécessaire pour recharger notre pile, c'en est terminé.

Il a besoin de moi.

Et le monde a besoin de *nous*.

Je tends la main pour reprendre le collier et hausse les épaules avec désinvolture.

– Je ne crois pas que ce soit nécessaire, mais si quelqu'un te dit l'avoir perdu, peux-tu m'en informer ?

Je fouille dans mon sac à dos en tentant d'en cacher le contenu à Logan. Je grimace en déchirant le coin du dossier que Sammi m'a remis, mais c'est le seul papier que j'aie. Le bout de mon stylo touche le papier avant que je me remémore avoir jeté le téléphone d'Elizabeth dans un dépotoir en Pennsylvanie. Après sa mort, je ne voulais prendre aucun risque : je me suis débarrassée de tout.

— Merde, j'ai complètement oublié, marmonné-je en sentant la chaleur gagner mes joues. J'ai perdu mon téléphone et je ne sais pas quand j'en obtiendrai un autre. Puis-je avoir *ton* numéro ? demandé-je en le regardant entre mes cils.

— Euh, ouais, OK, fait Logan avant de déballer une suite de dix chiffres.

— Et ton nom ? demandé-je en jouant à l'idiote.

— Je suis Logan, dit-il en enfonçant son téléphone dans sa poche pour me tendre la main.

Je lui serre la main et quand nos peaux chaudes se rencontrent, l'euphorie pétille en moi. Il est un peu différent (moderne, je suppose), mais il est le même. Ses yeux, son sourire en coin. Je ne pense pas avoir déjà réussi à le retrouver à un si bas âge.

Toute une vie. Voilà ce que nous aurons.

Je ressens un tiraillement au souvenir de Benson prononçant les mêmes mots, mais je réprime cette pensée.

Je n'ai pas le temps pour les regrets.

— Tavia, dis-je, et je retiens sa main une demi-seconde plus longtemps que nécessaire. Merci de m'avoir donné ton numéro, dis-je en levant le bout de papier. Je vais t'appeler.

— OK, fait Logan.

Je poursuis mon chemin à grandes enjambées en lui jetant un dernier coup d'œil par-dessus mon épaule. Je ne sais pas où je vais, je n'ai nulle part où aller ce soir, mais ça n'a pas d'importance. Nous sommes ici tous les deux, et d'une manière ou l'autre, tout ira bien.

C'est prédestiné.

— Attends, crie Logan seulement un instant après que j'aie réussi à arracher mes yeux de lui.

Je m'immobilise, et il avance de quelques pas, d'un air presque penaud.

— Est-ce que… Je sais que ça va paraître bizarre, mais je te connais ?

Je lui fais un grand sourire en sentant l'assurance gonfler ma poitrine.

— Non, dis-je d'un air taquin, pas encore.

Je remonte mon sac à dos et me détourne en maintenant le contact visuel par-dessus mon épaule.

— Mais tu vas me connaître.

Le cœur de Tavia a trouvé son partenaire, mais continuera-t-il de battre encore longtemps ?

Ne manquez pas la suite

REMERCIEMENTS

Wow ! Ce livre est le projet le plus effrayant que j'ai entrepris de ma vie, et je serais probablement roulée en boule à pleurer et frémir sur le sol si ce n'était des gens qui m'ont prêté appui pour transformer ce livre en une œuvre géniale.

À Jodi Reamer, mon agente : merci de m'avoir donné du courage quand je n'en avais pas. Ben Schrank, mon éditeur : merci de m'avoir laissé une chance, même quand les choses s'annonçaient mal. Gillian Levinson, ma réviseure : merci d'avoir eu le cran de demander la chose à ne jamais demander à une romancière ! Cette demande, plus que tout le reste, a permis à ce livre de briller.

À ma dessinatrice de couvertures sensationnelle, Emily Osborne : je t'en dois une. Sincèrement.

À Scott et Ashley qui m'ont permis de voler de nombreuses facettes des blessures de Scott : merci d'avoir pris part à cette aventure avec moi. Il est tellement plus facile d'écrire l'aventure que de la vivre, mais en vous voyant passer par cette épreuve ensemble, j'ai pu insuffler à cet ouvrage le réalisme et la vie qu'il n'aurait pu posséder sans votre contribution. Souvenez-vous d'une chose : Tavia a souffert d'un traumatisme crânien avant Scott ! Je vous le promets !

Merci, Kenny, de m'avoir laissée faire le saut. L'expérience a peut-être été plus effrayante pour toi que pour moi, mais tu m'as tout de même laissée libre de le faire. Merci d'avoir cru en cette expérience que je savais qu'il me fallait entreprendre.

À Audrey, Brennan, Gideon et Gwendolyn qui ont plus d'importance à mes yeux que mes romans. Merci d'accepter toutes les excentricités de votre « maman écrivaine ».

Et enfin, merci encore une fois, Kenny. Parce que tu mérites deux mentions. Nan, tu en mérites dix... mais tu devras te contenter de deux.